DETRÁS DEL MURO

Roberto Ampuero

DETRÁS DEL MURO

Novela de mi memoria imprecisa

PLAZA JANÉS

Detrás del muro

Primera edición en Chile: octubre, 2014
Segunda edición en Chile: diciembre, 2014
Tercera edición en Chile: febrero, 2015
Primera edición en México: mayo, 2015

D. R. © 2014, Roberto Ampuero
      c/o Ana Rivera Schwarz
      riverayampuero@gmail.com

© Ilustración de portada: Anna Parini

D. R. © 2015, de la presente edición en castellano
      Penguin Random House Grupo Editorial, S.A.
      Merced 280, piso 6, Santiago de Chile
      Teléfono: 22782 8200

www.megustaleer.cl

Compuesto por: Amalia Ruiz Jeria

D. R. © 2015, derechos de edición mundiales en lengua castellana:
      Penguin Random House Grupo Editorial, S.A. de C.V.
      Blvd. Miguel de Cervantes Saavedra núm. 301, 1er piso,
      colonia Granada, delegación Miguel Hidalgo, C.P. 11520,
      México, D.F.

www.megustaleer.com.mx

Comentarios sobre la edición y el contenido de este libro a:
megustaleer@penguinrandomhouse.com

ISBN 978-607-313-012-7

Impreso en México/*Printed in Mexico*

A mi madre, que siempre tuvo la sabiduría de rechazar el totalitarismo de izquierda y derecha. Mi gratitud infinita por su amor y respaldo permanente y sin condiciones

Si el lector lo prefiere, puede considerar el libro como obra de ficción. Pero siempre cabe la posibilidad de que un libro de ficción arroje alguna luz sobre las cosas que fueron antes contadas como hechos.

ERNEST HEMINGWAY

Never give in
Without a fight.

PINK FLOYD

Oh, memoria, enemiga mortal de mi descanso.

DON QUIJOTE DE LA MANCHA

I
ODERBERGER STRASSE

1

Oscurece mientras cae la nieve en la Oderberger Strasse, barrio de Prenzlauer Berg, antiguo Berlín Este.

Han pasado treinta años desde que salí de este edificio de seis pisos, donde vivía Isabella. Como casi todo el sector, fue construido a fines del siglo XIX para las familias obreras de la época de la industrialización. Hoy viven en el barrio parejas de profesionales con niños, intelectuales alternativos, bohemios adinerados, artistas de éxito y comerciantes. Sus calles y plazas conforman un laberinto atestado de tiendas, cafés, bares y restaurantes donde la gente habla diferentes lenguas, disfruta platos étnicos y toma buenos vinos y excelente cerveza. Nada queda del triste, derruido y grisáceo Berlín del socialismo.

La última vez que crucé el portón del edificio con el número 38 fue en febrero de 1982, después de besar a Isabella y bajar presuroso los peldaños de roble de la escalera. Salí a la calle con la vista nublada por las lágrimas, el corazón al galope, las mejillas encendidas. A Isabella nunca más la vi. Y es probable que nunca más la vea.

En su acompasada caída, los copos de nieve difuminan el frontispicio de los locales de la acera de enfrente. Los transeúntes pasan encorvados, apremiados por el frío, soltando bocanadas de vaho y pisoteando las sombras en la vereda. Siento que retrocedo hasta

1974, cuando llegué por primera vez a la República Democrática Alemana, RDA, y luego avanzo hasta 1982, cuando me marché de allí, pero regreso al presente y compruebo que ya nada, salvo los edificios y el trazado de calles, es igual a como fue. Ha pasado mucho tiempo, demasiado quizá, desde que crucé la penumbra del zaguán donde se disipan la escalera y su balaustrada.

Alzo la vista por el muro desconchado, que aún conserva los impactos de metralla de la última guerra, y observo el cuarto piso donde vivían Bruno e Isabella, y el hijo de ambos, Bastian. Ella era reportera del periódico *Berliner Zeitung*; él trabajaba en una constructora estatal, y el niño asistía a un jardín infantil llamado Rosa Luxemburg. Formaban una familia joven y encantadora, bastante feliz.

Isabella era mi amante.

Tenía las mejillas color damasco, un par de ojos oscuros relampagueantes y labios carnosos y con forma de corazón. Un aire de niña de sangre eslava cruzaba su rostro de pómulos altos, y su espesa cabellera se agitaba sobre sus hombros cuando caminaba rápidamente. Era una muchacha llena de entusiasmo, salvo cuando se acordaba de que vivía detrás del Muro, ese que no podría cruzar hasta que jubilara.

Todos éramos jóvenes y más o menos alegres entonces.

Isabella vivía en la Oderberger Strasse, que terminaba en el Muro. Yo, lejos de aquí, en la ciudad de Bernau, donde tuve otra novia a la que amé con delirio: Carolina.

Sé que muchos dirán que no se puede amar a una persona y serle infiel al mismo tiempo, pero yo soy la mejor prueba de que eso puede ocurrir. En todo caso, las vicisitudes del amor y el desamor no pertenecen a esta, sino a otra marejada de recuerdos. Ahora, la brisa arremolina los copos de nieve y la luz de los faroles los vuelve translúcidos. Yo sigo ante el portón, acumulando nieve sobre los hombros y la cabeza, con las manos en los bolsillos del abrigo, la maleta a mi lado, sumido en la emoción que me causa retornar a lo que un día fue un puerto de recalada.

¿Por qué he regresado a Berlín? No lo sé muy bien. O quizá lo sé, y tal vez sean muchas las razones. Lo cierto es que hace poco, en mi casa del Midwest, mientras escuchaba una canción de Coldplay y surfeaba en la web, me topé con los acogedores estudios renovados que alquila Brilliant Apartments en distintas ciudades europeas. Enorme fue mi sorpresa al notar que uno de estos estudios se encontraba justo en la vivienda de Isabella. Las fotografías no podían engañarme. Las interpreté como una invitación y sentí de inmediato la tentación de cruzar el Atlántico para explorar los espacios que frecuenté hacía varias décadas.

El taxi amarillo se marchó hace un rato. Presiono el timbre con un cosquilleo en el estómago y espero. Intuyo que en cuanto atraviese el umbral arrancándole quejidos a las tablas del piso, me adentraré en un mundo que va mucho más allá de Isabella y Carolina, un mundo que es mío y de otros, y del cual no he de regresar incólume.

2

Esta es mi historia.

O al menos es lo que logro recordar de esa etapa de mi vida, que coincide con la de compatriotas que durante la dictadura del general Augusto Pinochet se asilaron en la comunista República Democrática Alemana. Y es también la historia de germano-orientales —de hombres y mujeres— con los cuales conviví detrás del Muro, y cuya impotencia y sufrimiento bajo la dictadura socialista estimo un deber moral narrar. Por lo tanto, es una historia que me pertenece, aunque también pertenece a otros.

Por ello me pregunto cómo debo narrarla. Si en primera persona del singular o desde un «nosotros». La primera persona del plural me incomoda, pues suena presuntuosa y apenas disimula su ambición de convertirse en relato oficial. Eso no me interesa. Estoy harto de historias oficiales. Estas páginas albergan mi versión privada de los hechos, lo que recuerdo, lo que me persigue, interroga y desvela, y que nadie más puede contar por mí.

Admito, en todo caso, el riesgo de que el relato en primera persona singular se vea desbordado por las evocaciones de otros chilenos que en los setenta encontraron refugio en el país que gobernaba Erich Honecker, secretario general del Partido Socialista Unificado de Alemania, SED. Me alegraría, también, que mis recuerdos estimulasen la reflexión de otros compatriotas que vivieron en la RDA y que disfrutaron —a diferencia de mí— la experiencia de trabajar o estudiar detrás de una frontera que encerró por veintiocho años a diecisiete millones de alemanes.

Confieso que cuando llegué en 1974 a la RDA poco sabía del socialismo. Tenía veinte años de edad y militaba desde los diecisiete en la Jota, las Juventudes Comunistas de Chile. Mi imagen de esos sistemas se nutría entonces de lo que relataban nuestros dirigentes, y de las revistas que me prestaba un maestro comunista de castellano: *Unión Soviética* y *Literatura Soviética*, de Moscú; *Urania*, de la RDA, y *Bohemia*, de Cuba.

Esas publicaciones llegaban con bastante retraso a Chile y solían mostrar a obreros y campesinos sonriendo felices junto a un torno o un tractor, a ingenieros y médicos que anunciaban el sobrecumplimiento de las metas estatales, y a escritores que celebraban los avances de la cultura de corte estalinista.

También me informaba a través de Radio Moscú y Radio Habana Libre, así como del diario *El Siglo*, y otras publicaciones del partido y la Jota. Como buen comunista, consideraba «contrarrevolucionarios» la novela *Un día en la vida de Iván Denísovich* de Alexandr Solyenitzin y los testimonios de cubanos que llegaban a Miami escapando de Castro.

Los textos de los países socialistas eran pura propaganda, algo que solo comprendí más tarde. Eran patrañas escritas por periodistas que no tenían empacho en maquillar a Moscú, Bucarest, Praga, La Habana e incluso a la propia Ulán Bator, afirmando que allí todo era deslumbrante, ejemplar y perfecto. Lo cierto es que, en la realidad cotidiana, el socialismo perdía terreno frente al capitalismo y respiraba solo gracias al oxígeno que le suministraban el Muro de Berlín, la policía política secreta y el Ejército soviético acantonado en Europa Oriental.

Cuando en esa época escuchaba críticas, las atribuía a campañas imperialistas, lo que calmaba mi conciencia. Difícil es justificar mi ceguera, pues ya había corrido demasiada agua bajo el puente: el régimen de Stalin, el papel de los comunistas en la España republicana, el asesinato de León Trotsky en Coyoacán, las invasiones soviéticas a Alemania del Este (1953), Hungría (1956) y Checoslovaquia (1968), los gulags siberianos, las purgas políticas y el envío de disidentes a los campos de trabajos forzados o a los hospitales psiquiátricos de la Unión Soviética.

¿Qué puedo alegar en mi defensa? Poco: simplemente me dejé seducir entonces por las banderas, los himnos y el discurso, supuestamente humanitario e igualitario, de futuro colectivo y justo, con que el estalinismo revestía su ejercicio del poder. Hasta los veintitrés años hice, por lo tanto, lo que hace todo seguidor de un totalitarismo: negar los hechos cuando contradicen o ponen en aprietos o en tela de juicio su propia ideología.

Podría sostener en mi defensa que en Chile no tenía forma de averiguar si eran verdaderas las descripciones sobre Bulgaria, Rumania o la Unión Soviética que divulgaban mis dirigentes, o si la sonrisa que esgrimían los trabajadores en las publicaciones socialistas eran auténticas o fingidas. Lo cierto es que creí a pie juntillas en lo que me decían.

Reconozco: como egresado del Colegio Alemán de la entonces apacible ciudad de Valparaíso e hijo de un ejecutivo de la naviera británica Pacific Steam Navigation Company, poco sabía del totalitarismo soviético, la Guerra Fría y la crueldad comunista en el este europeo. Lo admito: me hice comunista por idealismo e ignorancia, y en contra de lo que se esperaba de un egresado de mi colegio, del hijo perteneciente a un hogar tradicional y de alguien que creció en un barrio donde dominaban sin contrapeso la mesura y la cordura políticas.

En fin, llegué a la RDA en dos oportunidades. La primera, en enero de 1974, tras dejar con el alma en un hilo el Chile de Pinochet.

La segunda, en septiembre de 1979, cuando —tras cinco años en Cuba, donde me desencanté del socialismo y renuncié a la Jota— volé desde La Habana hasta Berlín Este sin pasaporte, apenas con un salvoconducto que me permitía viajar únicamente detrás del Muro.

La primera vez tuve como destino la Karl-Marx-Universität, de Leipzig, donde estudiaría marxismo-leninismo. En el internado universitario conocí a Margarita, la hija de Ulises Cienfuegos, el ex fiscal general de Cuba y amigo de Fidel Castro. Nos casamos ocho meses más tarde en una mansión del exclusivo reparto Miramar de La Habana, lo cual narré en *Nuestros años verde olivo*.

En mi segundo viaje, mi destino fue la legendaria Escuela Superior Juvenil Wilhelm Pieck, JHSWP, junto al lago Bogensee, que formaba cuadros revolucionarios del mundo entero. Llegué a ella integrando la Unión de Jóvenes Democráticos, UJD, de Chile, que agrupaba a muchos desencantados del socialismo real. Fue allí donde conocí a Carolina Braun, la bella y misteriosa traductora que militaba en la Juventud Libre Alemana, la FDJ.

Viví un año en esa escuela del noreste de Berlín, a la cual los alemanes se referían en voz baja como el Monasterio Rojo. Se encontraba entre tupidos bosques de pinos y abedules, delimitada por alambradas. En su centro se alzaba el complejo de magnífica arquitectura estalinista que cada año servía de albergue a quinientos germano-orientales y ciento cincuenta revolucionarios extranjeros. Usando nombres de guerra, estudiamos allí marxismo-leninismo, economía política, historia del movimiento obrero y comunismo científico.

Confieso que cuando llegué a esa escuela ya no creía en el socialismo, por la sencilla razón de que lo había conocido y sufrido en el Caribe. Mi objetivo, que solo compartí con un par de amigos, era otro: regresar a Occidente.

3

Tal como se lo había solicitado desde mi casa en Estados Unidos, el dueño de los Brilliant Apartments me adjudicó un estudio espacioso, claro y remozado, con vista a la Oderberger Strasse, en el cuarto piso del edificio.

He llegado, por lo tanto, a lo que fue el departamento mismo de Isabella y su familia, que ahora carece de las paredes que separaban tanto la cocina como el comedor y el dormitorio. Así luce más amplio y luminoso que antes, pero aún lo reconozco, lo que me conmueve y me sume en la melancolía. Sobre estas tablas caminaba descalza Isabella junto a su hijo Bastian por las mañanas; también en este lugar hacía el amor con su marido, y tal vez aquí planeó sus discretas visitas a mi internado universitario de la Nöldnerplatz. ¿Qué habrá sido de ellos?

Viajo en taxi al aeropuerto de Tegel a recoger a mi actual mujer, que acaba de aterrizar en un vuelo de Chicago, y luego nos vamos a cenar a un restaurante italiano de las inmediaciones. Pasamos por la Schönhauser Allee, la célebre estación donde confluyen las líneas del U-Bahn y el S-Bahn, y compruebo que todo ha cambiado para mejor. Vemos edificios restaurados, tiendas, cafés y restaurantes nuevos, mucho colorido y vida allí donde el socialismo exhibía tristeza, muros descascarados y calles desoladas.

En los ochenta solía bajar aquí del S-Bahn que venía de Bernau, y enlazaba con el metro que me dejaba en la estación Ernst-Thälmann, cerca de la Humboldt-Universität. La estación de mármol fue construida en la era comunista con bloques extraídos de las ruinas de la Cancillería imperial de Hitler, de modo que el nazismo y el comunismo volvían a besarse aquí, en las entrañas de una capital que fue nazi y luego comunista.

Admito que he mencionado a la pasada a Carolina Braun, la traductora de la FDJ, sin presentarla. Alguien pudiera creer que se trata de un personaje secundario de mis memorias, pero no es el caso. Por el contrario.

Carolina era hija de un dirigente del Partido Campesino, DBP, tienda que cogobernaba en la alianza Nationale Front, integrada además por el SED, el liberal LDPD, el democratacristiano CDU y el NDPD, que reunía a nazis reeducados. En rigor, el poder lo monopolizaba el SED, y los partidos no comunistas eran simples comparsas. La familia de Carolina vivía en Jena, donde su madre era secretaria en una fábrica textil.

La joven había heredado los ojos verdes del padre y la tez pálida de la madre, pero su cabellera negra y espesa era de su abuela. Bajo sus finas cejas arqueadas alojaba una mirada tranquila, dulce y honesta. Era tan bella que en Bogensee la apodaban Blancanieves.

La conocí en la fiesta que se celebraba todos los sábados en el casino de la escuela JHSWP, donde se bailaba rock y música romántica del Este y el Oeste, y expendían alcohol subvencionado a destajo. Allí, las liberales militantes de la FDJ no trepidaban en sacar a bailar a los apuestos revolucionarios del mundo.

Con Carolina bebimos esa noche cerveza, picamos salame y páprika, y bailamos al ritmo de Boney M., Amanda Lear, Karel Gott y Die Puhdys. Ella traducía para la delegación etíope, país que acababa de rechazar una invasión de Somalia con apoyo cubano.

Recuerdo que en La Habana conocí a oficiales de las Fuerzas Armadas Revolucionarias que combatieron en Etiopía. Eran unos tipos rudos de voz ronca y gesticulación extrema, que se reunían en casa de mi suegro a comentar las guerras de África y la pedregosa marcha de la revolución. Esto último lo hacían con discreción. A ese nivel se sabía que en toda conversación al menos uno de los participantes informaba a la policía política de todo lo hablado. Entre los generales el asunto era peor: cada uno de ellos debía entregar a la inteligencia militar una versión por escrito de lo abordado con otro general.

Esa noche con Carolina nos fuimos bamboleando por la nieve a su mansarda, que estaba en la casona donde vivían otros profesores y traductores. A través de la escotilla del cuarto divisamos a lo lejos las ventanas iluminadas del salón de baile y la superficie metálica del Bogensee, y nos alcanzaba, debilitada, la música.

—Esta casa fue de Joseph Goebbels —me susurró Carolina al oído—. Aquí recibía a las amantes que reclutaba entre actrices y artistas.

—¿El ministro de Propaganda de Hitler? —dije mirando incrédulo las paredes.

—Él vivía en la planta baja. En estas mansardas alojaban sus escoltas.

Sentí escalofrío y repulsión al saberme en uno de los sitios que ocuparon los soldados más fanáticos y leales al nazismo. Aquello había sido un reducto nazi y ahora era comunista. Carolina me contó que después de la Segunda Guerra Mundial la finca pasó a manos soviéticas, que la transformaron en un cuartel y luego en un centro desnazificador. Posteriormente, se convirtió en un instituto de adoctrinamiento ideológico comunista y en los años cincuenta devino escuela de cuadros de la FDJ.

Bebimos unas copas del vino búlgaro que Carolina almacenaba en el ropero, y hablamos de la RDA, de Chile y de Bogensee.

Después la besé y mis manos intentaron aflojar su sostén bajo la blusa azul de la FDJ.

—Mejor hoy no —dijo ella, apartándome.

—¿Por qué no?

—Tengo novio.

—¿Está aquí contigo?

—En Berlín.

—¿Dónde?

—En la Escuela Superior Bruno Leuschner.

—¿Es alemán?

—Egipcio. Estudia economía.

Extranjero, pensé con fastidio, alguien que puede cruzar el Muro. La atraje hacia mí con delicadeza. La conocía solo desde hace unas horas, pero ya me gustaba hasta los tuétanos. Temí perderla ante un egipcio que me imaginé apuesto y experimentado.

—Debo terminar primero con mi amigo —aseveró Carolina—. Hoy puedes dormir aquí conmigo, pero solo dormir. Confío en que sabrás comportarte.

Nos acostamos y apagamos la luz.

En la oscuridad, mientras escuchaba los latidos de mi corazón y sentía la cálida piel de Carolina, pensé que nada bueno podía ocurrir en una casa que conoció los pasos, las órdenes, los ataques de ira y hasta la forma de amar de un criminal.

Desde el casino nos llegó la voz de Demis Roussos cantando «Forever and ever»; después volvió el silencio. Posé una mano sobre la cadera de Carolina, acerqué mi nariz a su perfumada nuca y cerré los ojos. Sentí que me estaba enamorando.

Pero avanzo demasiado rápido en este recuento. Estoy ya en 1979, cuando llegué por segunda vez a la RDA. Debo regresar al comienzo de todo.

4

El 3 de enero de 1974 llegué a la RDA.

Venía de Chile y mi primera parada fueron los Países Bajos. Allí pasé la noche de Año Nuevo en un solitario hotel de Amsterdam, esperando el vuelo de conexión a Berlín Oeste, reservado desde Santiago por un diplomático germano-oriental.

Paul Ruschin —que continuó sus operaciones clandestinas en Chile después de cortadas las relaciones entre Santiago y Berlín Este— me entregó en Santiago no solo el pasaje que me permitió huir de la dictadura de Pinochet, sino también una beca para estudiar en la Karl-Marx-Universität de Leipzig.

Lo había conocido en una casa del barrio alto, que después del golpe de Estado se convirtió en un refugio de seguridad del Partido Comunista. Se trataba de un bungalow bien calefaccionado, con un vasto jardín con árboles que colindaba con la Embajada de Finlandia. Quedaba en la calle Vaticano, casi esquina con Alcántara, en la comuna de Las Condes.

La casa pertenecía a Jorge y Victoria Hagen, los padres de mi polola de ese tiempo, Silvia, una pareja de arquitectos y militantes comunistas, gente magnífica, integrantes de lo que denominábamos la izquierda caviar.

Victoria, la madre de Silvia, tenía experiencia en la clandestinidad. Había participado en la resistencia a Hitler en Viena, donde en 1941 fue detenida por la Gestapo después de ser traicionada por uno de los integrantes de su grupo. Con el tiempo se darían cuenta de que el traidor era nada menos que la mano derecha de Erwin Puschmann, el líder del Partido Comunista de Austria.

Fue juzgada por conspiración junto a otros alemanes y austríacos. Y solo se salvó de ser ejecutada por la presión que ejerció a su favor el Gobierno chileno, que mantuvo su neutralidad hasta casi el final de la Segunda Guerra Mundial.

Poco se sabe de esta chileno-alemana comunista que jugó un papel activo en la Alemania de Hitler y luego en el Chile de Pinochet, y que fue una gran admiradora de la RDA.

Alojé entonces en la casa de los Hagen, mientras se refugiaba bajo el mismo techo Mireya Baltra, ministra del Trabajo del gobierno derrocado. Ella disimulaba su apariencia valiéndose de una peluca y lentes de contacto y, a pesar de las circunstancias, mantenía el humor, la entereza y su simpatía de siempre. En esa vivienda también halló protección Julieta Campusano, senadora y miembro del Comité Central del partido.

En lo que a mí respecta, me sentí honrado de que el Partido confiara en mí al asignarme una misión de envergadura: mantener en secreto a los refugiados de esa casa. También debí trasladar —bajo las órdenes de Ruschin— a otras personas afines a la Unidad Popular a lugares seguros en mi Mini Cooper, y entregué con disimulo unos bolígrafos «cargados» de instrucciones a gente que me esperaba en paraderos de micro.

Para entonces, tanto Silvia como yo sabíamos demasiado: habíamos visto a importantes políticos y conocíamos sus escondrijos. Se temía que cayéramos presos y lo que nos esperaba en caso de ser sorprendidos por los militares no era menos que el interrogatorio, la tortura y tal vez la muerte.

Obviamente, tras el golpe de Estado lo primero que hice fue esconder, en el entretecho de una bodega que estaba al fondo del jardín, envueltos en plástico, mis libros de marxismo, entre los que se contaba la elegante edición del Fondo de Cultura Económica de *Das Kapital* de Karl Marx. Nunca más volví a ver esos libros, y supongo que mucho después se apropiaron de ellos los constructores que, en los años noventa, aplanaron el lugar para levantar edificios.

Hoy nada queda de esa época. Nada rememora el tranquilo barrio residencial de los años setenta, ni las zozobras que pasamos durante las noches de toque de queda mientras helicópteros artillados sobrevolaban la ciudad.

Finalmente salí en un Boeing de KLM rumbo a Amsterdam en el que, para sorpresa mía, también viajaba Silvia. No habíamos conversado desde hacía semanas por instrucciones de su madre y, la verdad, yo esperaba verla en la RDA y no en ese avión. Probablemente, Ruschin nos dedicaba un último guiño al enviarnos juntos.

Era mi primer viaje a Europa. Tenía veinte años y me sentía orgulloso del rol en la clandestinidad que había cumplido en Chile. No obstante, me aliviaba ahora estar lejos del peligro y asomarme a un mundo nuevo.

5

Ruschin era un agente secreto de la RDA que operaba bajo cobertura diplomática. Pertenecía a la HVA, la oficina de espionaje de la Alemania comunista que dirigía el legendario Markus Wolf, «el hombre sin rostro», el líder de los «Romeo» que rompían el corazón de las secretarias gubernamentales de Bonn.

Quitado de bulla, sereno y modesto, con aspecto de sastre melancólico o concienzudo empleado de correos de Suiza, Ruschin tenía talento para pasar inadvertido. Llegó a Chile poco antes del triunfo electoral de Allende y se presentaba indistintamente como encargado de prensa, comercio o cónsul.

Desde su sencillo departamento en el barrio alto en Santiago se contactaba con dirigentes de la izquierda, a varios de los cuales salvó de la muerte después del golpe de Estado.

Si los agentes secretos cubanos que conocí eran histriónicos donjuanes de clase alta, amantes de las armas y los deportes recios, y los de la CIA parecían contadores aburridos o yuppies sin mucha idea del mundo, los agentes de la RDA, en cambio, eran esforzados y reservados.

Markus Wolf, por su parte, era un espía culto y bien parecido, intelectual amante de la literatura y la política internacional, y admirador de Richard Sorge, el brillante espía comunista alemán en el Asia, que le anticipó a Stalin que Hitler invadiría la Unión Soviética. Su especialidad era infiltrar a políticos de Alemania Occidental. Gozó del raro privilegio de ser una leyenda en vida. Era un tipo encantador, alto y atlético, de voz modulada y expresión precisa, que hablaba apretando los dientes y siempre estaba atento al estado anímico de sus colaboradores. A menudo recibía a sus informantes extranjeros más valiosos, y Ruschin fue uno de sus oficiales predilectos.

—Aquí tienes el ticket a Berlín Oeste vía Amsterdam —me dijo Ruschin cuando organizó mi salida en un café de Providencia, donde nos reunimos por unos minutos—. Alojas en este hotel en Amsterdam, vuelas dos días después en British Airways a Berlín Oeste, cruzas por el puesto fronterizo de la Friedrichstrasse, y el 3 de enero de 1974 habrá allí alguien esperándote.

—¿Cómo se llama el contacto? —le pregunté.

—No te preocupes. Tú entregas tu pasaporte a cualquier oficial de migración en la Friedrichstrasse, y él se encarga del resto. No confíes en nadie en el viaje. Sé siempre discreto. Sé dueño de tus silencios y no esclavo de tus palabras. *Alles Gute!*

¿Quién pagaba mi pasaje y el de Silvia Hagen? Probablemente la HVA.

Me despedí de mis padres y mi hermana en el aeropuerto de Pudahuel, y abordé el avión. Era evidente que la mayoría de los pasajeros de ese vuelo huía, como yo. Lo llevaban escrito en el rostro demacrado por el miedo y el cansancio. Varios incluso llegaron esposados y acompañados por soldados hasta su butaca. Habían tenido suerte, al menos los arrojaban al exilio y no a una fosa.

Al cruzar la cordillera de los Andes y cuando ya volábamos sobre territorio argentino, el capitán anunció bar abierto. La nave entera se relajó y todos comenzaron a beber y a comentar sus peripecias.

Siguiendo las instrucciones del sabio y discreto Ruschin, preferí guardar silencio. Sabía que la locuacidad es el peor enemigo del perseguido, e intuí que en el avión viajaban espías de la dictadura y que solo estaría seguro una vez que hubiese cruzado el Muro.

6

—*Sie sind schon da!** —anunció al teléfono el oficial de migración de la RDA que examinó nuestros pasaportes en la garita de la estación Friedrichstrasse.

Minutos más tarde, un tipo alto y enjuto, que vestía traje gris de solapa estrecha y corbata oscura, y llevaba la cabellera engominada, nos daba la bienvenida a Silvia Hagen y a mí.

—*Willkommen in der Hauptstadt der DDR*** —dijo, a la vez que se hacía cargo de nuestros pasaportes y equipaje, y nos conducía a un salón presidido por un retrato de Honecker—. Soy funcionario del Ministerio de Relaciones Exteriores y me encargaré de llevarlos al hospedaje. ¿Se sirven algo? Tomen asiento, por favor. Yo haré los trámites.

¡Había cruzado el Muro por primera vez en mi vida! Antes lo había hecho solo en una película basada en una novela de John Le Carré, en la que actuaba Michael Caine, y en los relatos de fugitivos de la Ostzone que publicaban las revistas alemanas occidentales que nos prestaba la biblioteca de la Deutsche Schule. Pero ahora había traspasado esa frontera de verdad, una experiencia que me resultó deprimente.

Lo hice en el desvencijado S-Bahn, que esa noche salió de la luminosa estación del Zoologischer Garten, en el centro del vital y

---

* Ya están aquí.

** Bienvenidos a la capital de la RDA.

próspero Berlín Oeste, y llegó traqueteando a un Berlín Este desolado y en penumbras. La diferencia entre ambas zonas era colosal. El trayecto por vía elevada me permitió ver no solo techos, calles y parques desde la perspectiva de un pájaro, sino también algo que nunca pude apartar de mi memoria: la bien iluminada franja de la muerte, detrás de la cual se parapetaba «el primer Estado de obreros y campesinos en suelo alemán», la concreción misma de mi utopía política comunista.

Solo había una estación donde ese S-Bahn se detenía en Berlín Este: la Friedrichstrasse, cerca del teatro Berliner Ensamble del dramaturgo Bertolt Brecht, frente al río Spree. Pero no había que prestarse a engaño: la estación estaba dividida en dos por placas de acero que imposibilitaban el paso y la vista de un andén al otro. La vía que conducía a Occidente corría por lo alto, entre alambradas y vigías, inaccesible para los germano-orientales. Sin autorización oficial no había forma de pasar al otro andén ni de trepar a esa vía elevada. Para los alemanes orientales, aquello era territorio vedado.

Esa primera vez me sobrecogieron la claridad, desolación e inmovilidad de la franja de la muerte. Era una inmensa cicatriz sobre la tierra: limpia, nítida, minimalista, donde nada se movía. La emoción de haber arribado al socialismo me impidió entonces reflexionar en profundidad sobre lo que acababa de ver, pero no olvidé esa experiencia.

Por ello, vuelvo ahora a degustar mentalmente el cruce de esa noche: el S-Bahn arranca del Zoologischer Garten, corre sobre avenidas y parques, se detiene en dos estaciones semiabandonadas y cruza lentamente la franja de la muerte, la frontera propiamente tal: un cinturón de medio kilómetro de ancho vigilado por soldados que se mantienen ocultos en la oscuridad de sus torres de observación.

La franja es como una cancha: comienza en el este con el primer muro, que ven los germano-orientales, sigue con una reja, una franja de arena (bajo la que se ocultan cables y minas antipersonales), senderos para el desplazamiento de patrullas, obstáculos para vehículos, rejas electrificadas, y finalmente el Muro mismo, blanco y sólido, coronado por un tubo por el cual es imposible encaramarse. Ese muro, de cuatro metros de alto, solo pueden tocarlo los occidentales. Sus compatriotas orientales jamás se aproximarán a él.

—Ojalá nos estén esperando —dice Silvia Hagen mientras intenta desviar la vista de la franja de la muerte, e intuyo que no quiere ver lo que yo no puedo sino contemplar.

El espectáculo es brutal. ¿Qué utopía es aquella que encarcela a sus ciudadanos para que la construyan? Esa franja de la muerte es más hermética, siniestra y letal que las de las cárceles de máxima seguridad de Estados Unidos.

Recuerdo hoy que lo que remecía la conciencia de cualquiera era presenciar la salida del S-Bahn de Berlín Este a Berlín Oeste, desde el comunismo al capitalismo: mientras los germano-orientales esperaban su tren para ir al trabajo o regresar a su vivienda, podían escuchar el timbre de partida, el golpe seco de las puertas al cerrar y la aceleración del vehículo que, en el otro andén, al otro lado de las planchas de acero, emprendía viaje al Zoologischer Garten. A esa estación llegarían los alemanes orientales solo tras jubilar.

Mientras bebemos una copia socialista de Coca-Cola en la sala de espera, no puedo apartar las imágenes de lo que acabo de ver por la ventanilla del tren.

—*Nun sind wir soweit**—anuncia de pronto el diplomático—. *Jetzt geht es nach Erkner!***

---

* Estamos listos.

** ¡Ahora nos vamos a Erkner!

7

Cruzamos las desoladas y oscuras calles de Berlín Este, y desembocamos en una carretera adoquinada que discurre entre manzanos sin hojas. Vamos en un Volga, coche imitación de un Ford de los años cincuenta. El diplomático viaja delante, haciendo compañía a un adusto chofer de chaqueta de cuero negro y pelo corto. Nosotros atrás, tomados de la mano, en asientos de terciopelo. Solo se escucha el murmullo del motor.

—Se hospedarán en un hotel del FDGB, la federación de sindicatos de la RDA —dice la voz del diplomático en la penumbra—. Está en Erkner. Hay compatriotas suyos que también lograron escapar del fascismo.

Los focos del Volga caen después de una curva en la parte trasera de un camión del Ejército soviético con soldados de abrigo y shapka. Se trata del último Zyl de un convoy militar que transporta tanques. Después aprenderé que los desplazamientos de las tropas del Pacto de Varsovia se realizan por la noche para evitar que los satélites estadounidenses puedan detectarlas desde el espacio.

Es la primera vez que veo el uniforme color musgo con gorra de piel de conejo que lleva la hoz y el martillo incrustados en la frente. En esa parte del mundo, el Estado se halla en manos del Partido Comunista, algo que me deja atónito, pues en Chile sus símbolos están prohibidos. La hoz y el martillo, los rostros de Marx y Lenin, y las banderas rojas abundan en Berlín Este, pero pueden acarrear prisión o tortura en mi patria. Al otro lado de la frontera, en la espesura del bosque, acechan los enemigos de la paz y el socialismo. El mundo está dividido en dos bloques, y por fortuna pertenecemos al de los buenos.

Una hora más tarde llegamos a Erkner, estación final del S-Bahn en el sur de Berlín Este. Es un pueblo de calles mal iluminadas y pavimento desnivelado, donde huele a carbón, y los ladrillos asoman bajo el estuco de las construcciones como dientes cariados.

En esa parte de Alemania, la historia se congeló en 1940. Ahora compruebo que los deprimentes paisajes de la RDA, que conocí en las revistas del colegio, coinciden con lo que estoy viendo. No conformaban una campaña del terror, como creí entonces, sino que son fiel reflejo de la tristeza y desolación que observo a través de la ventanilla del Volga.

El hotel es una casona de hormigón de tres pisos, con ventanales que dan a una laguna. Parece la casa patronal de una finca de comienzos de siglo. Se convirtió en albergue sindical después de la fundación de la RDA, el 7 de octubre de 1949.

Nos abrazan en la puerta representantes de los partidos de la Unidad Popular, la alianza derrocada por Pinochet. Lidera el comité un comunista de rostro anguloso y ojos negros, de apellido Palomo, que pronuncia emocionadas palabras de bienvenida. Una treintena de chilenos se hospeda allí. Son exiliados que aún no se recuperan de la tragedia, pero que están aliviados de haber podido escapar con vida de Chile.

Noto que aguardan con impaciencia noticias de las autoridades alemanas sobre su próximo destino: en algún momento serán trasladados a alguna ciudad germano-oriental, donde tendrán departamento y trabajo. Están preocupados por los rumores que indican que serán enviados a trabajar a fábricas como obreros para que se proletaricen.

Llevan dos meses en el hotel y están desanimados por la incertidumbre y las descorazonadoras noticias que reciben de Chile: la represión es extrema, hay muchos detenidos, torturados y asesinados, y la dictadura pinta para largo. Ni Silvia ni yo hablamos de la casa de seguridad ni de lo que hemos hecho. Fuimos advertidos por Ruschin: la discreción es el primer mandamiento en la clandestinidad.

Esa noche comemos con Silvia salchichas y papas hervidas en el restaurante del hotel. También hay cerveza. Estamos solos y extenuados por el viaje. Los huéspedes se han ido a dormir y reina la calma junto a la laguna. Vemos las noticias de la *Aktuelle Kamera* en uno de los dos canales de la RDA. Los canales occidentales han sido prohibidos por «los compañeros alemanes».

8

Un día después de mi llegada, durante el desayuno en el casino, logro conocer al resto de mis compatriotas. Algunos son tipos solos, otros tienen pareja, y hay quienes llegaron con hijos. Es gente de clase media, intelectuales y uno que otro sindicalista. Todos explican las razones de su asilo. Las historias parten el alma. Hablan de familiares que quedaron en Chile, del temor a la nueva e inexpugnable lengua, y de la incertidumbre sobre la duración del exilio.

Algunos ven a la RDA como un puente para continuar a Europa Occidental, lo que suena complicado en un círculo donde se supone que admiramos el socialismo y estamos decididos a defenderlo. Recuerdo particularmente a Carlos Jiménez, un hombre de mediana edad y manos grandes, fornido, que insiste en su deseo de partir a Francia o Suecia para ganar en divisas y ahorrar para volver a Chile.

—Aquí te pagan con billetes de Metrópoli —reclama con total desprecio hacia la moneda no convertible de la RDA—. Puro papel de juguete. No vale nada en Occidente. Hay que trabajar donde la moneda sea convertible. Lo demás es perder el tiempo.

Jiménez suelta ese tipo de frases incluso delante de su esposa y sus pequeños hijos, ignoro si por desparpajo o por afán provocador. Yo guardo silencio. Por un lado, nunca he escuchado que unas monedas sean convertibles y otras no, y por otro, me parece impropio agraviar a los compañeros germano-orientales de ese modo.

Pese a mi conmoción tras el traumático cruce sobre la franja de la muerte, sigo fiel a la Jota y no deseo distanciarme del país que me ha sacado de Chile y me ofrece una beca en la Karl-Marx-Universität.

Años más tarde comprendería que uno no debe silenciar sus convicciones profundas ni por gratitud. En un inicio fui un oportunista, como la mayoría de mis compatriotas: disimulé mis dudas sobre el sistema a cambio de los favores que me brindaba. Quienes exigían lealtad hacia un régimen que nos beneficiaba tenían sin duda una concepción canina del ser humano: no has de morder la mano que te da de comer.

En todo caso, lo que sí me quedó claro en el idílico hotel frente a la laguna de Erkner, donde obteníamos alojamiento, viáticos y comida, fue que estaba repleto de historias de enorme dramatismo y variadas expectativas.

A pocos días de mi arribo a Erkner fui convocado a una reunión por Palomo y otro camarada. Acudí a la sesión que tuvo lugar en una sala del hotel. Palomo se sentó a una mesa, frente a mí, mientras el otro se ubicó a mis espaldas.

—Te citamos porque afirmas ser militante de la Jota —dijo Palomo con el tono huraño de un Félix Dzerzhinsky, el implacable fundador de la Cheka, la antecesora del KGB—. Pero eso no nos consta.

—¿Ah, no? —exclamé sorprendido.

—No. Y debes probarlo. Cuanto antes.

Quedé de una pieza. El 11 de septiembre de 1973 había quemado mi carné de militante en el Instituto Pedagógico de la Universidad de Chile por instrucción de Pepa, una dirigente de nivel medio de la Jota que llegó hasta el lugar (todos los dirigentes estudiantiles se habían puesto a buen recaudo aquella mañana), y por lo tanto no cargaba en Erkner con documento alguno que probara mi militancia.

Además, ¿quién se atrevía entonces a salir de Chile llevando un carné que acreditara su militancia de izquierda? De ser sorprendido por la policía, habrías terminado detenido. Palomo sufría paranoia tras pasar tanto tiempo en la casona del FDGB, y veía enemigos por todas partes, me dije. Además, ¿cómo me constaba a mí que él era militante de la Jota? Y, más delicado: ¿quién le había conferido autoridad sobre mí?

—Tienes que pasarme tu pasaporte para chequearlo —agregó Palomo.

—No lo voy a hacer —respondí, alarmado de solo imaginar que pudiera extraviar mi documento—. Confórmate con mi nombre y mi fecha de nacimiento.

—Como quieras, pero no vas a salir a ninguna parte mientras no hayamos terminado tu chequeo.

—¿Chequeo? ¿Y por qué?

—Por seguridad —Palomo se calzó unos anteojos de sol y se acodó en la mesa—. Escúchame bien —agregó serio—: Aquí no estamos de turistas. Somos exiliados de la dictadura y tenemos la información de que el enemigo está tratando de infiltrarnos.

—¿Crees que soy un infiltrado?

—Mientras no pruebes que eres un militante, eres sospechoso. Yo soy dirigente de la Jota en el exterior y no te conozco. Es más, nunca te vi en actividad alguna de la Jota.

—Somos miles, camarada. ¿Por qué tenías que conocerme?

—Ese es tu problema. ¿Militabas? Pruébalo. Mientras no lo hagas, te mantendrás alejado de los huéspedes del hotel y no conversarás con ellos. Te recomiendo permanecer en tu cuarto y hallar a algún camarada que confirme tu militancia.

—¡Pero no puedo llamar a Chile a un dirigente del partido para que te confirme que soy militante!

—Ya sabes lo que espero —creo que me dijo Palomo, lanzando una mirada al tipo que estaba a mi espalda—. Piensa cómo vas a probar lo que afirmas y, cuando lo sepas, déjame una nota debajo de la puerta. Cuarto 33. Recuerda: no hables con nadie de esto, y no quiero verte dando vueltas ni por el patio. Quedo a la espera de tus noticias. Puedes retirarte.

9

¿Qué nos pasó como para que prosperara gente como Palomo en nuestra agrupación política? ¿Fue la derrota de 1973 en Chile lo que generó esa actitud represiva, o el estilo —típico de los comisarios del socialismo— se instaló antes en el movimiento revolucionario y solo halló tierra fértil para florecer en el socialismo real?

La conducta de Palomo habría sido inaceptable en el caótico Chile de Allende. Tuve la sensación de que ahí, en el socialismo de carne y hueso, donde imperaban las jerarquías y estructuras partidarias, emergía el auténtico carácter de los dirigentes autoritarios. Tras unos días de reclusión en mi cuarto, de donde salí solo a buscar comida, angustiado por la imposibilidad de probar que era militante y no un agente enemigo, me incorporé en la hora de almuerzo a la rueda de exiliados que hacían sobremesa.

No podría haberlo jurado, pero sentí que me evitaban. Le pregunté a Silvia su parecer. Ella compartía mi sensación y contemplaba entre azorada y temerosa el curso de los acontecimientos, convencida de que solo sus padres podrían ayudarnos. Los huéspedes eludían mi mirada y no conversaban conmigo. Palomo había sembrado la sospecha en torno a mi persona, algo riesgoso en el socialismo, siempre paranoico. No había nada que hacer: estaba aislado. Ni los extrovertidos brasileños querían departir conmigo.

Con el paso del tiempo, los salones, el casino y el bar del hotel del FDGB se fueron quedando vacíos, y la afabilidad inicial cedió espacio a un clima tenso y desconcertante. Palomo cruzaba los pasillos con sus espejuelos oscuros, seguido de su enigmático asesor. Solían pasar con aire de atareados, bajaban de dos en dos los peldaños de la escalera y a veces tocaban alguna puerta, entraban al cuarto y volvían a salir de él con rostros inescrutables. A veces se dirigían a mediodía a la parada del Ikarus que iba a la estación del S-Bahn y regresaban por la noche portando un maletín negro.

—Nos quieren intimidar con sus viajes en bus —dijo alguien a mi espalda.

Me volteé a ver. Era Jiménez, el hombre que anhelaba marcharse con su familia a Occidente para ahorrar divisas. Llevaba el *Neues Deutschland*, órgano oficial del SED, plegado bajo el brazo.

—Yo creo que van a alguna reunión importante en Berlín Este —dije yo.

—No van a ninguna reunión, sino a tomar cerveza en la *Gaststätte*[*] de la estación.

—No creo —insistí contemplando cómo Palomo y su asesor caminaban de nuevo, ahora bajo la nevazón de la tarde, hacia la parada del Ikarus.

—¿Y a ti qué te pasa, que casi no se te ve por los pasillos? —me preguntó Jiménez.

—Estoy preparando mi salida de aquí.

—¿A París o Roma?

—A Leipzig.

—A Leipzig —repitió en tono sarcástico—. Nada menos que a Leipzig. «*Leipzig ist mein klein Paris*»[**], decía Goethe.

---

[*] Restaurante.

[**] Leipzig es mi pequeño París.

—Así es.

—Pero eso fue en el siglo XVIII, no bajo el socialismo. ¿Y Silvia Hagen se va contigo?

—Ella va a la Universidad de Weimar.

—¿Y tú?

—A la Karl-Marx-Universität —precisé—. Es lo que me prometieron al salir de Chile.

—No van a cumplir la palabra —dijo en voz alta, y agitó el diario como un bastón—. Una cosa es lo que prometen en Chile, otra lo que hacen detrás del Muro. Pese a que estábamos enjaulados en la embajada, éramos gente libre. Aquí estamos en sus manos.

¿Era en efecto un provocador o solo me estaba probando? ¿No sería uno de los infiltrados a los que hacía alusión Palomo? Miré hacia el pasillo. Se alargaba con sus cuadros del realismo socialista y las puertas cerradas. Detrás de ellas alguien podía estar escuchando. Al fondo, el salón de la televisión seguía vacío y la barra sin barman.

—Soy optimista —respondí con un hilillo de voz.

—¿Y qué vas a estudiar en Leipzig?

—Marxismo-leninismo.

—Marxismo-leninismo —repitió, sacudiendo con incredulidad la cabeza.

—Así es. Creo que llegado el día puedo hacer un aporte considerable a la lucha en Chile con conocimientos profundos de marxismo-leninismo.

—Llegado el día —repitió burlesco Jiménez, haciendo sonar las coyunturas de sus dedos—. Te veo apendejado. Ya no eres el muchacho sonriente que llegó hace unas semanas. Te ablandaron rápido. No te dejes. ¿Qué te hicieron?

—¿A qué te refieres?

—Tú lo sabes. Mejor vete de aquí, cruza el Muro y regresa al mundo del cual vinimos. En Occidente también podrás estudiar y hasta ahorrar en billetes de verdad: D-Mark, francos, libras esterlinas, gulden. Olvídate de esto. No es tu mundo. Vete.

Aguanté las palabras y la respiración. Pensé en los consejos de Ruschin. No me había jugado la vida en una casa de seguridad del partido en Santiago ni había cruzado la franja de la muerte para dejarme enredar en una trampa tendida por un provocador, que se permitía anunciar a los cuatro vientos que vendía el socialismo por unos dólares. Palomo tenía razón: había entre nosotros enemigos que cumplían una labor de zapa.

—¿Y dónde está Silvia ahora?

—Leyendo en el cuarto.

—¿A Solyenitzin?

Otra provocación. Solyenitzin estaba prohibido en la RDA, al igual que Grass, Bulgákov, Vargas Llosa o Cabrera Infante. La dejé pasar.

—¿O es Palomo el que te jodió? —insistió Jiménez.

—¿A qué te refieres?

—A que él y Beria, su ayudante, tienen a todo el mundo en ascuas. Acusan a todos de sospechosos y los cobardes se fondean sin atreverse a salir a conversar con los demás.

—¿Cómo lo sabes?

—Me lo contó alguien del tercer piso —bajó la voz—. Palomo le ordenó informarle sobre actitudes sospechosas entre nosotros. Imagínate —agregó, abriendo los ojos de forma desmesurada—: Le dijo que hay agentes de Pinochet en el hotel.

Un escalofrío me subió por la espalda. ¿No era Jiménez tal vez el agente del que hablaba Palomo? ¿O Palomo era el agente? ¿O su asesor? ¿O el tipo del tercer piso? No supe qué responder. El corazón me latía con fuerza.

—Tú eres joven y no estás obligado a pensarlo tanto como yo, con cuarenta años, una mujer y dos hijos —continuó—. A ti y a Silvia Hagen les sugiero que salgan de este infierno y se vayan de la RDA antes de que sea demasiado tarde. Aquí se van a perder.

10

El chofer del Volga y el oficial tipo Kirk Douglas —que debe ser de la Stasi, el temido Ministerio de la Seguridad del Estado— me dejan en la puerta de un edificio prefabricado de diez pisos al que se accede por una escalera de hormigón. A su lado se levanta una hilera de edificios, con ventanales y fachadas idénticas. Son los internados de la Karl-Marx-Universität, en la Strasse des 18. Oktober, en Leipzig.

Silvia se ha marchado esa misma mañana, en otro Volga negro, a estudiar a Weimar.

En cuanto a mí, subo los peldaños cargando mi maleta y acompañado de Kirk Douglas. Nos recibe frau Rosenthal, la encantadora administradora del internado, una mujer joven, de anteojos y voz cálida. Se alegra genuinamente por mi llegada. Me pide el pasaporte y sus manos apuntan mis datos en un formulario; me adjudica un cuarto en el quinto piso.

Todo está bien dispuesto en esa oficina donde resuenan el tic-tac de un reloj de pared y la música suave de radio RDA 1. Muchos afirman que el socialismo, ideado por un alemán, solo podía funcionar en Alemania, y el orden de esa oficina parece corroborar esa presunción. Kirk sonríe al verme a salvo de la agobiante atmósfera del hotel de Erkner. Antes de irse me encarga con fervor a frau Rosenthal y se despide para regresar a Berlín. Probablemente es la última vez que lo vea en mi vida.

—*Herzlich willkommen!** —repite frau Rosenthal cuando nos hemos quedado solos en su despacho. Sus ojos azules relampaguean detrás de las impecables dioptrías, y sus senos generosos perturban mis veinte años—. Tiene suerte, compartirá cuarto solo con un estudiante.

—¿De dónde es?

—De Mali —lo dice deslizando una sonrisa condescendiente—. Es un príncipe. *Alles Gute wuensche ich Ihnen!***

Subo en ascensor. El cuarto es pequeño. Apenas hay espacio para dos escritorios y dos camarotes. Habrá que compartir escritorio, porque sobre la cubierta de uno de ellos, probablemente el mío, se apilan platos sucios y ollas con restos de un guiso cubierto con hongos. El baño y la ducha están en el pasillo, y sirven a tres habitaciones.

El librero está vacío, la cama del príncipe en desorden y en la mía descansan, perfectamente plegadas y planchadas, una toalla y una muda de sábanas, que huelen a detergente. Por la ventana de doble vidrio veo la Strasse des 18. Oktober, la vereda cubierta de nieve y la hilera de edificios prefabricados de enfrente.

Calculo que este será mi hogar por al menos cinco años. Estaré lejos de la clara y espaciosa casa con vista al mar de mis padres, en Valparaíso, y de la que arrendaba en Santiago, en Luis Carrera y Vitacura, con dos estudiantes, hermanos opositores a Allende, cuyo padre posee un aserradero en el sur.

Si estudio en Leipzig lo que me he propuesto, me convertiré en experto en marxismo-leninismo, y estaré en condiciones de contribuir a la teoría revolucionaria en América Latina. Es al menos lo que supongo en mi visión lineal de la vida. Estimo que, en pocos años, Chile será de nuevo democrático y avanzará al socialismo

---

* ¡Muy bienvenido!

** Le deseo lo mejor.

porque el sacrificio de Allende en La Moneda engrandece nuestra causa.

Salgo a pasear por Leipzig pensando en lo que he dejado atrás, y especulando sobre lo que me espera.

Leipzig tiene un aire gris y melancólico, recargado de ecos, chirridos y ruidos de motores, y ofrece unos gélidos pasajes comerciales. Su centro apaga el alma: aún hay sitios en ruinas de la época de la guerra y los antiguos edificios claman por revoque y una mano de pintura. Las calles adoquinadas tienen baches, y los Trabant y Wartburg, fabricados en la RDA, son coches anticuados. Veo colas de gente esperando ante restaurantes y cafés. El panorama urbano parece arrancado de la Europa Oriental de antes de la guerra.

—Hay escasez de productos y servicios porque el poder adquisitivo del pueblo es muy alto —me dirán varios chilenos, sin convencerme.

Noto que casi todos los transeúntes llevan una bolsa de compras de tela floreada. Me explican que lo hacen por si en alguna tienda encuentran algo escaso: manzanas o medias, paraguas o planchas, sostenes o perfumes, en fin, lo que sea. El desabastecimiento es perpetuo en el socialismo, y conviene comprar lo que se ofrezca, aunque no se necesite, porque sirve para el trueque con amigos y vecinos.

Doy con un restaurante célebre de la literatura: el Auerbachs Keller. Según la tragedia de Goethe, Fausto habla allí con los estudiantes de mi universidad, y Mefistófeles, en un asombroso acto de magia, hace brotar cerveza de un muro. Ardo en deseos de entrar para ver ese espacio donde la ficción y la realidad se entreveran, pero un letrero anuncia que está cerrado hasta nuevo aviso. Pronto constataré que es lo usual en cafés y restaurantes de la RDA, de propiedad estatal.

Días después, cuando me entero de que no tengo posibilidades con frau Rosenthal pues ella es feliz con su esposo médico, conozco a Karla Lindner, una muchacha de ojos azules y cabellera plateada que estudiará conmigo marxismo-leninismo en la Karl-Marx-Universität. ¿Cómo olvidarla? Era dulce y delicada, y tenía la cabellera blanca de tan rubia.

Solíamos retozar desnudos en mi cama de la Strasse des 18. Oktober. Me fascinaba recorrer la consistencia de sus muslos, dibujar con el índice sus caderas pronunciadas, repartir besos sobre sus pequeños pechos y sumergir mi nariz en su nuca de plata.

Pero ella no me consentía. Me permitía todas las caricias imaginables, menos hacerle el amor. Es cierto, nos desnudábamos, besábamos y acariciábamos en el cuarto; luego, ella se tendía de espaldas ofreciéndome su incitante triángulo rubio, pero cuando yo me montaba sobre su cuerpo y estaba a punto de consumar el acto mismo, ella me rogaba con lágrimas en los ojos que no lo hiciera.

Siempre respeté sus ruegos.

Ignoro si eran auténticos o solo perseguían aplacar algún sentimiento de culpabilidad religiosa. Lo cierto es que jamás intenté franquear el último obstáculo que Karla interpuso cada vez que yo estaba en la boca misma de mi meta. Por ello terminábamos paseando por Leipzig: ella feliz y convencida de que yo la amaba, y yo frustrado y con migrañas espantosas.

Fue en esos atormentados paseos que conocí Leipzig: la Mensa Kalinin y el Herder-Institut, el monumental Völkerschlachtdenkmal, la Russische Kirche, la Deutsche Bibliothek, el Clara-Zetkin-Park, y el fétido canal que serpentea por la ciudad. Y fue durante esas salidas que pude entablar una relación con mis otros compañeros de estudios. ¿Qué habrá sido de ellos?

Karla era tímida y de voz trémula, y me costaba imaginar cómo iba a impartir clases en el futuro con su carácter y aspecto de niña agobiada. ¿Habrá podido realizarlas? ¿En escuelas secundarias o universidades, en sindicatos o cooperativas campesinas, en el Ejército o la Stasi? En la RDA el estudio del marxismo-leninismo era obligatorio donde hubiese un alma a quien convencer de la triunfante marcha del socialismo.

Recibíamos las clases en una nave de acero y cristal de la Karl-Marx-Universität, y a veces en una sala lúgubre de un céntrico edificio, frío y casi en ruinas. Empleábamos manuales de la Academia de Ciencias de la URSS y de la RDA, que versaban sobre economía socialista, comunismo científico y filosofía marxista, así como sobre la historia del movimiento obrero alemán. El mundo, al menos en esos libros, parecía desarrollarse siguiendo las previsiones de Marx.

Un día, en la época del carnaval, llegó a verme al internado Gerda, otra compañera de estudios. Como el príncipe de Mali seguía sin aparecer, se dieron las condiciones para intentar consumar con ella lo que no lograba con Karla Lindner.

Gerda era alta, de ojos y pelo cafés, y unos senos que bajo el ajustado suéter de cuello beatle constituían un formidable argumento para convencer a cualquier adolescente.

—*Willst Du mit mir schlafen?** —me preguntó sin rodeos, casi con frialdad, mientras se despojaba del suéter para quedar en pantalones y sostén.

—*Gerne*** —repuse desconcertado.

En Chile ninguna muchacha me habría preguntado de forma tan directa si deseaba acostarme con ella, pero estábamos en el socialismo.

—*Aber zunaechst muessen wir dieses Zimmer sauber machen und in Ordnung bringen**** —afirmó Gerda.

————————

* ¿Quieres acostarte conmigo?

** Con gusto.

*** Pero primero tenemos que limpiar y ordenar esta pieza.

Y no me quedó más que obedecer. No me permitió que la besara ni acariciara mientras ella barría, desempolvaba, fregaba platos y ordenaba el cuarto y el baño, labor en que tardó una eternidad.

—*So, jetzt koennen wir mal ins Bett springen** —anunció una vez que la cama estuvo dispuesta.

Luego, terminó de desnudarse rápidamente, colocó su ropa interior doblada sobre el suéter que había dejado sobre el escritorio, y se deslizó ágil entre las sábanas, donde yo la aguardaba temblando de deseo.

Con veinte años, Gerda era ritualista y autoritaria en el lecho. No toleraba la opinión del otro y requería de concentración extrema para gozar el trance. Solo se acordaba de mí para impartirme órdenes: «Ahora ponte encima y déjame colocar las pantorrillas sobre tus hombros»; «hagámoslo de pie junto a la ventana»; «déjame mamártela un rato»; «saca el tubo de vaselina de mi cartera, úntate la pinga y cógeme por el culo»; «apártate para tocarme y alcanzar el orgasmo»; «ve a buscar papel al escusado».

En política, Gerda mantenía una conducta semejante: era una estalinista que no creía en el socialismo, aunque estudiaba marxismo-leninismo, y parecía empeñada en ligar un novio occidental para marcharse lo antes posible del régimen del SED. Pero algo que me llevó a no acostarme nunca más con ella fue que tenía la espalda llena de granos. Raro que me acuerde de eso en esta memoria de la Guerra Fría, pero es así.

Años más tarde, cuando retorné en 1979 de Cuba a la RDA para acudir a la Escuela Superior Juvenil Wilhelm Pieck, volví a encontrarla. Era de hecho profesora de marxismo-leninismo. Estaba casada con un mecánico germano-oriental, y tenían un hijo

---

* Bien, ahora sí podemos meternos a la cama.

llamado Karl Vladimir. Sobre la cabecera del lecho matrimonial colgaban retratos enmarcados de Marx y Lenin.

Ese segundo encuentro tuvo lugar en el comedor de la escuela de Bogensee. La reconocí de inmediato: físicamente se mantenía bien, incluso me resultó más atractiva que en Leipzig, pues sus rasgos faciales se habían afinado y llevaba un peinado aleonado que le asentaba. Tal vez a esas alturas hasta su espalda había experimentado una mejoría.

—Estás igualito a cuando te conocí en Leipzig —me dijo al saludarme—. ¿Dónde has estado?

—En Cuba.

—¿Con la hija del dirigente cubano?

Me impresionó su memoria. En 1974 ella había visto de lejos a Margarita Cienfuegos en el internado. Habían pasado cinco años desde entonces.

—Sí, pero nos divorciamos —dije sonrojado. Gerda me había recomendado no ir a Cuba, pues allá, opinaba, la vida era peor que en la RDA—. Volví el mes pasado.

—¿Solo?

—Solo.

Me observó con detenimiento por unos instantes. Recordé la notable consistencia de sus pechos, pero también se me vino a la cabeza su espalda llena de granos.

—Ven a visitarme cuando gustes —me dijo.

—Lo haré.

—Mi esposo suele llevar a nuestro hijo los fines de semana a Berlín.

Fui una vez a verla. Solo por curiosidad. En esa ocasión vi los cuadros de Marx y Lenin sobre la cama, y constaté que Gerda se había convertido en una dogmática hecha y derecha.

Poco sobrevivía de la desenfadada muchacha del internado de Leipzig, de la desencantada del socialismo que estudiaba en la Karl-Marx-Universität y que buscaba pareja entre extranjeros para conocer el mundo que le estaba vedado.

Ahora era una mujer con un hijo, casada, amparada por la escuela de cuadros, y por los rostros de Marx y Lenin. Tuve la impresión de que comenzaba a hartarse de la vida en Bogensee y que eso la tornaba peligrosa. No, yo prefería a la Gerda de antes, aquella que criticaba el socialismo cuando yo todavía creía en él.

11

Comencé a habitar dos mundos diametralmente opuestos en mis primeros días del Leipzig de 1974: por un lado, el del exilio chileno y, por el otro, el de la práctica estudiantil que realicé en el vespertino *Abendzeitung*, que era, como todos los diarios, radios y canales de televisión de Alemania del Este, de propiedad del gobernante SED.

Llegué al *Abendzeitung* gracias a mi dominio del idioma alemán y a que pronto caí en la cuenta de que estudiar marxismo-leninismo para enseñarlo algún día en Chile era un callejón sin salida, y que resultaría más práctico ejercer el periodismo.

Así pasé de los clásicos del pensamiento revolucionario a las formas de difundir su pensamiento. Un intelectual disidente me diría después, no sin sorna y con razón, que yo había escogido entre las dos peores alternativas de estudio universitario que ofrecía un país comunista: la de difundir su ideología fracasada y la de difundir mentiras diarias.

En fin, lo cierto es que a través de emisarios chilenos, que se coordinaban con las autoridades germano-orientales, volví a tomar contacto con los militantes de la Jota. Algunos eran amables, idealistas y hasta ingenuos, y habían escapado de la dictadura como yo; otros, en cambio, llevaban años en la universidad gracias a acuerdos entre la Jota y la FDJ para formar profesionales chilenos. Los primeros estaban más o menos por azar en el socialismo, el resto porque se lo había propuesto.

Los camaradas que vivían en la RDA desde hace años estaban desconcertados y sorprendidos por el hecho de que nadie hubiese defendido a Allende durante el golpe de Estado y que hubiese muerto solo en La Moneda. Como durante un largo tiempo se habían informado sobre Chile a través de los medios germano-orientales, tenían la impresión de que la inmensa mayoría de los chilenos respaldaba la Unidad Popular y que la oposición de centro y derecha constituía una minoría irrelevante.

Por ello, en entrevistas de prensa y actividades de solidaridad con Chile, afirmaban que todo se debía a maquinaciones de la CIA, el imperialismo, la oligarquía y Pinochet. Solo alemanes avispados me plantearon una inquietud que —lo reconozco ahora— no era crucial para mí entonces: ¿por qué el Gobierno de la Unidad Popular perdió el apoyo de la clase media, fracasó en el manejo de la economía y toleró que los ultraizquierdistas del MIR, el MAPU y el PS alarmaran a las Fuerzas Armadas?

Entre esos alemanes estaba el historiador Zeuschke. Era un señor de cabellera canosa y barba de chivo, que vivía con su mujer, rodeado de estantes repletos de libros en un derruido departamento de Leipzig. Allí olía a carbón de hulla y había una bella estufa revestida de azulejos que temperaba el espacio. Zeuschke y su mujer conocían Chile y estaban bien informados sobre el país y el proceso revolucionario.

—Mi esposo nunca se hará rico con su profesión —fue lo primero que me dijo la señora cuando tomé asiento en el living, iluminado por una lámpara de género que colgaba sobre la mesa, donde había un bien surtido *Abendbrot*:* pan integral, salame, sardinas, queso, aceitunas y rodajas de pepino y tomate—. No, no nos volveremos ricos con esto de la historia latinoamericana, pero es lo que hace feliz a mi marido.

---

* Cena.

Me llamaron la atención sus palabras. Hasta ese momento yo creía que volverse rico no era una aspiración de ciudadanos socialistas. Y he allí que, en el departamento de un conspicuo académico de la RDA, emergía ese anhelo pequeñoburgués como yo no había escuchado entre académicos chilenos de izquierda.

De todas formas, en la medida en que avanzaba la noche y bebíamos cerveza, Zeuschke fue intensificando su crítica a la izquierda chilena. Admito que en ese momento me pareció que estaba equivocado, pero los años se encargaron de darle la razón. El golpe de Estado no se había debido, a su juicio, a una traición de Pinochet ni al antagonismo de Estados Unidos, sino al hecho de que la Unidad Popular había fracasado en su manejo de la economía y en la conquista de la clase media.

—Mi querido amigo —me dijo Zeuschke, acariciándose la barba—, ¡en Chile se impulsó la estatización y la reforma agraria más rápido que en la RDA, donde tenemos soldados soviéticos estacionados! En este país aún hay pequeños propietarios en el agro, la industria y el comercio, y los dejamos tranquilos, pues resuelven los problemas de abastecimiento que las empresas estatales no solucionan. Ustedes trataron de hacer en veinticinco meses lo que nosotros hemos hecho en veinticinco años.

—El programa de la Unidad Popular era menos radical de lo que al final ocurrió, profesor.

—Cuando se es Gobierno, uno es responsable por lo que genera y no genera, mi querido amigo.

—A veces ciertos efectos son inmanejables, profesor.

—Lo sé. Con la acción ultraizquierdista del MIR, el MAPU y Altamirano no había Gobierno que pudiera hacer bien las cosas. Al socialismo por la vía pacífica se avanza con paciencia, sabiduría y buen manejo económico, cerrando alianzas duraderas con la clase media, creando confianza, no aterrando a los aliados con la radicalización del proceso.

Mientras le entregaba datos sobre la intervención de la CIA, Nixon y Kissinger, y la represión del régimen militar, noté que Zeuschke se refería a algo profundo y ajeno a mi simplificación de la historia. El conocimiento, la madurez política y la cultura del académico le permitían examinar la situación desde una perspectiva que yo no vislumbraba.

Hasta ese momento, yo no había escuchado a un izquierdista responsabilizar a la izquierda del fracaso. Esa noche, el análisis del historiador me resultó injusto y extemporáneo. Me parecía indebido culpar a las víctimas por la derrota y no golpear a los militares por violar los derechos humanos.

—Mi querido amigo —me dijo Zeuschke con una sonrisa mefistofélica, acentuada por su barbita de chivo, mientras alzaba un vaso coronado con la espuma de la Pilsen checa—, en la historia ser víctima no implica tener la razón.

—No lo entiendo, profesor.

—A veces, quienes triunfan en la historia tienen la razón de su lado, pero a veces no. Y a veces los que pierden en la historia tienen la razón de su lado, pero otras no.

Volví al internado caminando sobre la nieve que crujía bajo mis botas con un sabor amargo en la boca. Si había ido esa noche al vetusto departamento de Zeuschke había sido para encontrar consuelo y solidaridad, no para escuchar un análisis frío y objetivo del Gobierno de Allende, que la izquierda tardaría años en iniciar.

12

Pronto me llegó la invitación a una reunión del exilio en el internado. Convocaba, si no me falla la memoria, el CHAF, siglas del Comité Chile Antifascista, que tenía su sede en Berlín Este, en la antigua embajada chilena en la RDA. El comité lo integraban representantes de los partidos de la Unidad Popular y funcionarios germano-orientales.

Fue una reunión a la que asistió un centenar de compatriotas, personas de entre treinta y sesenta años que se sentían aliviadas por haber salido de Chile, pero también agobiadas por su falta de perspectivas. Nadie quería seguir viviendo en el internado, entre jóvenes del mundo que, junto con estudiar, festejaban y bebían demasiado, lo que convertía los pasillos en sitios peligrosos.

Entre los asistentes a la sesión estaban José Rodríguez Elizondo y Luis Moulián. Se veían ostensiblemente incómodos y preocupados, deprimidos por las circunstancias y escépticos con respecto a poder acostumbrarse a la vida detrás del Muro. Sus intervenciones de esa noche, que me sonaron algo académicas, estuvieron destinadas a agradecer a las autoridades que los acogían.

Me pareció que apenas lograban ocultar una inquietud que seguramente los desvelaba: ¿cuál sería su futuro? ¿Tendrían derecho a una vivienda y un trabajo decentes? Sospecho que los atormentaban también otras preguntas: ¿tendrían que quedarse durante años en ese país socialista? ¿Qué sería de su formación intelectual en un país donde imperaba la censura? Porque una cosa era evidente: bastaba con darse una vuelta por las librerías de Leipzig para comprobar que las de Chile, incluso bajo Pinochet, ofrecían un repertorio ideológico más variado que las de la RDA.

No vi más a Rodríguez Elizondo sino hasta muchos años después, cuando en el Chile de la democracia me lo topé en casa de Heinrich Sassenfeld, un amigo de la fundación socialdemócrata alemana Friedrich Ebert. Recuerdo que su desencanto de la RDA en Leipzig era ya indisimulable, incluso ante un joven como yo, ilusionado todavía con la utopía. Rodríguez Elizondo debe haber sido uno de los primeros exiliados en comprender que el socialismo no era un sitio adecuado para vivir, y se marchó.

Con quien sí seguí en contacto a partir de esa reunión fue con Luis Moulián. Era generoso, alerta y culto, brillante, de aspecto frágil detrás de sus gruesas dioptrías, su figura esmirriada y su barba descuidada. Miraba con una sonrisa melancólica y condescendiente, como diciendo «así de dura es la vida, compañero».

Algo entendía yo entonces de marxismo gracias al libro *Lecciones de filosofía*, de Georges Politzer, lecturas de Marx, Engels y Lenin, y por manuales soviéticos de economía y filosofía, traducidos al español por editoriales de Moscú, Ciudad de México y Montevideo. Y si existía un criterio marxista que permitía comprobar la superioridad del socialismo sobre el capitalismo era el de las fuerzas productivas.

Según el marxismo, las relaciones de propiedad en el socialismo impulsaban el desarrollo de las fuerzas productivas, mientras que las del capitalismo las obstaculizaban. Eso significaba que el socialismo generaría tecnologías más modernas y eficientes y, si las predicciones de Marx no fallaban, el socialismo alemán oriental debía exhibir una tecnología inmensamente superior a la de Alemania Occidental.

Con Moulián decidimos probarlo y nos sentamos en la plaza de la ópera de Leipzig a comparar los vehículos de fabricación socialista con los occidentales.

—La verdad es que la tecnología socialista está atrasada en por lo menos un cuarto de siglo con respecto a la capitalista —le dije a Moulián—. Los camiones y autos rusos, por ejemplo, o los buses húngaros y las retroexcavadoras rumanas parecen de la década del cuarenta en el capitalismo.

Moulián se acarició la barba, sonriendo pensativo, achicando los ojos detrás de sus cristales.

—Es que tal vez Karl Marx no estaba equivocado —dijo al rato.

—¿Cómo?

—Puede que, como dijo Marx, el socialismo permita en efecto un mayor desarrollo de las fuerzas productivas que el capitalismo. Así ha ocurrido en todas las formaciones sociales en relación con sus precedentes: la tecnología del capitalismo superó a la del feudalismo y esta a la del esclavismo, y esta a su vez a la de la sociedad primitiva. Lo dicen Marx y Engels. Basta con leer *El capital* o *El origen de la familia, la propiedad privada y el Estado*.

—¿Y entonces?

—Quizá el atraso de las fuerzas productivas en la RDA frente a las del capitalismo no se deba a que Marx se equivocó, sino a algo peor.

—¿A qué?

Habíamos vuelto a sentarnos para corroborar la teoría, esta vez en un banco cerca del hotel Astoria. El banco de hormigón era un bloque de hielo y estaba junto a los rieles del tranvía que pasa frente a la estación de trenes.

—A algo más sencillo: a que esto no es socialismo.

—¿Cómo? —exclamé azorado.

—Como lo oyes —repuso Moulián con tranquilidad, sacando las manos enguantadas de la parka para gesticular con ellas—. A que esto no es socialismo.

Su aseveración me sobrecogió. Sentí que su herejía tardaba demasiado en disiparse en la noche que se cernía sobre Leipzig. Yo no estaba preparado para oír aquello, menos viniendo de los labios de un intelectual de izquierda, porque lo suyo era una crítica tremenda a la RDA y a todo el socialismo.

Días atrás yo había escuchado afirmar al profesor Zeuschke que el fracaso de Allende se debía a los errores de la Unidad Popular, pero lo que sostenía Moulián era más delicado: desconocía que el socialismo fuese en efecto socialismo.

—Bueno, y si esto no es socialismo, ¿qué mierda es? —pregunté a Moulián.

—*That is the question* —dijo Moulián, inclinando la cabeza preocupado.

II
LAGO BOGENSEE

13

Desde mi cuarto del internado de la Strasse des 18. Oktober, que compartía con el invisible príncipe de Mali, seguí las relaciones con los militantes de la Jota. Supuse que hasta Sajonia no habían llegado todavía los mensajes persecutorios de Palomo.

El príncipe africano poco aparecía por el cuarto que compartíamos, pero a veces encontraba indicios de sus irregulares visitas: una camisa de seda goteando desde la manilla de una puerta, restos de comida en un plato bajo la cama, una túnica floreada en el baño. Era como si de ese modo Sejourné marcase territorio, me hiciera saber que estaba al tanto de mis pasos y expresase su absoluto desinterés por conocerme.

Era un joven negro de ojos achinados, de dos metros de altura y con una voluminosa melena, a lo Angela Davis, que cruzaba con dos palillos de oro macizo. Solo se despojaba de su largo abrigo de cachemira para acostarse, y debajo de él llevaba una colorida túnica de lino. Desde un comienzo me hizo saber que era un príncipe, que en África disponía de sirvientes, asesores y cortesanos, y que no podía andar perdiendo el tiempo con un imberbe plebeyo chileno.

Lo suyo, subrayaba, era de élite: en Leipzig solo se reunía con cineastas, pintores e intelectuales de enjundia. Pontificaba sobre la relevancia planetaria del modelo económico de Mali y afirmaba que su socialismo era ejemplar para el continente y Europa, en especial para Francia, adonde viajaba a menudo.

—Escucha, chileno, gente de mi estirpe gobierna Mali, y por eso solo me relaciono con seres superiores, no con estudiantes corrientes —me aclaró una noche mientras sintonizaba una emisora germano-occidental en su cama.

—Yo no sería tan selectivo —apostillé.

—¿Eres tú acaso príncipe o cacique de tu país?

—Soy solo un esforzado estudiante.

—¿Conoces a los líderes de tu país?

—Hay una dictadura en Chile, Sejourné. ¿Cómo voy a ser amigo de ellos?

—Me refiero al Gobierno del doctor *Allendé*. ¿Conocías al doctor *Allendé*?

—En verdad, no.

—Entonces, ya sabes de qué hablo.

Siguió buscando en el dial de la radiocasete. Solo escuchaba emisoras occidentales.

—Lo único que sé de Chile es que el doctor *Allendé* murió por creer que el socialismo se construye con votos. Por ingenuo se merecía lo que le pasó, y lo digo con el respeto que me merecen quienes partieron de este mundo. Pero hasta un aficionado al marxismo sabe que la burguesía jamás entrega el poder impresionada por un puñado de votos.

Sospecho que el príncipe servía fundamentalmente de suministrador de Chivas Regal y conservas occidentales a las personas con quienes se encontraba, porque disponía de valuta. Era el anhelo de los que frecuentaban los intershops, tiendas estatales que ofrecían en divisas productos del capitalismo, desde barras de chocolate hasta detergentes, desde vino francés hasta latas de Coca-Cola, desde radiocasetes hasta televisores en color, pasando por jeans y medias panty.

En este ambiente enrarecido del internado fui conociendo más a los camaradas. Algunos residían en la RDA desde antes del golpe de Estado. En general, parecían satisfechos: dormían en el internado, se habían integrado a la vida estudiantil y tenían pololas alemanas. Chile se había convertido en un referente mítico y lejano. Nunca escuché de ellos crítica alguna al monopartidismo, la falta de libertad de prensa, el Muro de Berlín o las elecciones en que los candidatos gubernamentales ganaban siempre con el 99 por ciento de los votos.

La gran mayoría eran jóvenes de extracción popular o provenían de situaciones muy precarias, de Santiago y provincias, y para ellos la vida material en la RDA implicaba un progreso considerable: tenían un cuarto calefaccionado, seguro de salud y beca de estudios que les permitía financiar comida y libros. Todo esto demostraba la superioridad del socialismo. No sabían que existían beneficios similares al otro lado del Muro. Ese bienestar los volvió insensibles ante las arbitrariedades del sistema comunista que sufría la población.

No es que su total mutismo frente a la realidad de opresión en ese tiempo me quitara el sueño, pero sí comenzaba a incomodarme ante los compañeros alemanes de la FDJ. ¿Que consideraba justo el recorte a sus libertades que imponía el régimen que me acogía en forma solidaria? En rigor, en un inicio no lo condené con énfasis.

—La forma en que la generosa Alemania del Este regula los viajes de sus ciudadanos es un asunto interno —decían los camaradas en Leipzig—. No nos corresponde inmiscuirnos en sus leyes. Somos visitas. Y cuando uno está de visita, no se mete a decir cómo deben hacerse las cosas.

En un inicio atribuí esa indiferencia al hecho de que nuestro partido estaba sufriendo en Chile los embates de la represión militar, circunstancia que nos exigía una completa concentración en la tarea de conseguir solidaridad internacional. Tal vez más adelante, cuando las aguas recuperaran su antiguo caudal —pensé con inocencia entonces—, abordaríamos el tema que exigía una postura resuelta: la ausencia de libertades.

Recuerdo una conversación que tuve con un colaborador del ex presidente Allende. El encuentro fue nueve años después, durante mi segunda estadía en la Alemania del Este, cuando ya empacaba mi maleta para irme a Occidente. Él había llegado hasta el estudio de mi novia Carolina Braun, en Bernau, de forma intempestiva, después de haberme solicitado por carta que lo recibiera. Pero yo no le había respondido, porque supuse que estaba al tanto de mi «traición» en ciernes.

El hombre había militado en la Democracia Cristiana, después había pasado al partido de la izquierda MAPU y ya en el Este se había identificado con el Partido Comunista. Con su barbita de chivo y penetrantes ojos negros, era un indagador astuto y gozaba de un privilegio soñado por millones: disponía de visa de salida y entrada permanente de la RDA.

—¿Te llevarías a Carolina a Chile? —me preguntó—. Es decir, ¿el nivel de la relación entre ustedes está como para llevártela lejos?

—Eso habrá que verlo en su momento —repliqué, extrañado de que él hubiese viajado una hora hasta Bernau para hablar de ese tema. Además, yo no quería mostrarle mis cartas—. Pero como ciudadana de la RDA no puede viajar a Occidente.

—¿Leíste *Crimen y castigo*? —me preguntó.

—Gran novela. La disfruté en La Habana —dije.

—Pues a veces los líderes de una nación se ven obligados a exigir grandes sacrificios a sus compatriotas por el bien del prójimo. La historia solo reconoce a posteriori esas decisiones.

—No entiendo.

—Son los misterios de la historia. Tal vez en veinte o cuarenta años, los descendientes de los actuales ciudadanos de la RDA valorarán el sacrificio que hacen hoy sus padres y abuelos. Lo entenderán en un socialismo pleno que habrá triunfado a nivel planetario, cuando todo el mundo sea socialista.

—No me convence el argumento —reclamé—. Vivimos una sola vez. Si hay algo que el marxismo enseña es que vivimos una vez y punto.

—Piensa en Stalin —agregó el visitante y se introdujo las manos en los bolsillos del pantalón. Llevaba traje y corbata oscuros, como si aún fuera un funcionario de Allende—. Solo después del triunfo de la Unión Soviética sobre Hitler entendimos su aporte a la historia.

—Pero, por favor, si Stalin fue condenado por su propio partido en 1953.

—Algún día la figura del viejo será reivindicada y se le hará justicia —sentenció.

14

He avanzado demasiado rápido en mi relato, porque faltan años todavía para que pueda salir de la órbita soviética. Estoy en Alemania del Este, en 1974. Y pese a que la opinión general de mis camaradas es positiva en lo referente al socialismo real, ya entonces me topé con algunas visiones críticas, como la de Milenko, una excepción dentro de la militancia. Egresado de un colegio privado en Chile, sus padres, ambos profesionales, pertenecían a la izquierda más acomodada. Conocía Francia e Italia, y veía con otros ojos Alemana Oriental. La comparación entre la RDA y esos países le resultaba mortífera, lo cual generó gran desasosiego en mí.

—Es difícil este país —dijo mientras tomábamos cerveza en un bar del centro, después de un acto de solidaridad con Chile—. Los sindicatos alemanes, que recolectan dinero para la lucha en Chile, están encabezados por Harry Tisch hace siglos, y no conocen ni en teoría la democracia sindical. Se irían de espaldas al ver cómo eran las campañas electorales en los sindicatos chilenos antes de Pinochet.

—¿Y qué quieres decir con eso? —le pregunté. No me apetecía llegar a otra conversación tan inquietante como la que había tenido con Luis Moulián en la plaza de la ópera.

—Que tal vez Trotsky tenía razón.

—¿Trotsky? ¿El traidor?

—No sé si fue un traidor o una víctima de Stalin, pero él estaba convencido de que había que impulsar la revolución socialista en toda Europa, o el socialismo jamás triunfaría.

—Pero ya triunfó. Lenin consideraba que había que salvar el socialismo en Rusia para expandirlo desde allí hacia el resto del mundo. Y tuvo razón —agregué—. Mira todo esto —indiqué hacia las mesas repletas de comensales bajo el cielo abovedado del bar—: es el socialismo con todas sus fallas y limitaciones, con Muro y tropas soviéticas, con todo lo que le critican en Occidente, pero es real, auténtico, concreto —dije golpeando con la mano la mesa.

—Es cierto. ¿Pero a qué precio?

—Todo tiene su precio en la vida.

—Como dice mi padre, es una victoria pírrica. Otro triunfo como este, con muros, alambradas y prohibiciones, y podemos enterrar al socialismo antes de que acabe el siglo.

Me sorprendió que su padre, un comunista, pensara así. No se trataba entonces solo de conjeturas o especulaciones de Milenko, con las cuales intentaba impresionar a las alemanas para llevárselas a la cama, sino de la reflexión de su progenitor, un militante de toda la vida, emparentado con intelectuales de fuste. Ese tipo de críticas irremediablemente me llevaban a recordar la interpretación apocalíptica de Moulián. Si en el caso de este último no existía socialismo en la RDA, para el padre de Milenko el socialismo real era un gran fracaso.

—Pero esta realidad existe y nos brinda solidaridad —reclamé.

—También nos brindan solidaridad Alemania Occidental, Francia, Italia, Holanda, México y Venezuela, mi amigo.

Bebimos en silencio.

—¿Y entonces? ¿Qué piensas hacer? ¿Irte al otro lado? —le pregunté.

—No me iría a Occidente. Mi padre se moriría de tristeza.

—¿Él se queda?

—A su edad no puede irse, menos a Occidente. Además, el partido lo haría papilla, lo desprestigiaría. A sus años solo le queda agachar el moño, apretar los dientes y esperar poder volver a Chile.

—¿Te vas tú, entonces?

—Sí, pero no a Occidente.

—¿Adónde?

—A Yugoslavia.

—¡Al socialismo de Tito!

Me explicó su plan. Pretendía estudiar en Zagreb. Tenía antepasados croatas y derecho a una beca en Yugoslavia. Era una forma elegante de salir de la Europa controlada por los soviéticos, pero guardando las formas. Peor era que los camaradas lo acusaran de agente de la CIA, traidor o malagradecido, aunque el socialismo de la autogestión era un modelo que habían celebrado algunos democratascristianos de Chile de la época de Allende.

—La RDA está jodida —aseveró Milenko—. Mira a su gente, amargada. Con lo único que sueñan es con ir a Alemania Occidental. Odian este sistema. Si salen, no vuelven. Viven una pesadilla perpetua. Me lo contaron alemanes. En cuanto se emborrachan, se ponen a llorar por no poder cruzar el Muro. ¿No te pasaría lo mismo?

Seguro que sí, pensé.

—Al menos te vas a otro país comunista —dije.

—El socialismo de Tito es diferente al soviético. Las empresas son administradas por sus propios obreros, tal como lo soñó Marx. No como en este Estado monopólico donde los obreros son simples números.

—El yugoslavo no es un socialismo sólido —dije yo—. Existe solo porque lo ampara la Unión Soviética y tiene a miles de obreros en Alemania Occidental.

—Es el único socialismo democrático y sin la bota soviética; el único donde la gente puede viajar y vivir en Occidente, si quiere, y regresar sin sufrir represalias. Intenta cruzar el Muro aquí, ¡te zurcen a balazos! Me voy a Yugoslavia, donde pueda defender el socialismo sin que se me caiga la cara de vergüenza, mi amigo.

Nunca más hablé con Milenko. Años después supe que vivía en Belgrado, con una croata de la que se enamoró.

15

Si bien mis camaradas comenzaron a mostrarse más distantes de mí después de la partida de Milenko a Yugoslavia —país al cual el Partido Comunista chileno, fiel a la URSS, no miraba con buenos ojos—, no se convirtieron en mis adversarios. Había, eso sí, indicios de que crecía en ellos la influencia de Palomo o la de otros dirigentes parecidos, que veían agentes enemigos por todas partes.

No volvieron a citarme a más reuniones de la Jota y cambiaban de vereda cuando se cruzaban conmigo en la calle. No obstante, algunos temas nos seguían uniendo, como la preocupación por lo que ocurría en Chile, pues las noticias de la represión se tornaban cada vez más escalofriantes, o el arribo de nuevos exiliados, muchos de los cuales venían de campos de detención y tortura. También nos unía, con igual intensidad, nuestra pasión por las alemanas.

Entre los camaradas estaba Roberto Pérez Schuster, un tipo de gruesas gafas, que llevaba varios años como becario en la RDA. Se hacía llamar Robert P. Schuster en un intento por germanizarse, pero su aspecto físico —de piel oscura y rizada cabellera negra— poco lo ayudaba en esa empresa. Su crítica se dirigía a la dictadura chilena, la RDA era para él un modelo admirable de sociedad.

Estaba también el músico Marcelo Romanov. Creo que tocaba el charango o el tambor en un conjunto folclórico, y estudiaba germanística en la Karl-Marx-Universität. Su grupo era muy solicitado por las autoridades germano-orientales, quienes lo contrataban para actos de solidaridad con Chile.

La tragedia chilena le servía a la vez al SED para educar ideológicamente a su población y advertirla sobre lo que podría ocurrir en su país si el «fascismo germano-occidental» derribaba la «valla antifascista» (el Muro). Faltaban quince años para que el socialismo sucumbiera, pero nosotros seguíamos bebiendo, celebrando y tirando sin parar en ese *Titanic* de la Guerra Fría, anclado en la Strasse des 18. Oktober.

Marcelo se sentía realizado como músico. Tenía que espantar a las admiradoras con matamoscas. Se entregaba día y noche a la causa de la solidaridad, viajaba por el país a tocar con su conjunto en el Ostsee* y los Erzgebirge**, en Zwickau o Dresde, en Berlín o Magdeburgo, en universidades y escuelas, en sindicatos y el Ejército, en el SED y la FDJ. La tragedia chilena había elevado a su grupo a un merecido estrellato.

En esa banda participaba además otro músico, apuesto y de cerrada barba y melena azabache, que se casó con una chipriota con la que se fue al Mediterráneo. Treinta años después, mientras vacacionaba con mi familia en Creta, me enteré por Tassos, un chipriota que alquilaba carros en Heraklion, que en su país había un chileno. Supuse que podía ser él.

—Está casado con una mujer de Nicosia. Se conocieron en Alemania, tienen tres hijos y él canta en un bar a orillas del mar —me comentó Tassos en inglés, con una gran sonrisa de ojos aceitunados.

—Debe ser mi amigo —exclamé—. Así de pequeño es el mundo.

—El mundo es un velero, vamos todos en él —aseguró Tassos.

---

* Mar Báltico.

** Montes Metálicos.

Recuerdo también que en ese grupo folclórico había un cantante y compositor porteño: Payo Grondona. Hace unos meses asistí a su velatorio en el Teatro Municipal de Valparaíso. No pude volver a ver su rostro pues el féretro estaba sellado. Solo vi su ataúd sitiado por coronas de flores. En el Leipzig de los setenta tuvo sus días de gloria, como me contó muchos años después, cuando el socialismo ya no existía y viajábamos en un tren de la Bundesbahn por la campiña de la Alemania reunificada.

—Entonces éramos jóvenes, y yo tenía mucho pelo. —Payo me mostró su calva esbozando una sonrisa melancólica—. El conjunto se llamaba Tiempo Nuevo y tocaba en todas las ciudades de la RDA, y hasta en Checoslovaquia y Polonia. Incluso asistimos al Festival Mundial de la Juventud y los Estudiantes, que se celebró en La Habana, en 1978. Éramos famosos, nos pagaban muy bien y nos llovían las mujeres más espectaculares del socialismo. Ya solo por eso valió la pena pasar por ese mundo, mi amigo.

Es curioso que evoque desde mi estudio en la Oderberger Strasse, casi cuarenta años después, a los músicos de Leipzig. Ya no existe el país que nos albergó y la universidad cambió de nombre. Ha transcurrido casi un cuarto de siglo desde que desapareció la RDA, aunque entonces representaba una alternativa comunista a nivel mundial.

16

Y una mañana de 1974 apareció Margarita Cienfuegos en un pasillo del internado de la Strasse des 18. Oktober.

Joaquín Ordoqui, el hijo del comandante revolucionario y comunista histórico del mismo nombre que Fidel Castro tronó acusándolo de ser agente de la CIA, y cuya esposa —la madre del joven Ordoqui— vivía bajo detención domiciliaria en La Habana, me había comentado mucho sobre Margarita.

—Es la muchacha más bella que jamás has visto ni verás, chileno —me anticipó mi nuevo compañero de cuarto—. Espero presentártela, pues te deslumbrará. En todo Chile no hay nadie tan linda como ella.

En ese entonces, el príncipe de Mali ya había dejado el internado. Me contaron que alojaba en la suite presidencial del mejor hotel de Leipzig, el Astoria, mientras se le asignaba una nueva habitación acorde con su alcurnia y prosopopeya.

Cuando vi por primera vez a Margarita, en el pasillo del internado, desde algún cuarto Jimi Hendrix cantaba «The wind cries Mary», y sobre la Strasse des 18. Oktober la paciente mano de la nieve había desplegado una vasta sábana limpia. Ordoqui caminaba a mi lado.

—Ahí la tienes —me anunció con voz trémula y la mirada enrojecida de fervor, como si se tratara de una aparición sobrenatural—. ¡La mujer más bella de la Karl-Marx-Universität!

Cuando la vi quedé deslumbrado por su belleza pálida y de grandes ojos verdes. Pero no solo su aspecto me sedujo. También lo hizo mi repentina percepción de que la muchacha, de alegría tan diáfana y despreocupada, integraba la privilegiada familia de los míticos comandantes barbudos. Era un Caribe que yo no conocía: una clase nueva, vestida de verde olivo, que se había adueñado del poder absoluto en 1959 y se conectaba de alguna manera, a través de halos de santos o de esos rayos de luz divina que apartan de pronto las nubes en las películas religiosas de Hollywood, con la sagrada historia revolucionaria del continente.

Fue un amor juvenil a primera vista: lacerante como un latigazo, incisivo como la estocada de un estilete, embriagador como un mezcal de Oaxaca, adictivo como las drogas, despiadado como dictador latinoamericano. Brotaría en ese pasillo estudiantil, lo presentí mientras la observaba anonadado, una pasión que ardió en el marco ponzoñoso de la Guerra Fría, entre los vericuetos de intrigas, decepciones y traiciones. Esa agobiante atmósfera política mundial iba a terminar avasallándonos, pero nuestras ilusiones amorosas de entonces no podían anticiparlo.

Hendrix dejó de cantar de golpe, de eso me acuerdo bien, porque del internado se apoderó entonces un inquietante silencio, una calma que tal vez presagiaba el drama que nos aguardaba. Pero Demis Roussos no tardó mucho en empezar a entonar «Forever and ever», y fue como si un coro de ángeles griegos lo acompañara.

Yo, presa del deleite y el arrobo, con las mejillas encendidas y el corazón agitado como por un galope tendido, no pude sino posar mis ojos en Margarita, mientras ella me regalaba una sonrisa amable y sorprendida. Yo era la revolución frustrada, ella la revolución triunfante.

17

Acabo de disfrutar con mi mujer una cena junto a la chimenea de un restaurante italiano en el Berlín reunificado. Estoy de regreso en los Brilliant Apartments, en pleno invierno.

El Muro cayó hace casi un cuarto de siglo y busco en Berlín las huellas de lo que fue mi paso por un país que desapareció como lo hicieron los nombres de muchas de las calles que recorrí, de instituciones que frecuenté y de ciudades donde alojé.

Ya no existe la RDA, ni la ciudad de Karl-Marx-Stadt, ni la Karl-Marx-Universität, ni la estación de metro Ernst-Thaelmann-Platz, ni el Georg-Dimitrov-Ring, ni la calle Strasse der Befreiung en Bernau, donde viví con Carolina. Ni tampoco Checoslovaquia, Yugoslavia, ni la Unión Soviética. Es más, hoy vivo bajo otro nombre, no el de guerra que utilizábamos para ocultar la identidad y preservar la seguridad ante el enemigo infiltrado en la escuela junto al lago Bogensee.

Ahora garabateo apuntes, que un día se convertirán en un libro, mientras escucho a través de mis Bose a Jimi Hendrix o a Demis Roussos, que cantan en el iPod lo que cantaron esa mañana de 1974 en el internado de Leipzig, cuando conocí a Margarita. Entonces la RDA estaba más viva que nunca y el socialismo parecía irreversible, pues encarnaba el luminoso futuro que aguardaba a la humanidad.

En el instante en que nos conocimos Margarita y yo, echamos a andar un mecanismo impreciso que a mí me arrastraría a la dictadura del Caribe y a la ruptura con el comunismo, y a ella a encargarse del adoctrinamiento ideológico de las mujeres de la isla en la Federación de Mujeres de Cuba, FMC.

El inicio de nuestro amor alertó al servicio secreto cubano, porque Margarita era la hija del legendario fiscal general de la República, y yo podía ser un plebeyo chileno —como decía el príncipe de Mali—, pero también un agente de la CIA, empeñado en infiltrarme, envuelto en los percales del amor, en la nomenclatura castrista.

No recuerdo el detalle de cómo se desbocó nuestra relación. Vislumbro solo retazos aislados, como los fogonazos que despedían las cámaras antiguas, pero sí me acuerdo del inicio de nuestro amor, en una casa de gruesos muros de la Hammerstrasse, en Leipzig. Pertenecía a dos amigos luteranos, probablemente gays, que fueron expulsados de la Karl-Marx-Universität por protestar contra la demolición de una antigua iglesia ubicada en el centro de la ciudad, donde el SED planeaba levantar el rascacielos de la universidad.

Invité a Margarita a la vivienda de esos ex estudiantes de pelo largo devenidos obreros de la construcción, porque el régimen los había condenado a trabajar en ese sector para que conocieran «la sabiduría de la clase obrera» y dejaran de hacerle el juego a las «fuerzas retardatarias de la Iglesia». Para aumentar sus escuálidos ingresos, una vez por semana, empujando una carreta, Franz y Werni recolectaban diarios viejos y botellas vacías en las calles del barrio, actividad en que yo los ayudaba.

La casa tenía tres piezas: dos en el primer piso y arriba una mansarda con un ropero de madera con un gran espejo. En la vivienda se escuchaba la mejor música occidental de Leipzig —The

Beatles, The Rolling Stones, The Dave Clark Five, The Bee Gees, en fin—, y había cerveza y berenjenas rumanas enlatadas, que ellos freían y servían con pan integral y manteca rusa.

Mis amigos nos invitaron a pernoctar en la mansarda cuando comenzó a nevar. Y fue entonces, mientras ascendía «Girl» de Lennon y McCartney hasta nuestros cuerpos impregnados de olor a fritura, que comenzó este amor, y mi tránsito al inefable mundo caribeño, del cual nunca más he logrado zafarme.

18

Continué asistiendo a las obligatorias clases de marxismo-leninismo en la Karl-Marx-Universität, pero no tardé mucho en incorporarme a la redacción del *Abendzeitung*, de Leipzig, como ya mencioné. Y poco después me cambié al estudio del periodismo. Alejandro Toro, un dirigente no dogmático del partido que acababa de llegar de México, aprobó mi decisión, a la que le atribuí de inmediato carácter de autorización oficial.

—Es muy compleja la situación de los camaradas en el exilio, por eso deben estudiar lo que quieran. Si usted cree que va a estar mejor estudiando otra carrera, cámbiese nomás —me dijo Toro.

Dejé, por lo tanto, de asistir a ciertas clases e incorporé otras, atendiendo con especial interés a las de historia europea. Mantuve mi trabajo en la redacción del *Abendzeitung*, que se editaba en un edificio del Rathausplatz. La hora de llegada era a las 5.30 a.m., por lo que tenía que tomar el tranvía de las 4.30 a.m., frente al antiguo Bayerischer Bahnhof, reducido entonces a ruinas. Así llegaba a tiempo al vespertino, que dirigía una periodista de unos cincuenta años, pelirroja y de carácter, casada con el chofer del periódico.

El tranvía viajaba lleno con obreros que dormitaban en los asientos de madera. Los carros habían sido construidos antes de la última guerra, y en las curvas soltaban unos chirridos ensordecedores y un inquietante crujido de tablas. Pese al frío, yo prefería permanecer en las plataformas abiertas que se ubicaban en ambos extremos del carro, diseño que había visto en películas sobre los nazis en los cines de Valparaíso.

Por otra parte, mi incipiente relación con Margarita, mis conversaciones con Ordoqui y algunos chilenos continuaban viento en popa. Declinaba, cada vez más, la interacción con la Jota, pues desde que había quedado en evidencia mi comprometedora amistad con Milenko, la organización había enfriado más aún las relaciones conmigo. Supongo que además la Jota no perdonaba mi decisión de abandonar el marxismo e ingresar a la carrera de periodismo sin haberla consultado.

Si bien mi decisión desafiaba la verticalidad de la organización, a mi juicio nadie tenía derecho a inmiscuirse en mis opciones. Y por fortuna mi independencia se apoyaba en una ventaja formidable: mi dominio del alemán, lo que me permitía explorar ámbitos inaccesibles para los camaradas y conocer lo que pensaban los alemanes orientales del socialismo. También proseguí mis conversaciones con Luis Moulián.

—Al socialismo lo nutre el anhelo de justicia social, pero al mismo tiempo es una religión secular —me dijo una noche, mientras tomábamos una sopa soljanka en el restaurante Mitropa de la Hauptbahnhof* de Leipzig—. Si lo miras bien, el cristianismo coloca la esperanza de redención en la otra vida, y eso disciplina a sus creyentes. De lo contrario, no obtienen la recompensa, que es la resurrección.

—Y el socialismo brinda la redención en esta vida —añadí yo.

—También puedes verlo de otro modo —dijo Moulián gesticulando con sus manos pálidas, que emergían de las mangas de una parka que ceñían sus muñecas. Se acarició la barba, me lanzó su mirada risueña de niño desvalido, y agregó—: El cristianismo y

---

* Estación Central.

el marxismo son religiones que sitúan la redención humana en un horizonte remoto, donde los hombres serán hermanos, reinará la armonía y no habrá necesidades insatisfechas.

—El premio final.

—Pero ambas religiones son necesarias porque le dan sentido y orden a la vida de las personas. La vida es demasiado dura como para pasarla sin ilusiones. Pocos cumplen sus deseos y logran ser felices, y les estimula imaginar que la culpa de sus fracasos no es de ellos, sino de una fuerza diabólica externa. La gente necesita tener un bálsamo para digerir sus fracasos y a un chivo expiatorio a quien culpar. El problema en el socialismo es de otro tipo.

—¿A qué te refieres?

Encendió un cigarrillo en medio de la gran nube de humo que nos envolvía y difuminaba a los clientes del Mitropa. Un espeso olor a fritanga, a prietas, a carne asada y papas hervidas flotaba bajo las lámparas que colgaban del cielo. Unté manteca en otra rebanada de pan centeno y saboreé con gusto su acidez y textura.

Lo que afirmaba Moulián me hundía en un escepticismo mayor y se entreveraba con las heréticas reflexiones que Milenko había compartido conmigo antes de marcharse a Zagreb, atribuyéndolas a su padre. Esa coincidencia me sugería que en la izquierda exiliada había bastante gente no del todo satisfecha con el socialismo real.

—Veo en la RDA, querido amigo, a muchas personas que cumplen como autómatas los ritos del país donde les tocó crecer —dijo Moulián apuntándome con la cuchara—. Podrían vivir en Bélgica o Gales. Y creo que preferirían vivir allá antes que aquí. ¿No te parece?

—Mirando este Mitropa me siento en una taberna de la España de 1930.

—De solo haber visto el Muro y este espectáculo, uno sabe que el socialismo nació jodido, que esto jamás debió haber sido parido por Stalin porque jamás superará en prosperidad ni democracia a Occidente.

—Tal vez en unos decenios los países socialistas superen a Occidente, Lucho.

No había manera de apartar la orfandad que nos agobiaba, pero una frase me acompañó para siempre. La pronunció Moulián cuando le conté que el día del golpe de Estado se habían hecho humo del Pedagógico los dirigentes de la Jota, los mismos que, días antes, nos llamaban a defender el Gobierno de Allende por todos los medios.

Nosotros, sin embargo, con la camarada Pepa, simples militantes de base, asustados por el vuelo rasante de los Hawker Hunter sobre el campus, amenazados por el anillo de soldados con máuser que rodeaba el Pedagógico, tuvimos la entereza para descolgar los afiches con los nombres de los estudiantes del departamento de castellano e incinerar los archivos de la Jota para evitar que cayeran en manos del enemigo.

—Nunca más seas carne de cañón de nadie —me recomendó Moulián esa noche en el Mitropa.

Ignoraba en aquel momento que sus palabras, que repetiría calcadas años más tarde en La Habana el poeta disidente cubano Heberto Padilla, adquirirían relevancia decisiva para mi vida, y tal vez me la salvaron.

19

Vuelvo al hotel sindical de Erkner, donde me hospedé con Silvia Hagen al arribar por primera vez a la RDA. En esa casona donde esperaban destino numerosos exiliados chilenos, tuve ocasión de conocer a un alemán, quien me perturbó. Era Peter Tietze, el cuidador del establecimiento, un joven rubio y esmirriado, de ojos celestes deslavados y con una cierta lentitud intelectual. Lo encontré aceitando las tijeras de podar y pronto abordamos un tema que me interesaba: su opinión sobre el socialismo. Yo, claro, era un ingenuo entonces, y creía que la pregunta no complicaba a nadie y que su respuesta contribuiría a fortalecer mis convicciones políticas.

—El socialismo no está mal, pero me gustaría conocer Occidente —respondió Peter—. Mientras no haya cumplido sesenta y cinco, no me queda más que verlo por la televisión occidental.

—¿Ves televisión occidental? —le pregunté atónito.

—Sí, como todo el mundo, pero no lo comentes, por favor.

—Pero eso no se debe hacer. Vamos, los camaradas…

Enarcó las cejas incómodo. Llevaba las mejillas impecablemente afeitadas y la cabellera adosada al cráneo con gomina.

—¿Quieres ver? —preguntó—. Ven a mi cabaña.

La cabaña estaba a un costado del hotel. Lo seguí. Tras hurgar en la parte trasera del aparato, sintonizó un canal de Berlín Oeste que transmitía comerciales. Me inquietó aquello. En la RDA estaba prohibido ver los canales del «enemigo de clase», y violar esa directriz era particularmente grave en un hotel de los sindicatos, controlados por el SED, imaginé.

Con el tiempo comprobaría que esa era otra obsesión germano-oriental: ver en la televisión del otro lado las películas, las noticias y todo lo que ofrecían sus comerciales, fuesen caldos Knorr o champán francés, jeans de Estados Unidos o chárteres a las islas griegas.

—Cómo me gustaría que aquí hubiese todo lo que hay allí —afirmó Peter Tietze antes de apagar el aparato—. No tendría tantas ganas de cruzar el Muro.

Me retiré defraudado de la cabaña. El televisor era el mayor tesoro de Peter, porque le permitía viajar a Occidente y disfrutar de la libertad y la economía de mercado. Me complicó su confesión, pues venía de alguien que gozaba de confianza política; de lo contrario no hubiese cuidado un hotel que hospedaba a exiliados.

—No es bueno que converse con Peter —me advirtió al día siguiente el administrador del hotel, Georg Hauser, tras estrechar mi mano y apartarme del grupo de chilenos con que desayunaba.

Me guió suavemente hasta su oficina, donde colgaban retratos de Erich Honecker y Harry Tisch. Nos sentamos a su escritorio.

—¿Cometí un delito? —pregunté preocupado.

—No conviene que hable con él —precisó el funcionario apartando un florero con violetas plásticas—. Como se habrá dado cuenta, es un joven que no está en sus cabales y al cual el socialismo le brinda, pese a su enfermedad, un trabajo digno y beneficios laborales.

Hauser era alto y macizo, y llevaba, como todos los militantes, la insignia ovalada del SED en la solapa. La insignia encerraba dos manos que se estrechaban simbolizando la unificación entre los comunistas y los socialdemócratas germano-orientales ocurrida en 1946. Imaginé que trabajaba para la Stasi y que había escuchado mi conversación con Peter.

—Ese pobre muchacho enfermo no entiende nada de política —añadió—. Lo mejor es dejarlo tranquilo. ¿Le parece?

Nunca más vi a Peter Tietze. Ignoro si lo despidieron o lo instalaron en otro hotel, o si le recomendaron alejarse de mí. ¿Qué será de él hoy? ¿Se acordará del chileno que probablemente lo metió en un lío con la Stasi? No tengo respuesta, solo guardo un vago sentimiento de culpa.

20

Pero regresemos a la ciudad de Leipzig, al primer semestre de 1974, y volvamos donde Luis Moulián, que se convirtió, después de la emigración de Milenko, el súbito admirador de Tito, en el chileno con quien más pude reflexionar sobre política profunda, y de quien aprendí de historia chilena y filosofía.

Era evidente que el historiador se decepcionaba del socialismo a ritmo vertiginoso. No toleraba la falta de libros de autores occidentales ni la ausencia de pluralismo en las librerías. Tampoco soportaba la uniformidad de los diarios de la RDA y los países socialistas. Le había bastado conocer el socialismo unos meses para que su visión política, levantada durante años, se desplomara como en un terremoto.

Además, lo exasperaba la lentitud con que aprendía alemán, lo que le impedía entender incluso el noticiero oficial *Aktuelle Kamera*, cuestión que lo aislaba de los acontecimientos y lo condenaba a una estremecedora soledad que se advertía en sus gestos cansados.

Pero junto a las críticas al socialismo real —fundamentadas en los clásicos y en el propio anhelo de libertad—, también proyectaba sus ideas utópicas. Reconocía que su angustia intelectual poco significaba frente a lo que estaba en juego en el mundo: el avance del socialismo, la defensa de la paz, la alianza de la URSS con las repúblicas populares y la posibilidad de que el movimiento revolucionario mundial contase con el apoyo ideológico, político y militar de los países socialistas. En su opinión, al menos la URSS constituía una fuerza disuasiva ante el imperialismo.

Para Moulián, lo crucial era que Cuba se consolidara, Vietnam triunfase y África se descolonizara y sumase al campo socialista. Bajo esas premisas, a Chile le sería más fácil recuperar la democracia y avanzar de nuevo al socialismo, esta vez sin repetir los errores de la Unidad Popular. La derrota de la izquierda en Chile probaba que el Che, Castro y el MIR tenían razón: la revolución era en última instancia la imposición de un orden social radicalmente nuevo mediante las armas. Sin ellas no era posible conquistar un Estado que impulsara los cambios. Allí había mucho paño que cortar.

Las reflexiones del historiador me convencían. Si yo percibía la amarga resignación de mis amigos de la FDJ ante su enclaustramiento, Moulián nutría su propia resignación con la lectura de clásicos. Solía expresar sus ideas con voz dulce y cascada, lo que le confería un aire de atractiva timidez cuando hablaba. Tendía a escuchar acariciándose la barba como un profeta, engurruñando los ojos y pronunciando palabras que eran perlas de un collar que él desenhebraba con lentitud, meticulosidad y dulzura.

—La derrota de la UP no es una derrota solo militar, sino también política y económica, y ello cancela el avance del socialismo en Chile por mucho tiempo —opinaba Moulián, mientras caminábamos por las maltrechas calles de Leipzig, aspirando el aire enrarecido por el carbón de hulla, observando las antiguallas de vehículos que construía el socialismo, viendo la pobreza franciscana de sus tiendas. Yo callaba.

A Moulián lo atormentaba constatar que el socialismo era simplemente aquella atmósfera gris y opresiva en que vivíamos encerrados. Ya no le cabía duda de que esas circunstancias reales y concretas no podían conformar una utopía por la que valía la pena luchar. Definitivamente el socialismo tenía que ser otra cosa, no esa tristeza cotidiana de la cual todos querían escapar.

—¿Qué somos sino pequeñoburgueses con ínfulas intelectuales en este mundo de la Guerra Fría? —se preguntaba Moulián—. Pero tampoco debemos negar nuestra dimensión intelectual ni la sempiterna tensión entre el intelectual y el poder político, mi amigo.

21

Al poco tiempo, Joaquín Ordoqui dejó mi cuarto. La razón: difícil de explicar. Simplemente desapareció del internado de la Strasse des 18. Oktober.

—Puede que haya traicionado —me confidenció Margarita una tarde.

La primavera se consolidaba en Leipzig.

—¿Traicionar? ¿A quién? —pregunté sorprendido.

—A la revolución.

—¿A la revolución?

—Sí, como lo hicieron sus padres. Puede que se haya marchado a Occidente.

—No creo que con su físico sea capaz de saltar el primer muro ni menos cruzar la franja de la muerte, Margarita.

Ella me dirigió una mirada reprobadora. Estábamos en mi cuarto.

—Es lo que tú crees —agregó nerviosa—. La CIA pudo haberlo sacado de la RDA escondido en un coche diplomático. Así de fácil. Es lo usual. Después lanzan desde Miami una campaña de desprestigio contra la revolución.

Me resultaba difícil imaginar que mi compañero de cuarto fuese un objetivo apetecible para la CIA. No militaba en la Unión de Jóvenes Comunistas de Cuba, era dado al ron, el vodka, la cerveza y, también, a la gula, alegando que en Cuba se pasaba mucha hambre; esto, sin considerar su pasión por las mujeres y la especulación filosófica, aunque apenas asistía a las clases de germanística.

—Pues es un objetivo ideal para la CIA —enfatizó Margarita, ya con los ojos encendidos—. Hijo de comunistas traidores a la revolución y con ínfulas de intelectual, resentido por el encarcelamiento de sus padres: la receta perfecta.

Supuse que Margarita tenía razón. Como lo demostraba la experiencia chilena, la CIA aprovechaba cualquier pretexto para golpear al enemigo, y en este caso tendría impacto reclutar al hijo de un comandante y de la ex esposa del vicepresidente cubano. Era posible: la aparición ante las cámaras del hijo de antiguos revolucionarios en la calle Ocho de Miami constituiría un golpe al socialismo.

Lo cierto es que Joaquín no volvió más al cuarto.

Llegó, empero, Tony López.

Lo hizo abriendo mi puerta con una ganzúa. De pronto lo tuve en el umbral de la pieza: esmirriado, de guayabera y anteojos oscuros, escoltado por dos tipos gruesos, también de guayabera, cubanos sin lugar a dudas.

Tony López cruzó el cuarto sin saludarme.

—¿Cuál es el escritorio de Ordoqui? —preguntó.

Yo ignoraba entonces que López era el encargado de vigilar a los estudiantes por instrucciones de la inteligencia cubana, el llamado G2. Se dedicaba a espiar la conducta política de sus compatriotas en la RDA y sus posibles vínculos con agentes de países enemigos. Para ello empleaba informantes de la UJC, la FMC y la FEUC, la Federación de Estudiantes de Cuba, todas denominadas organizaciones «de masas».

Le señalé el escritorio de Joaquín, y López se dio a la tarea de trajinar los cajones. Hojeó las libretas de apuntes y varios libros de la repisa.

De pronto cogió dos libros y un cuaderno, así como unas cartas y varias tarjetas postales, y se los pasó a los escoltas.

—¿Dónde está Ordoqui, chileno? —me preguntó sin dejar de inspeccionar.

—Lo ignoro.

—¿No tienes idea?

—No.

—¿Seguro, chileno? —no cesaba de hurgar en los papeles.

—Seguro.

—Pero ustedes son amigos. —Ahora le echaba una mirada furtiva a los lomos de mis libros.

—Compañeros de cuarto.

—¿Y aun así no sabes dónde anda, chileno? —Abrió un libro mío y lo examinó de atrás para adelante.

—No sé.

—¿Le conoces amigos? —carraspeó.

—Hablábamos poco.

—¿Dónde puede estar? —Se despojó de sus espejuelos, los observó al contraluz con sus pequeños ojos oscuros y los limpió de grasa con un pañuelo.

—Lo ignoro.

—¿Seguro? —Tony López volvió a calzarse los anteojos y me miró a través de sus cristales oscuros mientras hacía sonar las falanges de los dedos.

—Seguro.

—En fin. Cualquier cosa que sepas de este elemento me avisas, chileno. A este teléfono.

Apuntó el número en un trozo de papel que arrancó a un cuaderno de Ordoqui, y me lo pasó.

Luego salió del cuarto dando un portazo.

Era mi primer encuentro con la inteligencia cubana.

22

Las noticias que circulaban en Leipzig sobre Chile eran atroces.

Hablaban de detenciones, torturas y ejecuciones. Llegaban a través de los medios de comunicación de la RDA y el relato de chilenos que lograban exiliarse. Nosotros —en conjunto con el gobernante SED y las organizaciones de masas— contribuíamos a la campaña de solidaridad con nuestros artistas, conferencistas y la gastronomía chilena durante las actividades de la resistencia anti-Pinochet.

Así se recolectaban millones de marcos orientales que, junto con favorecer a quienes debían favorecer, tomaban también otros rumbos, según se reveló en 1989, cuando cayó el Muro y se juzgó al controvertido y alcoholizado dirigente sindicalista Harry Tisch, que terminó tronado por sus propios camaradas aún en el poder.

—Las campañas recolectan millones de marcos —me comentó un día Moulián.

—Es impresionante.

—No pueden enviar todo ese dinero a Chile porque el marco oriental no es convertible. ¿Qué destino tendrá?

No me lo había planteado en realidad. Me acordé de Jiménez, el del hotel del FDGB, en Erkner, que siempre reclamaba que los marcos de la RDA no eran convertibles. ¿Dónde habría terminado con su familia?

—Debe ser para financiar los departamentos y la ropa que se entrega a los refugiados —agregué.

—Tienes razón. Son generosos estos alemanes.

Y era cierto. Nos trataron bien en la RDA. Muy bien. Nobleza obliga. Seríamos aproximadamente unos dos mil quinientos los chilenos exiliados. El régimen del SED entregó departamentos en diferentes ciudades, empleos de variada índole, becas de estudio para universidades y escuelas superiores, matrículas en la educación pública, seguros de salud e incluso jubilaciones. Fue un trato digno y solidario, un gesto que debe recordarse y agradecerse.

Pero el SED extraía a su vez algo a cambio: el adoctrinamiento ideológico de la población, siempre ávida de la prosperidad y libertad de sus compatriotas en Alemania Occidental, mediante una sutil campaña del terror. El golpe de Estado, la muerte de Allende, la represión militar y el exilio debían enseñar a los germano-orientales lo que ocurría cuando era derrocado el socialismo.

Por eso a los chilenos nos invitaban a hablar in extenso sobre la tragedia en escuelas y universidades, fábricas y cooperativas, en fiestas de la cultura y congresos. Nos pedían compartir lo vivido, sufrido y presenciado, y nosotros, a la vez, llevábamos un mensaje de gratitud y admiración por la generosidad del socialismo, y de condena al capitalismo germano-occidental y al imperialismo estadounidense por su complicidad con lo que ocurría en Chile. Ni una palabra, en cambio, sobre la represión socialista, la cárcel política y el Muro.

—Ahí tienen —sugerían a coro los medios del SED— lo que ocurre cuando un país que avanza por el socialismo es derrotado por los fascistas. Esto, o algo peor, sucederá en la RDA si logran destruirnos. Porque la alternativa es un baño de sangre, hay que proteger este país. Hay que defender al sistema, a su Ejército y su partido, de lo contrario las fuerzas reaccionarias acabarán con la paz en Europa e impondrán el fascismo.

Aquello también iba en beneficio nuestro, desde luego. Los chilenos disfrutábamos de las ventajas de los servicios gratuitos de salud y educación (sin perder por completo la libertad de desplazamiento a Occidente).

Con la llegada masiva de chilenos, muchos germano-orientales vieron postergada su mudanza a nuevas viviendas, pues las cedían «voluntariamente» a los *chilenische Genossen*, que se habían salvado del fascismo. La beca Salvador Allende, con la que inicié en 1981 mi doctorado en la Humboldt-Universität y a la que renuncié antes de regresar a Occidente, fue seguramente «expropiada» a un estudiante germano-oriental.

—Dicen que mucha gente que espera desde hace años vivienda en Halle-Neustadt está enfurecida porque se las están entregando a tus compatriotas —me comentó una tarde Klaus, vecino del internado de la Strasse des 18. Oktober, que estudiaba ciencias de la literatura—. Se sacrificaron durante años y ahora los postergan para beneficiar a extranjeros que tarde o temprano volverán a Occidente.

Años después, en Alemania Occidental, leí una entrevista a la destacada escritora cubana Zoé Valdés en la que revelaba la impotencia de sus compatriotas al tener que ceder a los «compañeros chilenos» los departamentos asignados a ellos en los barrios de Alamar y Altahabana. A los chilenos exiliados los pintaba Zoé como dogmáticos, funcionales al régimen y buenos para arrancar tristes melodías a flautas, bombos y charangos en el calor tropical, e indiferentes al dolor y las penurias de los cubanos discriminados y reprimidos.

Como chilenos contribuíamos a la educación política de los ciudadanos del socialismo. En cierta forma, los disciplinábamos y poníamos en la línea correcta. En una etapa en que la RDA condenaba el «diversionismo ideológico» que se infiltraba a través de la moda, la música y las radioemisoras occidentales, y en que la superioridad del capitalismo en lo material y espiritual era abrumadora, los chilenos ayudábamos a instalar la incertidumbre entre quienes querían el fin de la RDA y la reunificación alemana.

Como militantes chilenos pagábamos esos beneficios con un silencio vergonzante: callábamos con respecto al Muro y la prohibición de viajar de los alemanes, callábamos ante el monopolio estatal de los medios y ante una Constitución que establecía que el comunista SED era el partido rector y único gobernante del país.

Lo recuerdo y me cuesta aceptarlo: el exilio chileno en la RDA nunca manifestó una queja contra la orden de disparar a matar a quien osara cruzar la frontera interalemana. El exilio chileno nunca fue capaz de hablar en contra ni de la persecución, ni del encarcelamiento de opositores políticos, ni de la existencia de centros institucionalizados de detención y tortura, ni del espionaje que la Stasi ejercía contra la población.

Nunca dijo nada al respecto como agrupación política. Y aún no lo dice.

Se condenaba —y con razón— la represión de la dictadura de Pinochet, pero no la represión del régimen totalitario de la RDA. Premunido de beneficios sociales, de nuevos departamentos y trabajo, el exilio guardó estricto silencio ante la violación de derechos humanos que ocurría en el barrio, la cuadra y el edificio en que habitaba, y simulaba no ver ni escuchar nada, como si viviera en un próspero y pacífico cantón suizo.

En eso los exiliados eran idénticos a quienes en Chile, desde el otro extremo político, justificaban la represión que se aplicaba contra la izquierda. Si algo le ocurría a los opositores, por algo sería. Desde entonces para mí la supuesta superioridad moral de la izquierda chilena en política no es más que eso, un supuesto, una construcción hipócrita que pone el grito en el cielo contra las violaciones de derechos humanos de la derecha, pero justifica las que realizan las dictaduras de izquierda.

—¿Partido único, dices? —reclamó un día Eugenio, músico de una banda folclórica chilena—. ¿Se te olvida que hay cinco partidos en la RDA, agrupados en la Nationale Font?

Tenía razón. Había, junto al SED o partidos comunistas, cuatro partidos marionetas, aliados del comunista, al cual le reconocían su exclusiva condición de partido gobernante. Por definición constitucional, el SED representaba a los obreros y trabajadores de la RDA. El «liberal» LDPD agrupaba a pequeños propietarios que sobrevivían en el socialismo; el cristianodemócrata CDU congregaba a personas de convicciones cristianas; el NDPD a quienes habían estado cerca del nazismo, pero que habían sido desnazificados por el SED, y el Partido Democrático de los Campesinos (DBP) a los campesinos cooperativistas.

Lo más curioso era lo siguiente: el número de asientos de los partidos en el Parlamento se estableció para siempre en el momento de la fundación de la RDA, en 1949, y obedecía al porcentaje que supuestamente alcanzaban esos sectores en la población. Como el SED convocaba a obreros, trabajadores, empleados y jóvenes, era el partido mayoritario por sécula seculórum. Ninguna elección modificaba los porcentajes.

Y había otra característica peculiar de las elecciones: estaba mal visto entrar con el voto a la cámara secreta. El Gobierno ordenaba recibir el sufragio y doblarlo junto la mesa, aceptando a todos los candidatos que el SED proponía a la población. Si uno estaba en contra de alguno que apareciera en la interminable lista, debía ingresar a la cabina y rayar el nombre respectivo. Por ello, los germano-orientales llamaban «doblar» (*falten*) el concurrir a votar. Entrar a la cámara estaba mal visto y generaba represalias en el trabajo o el estudio.

Así, el Partido Comunista tenía la mayoría absoluta garantizada, y los restantes partidos se limitaban a apoyar el cumplimiento de su «misión histórica». Desde luego, las políticas gubernamentales no se decidían ni en el Parlamento ni en el Comité Central del SED, sino en su buró político, integrado por una decena de militantes de edad avanzada.

Mis camaradas y compatriotas justificaban, sin embargo, el apoyo al régimen. Ignoro si esa insensibilidad democrática surgía de la ignorancia, la desidia o la hipocresía, condimentada con el resentimiento contra la dictadura de Pinochet. La lógica era básica y brutal: si el enemigo de clase recurría en Chile a una dictadura para aplastar nuestro proyecto revolucionario, a nosotros nos correspondía defender la dictadura del proletariado para conservar el poder y aplastar a su vez al enemigo burgués y reaccionario.

23

—Cuéntame algo —me dijo una tarde Agnes, que estudiaba historia del movimiento obrero y era secretaria de la FDJ de un seminario de marxismo-leninismo—. ¿Tú viniste voluntariamente a la RDA?

—Así es.

—¿Nadie te obligó?

—No, yo quería vivir en el socialismo.

—¿Y antes de llegar a la RDA pasaste por países capitalistas?

—Así es. Por Amsterdam.

—¿Amsterdam?

—Y por Berlín Oeste.

—¿En serio? ¿No bromeas? —Su incredulidad aumentaba con cada respuesta mía.

—Así es.

Silencio.

—No te entiendo —reclamó—. ¿Me estás diciendo que, teniendo la oportunidad de permanecer en Amsterdam o Berlín Oeste, optaste por venir aquí?

—Así es.

—¿Voluntariamente? ¿Sin que tu organización te obligara?

—Así es.

—¿Por qué?

—Porque soy comunista, y como tal tengo que vivir en un país comunista.

Agnes me miró perpleja y luego se examinó las manos, pensativa. Remató con frialdad:

—Entonces eres un estúpido. Yo, que nací y he vivido toda mi vida entre muros y alambradas, lo único que anhelo es salir de aquí.

Sus ojos estaban húmedos, diría que a punto de llorar, como si Agnes hubiese tenido que escoger entre vivir en el paraíso y Leipzig, y hubiese optado por Leipzig.

—¿No se lo dirás a nadie? —sollozó.

—Tranquila, Agnes, esto muere conmigo.

—¿Puedes entenderme? —me preguntó soplándose la nariz con un pañuelo minúsculo—. Yo estoy condenada a vivir detrás del Muro hasta que jubile, sin poder pasar a las calles de la otra zona, presa aquí de por vida. Y tú me restriegas en la cara que estuviste en Amsterdam y Berlín Oeste antes de venir a mi cárcel.

Tenía razón. Los exiliados chilenos habíamos tenido al menos la suerte de ver Europa Occidental en nuestro viaje desde América del Sur; ellos, los germano-orientales, en cambio, tendrían que esperar hasta la jubilación para un desplazamiento semejante.

¿Qué podía decirle uno a una muchacha como ella? ¿Que no valía la pena visitar París, Londres o Roma? ¿Que ya triunfaría el socialismo en Occidente? ¿Qué mierda podía decir un chileno comunista a una muchacha de la RDA sin que se le cayera la cara de vergüenza al justificar la prisión que la esclavizaba?

En rigor, el tema era tabú en la RDA. Ningún medio, pero tampoco la literatura ni el cine, mencionaban la palabra *Mauer*.* El Muro no existía ni como imagen ni como concepto ni como tema. Y a nosotros, los chilenos, nos aliviaba eso, aunque compadecíamos en silencio a los germano-orientales que, viviendo en el

* Muro.

centro de Europa, no podrían ver aquello que nosotros, habitantes del otro extremo del mundo, sí podíamos ver.

—No vale la pena visitar esas ciudades —dije a Agnes, y sentí desprecio por mí mismo—. El capitalismo no tiene nada que ofrecerte: solo desigualdad, explotación, desempleo, pordioseros que hurgan en tarros de basura y duermen bajo los puentes.

—No me importa. Quiero verlo entonces para creer en el socialismo.

—No lo eches a la ligera. Al otro lado abundan los menesterosos, los sin techo y los drogadictos, que aquí no existen. No vale la pena cruzar el Muro.

Mientras trataba de explicar lo inexplicable, Margarita y Tony López buscaban a Joaquín Ordoqui. Mientras yo intentaba convencer a Agnes que ni Amsterdam ni Berlín Oeste valían la pena, y que Leipzig o Karl-Marx-Stadt eran tan atractivas como Roma o Nueva York, una terrible mentira piadosa, Margarita y Tony López sabían que para Ordoqui Occidente era más llamativo, próspero y libre que el socialismo.

Mi compañero de cuarto continuaba sin dar señales de vida. Su desaparición se volvía acuciante. La seguridad cubana investigaba en el internado y las estaciones de trenes y buses, en el aeropuerto y la frontera. La falta de información sobre el destino de Ordoqui los impacientaba. Y temía que el G2 cubano sospechase en alguna medida de mí. Podría creer que les ocultaba información y que mi vínculo amoroso con la hija de un dirigente cubano era una treta para infiltrarme en la nomenclatura de La Habana.

Mi condición en Leipzig se complicaba sin que yo tuviese arte ni parte en eso. Era difícil estar vinculado con alguien que supuestamente se había fugado a Occidente. Hablaba mal de uno. No podía ser que uno no lo hubiese percibido ni hubiese informado a los órganos responsables de las debilidades ideológicas del amigo o conocido. Tal vez Ordoqui estaba ya al otro lado del Muro. Llegué a temer incluso que la Stasi informase al G2 sobre el confuso episodio con el cuidador del hotel de Erkner. En medio del nerviosismo, todos se volvían más irracionales e impulsivos y podían perjudicarme.

¿Joaquín Ordoqui era un traidor o lo habían secuestrado?

24

Todo era nuevo para mí en las oficinas del *Abendzeitung*, el vespertino con noticias de la vida cotidiana, la cultura, la gastronomía y los deportes de Leipzig. Había un buen colectivo de trabajo y el diario informaba en tono entusiasta sobre los avances en la construcción del socialismo, ofreciendo livianas entrevistas a obreros, campesinos cooperativistas e intelectuales comprometidos, los cuales destacaban el cumplimiento de los planes de producción y celebraban la conducción política del SED. *Happy life!*

Lo que me sorprendió fue descubrir que tanto los titulares de portada como los comentarios editoriales y las noticias internacionales venían pauteados desde el Comité Central del SED en Berlín Este. Peor aún, llegaban formateados los diarios de la RDA, incluso con indicaciones de fotos, pie de fotos y titulares, con tamaños incluidos.

En rigor, el comité editorial de nuestra publicación de Leipzig, la segunda ciudad más grande de la RDA, se limitaba a definir solo lo concerniente a asuntos locales no conflictivos, como la cultura, los deportes y notas vecinales. Para cualquier periodista chileno, sobre todo para quienes habían participado en la batalla ideológica entre periódicos de izquierda y derecha bajo Allende, aquello no era periodismo, sino burda propaganda.

En esta materia nunca escuché tampoco crítica alguna al «periodismo» socialista por parte de los partidos políticos agrupados en el Comité Chile Antifascista. Ninguna referencia a la falta de pluralismo en los medios, ni al coro diario de alabanzas al socialismo, pero sí criticábamos —y con razón— la censura militar de la prensa en Chile.

Para los partidos chilenos, hacer la vista gorda ante la violación de derechos humanos en la RDA, sumarse a la apología al sistema y desacreditar a la democracia parlamentaria, incluso a la que teníamos hasta Allende, era legítimo y no aparecía como contradictorio. El socialismo —esa era la tónica— debía ser defendido de sus enemigos.

Una mañana llegaron a la redacción del *Abendzeitung* informaciones sobre chilenos que mantenían una huelga por motivos poco claros. Era inaudito, puesto que en el socialismo la huelga era ilegal y acarreaba penas de cárcel. La razón para prohibir el derecho a huelga se basaba en una falacia: las empresas pertenecían al pueblo y, por lo tanto, constituía un delito organizar una huelga contra los intereses populares.

Recuerdo haber escuchado por primera vez esa curiosa teoría de los labios del padre de Silvia Hagen en Santiago de Chile. En su opinión, la huelga era innecesaria en el socialismo. Hacerlas era complotar contra la clase obrera en el poder, implicaba dañar el bienestar, las conquistas populares y al socialismo en su conjunto.

—Ven con nosotros a la ciudad de Zwickau —me ordenó la directora del vespertino—. Hay una huelga de compatriotas tuyos en una fábrica de cecinas y otra en la fábrica de automóviles Trabant.

—¿Grave? —pregunté simulando sorpresa.

—Desde la rebelión contrarrevolucionaria de 1953, en Berlín, no tenemos huelgas en la RDA. Vamos ahora mismo a entrevistar a tus compatriotas.

Llegamos a la contaminada y triste Zwickau en un Škoda que sonaba como un Volkswagen antiguo. Lo conducía el esposo de la directora del *Abendzeitung*, un tipo gordo y cabezón, con aspecto de rana. Las instrucciones que llevaba mi jefa eran precisas y manifestaban la preocupación de Berlín Este por el brote insurreccional. Si los medios occidentales se enteraban de lo que ocurría, la imagen de la RDA saldría perjudicada.

—No vamos a entrevistar a todos —aclaró mi jefa en el carro, que tenía el motor en la parte trasera, lo que me impedía entender bien—. De los huelguistas se preocuparán los camaradas del partido. Saben qué hacer, son chicos experimentados. Nosotros vamos a entrevistar solo a camaradas del Partido Comunista chileno, que siguen trabajando, mostrando conciencia de clase y madurez política, a diferencia de los socialistas.

Los camaradas en cuestión vivían en un departamento de un edificio prefabricado. Cientos de chilenos habitaban en ese mismo gueto. Los camaradas sugeridos para la entrevista por el SED eran un matrimonio de extracción obrera, feliz de ocupar por primera vez en la vida un departamento con agua caliente, calefacción y muebles modernos.

—Son los pequeñoburgueses del PS —afirmó el dueño de casa en cuanto pasamos al living. Nos ofreció un té y puso un disco de Quilapayún—. Se fueron a la huelga pues no quieren seguir trabajando. Se quejan de los turnos y el ritmo de trabajo, y dicen que ellos no vinieron a ser obreros, que en Chile eran profesores.

—Nosotros, en cambio, trabajamos desde que llegamos —precisó la mujer, secándose las manos en el delantal después de servir el té—. Apernamos las tuercas de la carrocería, pin, pen, pun, aquí, allí, allá, a la izquierda, derecha, arriba, abajo —agregó moviendo sus brazos carnosos—. Como comunistas, aportamos a la RDA.

—No nos quejamos —añadió su esposo—. ¿Qué más podemos pedir del socialismo? Aquí tenemos trabajo seguro, vivienda, salud y escuela para nuestros hijos. Estamos felices. Jamás nos plegaríamos a una huelga. Los huelguistas son unos malagradecidos, inconscientes, que le hacen el juego al enemigo imperialista.

Mi jefa grababa sin decir nada. Yo traducía. Los chilenos parecían satisfechos con su nueva vida, pero en sus rostros había una tensión que sugería algo más que yo no alcanzaba a dilucidar.

—¿Por qué iniciaron la huelga? —preguntó mi jefa.

—Nosotros no participamos en la huelga, fueron los socialistas —aclaró el hombre.

—¿Pero por qué esa gente organizó la huelga? —insistió mi jefa.

—La verdad, verdad: porque no quieren trabajar en la fábrica —respondió la chilena—. Dicen que quieren estudiar o enseñar en escuelas o en la universidad, dicen que allá eran profesionales, no obreros. Ahora resulta que, por haberse subido a un avión, son todos intelectuales. No han tomado un libro en su vida y dicen que eran maestros en Chile

—Así que sus compatriotas no quieren trabajar en la fábrica —comentó mi jefa, sarcástica, mientras observaba los muebles del living.

—No quieren trabajar —repitió la dueña de casa—. Dicen que pertenecen a un partido obrero, pero ahí nadie es obrero. Es importante que trabajemos en una fábrica para que conozcamos a la clase obrera y nos dejemos de tanta teoría dañina.

Días después, en una conversación con Moulián, pude averiguar algo más sobre el asunto. Nos tomamos otra sustanciosa sopa soljanka en el Mitropa de la estación con la acostumbrada rebanada de pan centeno cubierta de manteca. Moulián me explicó que los camaradas del Comité Chileno Antifascista, que regía los destinos de los compatriotas en la RDA, estaban enviando a exiliados a las fábricas para que se despercudieran de la ideología pequeñoburguesa y se «proletarizaran». Aquello se lograba, al parecer, trabajando codo a codo con obreros alemanes.

—¿Te imaginas si nos enviaran a una fábrica de maquinaria? —preguntó Moulián mirándose las manos finas, hechas para acariciar libros, y sacudiendo la cabeza con estupor.

Recuerdo que para los intelectuales el resultado de ese plan fue devastador. Apartados de las aulas, los escritorios y las oficinas, laborando en tediosas jornadas en fábricas derruidas, ruidosas y malolientes, comenzaron verdaderamente a conocer a la clase obrera del socialismo, a la clase que supuestamente gobernaba en la RDA.

Las conclusiones fueron desalentadoras: los obreros eran, desde luego, menos revolucionarios y conscientes de su papel histórico que los de Chile. Abundaba en esas fábricas el hurto para revender productos en el lucrativo mercado negro, pero también el alcoholismo y el ausentismo. Para combatir esos vicios, el Estado mantenía en ellas una fuerte presencia de funcionarios del SED, el FDJ y el FDGB, de las instituciones de masas. Pronto quedó claro que si había alguien que no deseaba vivir en la RDA era precisamente la clase obrera.

Los escritores, poetas, cineastas, escultores o pintores oficiales alcanzaban un mejor pasar en el socialismo que en el capitalismo (si no eran famosos allá), disfrutando de regalías que Occidente no brindaba. Pero los obreros occidentales ganaban seis o siete veces más que los germano-orientales, trabajaban menos horas a la semana, tenían más días de vacaciones y vivían mucho mejor que sus colegas al otro lado del Muro. Nunca se supo de algún obrero o desempleado occidental que solicitase mudarse al país vecino.

Al final emergía una constatación dolorosa para un comunista o socialista chileno: aunque no conocieran el capitalismo, los obreros de la RDA eran sus mayores admiradores. Para admirarlo y anhelarlo les bastaba con verlo por la televisión occidental e imaginarlo a través de los relatos de sus colegas occidentales, que llegaban a visitarlos en flamantes carros Volkswagen o Audi, cargados de productos y fotos de sus últimas vacaciones en Grecia, Italia o España. No había nada que hacer. El atractivo del capitalismo sobre la población de la RDA era imposible de neutralizar.

—¿Y qué van a hacer entonces los chilenos en huelga? —preguntó mi jefa.

—Van a seguir en huelga —repuso la mujer—. Los chilenos somos cabeza dura.

—¿Hasta cuándo?

La mujer miró a su esposo, insegura.

—Van a seguir hasta que los saquen de la fábrica o los expulsen de la RDA —aseguró el camarada.

25

Miro a través de la ventana hacia los restaurados edificios de enfrente. Lo hago desde el departamento de la Oderberger Strasse, al que he llegado buscando las huellas del pasado. En la radio resuena la *Sonata a Kreutzer*, de Beethoven, y mi mujer duerme aún. La historia avanza como una gran marea, sepultando lo acaecido. Mis recuerdos se entreveran con la Guerra Fría, lo que me parece insólito si pienso que vengo del apacible Valparaíso de 1960.

Pensar que Isabella y su familia vivieron justo aquí. Qué habrá sido de ella. Tal vez terminó divorciándose. Quería a su esposo como al padre de su hijo, pero no lo amaba o, si lo amó en un comienzo, terminó por perder la pasión por él. Durante un tiempo me propuso que viviéramos juntos, pero yo lo descarté.

Me habría sido difícil compartir un mismo techo con el tierno Bastian y no hubiese tolerado ver cada domingo a su padre venir a buscarlo para sacarlo a pasear. Isabella me gustaba física e intelectualmente, pero era una mujer demasiado independiente para mí. Era, en el mejor sentido de la palabra, una oportunista. No dejaba pasar la ocasión de acostarse con el hombre que la atrajera, alegando que la vida era breve y en la vejez se vivía de recuerdos.

—¿Y entonces el amor qué? —le pregunté alguna vez.

—El amor es una relación privilegiada, no excluyente —precisó en ese momento, mostrando sus dientes albos, inclinando la cabeza para ordenarse la larga y sedosa cabellera—. El amor es un bumerán: te lleva siempre de vuelta a la misma persona, te hace creer que no hay otra.

—¿Y lo nuestro qué es en comparación con lo que tienes con tu esposo?

—Es una relación potente y estimulante, que podría llegar a ser importante. Pero aún vuelvo todos los días feliz a mi departamento, a besar y abrazar a Bastian, y a cenar con mi esposo. Tal vez, si te decidieras, podríamos salir de dudas.

El matrimonio de Isabella andaba mal desde hacía mucho, pese a los esfuerzos de ambos por salvarlo.

—Nos acostamos un par de veces con parejas que nos atraían —contó—. Bebíamos bastante en el departamento los sábados, poníamos la luz baja y la música suave, y después nos desnudábamos.

—¿Y qué tal? —Escuchar eso me excitaba.

—En un inicio, lo disfrutamos. Era la novedad. Yo esperaba con gusto el fin de semana y eso consolidó nuestro matrimonio, aunque después nos fuimos perdiendo igual —explicó pensativa—. ¿Te gustaría intentarlo? Tengo amigas que buscan nuevas experiencias.

—Me gustaría.

Supongo que Isabella volvió a casarse, quizá antes de la caída del Muro, y que cambió de apellido. Tal vez por eso no aparece en la guía telefónica. O puede haberse ido a otra ciudad. Lo concreto es que ya no vive en este piso de la Oderberger Strasse, que yo recorro ahora, este espacio donde hicimos el amor un día y ella intentó construir una familia feliz.

El Muro cayó hace más de veinte años. La frontera se ubicaba a doscientos metros del portón de este edificio descascarado. Antes estaba la franja de la muerte con el campo minado, los perros, las torres de vigilancia, las alambradas electrificadas y al final el

Muro mismo, de cuatro metros de altura, vedado para cualquier germano-oriental.

Todo lo que aquí recuerdo forma parte de un pasado remoto e irreversible. Nada existe de lo que sigue palpitando en mis remembranzas de la RDA. Desaparecieron los espacios que conocí en la juventud, después desapareceré yo, me digo mirando por la ventana mientras resuena el cuarteto de violines de Beethoven. Llegará un día en el que alguien pronunciará por última vez nuestro nombre en el mundo. Es el instante de la muerte definitiva.

—Ninguna de las personas que pasan por esta calle y son menores de treinta años tiene idea de lo que viviste, mi amor —dice mi mujer desde la cama. Me ha estado observando—. Cada día tendrás a menos gente con la cual recordar ese pasado.

Tiene razón. La gente va desapareciendo. Pero las lecciones de esa sociedad estatizada y totalitaria siguen estando vigentes para quienes somos demócratas y para los jóvenes que buscan orientación política. Pero los protagonistas de entonces van esfumándose. Y lo peor es que se esfuman con sus verdades ocultas en los bolsillos y pliegos de su vestimenta.

Ordoqui es un ejemplo. Un día el cubano volvió feliz desde Polonia. Había atravesado la frontera de forma ilegal acompañando a una bellísima polaca de la que se enamoró perdidamente y con la cual pensaba casarse de inmediato. Tony López lo detuvo en Leipzig, lo esposó y lo envió de vuelta a La Habana en el primer avión de Cubana de Aviación.

Logró salir de Cuba muchos años más tarde, a través del puerto del Mariel, cuando centenares de miles de cubanos arribaron a la Florida en busca de libertad y prosperidad. Encontró su muerte pocos años después en España, en el exilio, añorando una patria libre y el derecho a entrar y salir de ella cuando quisiera.

Sigo el paso nervioso de la gente que cruza por la Oderberger Strasse. Son jóvenes en su mayoría. Van de a uno o en grupos, con paso elástico y alerta, azuzados por el reloj de la mañana, sumidos en sus iPod, ajenos al lastre de la historia que yo cargo conmigo.

Tiene razón mi mujer.

Otros también han partido. Releo una noticia electrónica del 5 de septiembre de 2001 aparecida en *El Mercurio* en la capital chilena: «Santiago. Un paciente de la Posta Central se suicidó esta mañana lanzándose al vacío desde el sexto piso. El hombre habría tomado la trágica decisión debido al negativo diagnóstico de salud que lo mantenía en precarias condiciones físicas. La víctima fatal fue identificada como Luis Moulián Emparanza (56), quien sufría de una insuficiencia respiratoria-cardíaca crónica, bronquitis purulenta y un fuerte cuadro depresivo».

Ya no habrá un nuevo encuentro de densas conversaciones ideológicas con Lucho en el restaurante Mitropa. Nos despedimos con un apretado abrazo en julio de 1974, en el gigantesco Hauptbahnhof de Leipzig, donde abordé el expreso a Berlín para tomar el avión a La Habana.

—¡Nos veremos el próximo año en el Chile democrático! —fueron las últimas palabras que escuché de él.

26

Una mañana decido llamar desde los Brilliant Apartments a Bruno Seidel, el esposo de Isabella. En verdad, llamo al primero de muchos Seidel que aparecen en la guía telefónica.

—Seidel —responden despreocupadas las tres primeras personas a las que logro contactar.

En mi país eso no lo haría nadie. Nadie se identificaría ante un desconocido que pudiera ser un timador, un extorsionista o un ladrón. En Chile prima la desconfianza. Somos uno de los países donde más se desconfía del otro, según estadísticas. ¿Será verdad?

Cuando los escucho pronunciar ese apellido no logro identificar algo que me recuerde al auténtico Bruno Seidel, a quien solo conocí a través de las fotos en su living, de una columna que escribió en el *Berliner Zeitung* para el aniversario de su empresa y de las escasas llamadas que hice a Isabella simulando ante él ser un periodista. Nunca intercambiamos más de tres frases, pero aún conservo fresco y vivo el timbre de su voz.

—Seidel —dice un cuarto y luego un quinto Seidel, y yo me quedo escuchando los tonos, intentando reconocer a quien busco, mientras los interlocutores cuelgan, irritados por mi silencio, o quizá preocupados o tal vez indiferentes por mi llamado. Lo cierto es que ya no existe Isabella Seidel, y las voces que me responden no se parecen a la de Bruno.

¿Dónde la conocí? Fue en una cena en el restaurante Die Ziller Stube del hotel Stadt Berlin, durante la celebración del cumpleaños de Hannes Würtz, periodista de la legendaria revista cultural *Die Weltbühne*. Era invierno, nevaba, y salimos juntos de la fiesta. Tomamos el S-Bahn hacia Bernau y nos bajamos en la Schönhauser Allee, donde nos besamos y me contó que era casada y yo le dije que tenía novia, y volvimos a besarnos y acordamos vernos al día siguiente, cerca de la Nöldnerplatz.

Isabella era una mujer ardiente, de cuerpo firme y boca tentadora. Podía hacer el amor en una cabina telefónica, en el último carro del S-Bahn o en la escalera del metro. No conocía tabúes. Un día incluso me rogó que la dejara hacer el amor con un compañero mío del internado, un apuesto mozambiqueño llamado Héctor, que era un militante del Frente de Liberación de Mozambique, Frelimo. Se lo permití porque no estaba tan enamorado de ella, de modo que después de hacerle el amor en mi cuarto, le dije que cruzara, desnuda y con su cabellera húmeda envuelta en una toalla, al cuarto de Héctor. Allí él la esperaba.

Al rato regresó a mis brazos, sonrosada, dichosa y bañada en sudor, y a partir de entonces comenzó a visitarme con amigas que deseaban disfrutar de esa rara experiencia de estar con un chileno en un cuarto y luego con un mozambiqueño en otro.

A veces las alemanas pasaban primero a verlo a él; en otras ocasiones una de ellas entraba a mi cuarto y otra al del mozambiqueño, o bien ambas entraban a una habitación y después a la otra. ¿Qué habrá sido de Héctor? ¿Estará vivo en Maputo o seguirá en Berlín, o habrá muerto en alguna refriega en su patria?

Isabella era sabia y experimentada en materia de sexo. Había tenido muchos amantes. Me deleitaba a veces con un *striptease*. Se contoneaba al ritmo de «Samba pa ti», de Santana. Bailaba para mí, pero a veces también para mí y Héctor, a quien invitábamos al cuarto.

—¿Por qué todo esto? —le preguntaba yo a veces.

—Porque esto lo recordarás hasta que te mueras —decía Isabella enrollándose la chalina en torno al cuello, dejando caer en cascada su cabellera sobre la espalda—. Me verás en tus recuerdos siempre como ahora, joven y radiante, aunque ya sea una vieja y pasee rengueando por Berlín.

Isabella era seductora y fogosa, febril, y perdía la noción de todo mientras hacía el amor. Pero luego, a la hora de regresar a casa, se componía de golpe, se duchaba presurosa, se peinaba y maquillaba, seria y hasta diría que huraña, y se despedía con un beso fugaz para correr a la estación del S-Bahn y llegar a tiempo a la Oderberger Strasse, es decir, a este piso que alquilo ahora por unas semanas, las necesarias para redactar estas evocaciones de lo que viví hace tantos años.

27

Pero yo estaba hablando del Leipzig de 1974.

El padre de Margarita, el comandante Ulises Cienfuegos, apareció en los primeros meses de ese año en el umbral del cuarto de Margarita, donde yo lo esperaba. En ese momento era embajador de Cuba en la URSS y un revolucionario de armas tomar. En los años sesenta, en su calidad de fiscal general de la revolución, había enviado al pelotón de fusilamiento a centenares de contrarrevolucionarios. Era una figura tan temida como respetada en la isla, porque le había hecho el trabajo sucio al máximo líder. Su siniestro apodo, que erizaba la piel, lo sintetizaba: Charco de Sangre.

El G2 lo había puesto al tanto de nuestra relación, y por ello venía de Moscú a poner las cosas en orden. Todo el mundo sabía que sus ataques de ira eran célebres y no había nadie en la isla, con la excepción de Fidel y Raúl Castro, capaz de imponerle algo.

—Margarita me ha dicho que ustedes mantienen una relación amorosa —me dijo con un fulgor metálico en los ojos. Se había tendido en el sofá-cama de Margarita, los pies sobre uno de los apoyabrazos de madera, el habano Lanceros de Cohiba en una mano, su cabeza reposando en la otra—. Déjame decirte de entrada, chileno, que por muy bello que sea vuestro romance, no hay ni habrá en el mundo otro romance más bello que el que escribe el pueblo cubano con la revolución que lidera Fidel.

En rigor, con mis veinte años nunca había visto a un revolucionario de verdad, a un guerrillero que había llegado al poder en 1959, con las tropas de Fidel Castro. Y allí estaba: zapatos bruñidos de diseño italiano, traje azul de confección inglesa, camisa alba, corbata de seda, el largo Cohiba humeando entre sus dedos.

—De acuerdo, señor —balbuceé. Yo ignoraba entonces su apodo y su afición a enviar gente al paredón.

—Pues así como te digo eso, chico, te digo también que no me opondré al amor entre ustedes, y que si quieren casarse, lo pueden hacer. Y si no quieren, no se casan y punto, que el honor mío no radica en el fondillo de ninguna persona.

—Gracias, señor.

—Y déjate de guanajerías y no me digas señor, que en Cuba, desde la revolución, somos todos compañeros. Así que dime compañero Cienfuegos.

—Bien, compañero.

—Pero como un cubano revolucionario no puede casarse con un forastero mientras sea becario de la revolución en el extranjero, mi hija también cumplirá con esa disposición porque allá somos todos iguales.

—Entiendo, compañero.

—Por lo tanto, si quieren continuar este romance, lo han de hacer en La Habana. ¿Entendido?

—Entendido, compañero.

—Margarita volverá en el próximo vuelo de Cubana de Aviación a La Habana, y tú podrás seguirla en cuanto Barbarroja Piñeiro revise tu pedigrí revolucionario. Si está limpio, vas a Cuba. Si tiene manchitas, no entras ni a cojones. Porque una cosa está clara, chileno: a Cuba no entra quien quiere, sino quien puede. ¿Entendiste?

28

Camino con mi mujer entre los últimos retazos de nieve sucia de la Oderberger Strasse, del Berlín reunificado, buscando un restaurante vietnamita que nos recomendaron. Mientras transitamos, no puedo olvidar dos cosas: que en 1974 el comandante Cienfuegos me instó a dejar Leipzig con dirección a La Habana en busca de su hija, y que hace casi un cuarto de siglo se desplomó el Muro sin que los alemanes tuviesen que disparar un tiro. Fue el 9 de noviembre de 1989 cuando recuperaron su libertad y comenzaron el proceso de reunificación con Alemania Occidental.

—Pocos de los que pasean por la Oderberger Strasse vivieron en forma consciente aquella etapa histórica que a ti te tocó escribir para una agencia de noticias desde Berlín Oriental —insiste mi mujer o, mejor dicho, recuerdo ahora que me lo dijo mi mujer hace unos días, poco antes de levantarse.

Y de nuevo tenía razón. Cuando observo los rostros tersos y ateridos de frío de los transeúntes que se cruzan en mi camino, me doy cuenta de que ninguno tiene más de treinta años. ¿Adónde se han ido quienes tienen mi edad y celebraron la caída del Muro?

Recuerdo patentemente ese día.

De inmediato volé de Bonn a Berlín Tegel, en Berlín Oeste, y crucé sin problemas la hermética frontera. Mareas de personas eufóricas pasaban de Este a Oeste, y la ciudad era un carnaval inmenso, con algarabía, abrazos, cánticos y alcohol a destajo. Los que podían se encaramaban incluso sobre el Muro. Los guardias del regimiento Félix Dzerzhinsky miraban impotentes, desconcertados al verse obligados a aceptar algo para lo cual jamás se habían entrenado.

La historia para ellos era en ese momento lo imposible e inverosímil convertido en realidad. Y ahí estaban: la gente y el poder del principal aliado de la Unión Soviética en la calle, el socialismo noqueado sin que nadie pudiese brindarle protección, el pueblo gritando *Wir sind das Volk!** y rechazando una dictadura que había durado cuatro decenios.

Logré alquilar un departamento en el primer piso de un edificio del centro de Berlín Este. Desde allí escribí mis impresiones sobre el fin del comunismo. Me bastó con arrimar una mesa a la ventana, colocar sobre ella la máquina de escribir y una taza de café, y narrar para la agencia italiana lo que acaecía afuera. Era simple: el fin del comunismo tenía lugar ante mis propios ojos. De alguna forma sentía que la historia me daba la razón al haber renunciado al comunismo en 1976, en La Habana.

Nunca nada aparentemente tan sólido se había derrumbado antes en la historia humana de forma tan rápida y poco gallarda. El pueblo sepultaba al supuesto Gobierno popular. ¿Dónde estaban los defensores del socialismo? ¿Dónde estaban la FDJ, el SED, el FDGB, la NVA o la Stasi? ¿Y qué dirían el CHAF, los partidos de izquierda chilenos y nuestros *Betonköpfe* (cabezas de hormigón) criollos?

La memoria es una serie infinita de cascadas: escribo esto muchos años después, revisitando mi pasado comunista alemán y cubano, y al hacerlo me encuentro con el joven que ya entonces

---

* ¡Nosotros somos el pueblo!

experimentó una gran desazón al ver la franja de la muerte y sintió que con ello comenzaba a derrumbarse su fe comunista.

Recuerdo también al joven que amó a Margarita y el ultimátum de Cienfuegos, quien me empujó a emigrar a Cuba, hundirme en el fidelismo y decepcionarme del comunismo. Pero en ese entonces fue también una chance: seguiría junto a Margarita, conocería la revolución, me iría del país que encerraba a sus ciudadanos y donde el socialismo lo habían impuesto las tropas soviéticas. Llegaría a la isla, al primer territorio libre de América, al faro del continente, a la tierra de Martí, Fidel y Camilo, donde la revolución tenía quince años y era fresca como el rocío. Adiós, Muro, con tu franja de la muerte. Eres un espectáculo demasiado obsceno para un pequeñoburgués como yo. ¡Adiós, Muro! ¡Buenos días, revolución!

Esa primavera del Leipzig de 1974 comprendí el mensaje del comandante Cienfuegos: no me quedaba más que marcharme a la isla a vivir mis años verde olivo.

Cinco años después regresaría a Berlín Este.

29

1 de septiembre de 1979. Berlín Schönefeld. Aeropuerto internacional de Berlín Este. He regresado a vivir detrás del Muro.

He vuelto al otro escenario de la Guerra Fría. Salí de Leipzig hacia La Habana a la edad de veintiuno. En la isla renuncié a la Jota, defraudado de la experiencia que tuve bajo dos regímenes comunistas. No hay diferencia entre una dictadura comunista y una derechista. Para el que la sufre, toda dictadura es represiva y puede ser letal. ¡Abajo el comunismo y el pinochetismo, del mismo pájaro las dos alas!

He vuelto de La Habana con nuevas convicciones, o mejor dicho, dudas. Soy un converso. Las dictaduras de Castro y Pinochet apenas difieren en el color y ciertos objetivos, pero son idénticas en algunos aspectos. Los recursos para imponer su verdad son semejantes: policía política, control de los medios, cárcel y exilio para los disidentes, el enemigo es un traidor a la patria o bien un traidor a la revolución. Para una dictadura, Estados Unidos, la CIA y los dólares están detrás de todo; para la otra, la Unión Soviética, el KGB y el oro de Moscú.

He regresado de la calurosa humedad habanera al fresco otoño berlinés. Llego más viejo y sobrio, y también más provinciano. Pienso que debería ser fácil unir a quienes se oponen a dictaduras de izquierda y derecha, y defienden las buenas prácticas democráticas. Pero me equivoco: muchos justifican los totalitarismos de izquierda o derecha. No hay dictadura, ni comunista ni nazi-fascista, que carezca de un complejo y bien construido entramado de justificaciones ideológicas, y de personas que las celebran con entusiasmo.

Cinco años en Cuba te aíslan del mundo y su devenir, te embrutecen y te vuelven ignorante y esquemático, algo que logra la censura informativa que solo puedes paliar escuchando clandestinamente La Voz de los Estados Unidos de América o la BBC en onda corta.

No solo renuncié a la Jota, harto de su doble moral en materia de derechos humanos y del fracaso económico y político del socialismo. También he comenzado a revalorizar la economía de mercado y la democracia liberal, las mismas que combatí en el Chile de Allende, a la primera por considerarla explotadora, a la segunda por considerarla formal. Además, me he separado de Margarita, quien se instaló en la sede del poder ideológico que irradia la FMC, en la oficina contigua a la que ocupa la poderosa primera dama de Cuba, Vilma Espín de Castro.

Ya no soy el mismo, desde luego. Conocí la revolución, lo que la gente piensa de ella, rompí con el estalinismo y ahora busco mi camino, mi propia indagación de la vida, mis propias conclusiones políticas, un sendero lleno de ripios y espinas.

Renuncié al comunismo en el comunismo y he logrado salir de Cuba. Estoy, por fin, de regreso en Europa, aunque detrás del Muro, portando un salvoconducto que solo me permite llegar a Berlín Este, y un pasaporte chileno vencido.

Ya me lo advirtió Alois Beuers, maestro del Colegio Alemán de Valparaíso, años atrás, cuando lo encontré por casualidad en una cafetería de Berlín Este:

—Puedes convertirte en ultraizquierdista o ultraderechista, porque naciste en un país libre y tienes derecho a escoger incluso entre los extremos, pero lo mejor es que vuelvas a Occidente. Regresa. Jamás debiste haber cruzado el Muro. Este es otro mundo, uno del cual no se sale fácilmente. Eres hijo de la Ilustración y del parlamentarismo liberal, vete de aquí, vuelve a Occidente, aquí nada has perdido y nada podrás hallar.

Creo, supongo, espero, confío —no sé cómo expresarlo— que un día no lejano podré cruzar el Muro hacia Occidente. Si lo consigo, me reinsertaré de algún modo en el mundo al que pertenezco y cuyo idioma hablo. No será fácil. No podré irme cuando quiera porque carezco de visa para instalarme en Alemania Occidental. Tampoco puedo volver a Chile viniendo de Cuba y Alemania Oriental. Mi vida correría peligro.

En la RDA, al igual que en Cuba, no solo la policía política debe aprobar tu viaje. En ambos países existen las organizaciones de chilenos —en Cuba, la Resistencia Chilena; en la RDA, el Chile Antifascista— que pueden o no autorizar tu solicitud. Y si pretendes ir a Occidente, más vale que esgrimas sólidas razones para hacerlo, porque viajar allá es de pequeñoburgueses.

Los militantes no deben olvidar que en Chile hay una dictadura y que turistear es una falta de sensibilidad hacia el pueblo y los países socialistas.

Así es. Viajar constituye una deformación pequeñoburguesa. Y puede tratarse también de un ardid para traicionar a la causa y entregar información a la CIA, el BND o el Mossad en territorio capitalista. Por lo tanto, lo mejor es suspender los viajes a Occidente.

Después de mi renuncia a la Jota en La Habana opté por arrimarme a un buen árbol, porque ser independiente era riesgoso y podía ser letal: ingresé a la Unión de Jóvenes Democráticos de Chile, UJD —tan liberal como pequeña y tolerante—, la que me permitió salir de la isla bajo un pretexto noble: estudiar marxismo-leninismo en la RDA para continuar en un futuro el viaje a Chile en el marco de la política de retorno de la izquierda y fortalecer la resistencia contra Pinochet.

Aquello no era del todo cierto, pues sabíamos que resultaba extraordinariamente peligroso regresar a Chile. Ismael, un chileno instalado en una señorial oficina con aire acondicionado del Comité de la Resistencia, estuvo a cargo de organizar mi salida de la isla y de justificarla ante los «compañeros cubanos».

Siempre le agradeceré su apoyo en esa gestión. Él también estaba hastiado de Cuba, pero no tenía adónde ir. Había intentado infructuosamente trasladarse a México y Venezuela, incluso a Italia, donde contaba con un familiar, pero no le había resultado. Lo frustraba haber encallado en Cuba.

Disfrutaba, sin embargo, de un buen pasar como funcionario pagado por los cubanos. Por ello simulaba ser un revolucionario de tomo y lomo, un «comecandela», y era capaz a la vez de criticar con gracia el socialismo y contar los mejores chistes de la isla sobre Fidel. Ante los cubanos actuaba, empero, como un revolucionario duro. En verdad, lo único duro en su vida era la suspensión del impecable Lada azul que los cubanos ponían a su disposición.

En fin, mi nuevo partido, la UJD, era la organización juvenil del partido MAPU Obrero-Campesino. El hecho de que el partido se llamara así indicaba que carecía precisamente de obreros y campesinos. La UJD reunía a decepcionados del socialismo real, de la dictadura del proletariado y de la estructura leninista de los partidos de izquierda, y proponía una sociedad democrática, liberal y tolerante.

Ahora debía moverme con cautela. Había dejado Cuba en un conflicto con el comandante Cienfuegos, y aún podría acusarme a través del G2 de agente del imperialismo. Si llegara a hacerlo, tendría problemas.

Pero había articulado una buena historia: ingresaría al Monasterio Rojo, junto al lago Bogensee, donde se formaban los militantes de la FDJ y los revolucionarios de todo el mundo: desde Palestina a Afganistán, pasando por Sudáfrica, Mozambique y Angola, desde Argentina a Irán, pasando por Irak, Nicaragua y Alemania Occidental. ¿Quién podría dudar de mis credenciales revolucionarias?

30

En aquellos luminosos días de septiembre de 1979, poco antes del inicio de las clases en la escuela de Bogensee, me hospedé en el apartamento de un popular dirigente sindical del MAPU Obrero-Campesino.

Era un obrero de verdad, de los pocos que ornamentaban el partido, y por ello se le trataba como a un buque insignia del cual se enorgullese la flota. En los años del obrerismo, cuando la economía y la tecnología no eran tan complejas, la voz de un miembro de esa clase era sagrada en los partidos de izquierda.

Le decían «El Merluza» y vivía con su familia en un departamento prefabricado de Potsdam que no quedaba lejos de la franja de la muerte.

Era famoso porque en las últimas semanas del Gobierno de Allende había llamado por la televisión al Ejecutivo a expropiar todas las empresas de capital europeo, haciendo una divertida alusión a la reina Isabel de Inglaterra. El día de mi arribo a Berlín Schönefeld, El Merluza me condujo en un Wartburg, en el que también viajaba su señora, a una cena bailable del exilio chileno.

Como venía de la escasez crónica de alimentos en Cuba, esa noche quedé boquiabierto ante la abundancia de carne de ave y puerco, de arenque ahumado, huevos rellenos, embutidos, ensaladas, cervezas y vinos que brindaba el bufet. Me impresionó ver que mis compatriotas vestían con elegancia: terno y corbata los hombres; traje dos piezas o falda con blusa las mujeres. Además me sorprendió la alegría y la despreocupación con que los chilenos enfrentaban la vida, sin imaginar lo difícil que era conseguir en la isla un trutro de pollo, una marraqueta de pan, un vaso de leche o una simple guayabera.

Me sentí fuera de lugar en esa abundancia obscena. Me había proletarizado en Cuba. Ahora era una Cenicienta en el fastuoso mundo de candilejas germano-oriental. En cuatro años, y a diferencia de Cuba, donde todo empeoraba, la RDA había dado un salto en bienestar, lo que indicaba que Honecker le había hecho bien al país, aunque el progreso no le permitía equipararse con el vertiginoso desarrollo de Alemania Occidental, circunstancia que quince años más tarde le pasaría la cuenta. La RDA avanzó, pensé, aunque era posible que mi apreciación estuviera influida por la miseria de Cuba.

Esa noche en el escenario, un grupo folclórico dedicó canciones a la lucha *des chilenischen Volkes** contra la dictadura y a favor del respeto a los derechos humanos en Chile. Después, hablaron un representante del CHAF y uno del SED distrital. Luego pasamos a una rifa en que participamos con entusiasmo. Al final, llegamos a la sección bailable, animada por un disc jockey, actividad desconocida en Cuba.

Pese a todo, un hálito melancólico y decadente envolvía la celebración en la Casa de la Amistad Germano-Soviética. Algo triste palpitaba en el acartonado actuar y vestir de mis compatriotas, en los alemanes «latinizados» y en los jóvenes chilenos con pareja alemana, que me parecieron más desarraigados que los chilenos en Cuba.

La gente bailó al son de los últimos *Schlager* musicales de la RDA y Checoslovaquia, de Udo Beyer y Karel Gott, música que

---

* Del pueblo chileno.

imitaba a la occidental, sin poder disimular resonancias de los años cincuenta.

—¿Qué te parece? —me preguntó El Merluza mientras me alargaba una espumante garza con cerveza checa.

—Inimaginable en Cuba —repuse, empinándome el vaso para apartar evocaciones.

—¿En qué sentido?

—En el sentido de que allá no puedes organizar algo así porque simplemente no hay comida.

—¿No hay comida?

—Hay, pero por la libreta y escasa, es decir, racionada. Esta abundancia no la veía desde Chile. En la isla no hay comida ni cerveza por la libre, mi hermano —comenté imitando el tono habanero.

El Merluza optó por ajustarse el nudo de la corbata. Tenía la cabellera espesa e hirsuta, bigote a lo Pancho Villa y unos ojos oscuros, pequeños y redondos, como Charles Chaplin. Su traje azul, de confección rumana, me pareció un esmoquin de la Quinta Avenida de Nueva York, frente a las camisas de manga corta de la isla.

—Aquí los compañeros quieren que les hables de Cuba —anunció indicando hacia un grupo de chilenos de traje y corbata que, vaso en mano, conversaban entre risas.

El disc jockey puso ahora algo de *Karat*, lo que impulsó a varios jóvenes a salir a bailar entre las mesas.

—Les puedo contar que lo que reunieron esta noche en comida, bebida y vestuario es un sueño inalcanzable para cualquier cubano —dije echándome a la boca una rodaja de excelente salame húngaro—. Esto es para un cubano la entrega de los Oscar en Hollywood, Merluza.

—¿Aún está complicado el abastecimiento de alimentos por culpa del bloqueo imperialista? —preguntó abriendo mucho los ojos, sorprendido.

—No sé de quién es la culpa, si de Estados Unidos o del Vaticano, pero no hay ni yuca ni mangos, que pueden darse en cualquier patio cubano con solo plantarlos. No hay ni que regarlos, la lluvia del Caribe se encarga de que crezcan.

—¿No mejora, entonces? —preguntó El Merluza desanimado, y bebió un nuevo sorbo de cerveza.

—Esa economía no tiene arreglo, mi amigo.

—Estoy pensando que es mejor que no hables con los compañeros —sugirió El Merluza, escogiendo una rodaja de salchichón de Turingia. Después bebió otro sorbo de cerveza—. Como vienes de romper con el PC, te pueden acusar de difamar a la revolución. Mejor no exponerse. Vamos a casa. Es tarde y has tenido un viaje largo.

31

Con el tiempo comprendí que El Merluza, siempre generoso y bienintencionado, tenía razón. No se trataba solo de no provocar a compañeros que no volvería a ver, sino de algo más delicado: mis comentarios sobre Cuba podrían llegar a los encargados de otorgar el permiso para cruzar el Muro. Ser visto como anticubano podría entorpecer mi salida del socialismo.

—Hay que andarse con pies de plomo —me advirtió El Merluza mientras caminábamos otro día cerca de la frontera, en Potsdam.

—¿Este murito no les plantea ninguna duda? —pregunté.

Yo intuía que El Merluza era un izquierdista de mentalidad abierta y tolerante, no un dogmático que daría a conocer mis comentarios.

—El imperialismo puso todos sus recursos a disposición de Europa Occidental, en general, y de Berlín Oeste, en particular —afirmó—. El otro lado es una vitrina de Occidente para luchar contra nosotros, compañero. Llenan de mercancías las tiendas y construyen edificios modernos cerca de la frontera. Pero la RDA, pese a la escasa ayuda que recibió de la URSS después de la Segunda Guerra Mundial, no lo ha hecho mal. Si lo miras bien, y tal como dijo Fidel cuando vino a la RDA, es aquí donde tuvo lugar el milagro alemán.

Recordé una nota de la revista *Der Spiegel*, que había leído en la biblioteca del Ministerio cubano de Relaciones Exteriores, donde enseñé alemán mientras estuve casado con Margarita. Allí aparecía una foto de Fidel junto a la Puerta de Brandeburgo, a metros del Muro. Corrían los años setenta, el máximo líder fumaba un Lanceros, pensativo. La publicación era breve: «Fidel: la suerte de construir el socialismo en una isla». En efecto, Cuba también tenía un muro: el mar Caribe. No era color hormigón ni necesitaba minas antipersonales. No. Era turquesa y estaba cuajado de tiburones.

—¿Qué opinan los compatriotas del Muro? —insistí, señalando hacia una torre de los guardafronteras que se divisaba a lo lejos.

—No hablan del tema. Es tabú. Y tú lo sabes.

Era cierto. Nadie se refería a *die Mauer* en público. A veces, en medio de la noche, se escuchaban gritos de «alto», seguidos de disparos de armas de activación automática, el estampido de una AK-47 y por último el ronroneo de los jeeps Trabant. De quienes caían heridos o morían desangrados a sus pies, solo reporteaban los medios occidentales.

El Muro se denominaba en forma eufemística «valla de protección antifascista», como si al otro lado los germano-occidentales estuviesen a punto de invadir la RDA vistiendo el uniforme nazi.

—Pero el Muro está aquí —reclamé yo—. Lo menciones o no.

—No estoy tan seguro —reclamó El Merluza.

El mayor pecado de la izquierda ha sido su atracción fatal por las dictaduras socialistas o progresistas. ¿Cuándo comenzó a irritarme esto? ¿Cuándo me di cuenta de esa enervante inconsistencia que me llevó a quebrar con la izquierda? ¿Cómo es posible que todavía muchos crean que la redención de la humanidad pasa por una dictadura del proletariado? ¿Me lo planteo desde mis años en Cuba o desde mi primera residencia en la RDA?

No había forma de que un régimen dictatorial comunista en Europa resultase más atractivo que la democracia parlamentaria. Una sociedad con predominio absoluto o relativo del Estado no alcanza nunca la diversidad, creatividad, vitalidad ni tampoco la productividad ni la libertad de una donde la propiedad está distribuida en manos de muchos. Los burócratas no logran competir con los actores de un mercado libre y múltiple.

Moulián tenía razón. Desde el punto de vista ético o histórico, él se ubicaba por sobre la media de los intelectuales chilenos que, junto con buscar en vano libros de pensadores occidentales en las librerías de Berlín Este, Leipzig o Dresde, atribuían el fracaso de Allende y la Unidad Popular al mal absoluto: el imperialismo.

En esos días de 1979 me llegó el rumor de que Moulián ya no estaba en el país, que había logrado emigrar a Francia, y de que mi amigo Heberto Padilla —que moriría en 2000 en el amargo exilio de Alabama—, seguía retenido y siendo hostigado en La Habana.

Decidí seguir el consejo de El Merluza. Mejor callar, me dije. Era preferible simular. El simulacro es una práctica cotidiana en toda dictadura. «En el socialismo no hay que imitar a Giordano Bruno, sino a Galileo Galilei», sugería Padilla con el humor negro de quien conocía los cuarteles de la seguridad del Estado cubano: «Diles a todos que la Tierra no se mueve para que te dejen marcharte tranquilo», insistía.

No debía arriesgarme frente a estalinistas chilenos ni germano-orientales. Lo mío era sobrevivir al socialismo sin heridas, para poder regresar a Occidente.

32

Una afectuosa carta de Silvia Hagen me llegó al Monasterio Rojo, la escuela junto al lago Bogensee. Me invitaba a conversar sobre todo lo que había ocurrido en nuestras vidas en los últimos años. Podríamos vernos en Berlín Este. Me pareció una idea excelente. A través del correo —no había entonces teléfonos en las viviendas de la RDA, la telefónica estatal era un desastre— acordamos reunirnos en el restaurante Varsovia.

Llegué a la cita en la Karl-Marx-Allee con una mezcla de curiosidad e incredulidad. El desarraigo, la distancia entre su ciudad de estudios, Weimar, y la mía, así como la aparición de otras personas, habían terminado en 1974 con nuestro romance.

Nos habíamos visto por última vez en la casa de campo de Goethe. Había hecho el viaje de Leipzig a Weimar para anunciarle que me había enamorado de una cubana. Era una situación ingrata y cruel. Estábamos en el segundo piso de la casa, en el cuarto donde Goethe solía escribir montado sobre un caballete mirando hacia el parque, cuando le confesé la verdad.

La tomé por sorpresa, pero no hubo drama. Ella reaccionó conmovida y con dignidad. Silvia había heredado el carácter razonable y analítico de su valiente madre alemana. Si ya no había amor de mi parte, entonces no había nada que hacer, afirmó. El cielo estaba nuboso, la temperatura era agradable y en el parque comenzaban a aparecer los primeros brotes tras la última nevada. Buscamos una cafetería, donde nos servimos algo en silencio.

Luego volví caminando a la estación de trenes.

Nuestro idilio, que había comenzado en el Sommerlager, el campamento de colegios alemanes que se organiza cada verano en un lago del sur de Chile, fue profundizándose después del golpe de Estado, nutrido por la clandestinidad que debimos compartir.

En la Universidad de Chile, en Santiago, ambos vestimos con orgullo la camisa amaranto de la Jota. Ella estudiaba matemáticas, yo antropología social, la carrera de moda entonces entre los amantes de las humanidades. Creíamos que el socialismo traería justicia, igualdad y democracia. Militábamos con fe y disciplina, y soñábamos con que el socialismo se impondría en Chile.

La vida en la RDA nos cambió de manera radical: ya no estábamos en la patria, donde nos unían el cariño de nuestros padres y nuestras amistades. No. De la noche a la mañana desembocamos en un país solidario, pero desconocido, dividido traumáticamente por la Guerra Fría. Aunque dominábamos desde la infancia su idioma, la RDA era distinta a Chile.

—Si uno se queda en Weimar y el otro en Leipzig, la relación se irá al tacho — vaticinó Valdemar, un estudiante boliviano en la cantina de la torre medieval de la Universidad de Weimar.

Valdemar militaba en un movimiento revolucionario de Bolivia que apostaba por la lucha armada y tildaba de reformista al Partido Comunista. Venía de una familia acomodada de Santa Cruz y era el novio de Amely, una amiga de Silvia, que cursaba tercer año de arquitectura y anhelaba convertirse en cineasta. De ese amor nació una hija.

—Deben tomar una decisión —sugirió el boliviano. Tenía unos ojos verdes vidriosos de fulgor cruel, y una cabellera lacia y rebelde, que se le iba sobre la frente—. Si no, se van a separar. Aquí las alemanas son liberales, la soledad es tremenda y por las noches la cerveza y el *Schnapps** encienden las pasiones.

No se equivocó. Nuestra relación murió poco después debido a la distancia y a la febril vida universitaria, que combinaba los libros con el *dolce far niente*.

Valdemar volvió a Bolivia después de titularse y se incorporó a la lucha política, neutralizada desde la muerte del Che Guevara, en 1967. Su movimiento le exigía abandonar las ventajas del socialismo y sumergirse en la clandestinidad. Dejó entre gallo y medianoche a Amely y su hija para ir a cumplir el deber de militante revolucionario.

En los ochenta, cuando yo vivía en Bonn, capital de Alemania Occidental, me llegó de Silvia la noticia de que Valdemar había caído en un enfrentamiento con el Ejército. Amely —a la postre madre viuda— jamás recibió autorización de la RDA para seguir a su esposo a América del Sur, lo que la indujo a pensar que su marido había muerto cumpliendo una misión secreta. La muerte de Valdemar, heroica en todo caso, le brindó un sentido adicional a su vida y le permitió educar a su hija en la admiración a su padre mártir.

Años más tarde, en estos días en que escribo en la Oderberger Strasse, su viuda me pide una cita a través de Facebook.

Nos reunimos a desayunar en el café Entweder Oder, del Prenzlauer Berg. Los años han pasado para todos, desde luego, pero Amely conserva su fresca sonrisa juvenil y la intensa mirada de sus ojos expresivos. Me cuenta con orgullo que produce documentales históricos para la televisión y la radio alemanas.

—Y Valdemar no murió —dice en cuanto ordenamos lattes con croissants y mermelada.

---

* Aguardiente.

—¿No murió?

—No. El muy canalla está casado y trabaja en Bolivia bajo otro nombre.

—¿Lo has visto?

—Una vez, en Bolivia. Hasta la fecha se niega a pagar la pensión a mi hija.

33

Cuando la veo en el restaurante Varsovia me doy cuenta de que es la misma Silvia de nuestra despedida en la casa de Goethe, solo que algo mayor. Ahora es una ingeniera flamante, bella y vital, mejor conservada o menos deteriorada que yo. Resulta evidente la diferencia entre alguien que ha vivido en la próspera RDA, el país más rico del socialismo, y quien ha sufrido un lustro en Cuba, parte de él sin techo ni libreta de abastecimiento.

Si Silvia Hagen ha envejecido cinco años, yo diez. Cinco años de verde olivo equivalen a diez años detrás del Muro.

Silvia está al tanto de los detalles de mi vida en La Habana. Sabe qué estudié, que tuve un hijo, que me divorcié y lo pasé pésimo. Alguien la mantiene informada, alguien próximo a mí, tal vez Jorge Arancibia, que la conoce desde el colegio en Chile. Yo, en cambio, lo ignoro todo sobre ella. ¿Está casada, tiene novio, hijos, planes de regresar?

No recuerdo bien lo que me contó en ese almuerzo, pero sí conservo en la memoria su mirada despierta y afable, el brillo de su cabellera azabache y su sintaxis española alterada por el idioma alemán. A diferencia mía, ella siguió en la Jota y hasta hace poco militaba en el partido. Planeaba radicarse unos años en Mozambique para contribuir con sus conocimientos a la construcción del socialismo.

De solo escuchar eso me erizo, me pongo en guardia y me deprimo. ¡Cuántas veces escuché esto de los labios del máximo líder de la isla! ¡Cuántos amigos se fueron para siempre, de uniforme verde olivo, a defender y construir el socialismo en África!

Creo saber lo que eso significa en sacrificio personal y familiar. Pienso en los que no volvieron vivos de Angola, en los que no volvieron ni en un ataúd, en los muchachos amputados que transitan hoy por La Habana con una medallita al pecho, en los que siguen sufriendo enfermedades desconocidas, en los que nunca más fueron los mismos.

Y pienso en los hijos, las esposas y las madres, en los esposos, padres y abuelos que se quedaron esperando. Y en los que aún esperan por los restos de los suyos. Y todo ese dolor ¿para qué? Para satisfacer la vanidad de un dictador que, desde la comodidad de sus mansiones en el Caribe, se daba el gusto de tratar de igual a igual con ambas superpotencias.

—Si deseas —dice ella mientras saboreamos una *Ochsenschwanzsuppe* con yema de huevo flotando en la superficie—, podemos hacer borrón y cuenta nueva. Estoy dispuesta a olvidar todo lo que ocurrió.

Guardo silencio, cabizbajo, incómodo por las inesperadas palabras que escucho. Me halaga que Silvia me haya esperado, pero me desalienta a la vez que una muchacha tan atractiva y brillante no tenga pareja.

Suena terrible: encontrar al amor de la vida tiene mucho de azar. Se lo puede hallar en una recepción o en un viaje en avión o en una acampada durante las vacaciones. Pero bien se puede haber desistido de ir a esa recepción o haber perdido el avión o haber declinado esas vacaciones. Y entonces, jamás se encontrará a esa persona destinada a uno.

Mis años en Cuba me impiden ver mi nueva vida en la RDA como una continuación de la anterior. Mi estadía en La Habana fracturó mis convicciones y sentimientos, mi percepción del presente y mis sueños de futuro. Algo se quebró de forma definitiva en mi alma durante el proceso de desencanto en la isla. Romper con una ideología totalitaria no es como cambiar de camisa o sombrero. Nada más vigente e imperioso para mí en ese restaurante de Berlín Este que cruzar el Muro y regresar al capitalismo, al mundo del cual jamás debí haberme alejado, a la libertad y la democracia occidental.

Vivir en un país socialista es habitar en un espacio congelado en el tiempo, donde la historia ha sido abolida y ya no hay sorpresas, sino solo una enervante monotonía. Allí la historia ha terminado. La vida es un presente eterno, que se repite hasta el infinito, una circunstancia pálidamente iluminada por la única perspectiva posible: alcanzar un día la redención social en el comunismo. Se es llamado a sacrificar el presente en nombre del futuro.

34

—¿Sigues siendo comunista? —le pregunto a Silvia.

—¿A qué viene esa pregunta? —responde ella extrañada—. Te hablé de mi disposición a continuar nuestra relación; bueno, si algo queda de eso, y me respondes con política.

¿Habrá olvidado lo que pensábamos en Chile, cuando vestíamos la camisa amaranto, nos decíamos que los crímenes del estalinismo eran una patraña derechista y no conocíamos la franja de la muerte? ¿Habrá olvidado que creíamos que un comunista no podía ser amigo ni pololear con momios, con reaccionarios y fascistas?

—Creo que para estar con alguien hay que coincidir en muchas cosas —digo yo.

Mi respuesta encubre mi convicción de que después de Cuba para mí nada continuará siendo como antes, que la estadía en la isla no fue un paréntesis en mi vida.

—Ahora milito en el partido, aunque tengo mi visión personal sobre la derrota de Allende —responde Silvia—. Sufrimos una derrota política, no militar. No fue Estados Unidos quien nos liquidó, sino las disputas entre los partidos de la Unidad Popular, la división entre allendistas y ultraizquierdistas, y el fracaso en el manejo de la economía.

Volvemos a hablar de Allende, el hombre que se inmoló en La Moneda, el hombre al que sus compañeros y el pueblo abandonaron en la hora de la muerte. Pienso en Moulián y en que Allende fue un Cristo moderno en torno al cual el partido colgó como estampas de santos los retratos de sus mártires. Allende devino pedestal en lugar de altar, como dijo Martí con respecto a quienes usaban a Cuba para satisfacer sus ambiciones. Pero ni la muerte heroica salva a Allende del veredicto: fue un presidente que dividió y polarizó a Chile. Los presidentes son responsables por lo que logran y causan.

—¿Y qué opinas del socialismo real? —pregunto.

Silvia me habla de su gratitud eterna hacia la RDA por la solidaridad que tuvo con ella y el exilio. Pero yo no le pregunto por su gratitud, sino por el país en el que vive.

—No puedo separar mi gratitud de mi visión de la RDA. El título profesional se lo debo a ella —aclara ceremoniosa—. Por eso me siento agradecida y llamada a construir un país socialista en Chile.

—Pero tú no eres hija de obreros o campesinos, que solo hubiese podido estudiar en la RDA. Eres hija de profesionales, educada en un colegio privado, que vivía en un barrio exclusivo. No puedes atribuir al Estado de la RDA lo que has alcanzado.

—Pero me debo a mi pueblo —responde ella—, y anhelo este sistema para Chile.

—¿El socialismo?

—El socialismo. No una copia idéntica, pero el socialismo.

No puedo culparla, y yo a esas alturas no estoy para tratar de convencer a nadie de nada. Renuncié al proselitismo político junto con arrojar la camisa amaranto. Silvia tendrá sus razones para pensar como piensa. Es saludable que así sea. El Merluza piensa igual que Silvia, y así piensa también Palomo, el siniestro personaje del hotel. Y de la misma forma ven el mundo Margarita y el comandante Ulises Cienfuegos.

Muchos lo ven así, pero yo no. Esto me hace recordar que a mí me bastaron unos minutos en la parte final de mi viaje de Santiago a Berlín Este, ese breve y último trayecto del S-Bahn sobre la franja de la muerte, para que mis ideales comunistas comenzaran a tambalear.

¿Fue justa mi conversión o fue el giro típico de la titubeante blandenguería pequeñoburguesa, esa que odia Fidel Castro, quien llamó a los jóvenes cubanos a practicar «da intransigencia revolucionaria»?

Pues bien, a esas alturas yo no quiero dictaduras de derecha ni de izquierda. Me importa un bledo que se justifiquen apelando a la seguridad nacional o a la revolución social. Dictaduras son dictaduras.

Comprendo que la brecha que me separa de Silvia es irremediable. Es hoy más ancha que el día en que nos despedimos en Weimar con lágrimas en los ojos.

—¿Y qué opinas del Muro? —le pregunto.

Es la pregunta crucial.

Todo en la RDA socialista se reduce al final, como en una cárcel, al muro que la encierra. Todo. Tu respeto a los derechos humanos, tu visión de la libertad y la democracia, de tu familia, tus amigos y el mundo, de lo que sueñas y entiendes por utopía; en fin, todas las arquitecturas ideológicas, desde las más burdas hasta las más sofisticadas, pueden ser reducidas en la RDA a un asunto único: el juicio que tienes sobre esa obra de cuatro metros de altura y 145 kilómetros de longitud que nos rodea.

—Pienso que mientras existan diferencias tan grandes entre el naciente socialismo y el capitalismo, el Muro será necesario —responde Silvia Hagen con una frase que repite como libreto—. Nos quedan decenios de trabajo ideológico y desarrollo económico para que las masas tomen conciencia de que el socialismo es la mejor alternativa para la humanidad y el único espacio en el cual son protagonistas de la historia.

Después de eso, Silvia se explaya sobre la destrucción de Hitler, sobre el papel de Stalin y la Unión Soviética en la guerra contra el nazismo, y acusa a Estados Unidos de contemplar la guerra desde un palco e ingresar a ella a última hora solo para adueñarse de una parte de Europa.

—Stalin intuyó —afirma Silvia, apartando con suavidad un plato de su lado— que el socialismo partía con desventaja frente al capitalismo al establecerse en la Europa históricamente atrasada. No se puede borrar esa diferencia en treinta años.

—¿Y en materia de libertad?

—Hablas de libertades burguesas, ¿verdad? —Me dedica una mirada compasiva—. La auténtica libertad humana, la socialista, se desplegará una vez que se hayan desarrollado a cabalidad las fuerzas productivas del socialismo.

Pienso en su valerosa madre, que siendo comunista integró la resistencia a Hitler en Viena y por ello tuvo que volver forzosamente a Chile. Silvia habla también en nombre de su madre.

Me acuerdo de pronto del encuentro que tuve en La Habana con el comandante Cienfuegos tras el divorcio con Margarita: él había colocado su pistola sobre la mesa del jardín de su residencia, mientras me advertía que estaba al tanto de mis debilidades ideológicas y que podría descerrajarme un tiro en la cabeza y nadie osaría preguntar qué había ocurrido.

—Has permitido que surjan grietas en tu dique ideológico, y por eso no podrás detener tu desplome como revolucionario —me señaló Cienfuegos—. Si comienzas aceptando una mínima duda pequeñoburguesa, esa marejada de críticas terminará por arrastrarte a las aguas del enemigo de clase.

Pero ahora no estoy en la casona de Miramar, expropiada a una aristocrática familia cubana, sino entre las mesas vacías de un restaurante de Berlín Este, aunque una cola de clientes espera afuera, en la Karl-Marx-Allee.

En los restaurantes socialistas existía la práctica de no atender todas las mesas, de rodear muchas de ellas con un cordel con el letrero de «no pasar». ¿Por qué no atendían todas las mesas? Me lo pregunté a menudo, sin hallar respuesta. Eran restaurantes HGO, «propiedad de todo el pueblo», establecimientos que, al ser de todos, no eran de nadie.

—Después de vivir en Cuba tengo una visión más complicada de este asunto —le digo a Silvia mientras nos retiran los platos—. Necesito un tiempo para aclimatarme a la RDA, pero estoy inmensamente feliz de haber salido de la isla.

—Te va a hacer bien la escuela de Bogensee, porque imparte una sólida formación marxista. Estoy convencida de que te ayudará a resolver tus dudas.

Terminamos de almorzar recordando a nuestros padres, que viven en el Chile de Pinochet, y después nos disponemos a marcharnos.

—Fue grato conversar contigo —dice Silvia—. Veo que necesitas tiempo para reflexionar y entender el mundo al que has regresado. Si necesitas algún libro sobre la RDA, te puedo enviar varios desde Weimar.

—Gracias. Tal vez tienes razón: la escuela me ayudará a superar mis limitaciones pequeñoburguesas.

—Por ser quienes somos, las cultivamos a diario, así que no te sientas culpable —me consuela mientras se pone el abrigo—. Me pasa lo mismo.

—No te creo —comento riéndome mientras salimos a la Karl-Marx-Allee.

—Lo digo en serio. Por eso me iré a Mozambique a apoyar al compañero Samora Machel en la construcción del socialismo. Mucho desarrollo termina por aburguesarte.

35

Una brumosa tarde de sábado en que paseo cerca del Brandenburger Tor, un hombre con leve acento anglo me dirige la palabra en español mientras arroja migas de pan a las palomas.

—Me gustaría conversar con usted —dice tras mencionar mi nombre completo—. Puede interesarle.

—¿Quién es usted? —pregunto sorprendido.

—Llámeme Don Taylor. —Se pone de pie en la bandeja central de la avenida Unter den Linden, arrojando un último puñado de migas a la bandada, luego hace una bola con el cucurucho y lo emboca en un canasto—. Usted no me conoce, pero yo a usted sí. Sé de su paso por La Habana, de Margarita y que estudia junto a un lago.

Me mira desafiante. Tiene ojos azules, cejas negras y la cabellera completamente blanca, cortada a lo Lee Marvin.

—¿Quién es usted? —insisto.

La bella avenida Unter den Linden* se alarga vacía y recta con los tilos ya sin hojas. Por un extremo parece terminar en el monumental Deutscher Dom, por el otro en el Brandenburger Tor.

Un bus Ikarus pasa a toda carrera, seguido de un coche Wartburg. No hay Volkspolizisten** a la vista, solo los efectivos del Regimiento

* Bajo los Tilos.
** Policías populares.

Félix Dzerzhinsky que vigilan el acceso a la explanada que, de no ser por el Muro, desembocaría en la Strasse des 18. Juni, en Berlín Occidental.

—¿Por qué no caminamos? —pregunta Don con tono despreocupado—. Voy a la estación Friedrichstrasse. Si gusta, me acompaña en esa dirección.

Avanzamos por la bandeja central bajo el cielo gris y encapotado. No sé bien por qué le obedezco. Tal vez solo por curiosidad. Don Taylor viste un impermeable oscuro y sombrero de ala ancha. Me intriga su presencia. Es un personaje sacado de una película de espías, pero es real y actúa con seguridad en sí mismo.

—He seguido su trayectoria —continúa, recobrando el dominio de la situación. Da pasos largos con sus zapatones de suela gruesa—. Admirable. Quiero que me entienda: no deseo nada de usted. Solo decirle que admiro su periplo: Chile, RDA, Cuba y ahora aquí, en Berlín, conversando conmigo.

—¿De qué país es usted?

—¿De veras quiere saberlo? Se puede asustar.

—Nada me asusta, Don.

—De Estados Unidos —dice echándome una mirada escrutadora—. ¿No le preocupa?

—¿Por qué habría de preocuparme?

—También he recorrido harto mundo, como usted.

—¿Vive en Berlín?

—Así es.

Se detiene a sacar una cajetilla de cigarrillos del impermeable, me ofrece uno, que yo rechazo con gentileza, y luego enciende uno con parsimonia. Aspira profundo, como si dispusiese de mucho tiempo, y expulsa el humo por la nariz, deleitado. Seguimos caminando entre la embajada de la Unión Soviética y la sede nacional de la FDJ.

—Si no le incomoda —dice Don Taylor—, me gustaría mantenerme en contacto con usted y conversar un día con calma, en esta ciudad o donde usted prefiera. ¿Le parece?

—¿Y de qué temas?

—Libros, películas, viajes, en fin. ¿Puedo enviarle una tarjeta a la escuela?

—Desde luego.

—Me alegra. Hoy, por desgracia, ando apurado. ¿Se la envío a su nombre de guerra?

¿Nombre de guerra? Don me ha llamado por mi nombre verdadero, y ahora sugiere que también conoce mi chapa. Me intimida el conocimiento que tiene de mis datos personales. ¿Será de la Stasi o del G2 cubano? ¿O de la CIA? Dicen que el cantante estadounidense Dean Reed, residente de la RDA, colaboraba con la Stasi. Murió hace años de forma extraña en un lago berlinés oriental. ¿Fue un asesinato o un suicidio?

Resoplo afligido. Debo aprender a pensar de nuevo como chileno y no como un cubano o germano-oriental paranoico. No todos los que se me acercan son enemigos o espías. Siento asimismo que caigo en una red que alguien teje en silencio y con destreza, pero de la cual no me gustaría alejarme, seducido, como estoy, por la sensación de que navego por una dimensión nueva y riesgosa.

—¿Dónde me dijo que trabaja? —pregunto.

—En una empresa importadora y exportadora de libros. Nos ocupamos de novelas, textos de historia, sociología, política internacional. Yo mismo soy un autor frustrado de ficción. En fin, le escribiré en estos días para que nos reunamos. No le incomoda, ¿verdad?

—No, pero no creo que vaya a comprarle muchos libros. Ando corto de plata.

—No se preocupe, le daré facilidades —responde Don Taylor, y comienza a alejarse.

Lo veo cruzar en dirección a la Friedrichstrasse con el cigarrillo humeando entre los labios y un paso que tiene algo de cervatillo escurridizo.

Desaparece al doblar la esquina frente al hotel Unter den Linden.

36

Baltazar y su esposa Deborah nos pasan a buscar a la Oderberger Strasse para llevarnos a Leipzig con mi señora. Los Argus son traductores y amigos míos desde 1980.

La limusina negra de mis amigos, un Škoda checo que fabrica ahora Volkswagen, se desplaza suave y mullida por la autopista a Leipzig. No tiene nada que ver con los lastimeros y ruidosos Škoda del socialismo, naturalmente. Llueve. Baltazar conduce hacia Sajonia por una autopista que ahora tiene varios carriles y grandes letreros azules.

Almorzamos en el famoso restaurante Auerbachs Keller, de Leipzig, y nos dirigimos a la Strasse des 18. Oktober, la calle de mi internado, el sitio donde conocí a Ordoqui y Moulián, a frau Rosenthal, al doctor Zeuschke, a Karla Lindner y Gerda, y donde comenzó mi romance con la cubana. También donde se consolidaron mis primeras dudas sobre el socialismo.

Ahora que avanzamos del centro de Leipzig al internado, rememoro el carnaval que tenía lugar cada año en la ciudad. Era el momento de la liberación y la desinhibición colectiva, el instante en que todo era posible y en el que esposas o maridos podían —sin consecuencias— no regresar esa noche al hogar. Al día siguiente todo se perdonaba, y la vida retornaba a su reglamentado cauce cotidiano. En el carnaval, más aún el de Leipzig, Dresde o el del Berlín socialistas todo se permitía.

De esos días guardo recuerdos imperecederos. Me acuerdo, por ejemplo, de un encuentro con una alemana de aspecto mediterráneo en el carnaval de 1974. Iba disfrazada de hada madrina y bajo su túnica iba desnuda. Bailamos, ella de hada madrina, yo de monje franciscano, nos besamos y la invité a mi cuarto.

—Tengo que avisarle a mi esposo —dijo la muchacha.

—¿Cómo? ¿Estás casada?

—Así es —dijo entornando los ojos. Llevaba los párpados pintados de negro y había bebido más de la cuenta.

Ambos habíamos bebido más de la cuenta, desde luego. Era una fiesta escandalosa en el gimnasio de la universidad, y un grupo interpretaba «Satisfaction».

—¿Y qué le vas a decir?

—Ya lo verás —me dijo—. Vamos a avisarle.

Cogidos de la mano avanzamos bamboleándonos entre el gentío que bailaba hasta llegar donde un tipo disfrazado de Guasón con el rostro untado con crema blanca. Acariciaba a una sirena de pelo azul, sentada a horcajadas sobre sus piernas.

—Heiner, me voy a dar una vuelta —dijo el hada madrina.

—*Mach's gut** —repuso el Guasón, hurgando bajo la malla de la sirena—. *Bis morgen.***

Y me fui con el hada a mi cuarto, y allí amé a esa mujer casada que acababa de conocer.

Cuando desperté al día siguiente, ella se había marchado. Sobre mi velador yacían la varita mágica y unos guantes con candilejas.

---

* Que te vaya bien.

** Hasta mañana.

Pero ahora estamos en otra época. Ya no existe el socialismo. Ya no hay vallas ni lienzos rojos con letras doradas que celebran el cumplimiento de las metas de producción de las fábricas, la indestructible amistad con la Unión Soviética y el triunfo del comunismo a escala mundial.

Ahí está la calle de mi primera juventud europea, casi idéntica a como la recuerdo, aunque me parece algo más estrecha, con menos árboles y más automóviles. A un costado está la hilera de internados, después la avenida, luego la franja de césped, donde jugamos al fútbol y, por último, los edificios prefabricados de viviendas.

Siguen circulando por la calle los estudiantes que ahora escuchan música del iPod o hablan por celular. Las fachadas de los internados han sido remozadas con la ampliación de ventanas y el cambio de colores.

Desciendo del Škoda frente a la puerta de mi antiguo internado, y entro al edificio seguido de mi mujer y mis amigos. Allí le ruego a la joven portera que me deje entrar a tomar fotos. Ella autoriza la visita, comprensiva, sonriendo. No creo que imagine que viví en el internado en la era comunista. El comunismo para ella solo está en los textos de historia, a diferencia de lo que ocurre en mi patria, donde el Partido Comunista sigue admirando a Fidel y a Raúl Castro, y celebra el modelo de Corea del Norte.

37

Mientras vamos subiendo la escalera del internado, recuerdo a Hannelore, la periodista encargada de la sección cultural del *Abendzeitung* de la ciudad, donde trabajé tras abandonar mis estudios de marxismo. Tenía cuarenta años y era una alemana de aspecto diferente: cabellera negra, ojos azules, piel bronceada, facciones finas, esbelta y coqueta. Estoy seguro de que por sus venas fluían también gotas de sangre polaca o rumana.

Hannelore me invitó un día a la Ópera de Leipzig a ver *Die Zauberflöte,** de Mozart. Se las arregló para llegar a mi cuarto con las entradas en la mano. Más tarde me contó que pudo pasar tras convencer al portero de que venía a entrevistarme.

Cuando cerré la puerta —con el príncipe de Mali todavía compartíamos el espacio y él seguía desaparecido— advertí en los ojos de la periodista un fulgor alegre e incitante, pero al mismo tiempo vislumbré un repentino cambio de ánimo en su rostro.

—¿Aquí vives tú? —me preguntó, tomando asiento en la silla de mi escritorio.

—Así es.

Se llevó una mano a la altura del pecho, justo allí donde llevaba la blusa entreabierta y se insinuaban, tentadores, sus senos, y dijo:

---

* La flauta mágica.

—Voy a tener que venir un día de estos a ordenarte el cuarto.

—Se agradece toda cooperación —respondí—. Pero ya tengo una amiga que me ayuda.

—Me lo imagino —comentó.

—Pero también tú serás bienvenida. —Traté de arreglar mi error—. No quiero aprovecharme de ti.

—¿Y qué comes? ¿O ella también te cocina?

—Como en el casino universitario o lo que ves en el estante: galletas, pan negro, salame, lo que encuentre en la *Kaufhalle* o la estación de trenes.

Hannelore seguía mirando consternada a su alrededor. Me gustó cómo iba vestida, completamente de negro: blusa, pantalones ajustados, botines Salamander con taco de aguja.

—Vamos a la ópera mejor, *mein Herr*[*] —me dijo—. Después te invito a una copa de jerez en mi departamento.

El teatro estaba lleno. Nos sentamos en un balcón reservado para ella. Hannelore extrajo un cuaderno y un lápiz, y comenzó a hacer apuntes durante el espectáculo. Su próxima columna versaría sobre la obra de Mozart, la que a mí —deseoso de estar más bien a solas con la periodista— me resultó interminable. En la penumbra, la periodista me fue pareciendo cada vez más bella y atractiva.

Creo que lo intuyó, porque de pronto abandonó el lápiz y comenzó a acariciarme entre los muslos con tal disimulo que nadie desde la platea podía notarlo. Por el rabillo del ojo me di cuenta de que ella seguía el espectáculo con sonrisa tenue y bien fingido interés.

Finalizada la función, bebimos vodka en una *Gaststätte*. Y después hicimos el amor en su espacioso departamento, ubicado en

---

[*] Mi señor.

un edificio antiguo, de cuyas paredes colgaban óleos del realismo socialista alemán.

Era delgada, de piernas largas y unos senos más contundentes de lo que yo había imaginado en la redacción. Disfrutaba su profesión, la vida social y su independencia, y para ella estaba claro que ese episodio, entre una mujer de cuarenta y un estudiante de veinte, no nos comprometía a nada.

—¿Vives sola? —le pregunté cuando bebíamos en el living, ya duchados y vestidos.

—Con mi marido. —Inclinó hacia atrás su rostro para anudarse la cabellera y armarse un tomate en la nuca—. Viaja demasiado. No te preocupes, no es celoso. Cuando estamos separados tenemos un acuerdo: libertad plena. Después nos contamos todo.

—¿También esto? Es decir, ¿le contarás esto de hoy?

—Pero claro. En una pareja no debe haber secretos. Es más, los relatos ayudan a mantener la relación.

De pronto me sentí utilizado. Traté de hallar en el living fotos de su esposo.

—No busques fotos de él, cuando viaja las saco. Me cargan los amantes que se muestran fotos de los cónyuges.

—¿Y dónde está ahora? —pregunté mientras bebía una copa de Rotkäppchen, el vino espumante nacional de la RDA.

—En el mundo árabe.

—¿Es dirigente del SED?

—Está en El Cairo y regresa el viernes. No es dirigente. Trabaja en el «frente invisible» que dirige Markus Wolf. ¿Te apetece quedarte conmigo, mi querido estudiante?

38

—¿Y esto? —me preguntan mis hijos adolescentes en otro viaje al Berlín reunificado cuando notan la banda metálica incrustada en el pavimento de algunas calles céntricas. Siempre volvemos al lugar de nuestros recuerdos. Ellos nacieron en Alemania Occidental y crecieron en Suecia y Estados Unidos, este último, país donde viven ahora.

—Marca el trazado del Muro —les explico.

Es verano y hace un calor espantoso, y por esa calle, a la cual jamás pude llegar cuando joven, pasan ahora personas, coches, buses de dos pisos y taxis amarillos respetando el límite de velocidad urbano. Sus conductores ignoran que cruzan la antigua frontera de un país ya inexistente, un límite que para millones significaba la muerte y que terminó por corroer mis convicciones comunistas.

—¿Y de verdad dividía a la ciudad, y nadie podía pasar al otro lado? —me pregunta incrédula mi hija, y luego enfoca su iPhone hacia una placa que explica lo que representa la cicatriz plateada en el pavimento.

—En rigor, rodeaba a todo Berlín Oeste —explico—. Eran los berlineses occidentales los que estaban cercados, aunque no prisioneros. Los prisioneros eran los berlineses orientales. Suena raro, pero era así.

—No entiendo —interviene mi hijo.

—¿Qué no entiendes?

—Que los que estaban encerrados eran los occidentales, pero que quienes se sentían prisioneros eran los del Este. ¿El comunismo no estaba acaso en el Este?

—Sí, pero Berlín Oeste estaba en el centro de la parte oriental de Alemania, que se llamaba RDA —intento explicar—. Es decir, había dos fronteras: una en torno a Berlín Oeste, el Muro que todos conocieron, y otra en el deslinde entre ambas Alemanias.

—¿Y cómo llegaron los alemanes orientales a encerrarse ellos mismos? —me pregunta mi hija, que vive en California, donde el espíritu libre la contagia de tal forma que difícilmente acepta algo que no puedo expresar porque el mundo ahora es otro—. ¿Cómo no se rebelaron para no quedar encerrados?

Es una pregunta que muchas veces me hice en la RDA sin obtener respuesta. Quiero decir a mis hijos que no depositen excesiva confianza en el ser humano, porque es capaz de todo, incluso de exterminar a gente y construir su propia cárcel, pero recapacito porque afirmar aquello sonaría pesimista, demasiado a siglo XX, cuando surgieron ambos totalitarismos.

—¿Y tú, papá, apoyaste a mi edad a los que ordenaron construir el Muro? —me pregunta mi hijo.

—Así es. En un primer momento lo hice. Solo en un primer momento. Fui comunista cuando joven.

—¿Y con qué derecho? —pregunta mi hija, y percibo en su tono el reproche por haber sido yo cómplice de individuos que, amparados en su ideología, decidían el destino de los demás de la cuna a la tumba.

—¿Con qué derecho qué? —pregunto intuyendo lo que viene.

—¿Con qué derecho decidiste sobre la libertad de otros seres humanos?

—Lee mis libros y lo entenderás —barrunto sonrojado.

—¿Y qué pasa con los que vivieron toda su vida encerrados detrás del Muro y están muertos, y no alcanzaron a leer tus libros?

El sol de mediodía arde implacable sobre mi cabeza y me obnubila la vista. Berlín se esfuma en la resolana y la canícula. ¿Cómo explico la Guerra Fría y todo lo que pensé, y todo aquello en que creí y por lo cual estuve dispuesto a luchar, combatir y hasta matar?

Nosotros, entonces, al igual que los jóvenes de hoy, creíamos en algo. Los de izquierda creíamos en algo que nos unía y motivaba. Creíamos, en primer lugar, que la razón y la historia estaban de nuestro lado, que para alcanzar un mundo mejor bastaba con empezar a construirlo bajo la dirección del partido inspirado en las ideas de Marx y Lenin, un partido que encabezaría a las masas de obreros, campesinos y al pueblo trabajador, enarbolando las banderas con la hoz y el martillo.

Quiero decírselo a mis hijos, pero no lo hago. Tengo la garganta seca. Quisiera verter un cubo con agua fría sobre mi cabeza.

39

La historia siempre se venga, pienso en esa calle de Berlín donde el calor me atormenta. Ahora la historia se venga de mí enrostrándome la visión prístina y humanista, libre de dogmas, de mis hijos, niños que eduqué en un clima liberal, agnóstico, cosmopolita y tolerante de Estados Unidos.

La historia ha terminado por arrinconarme y pasarme la cuenta a través de mis hijos. El día anterior visité con ellos el Museo del Holocausto y las mazmorras de la Gestapo, y también el gigantesco cuartel general de la Stasi en la Normannenstrasse, y uno de los dieciséis centros que esta empleaba para detener y torturar a opositores, Hohenschönhausen. El siglo XX nos habla allí con su lenguaje del horror sobre ambos totalitarismos. Ahora converso con mis hijos de lo que fue la franja de la muerte comunista.

Pienso en los izquierdistas chilenos incorregibles, en los *Betonköpfe*, como llamaban los germano-orientales a los comunistas, que me critican por haber renunciado a los veintitrés años, en La Habana, a la causa que abracé con diecisiete, en Valparaíso. Para ellos, herméticos ante los cambios de la historia, uno debe morir con las botas puestas que calzó en la adolescencia. Tienen una visión tribal y dogmática de la política, creen que uno jamás será más sabio que cuando tiene diecisiete, y que debe ser fanáticamente leal a las convicciones de la juventud. Nada han leído sobre San Agustín, Marx, Lenin o Fidel Castro, conversos todos.

Mis hijos, en cambio, no me preguntan por qué dejé de ser comunista, sino cómo fue posible que me haya hecho comunista. No pueden concebir que me identificara con una ideología que necesitaba muros, alambradas y campos minados para mantener a la gente en su paraíso terrenal.

—¿No habías leído entonces *Rebelión en la granja*, de George Orwell? —me pregunta mi hija engurruñando el rostro bajo el sol.

Ahora me torturan como inquisidores. Saben que, por fortuna, ya no pienso como pensaba en esa época, y por eso alargan el tormento. Pareciera que nuestras suelas tuviesen imanes que nos impiden alejarnos de la cinta metálica que recuerda el tratado del Muro.

—¿Sabes, papá, lo que más me preocupa de todo esto? —agrega mi hijo, mientras mi mujer sigue la conversación sin decir palabra, aliviada de no haber sido nunca comunista.

—¿Qué te preocupa?

—Que así como abrazaste a los diecisiete el totalitarismo comunista, si hubieras nacido antes bien pudiste haber abrazado el otro totalitarismo. A lo mejor, bajo otras circunstancias, pudiste haber sido nazi. Son tan parecidos que es fácil confundirse.

Prefiero no responder. Pienso en la escuela de Bogensee, en el centenar de jóvenes revolucionarios que creía en el comunismo, y se me viene a la memoria la mansarda de la residencia de Goebbels, donde amé por primera vez a Carolina.

Nosotros, los comunistas, disponíamos entonces —o creíamos disponer— de una visión nítida y científica del objetivo final, y de los instrumentos y formas para instaurar el socialismo. La palabra mágica entonces era «el pueblo», sinónimo de una vasta mayoría nacional, la que hablaba a través nuestro. Nosotros éramos el pueblo, aunque el pueblo era mayoría en Chile, y nosotros minoría.

Las leyes de la historia nos legitimaban y otorgaban una supuesta superioridad moral sobre los adversarios de centro y derecha. Nosotros éramos los depositarios de las demandas populares a lo largo de la historia, desde las rebeliones de los esclavos en la Antigüedad hasta la lucha de los explotados de la Amazonía, pasando por la Revolución francesa y todas las luchas sindicales del siglo XIX en Chile.

Anhelábamos ser cultos, y por ello bebíamos de la historia mundial y nacional, de la historia tanto de los mártires de Chicago como de la escuela Santa María de Iquique, tanto de las rebeliones indígenas contra el conquistador español como de los padres de la patria. Nada se nos podía oponer: éramos el río y las orillas, el pasado, el presente y el futuro de una humanidad que había dicho basta y echado a andar. Nadie podría oponerse a nuestros designios, ya un tercio del globo terráqueo vivía bajo regímenes socialistas.

Olvidábamos, sin embargo, un pequeño detalle: la historia real del socialismo real. Construíamos nuestro relato sumergiendo en la amnesia los crímenes de Lenin, Stalin, Mao, Castro, Ceaucescu, Kim Il-sung y Pol Pot, de Dzerzhinsky, Beria y Mielke. Ocultábamos en el armario a nuestros muertos: la tolerancia o justificación de los paredones, las horcas, los partidos únicos apernados al poder, la prensa controlada, la prohibición del libre desplazamiento, la violación de los derechos humanos y de la propiedad privada, y hasta el envío de disidentes a hospitales psiquiátricos o el exilio.

Nada nos importaba. Siempre había un pretexto que justificaba todo: Stalin tuvo que vencer a Hitler, el Muro impedía el revanchismo, Castro luchaba contra el imperio, Brézhnev liberó a Afganistán. Éramos blancas palomas, nuestra memoria tenía derecho a ser selectiva y nuestra historia era santa, y a la democracia chilena la trituramos añadiéndole los adjetivos de

burguesa, formal y limitada, soñando con instaurar una democracia «popular» como las del este de Europa, obviando que sus
ciudadanos trataban de escapar de ellos, algo que nosotros atribui-
mos a la «inmadurez ideológica» del pueblo y a «las campañas de
diversionismo ideológico del imperialismo».

40

Mientras Baltazar, su esposa Deborah, mi mujer y yo subimos los peldaños de mi internado, le vamos dando tiempo a la historia para que retroceda. La disposición de los pasillos es la misma, aunque han sido remodelados: ahora predominan los colores vivos, hay buena iluminación, puertas sólidas y diarios murales variados.

Llego, por fin, al cuarto que compartí con el príncipe de Mali y con Joaquín Ordoqui, y que abrió con ganzúa el espía cubano Tony López. Llego a la habitación donde recibí a Karla Linder, la rubia que temía perder su virginidad, y a la futura maestra de la escuela de Bogensee, que tenía la espalda plagada de espinillas. Llego al cuarto que asqueó a la periodista del *Abendzeitung*. Llego a la cafetería donde se inició la amistad con Lucho Moulián, y al cuarto que ocupó Margarita con Ljuba, una polaca experta en el mercado negro germano-oriental.

Recorro esos pasillos en forma pausada, reconociéndolos de modo gradual, ordenándolos en la memoria, tratando de reconstruir la atmósfera de entonces, preguntándome qué habrá sido de los alemanes y los revolucionarios del Tercer Mundo que entonces estaban dispuestos a dar la vida por el socialismo. Entro a los dormitorios que ocuparon mis amigos, y busco allí alguna huella o perfume, un color, una ventana o un tipo de luz que me lleve a lo que fui y sentí, pero ya no palpita nada, absolutamente nada de todo eso.

La constatación me sobrecoge porque insinúa que todo fue en vano. Un pasado que nadie recuerda ha sido en vano. ¿Qué sentido tuvo entonces haber enviado a morir a tantos jóvenes que prometían tanto, que querían ser médicos, ingenieros, artistas o políticos? ¿Qué sentido tuvo haber sacrificado a muchachos de África, Asia y América Latina por una utopía de la que solo quedan escombros ensangrentados?

—¿Sabes lo que quedará de ti si te sumas a la guerra que tu partido planea librar contra el Ejército de Pinochet para instaurar el socialismo? —me preguntó en 1975, ya en La Habana, el poeta Heberto Padilla, caído en desgracia ante Fidel Castro.

—Lo ignoro —respondí, aunque hubiese querido decir que no buscaba nada más que acabar con la injusticia y la inequidad.

—En el mejor de los casos, si mueres y llega a ganar tu causa, le pondrán tu nombre a un jardín infantil en algún pueblo remoto —repuso Padilla desde el sillón de su departamento, en el barrio de Marianao—. No sé si eso servirá de consuelo a tus padres, o es motivo suficiente para unirse a un ejército de improbable éxito en su empresa revolucionaria.

En esa época, inspirados por los encendidos discursos de los camaradas, muchos militantes ingresaron al Ejército cubano con la ilusión de conquistar el poder en Chile, o de negociar cuotas de poder en la nueva democracia. Yo habría terminado sumándome a los jóvenes ingenuos e idealistas que se convencieron de que se convertirían en los futuros comandantes del Chile socialista.

Si no es por las palabras del poeta y el deprimente panorama económico y político que brindaba la Revolución cubana, yo hubiese terminado quizá, como otros, bajo tierra en Angola, Mozambique o Nicaragua; o integrando una banda de asaltantes de bancos o de secuestradores de empresarios para obtener recursos para «la causa revolucionaria».

Me salvaron de eso mi experiencia en el socialismo real, la doble moral de nuestros líderes y las certeras palabras de Heberto Padilla.

¿Cuántos de esos jóvenes con los cuales me crucé en los setenta en los pasillos del internado de Leipzig estarían aún vivos? ¿Y cuántos habrán caído en el campo de batalla cumpliendo las tareas para las cuales sus partidos los adiestraron en universidades de países socialistas, donde a menudo eran reclutados por servicios secretos o embarcados en aventuras sin destino?

41

La rutina en la Escuela Superior Wilhelm Pieck estaba bien pensada: por las mañanas se impartían clases sobre materialismo histórico y dialéctico; después, economía socialista, y finalmente historia del movimiento obrero. Formábamos grupos de doce por curso, separados por regiones o continentes, liderados por profesores que contaban con traductor.

Por las tardes estudiábamos en la biblioteca central o en los cuartos, y hacíamos las tareas con responsabilidad, convencidos de que el dominio del marxismo-leninismo nos transformaría en mejores revolucionarios. Después, y si el tiempo lo permitía, practicábamos deportes en un ambiente de camaradería. A partir de las doce de la noche imperaba *Nachtruhe* y se imponía el silencio. Era la hora de leer, platicar o hacer el amor.

A menudo los estudiantes de los diferentes países intercambiaron experiencias sobre su activismo político. Muchos de ellos habían estado o estaban en el poder político de su país y por ello los diálogos podían resultar profundos e interesantes. Pienso, por ejemplo, en las delegaciones de la SWAPO, OLP, Mozambique, Etiopía o de Irán o Afganistán. En América Latina las delegaciones más atractivas en términos políticos eran las de Nicaragua, Argentina y Chile, aunque esta última estaba integrada fundamentalmente por gente del exilio.

Uno de los temas que causaba debates era si la historia tenía leyes y una dirección ascendente específica. Para el marxismo-leninismo esto era indudable: el mundo marchaba hacia el socialismo pero requería del apoyo de los partidos: los partidos de la vanguardia de la clase obrera.

Pero cada miércoles y sábado había baile al ritmo de bandas de la RDA como Pudhys, Karat o City, o del romántico checo Karel Gott, conocido como «La voz de oro de Praga», o de Amanda Lear, o Abba o The Smokies, de moda también en el este europeo.

Los miércoles había cine antes de la fiesta. Se exhibían, por lo general, películas de países comunistas o del Tercer Mundo, las que —me refiero a las del Tercer Mundo capitalista— cuestionaban la realidad de sus países. De Occidente se mostraban pocas películas, y siempre aquellas que expresaban los problemas del capitalismo desarrollado, pues la comparación debía favorecer al socialismo.

Después había bar abierto, donde abundaban la cerveza y el *Schnapps* a precio subvencionado, por lo que la beca alcanzaba para darse algunos gustitos.

—Aquí la Stasi recluta a extranjeros —me dijo un día Carolina mientras paseábamos por la orilla del Bogensee. El otoño pintaba de ocre los bosques, y una fragancia a raíces inundaba mis pulmones—. Es un lugar ideal.

—¿A qué te refieres?

—A que como los extranjeros se sienten bien acogidos y reciben educación y atención médica gratuita...

—… quedan seducidos por el socialismo.

—Así es. ¿No te llama la atención que a la escuela no llegan jóvenes de países socialistas, sino solo de organizaciones del capitalismo?

Tenía razón Carolina. Allí no había nadie de Cuba, Vietnam o Polonia. Los jóvenes de los países socialistas asistían a escuelas internacionales más «íntimas». Pero ¿qué sugería Carolina con eso?

—Aquí no se repara en gastos con los revolucionarios —continuó Carolina. Vestía jeans y una chaqueta de cuero negra—. A nosotros nos recomiendan ofrecer a los extranjeros siempre la mejor cara del socialismo.

—¿Quién lo ordena?

—La FDJ.

—Puedes estar feliz, contigo me he llevado la mejor impresión posible —afirmé y la besé en la mejilla. Unos patos graznaron a lo lejos.

—Vienen de vuelta anunciando el fin del invierno —susurró Carolina—. Migran desde otros países, y no necesitan pasaporte. Yo regresaría como esos patos si me dejaran salir.

La volví a besar, sin decir nada. La bandada pasó formando una tijera sobre el lago en dirección norte.

—*Vogelfrei!** —exclamó Carolina, mientras seguía la trayectoria de las aves.

—Si te fueras, ¿volverías de Occidente?

—¿Por qué no? Aquí están mis familiares, mi ciudad natal y mi trabajo.

La estreché entre mis brazos y Carolina acomodó su rostro en mi pecho tratando de que yo no viese su reacción. Aspiré la fragancia de su cabellera. También a mí me resultaba doloroso el asunto. Decir lo que pensaba podía causar estragos. ¿Cómo manifestarle que, a mi juicio, ella integraba un pueblo desafortunado, que había perdido tanto con el nazismo como con el comunismo, que vivía encerrado en una cárcel más hermética que las de alta seguridad de Estados Unidos?

—Tal vez nunca vea lo que esos patos ven cada año: las montañas de Suiza, la bota de Italia, el desierto del norte de África —continuó Carolina en tono melancólico—. Mis padres estarán

---

* Libre como un pájaro.

encerrados aquí hasta los sesenta y cinco, a mí me pasará lo mismo y a mis hijos les esperará la misma suerte.

Calculé en silencio: estamos en 1980. Carolina podría cruzar el Muro en 2021.

Hice un gesto para que continuáramos caminando. ¿Cómo consolarla? Nunca había percibido ese agobio en Margarita Cienfuegos. Como miembro de la clase dominante cubana, ella podía salir de la isla. No poder viajar era un drama del pueblo, no de la nomenclatura.

—¿Crees de verdad que aquí reclutan a extranjeros? —pregunté.

—Serían tontos si no lo hicieran. Estos muchachos están en sus manos, hipnotizados por la solidaridad de la RDA, y el poder de la Stasi, sumidos en la adrenalina que genera formar parte de la primera línea de confrontación con el imperialismo.

—¿Conoces algunos casos?

—No, pero algunos de la FDJ son agentes encubiertos de la Stasi que están aquí solo para reclutar. Se les nota a la legua. Y no creo que se vayan con las manos vacías.

Estuve a punto de preguntar por sus nombres, pero la prudencia me aconsejó guardar silencio.

42

Para envidia de los militantes de otros países, los chilenos éramos los estudiantes predilectos de la escuela, ya que simbolizábamos la lucha contra Pinochet. Se suponía que tras finalizar el curso iríamos a Chile a desafiar a la dictadura, impresión que nos dotaba de un aura mística, que nos acercaba a la condición de héroes revolucionarios.

Por ello, casi todas las canciones que entonábamos, como «Venceremos», «Plegaria de un labrador» o «Gracias a la vida», o los poemas de Pablo Neruda que recitábamos a coro en el escenario del Monasterio Rojo, adquirían cierto carácter fúnebre, pues la muerte nos esperaba a la vuelta de la esquina.

Pese a que ya no militaba en la Jota, Heinz Fischer, director de la escuela de Bogensee, me propuso que asumiera el cargo de presidente del curso internacional, lo que implicaba representar a todos los estudiantes extranjeros. La razón: mi dominio del idioma alemán facilitaba la coordinación con la dirección de la JHSWP.

Acepté con incomodidad. El nombramiento era paradójico: en La Habana había perdido la fe en el comunismo y ahora estaba de líder en esa escuela. Pero Bogensee era una tabla de salvación tras mis años verde olivo y un trampolín para llegar al capitalismo.

¿Era inmoral lo que estaba haciendo o mi necesidad de sobrevivir lo justificaba? ¿Debía rechazar el nombramiento? ¿Debía haberle confesado a Heinz, el amable director del curso internacional, que no creía en lo que allí se enseñaba? ¿Debía decirle que no quería ni dictadura de derecha ni de izquierda para Chile?

Una cosa es pensarlo hoy, en frío, desde la cómoda distancia que me otorgan los años, escuchando un disco de Charlie Haden y Gonzalo Rubalcaba en la Oderberger Strasse, y otra distinta actuar en la amurallada RDA, tras la experiencia de Cuba, obsesionado por salir de un sistema asfixiante para ir a vivir en democracia. Ya entonces creía que los totalitarismos no solo constituyen un infierno, sino que además despiertan lo peor en el ser humano.

Acepté la propuesta de Fischer por instinto de sobrevivencia. ¿Qué otra cosa podía hacer? Mi fallida fuga de la isla en un bote que hizo agua antes de alejarse de la costa terminó por aleccionarme: si insistía en esa alternativa, en lugar de desembarcar en Key West, como soñaba, moriría en la corriente del Golfo. Imaginar un cruce ilegal de la frontera interalemana era una estupidez soberana. No, yo debía seguir el camino sugerido por el poeta cubano Heberto Padilla: salir del sistema comunista agradeciendo, estrechando manos, guardando mis críticas para otro momento.

—No tienes pasta de héroe —decía Heberto mientras caminábamos hacia su departamento de Marianao—. Además, ya sabes quién es el único héroe aquí.

De ese modo, sin elección, por nombramiento a dedo, como son las cosas en el socialismo, me convertí en presidente del curso internacional de la Escuela Juvenil Superior Wilhelm Pieck, y comencé a pronunciar discursos en representación de los revolucionarios extranjeros.

III
MARX-ENGELS-PLATZ

43

Embajada de Cuba en la RDA, Berlín Este, barrio de Pankow. Cuatro de la tarde, un día laboral. He llegado hasta la vetusta casona de tres pisos, en las inmediaciones de la estación del S-Bahn Pankow.

El cónsul cubano me envió una citación. Aparentemente necesita aclarar un asunto burocrático conmigo.

Aguardo en una sala con piso de madera y ventanas altas, donde las sillas están adosadas a las paredes y en su centro hay una mesa con revistas cubanas, *Bohemia* y *Verde Olivo*. Nadie más espera en este sitio. Tengo la sensación de haber regresado a la isla y que me observan desde alguna parte.

El mensaje consular llegó a través del correo de la RDA a la Escuela Wilhelm Pieck. Lo curioso es que está dirigido a mi nombre de guerra.

Me sorprende que el consulado sepa tanto sobre mí. Pensaba que después de salir de La Habana habían perdido mi pista. Pero no es así y, por el contrario, supongo que están al tanto de mi paradero por medio de los germano-orientales o los exiliados chilenos.

Lo cierto es que sigo esperando sentado en una silla, inmóvil, paciente. El silencio es el verdadero dueño de la embajada, mientras afuera se desempolva la primavera y el paso del tranvía estremece los cimientos de la construcción.

Por fin se abre una puerta.

Aparece un tipo de mediana edad, ojos verdes, corpulento, trigueño, que me estrecha la mano con efusión.

—Me llamo Juan Pérez, soy el cónsul general —me dice y me coge por un hombro—. Sé que viviste en la isla y que ahora resides en la RDA. Me gustaría hablar contigo sobre algunas cosas que dejaste olvidadas en Cuba. ¿Tienes tiempo?

En rigor, desde que dejé La Habana no tengo nada urgente que hacer, y lo que acaba decirme pica a fondo mi curiosidad.

—No he almorzado. ¿Te parece almorzar? —continúa el cónsul, que viste traje oscuro y una corbata verde que combina con sus ojos—. Se come bien en el Rathauskeller de Pankow y, cosa rara, está abierto todo el día.

Acepto encantado porque tengo hambre y ganas de averiguar sobre qué quiere hablar el cónsul. Nos montamos en su Lada con matrícula diplomática y minutos después estacionamos cerca del castillo donde está el restaurante. Caminamos por el adoquinado.

Juan Pérez es un tipo de mundo que habla a ritmo pausado, nada caribeño en su estilo. Me explica que fue cónsul en América Latina y Europa, y que conoce Chile. Estuvo en el golpe de Estado, el 11 de septiembre de 1973, cuando murió Allende y asumió Pinochet, y pudo huir en un barco que descargaba azúcar en Valparaíso.

—La Marina fascista quería que nos rindiéramos, pero el capitán del *Sierra Maestra* dio orden de zarpar a toda máquina —me comenta—. Nos soltaron cañonazos a estribor y babor, pero en aguas internacionales nos dejaron tranquilos. Ni pinga le íbamos a dejar el azúcar destinado al pueblo chileno. ¡A nosotros no nos cogen los fascistas!

Me narró aquello como si lo estuviese viviendo. Raro, pero en Cuba encontré a varios cubanos, demasiados quizá, que decían haber estado en Chile bajo el Gobierno de Allende. Todos tenían heroicas historias que contar sobre el mismo día 11. Supongo que en muchos casos se trataba de agentes del Ministerio del Interior que cumplían una «misión revolucionaria».

Pese a que eran parlanchines, nunca revelaban del todo lo que hacían en mi patria, aunque dejaban entrever que eran acciones encubiertas de apoyo a las fuerzas revolucionarias, es decir, al MIR, al Partido Socialista de Altamirano y a los escoltas del presidente. Al Partido Comunista lo consideraban reformista como al PC boliviano, que también era prosoviético y se oponía a la vía armada respaldada por Cuba.

¿Cuántos cubanos estuvieron en Chile durante los tres años de Allende en La Moneda? Según amigos de la isla, fueron más de tres mil entre militares y espías. Yo lo ignoro.

Con el cónsul entramos a la construcción de ladrillos a la vista y pasillos abovedados del Rathaus de Pankow. Bajamos al sótano por una escalera de caracol y en la puerta del establecimiento nos recibe un mozo vestido de negro y lazo amarrado al cuello.

—¿Tienen reserva, *meine Herren*?*

* Mis señores.

44

Juan Pérez me invitó a ordenar, y me preguntó por la vida en Bogensee y si echaba de menos Cuba.

—Te comprendo —me dijo cuando le expliqué que creía haber cumplido una etapa en la isla y que ahora me correspondía explorar formas de retornar a Chile—. Si yo fuese chileno haría lo mismo. El socialismo te dio lo que podía y ahora debes acumular experiencia en el capitalismo. Mientras no regreses a Ítaca, tu destino es viajar y aprender.

—De aquí pasaré en algún momento a Europa Occidental o México, y después a Chile —puntualicé, sabiendo que alguien más se enteraría de mis palabras, pero ya me daba lo mismo—. Para poder volver a Chile tengo que borrar las huellas de mi paso por el mundo socialista.

—¿Te irías a vivir a tu país bajo Pinochet?

—Si logro borrar mi paso por Cuba y la RDA, sí.

—¿No te convendría ir mejor una vez recuperada la democracia?

Me extrañó que al cónsul le interesase mi suerte. Lo atribuí a una preocupación de Margarita. Podía ser. A final de cuentas yo era el padre de Iván, y la sangre nos unía.

—¿Cómo está Iván? —le pregunté aprovechando que la conversación adquiría un tono personal.

—Tengo en mi casa una carta que te envió —respondió.

—¿Qué está haciendo ahora?

—Está muy bien, en la escuela básica. Dicen que aspira a ingresar un día a la escuela militar Camilo Cienfuegos. ¡Salió todo un hombrecito tu hijo, felicitaciones, chileno!

Así que Iván ya fantaseaba con ingresar a los «camilitos». Es decir, quería ser un soldado de la Revolución, alguien que postularía después a la seguridad del Estado, el sueño de los jóvenes de la nomenclatura.

—Todo marchará bien con tu niño —asegura Juan Pérez—. Te haré llegar la carta y, si deseas, puedes mandarle lo que gustes a través de mí.

Dicho esto, se refiere a gente que conocemos en La Habana: Dora Tello, sobrecargo de Cubana de Aviación que vuela a países capitalistas, sospecho que cumpliendo misiones de inteligencia; el comandante Manuel «Barbarroja» Piñeiro, mítico jefe del Departamento América del Comité Central del Partido Comunista; el comandante Faure Chomón, aliado de Castro en la lucha insurreccional, ahora tronado; el comandante José Abrantes, ex jefe de escoltas de Castro y ex ministro del Interior, que morirá de un infarto en la cárcel; los hermanos De la Guardia, que serán condenados por tráfico de drogas, y Alberto Miranda.

En los años sesenta, Miranda se infiltró entre los contrarrevolucionarios de la sierra del Escambray, denominados «bandidos del Escambray», que se habían alzado en armas contra la dictadura castrista. Fue una arriesgada operación de inteligencia, narrada por lo demás en una película cubana de gran factura, *El hombre de Maisinicú*.

Con Miranda, que jubilaría en los ochenta como funcionario del Ministerio de Relaciones Exteriores, trabamos amistad conversando sobre la historia de Alemania, país que él admiraba. Fue diplomático en la RDA, y uno de sus mayores anhelos era hallar refugio en Weimar u otra pequeña ciudad alemana para escribir sus memorias y apartarse de las tensiones de la vida cotidiana que no le daban tregua.

Lo que caracterizaba a todos esos funcionarios de Gobierno, además de desempeñarse en el espionaje, era que provenían de la clase alta cubana y que, por lo mismo, tenían una noción precisa de la compleja realidad internacional y de la solidez del enemigo capitalista. Era gente que, si bien repetía la propaganda de la Revolución, no creía en ella. Coreaban los textos ideológicos, pero conocían Estados Unidos y, en el fondo, lo admiraban y envidiaban. Esa dosis de realismo los volvió imprescindibles para el régimen.

El hecho de que el cónsul también conozca, o afirme conocer a estas personas, crea una súbita complicidad entre nosotros esa tarde en Pankow.

—Puedo esperar a que vuelva la democracia a Chile —digo mientras nos sirven un consomé de tórtola—, pero eso puede tardar mucho y alejarme del país.

—Boberías —exclamó Juan Pérez con sonrisa sardónica—. Si yo fuese chileno iría primero a Berlín Occidental o París, y partiría a Chile cuando sea democrático. Debes ser cuidadoso. Tu paso por Cuba será malinterpretado por la gente de Pinochet.

Tengo claro que está tratando de ganarse mi confianza por alguna razón que desconozco. Nadie sigue siendo ingenuo después de vivir en una dictadura. En Cuba, todos son sobrevivientes. Pude haber sido un incauto al salir de mi apacible Valparaíso de antes de Allende, pero no después de haber vivido en Cuba. Intuyo que me está ofreciendo la cercanía de mi hijo para conseguir algo a cambio de mi persona. Es el juego de los espías.

—Deja que usen a otros como carne de cañón —continúa el cónsul mientras se cerciora de que aún lleva sus colleras doradas, y me recuerda las palabras de Heberto Padilla—. Tú eres demasiado valioso para eso. Te vinculaste a un alto nivel en Cuba y recién comienzas a prepararte para un Chile democrático. Tu futuro es auspicioso, no vale la pena que te expongas.

—¿A qué viene todo esto, cónsul? —pregunto con ganas de aclarar las cosas.

—¿A qué te refieres?

—A este interés tuyo por ayudarme a reorientar mi vida.

—Fácil de entender: viviste en Cuba, estás emparentado con su dirigencia revolucionaria, te conocimos como un tipo inteligente, nada dogmático, realista. Creemos que tendrás un espacio en el Chile democrático.

—¿Quiénes son el nosotros de ese «creemos»?

—El Estado cubano, desde luego. Soy diplomático y represento a mi país, ¿no? —responde sin titubear ni sonrojarse—. Creemos que tienes un futuro en Chile.

—Gracias por el halago, pero todo esto me resulta contradictorio.

—¿Por qué?

—Porque quieres que vaya a Chile, pero al mismo tiempo que me quede en Europa.

El cónsul aparta la cuchara de su boca y se pasa la servilleta por los labios con parsimonia, mirando hacia las mesas.

—Es un tema de los tiempos, chileno —dice—. De los tiempos y los contactos.

—No te entiendo.

—No tienes dedos para el piano de la clandestinidad. No te veo asaltando bancos ni camiones de comida para entregar el botín al pueblo. Tu fortaleza no está en eso. En el adiestramiento no eras el mejor. Te empeñabas y cumplías, pero no es lo tuyo. Mejores eran tus composiciones. Eres un escritor, chico, y tú lo sabes. Déjate de boberías.

—¿De dónde sacas todo eso? —pregunto molesto.

—Mírate las manos. Las manos delatan a una persona. No tienes manos de soldado, sino de poeta o pintor. No trates de forzar el destino que anuncian tus manos.

Me las observo unos instantes y las comparo con las del cónsul. También las suyas son frágiles y pálidas. Su explicación no me parece convincente.

—¿De dónde sabes tanto sobre mí? —vuelvo a indagar.

—Ya te lo dije. —Lanza una sonrisa conciliadora—. Trabajo para Cuba, conozco tu país. Estuve ahí en la hora de los mameyes. Por eso te sugiero que no te metas en la dura. El Ejército chileno es el mejor de América del Sur y tiene un servicio de inteligencia del coño de su madre. Lo tuyo no puede pasar por esa locura.

Es inconcebible lo que escucho en este restaurante de Berlín Este. Mientras Cuba forma en esos años a combatientes chilenos en las FAR, un diplomático de la isla califica aquello de locura. Ese proyecto es de Fidel Castro y se comenta en la isla que se lo impuso a Gladys Marín y Volodia Teitelboim. Debe estar bien apuntalado para manifestar algo así.

—Agradezco los consejos, pero sigo sin entender tu preocupación —afirmo.

—Ya te lo dije. Solo quiero ayudarte, pues estás vinculado de por vida con Cienfuegos y Cuba. No queremos que te metas en líos. Hasta nosotros nos veríamos involucrados.

Ahora entiendo.

—¿Es por mí o por Cuba que te preocupas?

—Por ambos, chileno, por ambos. Si los fascistas agarran a un chileno cualquiera volando bajo, lo apretarán. Si agarran a alguien como tú, te apretarán a ti y a la Revolución. Nos acusan de intentar derrocar a Pinochet, lo que ansiamos, pero no es para andarlo anunciando a los cuatro vientos. A veces los parentescos ayudan, a veces comprometen.

—Me alegra saber al menos de dónde viene tanta inquietud.

—Insisto, chileno, no te prestes para ser carne de cañón de nadie. Al final se van a joder los que empleen los hierros, porque van a quedar marginados del futuro Chile democrático. Ya verás cómo muchos de tus compañeros exiliados de hoy, que no tocan los hierros ni en sueños, se convertirán en presidentes, ministros, embajadores o parlamentarios. El resto, los que se la juegan con los hierros en la mano, devendrán tipos marginales que querrán olvidar hasta sus años verde olivo. Acuérdate de lo que te digo.

Tal vez es cierto lo que afirma el cónsul, y el comandante Cienfuegos me está enviando un mensaje a Berlín.

—Ya entendí. Quieres que vuelva solo a un Chile democrático. ¿Y quién peleará para que llegue a serlo?

—Pero deja eso a la infantería, chileno, no seas bobo —exclama el cónsul—. Reagan gobierna en la Casa Blanca, los revolucionarios chilenos andan dispersos, y a los chilenos les da lo mismo la política. Tampoco se te vaya a ocurrir sumarte a la estrategia del retorno, otra locura.

Tengo que admitir que los temores del cónsul son fundados. Mi paso por Cuba y la RDA me torna una persona vulnerable al otro lado del Muro. Los partidos de izquierda están promoviendo ahora la política del retorno, el arrojarse a la piscina para ver qué ocurre. Una irresponsabilidad ante el dictador.

—¿Y a qué me dedico ahora, entonces? —pregunto.

El cónsul troncha la carne, la examina para ver cómo está cocida, y luego dice:

—Tienes buenos contactos en Cuba y seguro puedes cultivar otros nuevos en Occidente.

—Entiendo.

—Ese será tu capital. Cuando vuelvas a Chile necesitarás socios. Pues bien, búscalos desde ya. Vienes de un colegio privado, hablas idiomas y tienes experiencia de mundo. Aprovecha tus fortalezas, y no te dejes engatusar por la lírica revolucionaria.

—Suena fácil. Lo difícil es hacerlo.

—Hay dos tipos de hombres —continúa impertérrito el cónsul—: Los que son capaces de descerrajarle un tiro a otro mirándolo a la cara, y los que no son capaces de hacerlo. Y lo que está claro es que tú no perteneces al primer grupo, chileno.

45

Heberto Padilla me lo había advertido en La Habana, en 1975.

—Por haber vivido en la isla nunca podrás escapar de ella. Tu mujer, tu hijo, los amigos, los funcionarios de la inteligencia y la diplomacia, o sus problemas, golpearán un día a tu puerta para solicitarte algo.

Padilla tenía razón y por eso el cónsul me trajo un mensaje conciliador hasta Berlín Este.

En opinión del poeta caído en desgracia y también de su esposa, la pintora Belkis Cuza Malé, yo debía irme de la manera más discreta posible de Cuba, sin dejar traslucir mi desencanto ni expresar críticas, sino apareciendo como admirador de la Revolución y su comandante, porque las críticas complicarían mi emigración. El socialismo tenía muchos oídos, y había que actuar con cautela, cinismo e hipocresía, y convertirse, como todos, en hábil simulador.

En la RDA yo seguiría pavimentando mi regreso a Occidente. Se trataba de un camino largo, ripioso y lleno de riesgos, pero que me permitiría volver a mi mundo. El comunismo era represivo como el fascismo, y no convenía vivir en él, menos aún si tenía inquietudes literarias e intelectuales. Nada peor para un escritor que una dictadura. Por eso al poeta le resultaba inconcebible que un joven que hablaba alemán se hubiese ido voluntariamente a la RDA en lugar de a Berlín Occidental, Roma o París.

—¿Pero a Berlín Oriental? —había exclamado al tiempo que sacudía su cabeza en un bar del barrio de Marianao—. Dime: ¿a quién se le antoja semejante barbaridad? ¿No te convenía más irte a Berlín Occidental, y cruzar por un día el Muro para conocer tu utopía? El mundo es demasiado complicado como para darse gustitos. ¡Mira que meterse en Cuba y la RDA!

Desde luego, en los años setenta eran preguntas retóricas. Primero, porque nadie aprende de los errores ajenos; segundo, porque ambos habíamos naufragado en la isla.

Al fin y al cabo, Heberto también volvió voluntariamente a Cuba. A comienzos de los sesenta, cuando el castrismo le parecía a muchos un socialismo diferente y participativo, viajó como periodista a Alemania Occidental, donde conoció a una muchacha a la que le dedicó un poema. Pero después de un tiempo y, pese a los ruegos de la alemana, que le vaticinó que Cuba iba a ser una dictadura como los países comunistas, retornó a la isla.

¿Por qué no permaneció en Hamburgo? Regresó, en cambio, a la escasez crónica de alimentos, las guardias en los Comités de Defensa de la Revolución, las concentraciones en el asfalto de la Plaza de la Revolución, al periodicucho *Granma* y los maratónicos discursos del máximo líder. ¿Por qué diablos volvió a la isla que terminaría por censurarlo, marginarlo y encerrarlo?

—Cuando arrecia el calor y pienso que jamás llegará mi visa de salida —me dijo Heberto en 1979—, recuerdo a esa muchacha de Hamburgo: su blanca piel entre las sábanas, las largas caminatas por el puerto, la brisa fría que sopla del norte. Volver al trópico fue el error de mi vida, pero gracias a él conocí a Belkis y nació Ernesto, que han sido mi felicidad y consuelo.

Pensé en esas conversaciones del trópico después de despedirme del cónsul. Subí al S-Bahn y llegué a las calles aledañas a la frontera. Recorro esos barrios fronterizos, tranquilos y melancólicos, donde la distancia irremontable comenzaba en la otra esquina, más allá de la franja de la muerte que imponía un silencio de sepulcros.

Quienes residían en esos barrios eran por lo general personas de confianza del régimen. Pero, como decía Lenin, la confianza es buena, el control es mejor. Por eso los balcones tenían mallas metálicas que les conferían aspecto de jaulas. A unos metros de ellas se alzaba la primera alambrada, y más allá las torres de vigías, las minas y los rifles de reacción automática.

Paseé por esos barrios hasta que oscureció, y abordé varias veces el S-Bahn entre Pankow y Schönhauser Allee. Parte del trayecto, entre ambas estaciones, corría a lo largo del Muro. En ese tramo los carros avanzaban a toda velocidad, encajonados entre la última alambrada y el Muro, circunstancia única en toda la frontera. Si el S-Bahn llegaba a detenerse allí, los pasajeros podían trepar al techo y, en caso de llevar una escalera consigo, alcanzar la cresta del Muro y brincar a Berlín Oeste.

Más de una vez, emisoras occidentales informaron sobre personas que accionaban allí el freno de emergencia, forzaban la puerta del tren, escalaban al techo e intentaban el salto a la libertad. Eran momentos de tensión, furia, odios y pánico; algunos pasajeros trataban de impedir por la fuerza que la persona escapase, otros intentaban sumarse a la fuga y había hasta quienes mostraban indiferencia.

Los fugitivos no siempre lograban huir por el techo, pues el conductor del S-Bahn, temeroso de que la Stasi lo acusara de ser cómplice de la fuga, reanudaba cuanto antes la carrera. La fuga frustrada implicaba siete años de prisión con cargos políticos, donde a las personas se les intentaba reformar ideológicamente mediante el trabajo. Tras cumplir la pena, debían cargar de por vida un carné de identidad que mencionaba su intento de *Republikflucht*.*

Conocí en esos años a una joven chilena que pololeaba con un guardia de Hohenschönhausen, la cárcel para presos políticos de Berlín Este. Paola era madre soltera, joven y dulce, y tenía un hijo pequeño. Recuerdo que opinaba de forma lapidaria sobre los presos, a quienes consideraba enemigos incorregibles del socialismo y agentes al servicio del enemigo.

Me sorprendió que sintiera orgullo por la labor de su amado cancerbero y que no tuviera reparos ante ella, puesto que su padre había escapado milagrosamente con vida de Chile después del golpe de Estado. Por lo mismo, era angustiante que mi compatriota no asociara la dictadura del SED con la dictadura en su propia patria.

Después de viajar entre las estaciones de Schönhauser Allee y Pankow, imaginándome cómo sería saltar desde el tren hasta el Muro, recorrí la Oderberger Strasse. Este barrio, durante la toma de Berlín, fue escenario de sangrientos combates casa por casa entre nazis y soviéticos. Pero ahora veo calles desiertas, con baches y parches de asfalto, veredas desniveladas, muros descascarados y, junto a los portones de madera, montículos de carbón de hulla para temperar las viviendas.

Hace frío y las ventanas de los departamentos están iluminadas, pero se advierte el parpadeo de televisores encendidos. Imagino que, como todos los días, sus moradores han de estar viendo televisión occidental, soñando con paisajes que nunca visitarán, productos que nunca probarán y debates políticos que jamás tendrán lugar en la RDA.

---

* Fuga de la República.

188

Pienso en todo eso sin poder imaginar que un decenio después aquel sistema se desplomará, que en cuanto se abra el Muro millones de germano-orientales inundarán estas calles gritando *Wir sind das Volk!*,[*] aplastando al otro gran sistema totalitario del siglo XX, ansiosos por conquistar la libertad y la prosperidad. Y que yo volveré, años más tarde, a esa calle para arrendar un estudio en Brilliant Apartments y recordar el tiempo pasado detrás del Muro.

Pero ahora, la gente de la Oderberger Strasse está en sus departamentos, hastiada de treinta años de socialismo, ansiosa por acceder a las calles iluminadas y restauradas de Berlín Oeste, que divisan desde sus balcones.

¿Por qué desean escapar si tienen educación y salud gratuitas, alquileres y alimentos subvencionados, plazas de trabajo garantizadas y una sociedad igualitaria si uno deja de lado por un instante la existencia de la gerontocrática nomenclatura dirigente, que vive oculta detrás de los muros y las alambradas junto al bello lago Wandlitz?

Y aunque la mayoría desea que el Muro caiga, muy pocos se atreven a rebelarse. Los más activos, todos infiltrados, son jóvenes que pertenecen a alguna iglesia. El sistema parece irreductible gracias al apoyo de la Stasi, el Ejército Popular Nacional y el Ejército soviético estacionado en la RDA. Las calles siguen tristes y vacías, la gente sigue encerrándose en sus nichos familiares, y los faroles siguen alumbrando la franja de la muerte. Poco a poco voy tomando conciencia de que apoyo a un sistema represivo. Me he convertido —como mis camaradas y el exilio chileno— en el cómplice pasivo de una dictadura que deja al desnudo su Muro de ignominia.

Vuelvo a la estación de Schönhauser Allee y abordo el S-Bahn que traquetea furioso junto al Muro, y desciendo en Bernau. El invierno está en su apogeo y la nieve refulge impecable bajo los faroles encendidos.

---

[*] ¡Nosotros somos el pueblo!

Tengo suerte: un taxi Volga espera en la plaza de la estación. Lo abordo. El chofer dormita con el motor en marcha y la cabina calefaccionada. Le doy la dirección. Salimos por las calles adoquinadas, corremos por la carretera y pasamos ante la ciudadela amurallada de Wandlitz, donde se refugian Honecker y la jerarquía comunista, y enrumbamos entre campos nevados hacia la JHSWP.

46

Mis amigos Baltazar y Deborah Argus me tienen una sorpresa. Cuando llego de visita a su casa en Blankenburg, me entregan, junto con fotos viejas, una caja de cartón con los cuadernos de 1979 y 1980. Contienen los apuntes de clases y las lecturas que hice en la escuela junto al lago, folletos de organizaciones políticas, invitaciones mimeografiadas a actividades programáticas, pasajes de metro y S-Bahn, cuentas de cafés y restaurantes, y un horario de clases.

El Muro cayó hace casi un cuarto de siglo. He devenido arqueólogo de mi propia existencia y por ello busco algo impreciso en una ruma de papeles conservados en un húmedo garaje. La caja es una cápsula del tiempo, una botella con un mensaje del pasado, que me hace creer en la posibilidad de contar la historia: *Wie es tatsaechlich war.*[*]

Cuando recordamos el pasado lo estibamos, desvirtuamos y modificamos. Lo hace tanto la izquierda como la derecha. A veces unos quieren recordar demasiado y otros olvidar demasiado. Ni perdón ni olvido, dicen unos. Se equivocan. Siempre se olvida y la desmemoria perdona. De lo contrario —como le ocurre a Funes, de Jorge Luis Borges—, los países no podrían mirarse en el espejo cada mañana antes de salir a la calle.

------

[*] Tal como fue.

¿Qué estudiábamos entonces en la escuela junto al lago? Marxismo-leninismo, no cabe duda, como lo prueban mis cuadernos amarillentos y manchados. Y lo hacíamos con ejemplar seriedad y perseverancia, empleando las traducciones al alemán y castellano de los manuales de la Academia de Ciencias de la URSS, del Comité Central del SED y de los textos de Karl Marx, Friedrich Engels y Vladimir Ilich Lenin, bajo la instrucción de maestros experimentados en la materia. Ante los marxistas occidentales, sin embargo, el marxismo-leninismo era una doctrina creada por el estalinismo para justificar su régimen.

La RDA hizo un aporte significativo al desarrollo de esa doctrina. Mientras Cuba entregaba adiestramiento militar, rudimentos de inteligencia y armas soviéticas a los revolucionarios que luchaban por la conquista del poder en otros países, la RDA se especializaba en la formación ideológica y de inteligencia de esas personas. Mientras Cuba ponía los muertos en Angola o Etiopía, la RDA suministraba armas, tecnología y técnicos, y también ideología. Era la división internacional del trabajo entre los países socialistas.

Recuerdo las interminables filas de jóvenes cubanos frente a una oficina de reclutamiento en la calle Línea, barrio de El Vedado, en La Habana. Era 1975. En un discurso delirante, Castro acababa de llamar a la juventud a enrolarse en la guerra de Angola para pagar la supuesta deuda moral que tenían con ella como pueblo latinoafroamericano.

No contento con el sacrificio exigido a los ciudadanos durante los quince años de penurias económicas, sociales y políticas, el máximo líder organizaba una cita con la muerte que se desarrollaría bajo el impecable cielo africano. Cuba era una isla caribeña cuyo líder megalómano deseaba ser protagonista en la arena mundial, junto a Estados Unidos, la Unión Soviética, Gran Bretaña, Francia y China. En naves de transporte partían a la guerra miles de cubanos y también algunos chilenos. Muchos no volvieron a su patria o volvieron a vagar por sus calles amputados de piernas o brazos.

Hoy, Angola es un país próspero y corrupto, que explota su petróleo, diamantes y oro gracias a empresas estadounidenses y británicas. ¿Quién sedujo a esos cubanos para que fueran a una tierra distante a recibir el beso de la muerte? Nosotros, como chilenos exiliados, defensores de la paz, la no intervención y los derechos humanos, callamos entonces y, si nos consultaban de los medios cubanos, expresábamos nuestro apoyo irrestricto a la política exterior del comandante en jefe y a la entrega de los jóvenes a la causa revolucionaria mundial.

Solo en los países socialistas existía el marxismo-leninismo como filosofía. Se lo aplicaba mecánicamente, como receta, a la historia, la política, la estética, la sociología y hasta a la creación artística para alcanzar una visión supuestamente científica de la realidad. Así surgió el realismo socialista, que nada valioso legó a la humanidad.

Curioso, pero todos los pensadores marxistas occidentales estaban proscritos en esa doctrina y en las librerías y bibliotecas de los países socialistas. Ni Adorno, Bloch, Horkheimer, Schaff, Marcuse, Althusser, Benjamin, Garaudy, ni Georges Politzer ni Marta Harnecker, nuestra teórica criolla, eran publicados en la RDA. Marx era el fundador de la doctrina y Lenin su corolario. Después no había historia. Marx punto de partida; Lenin punto de llegada y culminación filosófica.

Nos enseñaban que el leninismo era la aplicación del marxismo a la época del imperialismo, en general, y a las condiciones de subdesarrollo de la Rusia zarista, en particular. Lenin fue un líder astuto y polémico, un filósofo de brocha gorda, un organizador de las estructuras partidarias, y su obra más apasionante fue tal vez *El Estado y la revolución*, donde analizaba el Estado en una sociedad no democrática.

En la escuela nos enseñaban que la filosofía de Marx era la única interpretación científica de la realidad. Constaba de dos partes: el materialismo histórico, la interpretación materialista de la historia que conducía a la construcción del comunismo, y el materialismo dialéctico, una supuesta visión del desarrollo de la naturaleza.

Tres leyes regían la dialéctica materialista que recitábamos de memoria: la ley de la unidad y la lucha de los contrarios, la ley de la transformación de los cambios cuantitativos en cualitativos, y la ley de la negación de la negación. Con esas leyes explicábamos toda la historia, el presente, el futuro y el universo completo.

Nada de lo que planteaban los marxistas franceses o italianos, polacos o húngaros, se mencionaba en la JHSWP. Ellos constituían el revisionismo, el seudomarxismo o la filosofía burguesa, expresiones que desconocían el rol de la vanguardia de la URSS y de sus aliados en la lucha por el triunfo del socialismo a escala mundial. Nada sobre otras escuelas filosóficas conocían nuestros maestros, educados en universidades de la RDA y la URSS, donde estaba censurada la «filosofía burguesa».

A orillas del Bogensee, además, estudiábamos la economía del capitalismo. Nos explicaban que estaba condenada al fracaso, porque sus contradicciones internas impedían el libre despliegue de las fuerzas productivas, materia que años antes analizábamos con Lucho Moulián.

Otra asignatura que teníamos era historia del movimiento obrero mundial. Conocer «la valiosa experiencia de la URSS y sus aliados» permitiría alcanzar la victoria revolucionaria en el mundo. «Aprender de la Unión Soviética es aprender a vencer», rezaba la consigna.

Ahora, en el año 2012, que atravieso la Puerta de Brandeburgo del Berlín reunificado, no lejos de donde me abordó el misterioso estadounidense llamado Don Taylor en 1980, recuerdo, junto con los cursos que anunciaban la nueva alborada en la historia humana, lo que acaeció en la JHSWP el 10 de noviembre de 1989, un día después del hecho que sí cambió la historia contemporánea.

Esa mañana el 90 por ciento de los becados de la FDJ no regresó de la primera noche de libertad en Berlín Oeste. La caída del Muro engulló a la casi totalidad de los futuros activistas. Solo vagaban por los pasillos, con rostro compungido y ojeroso, dos o tres maestros que cargaban bajo el brazo textos de los clásicos del marxismo-leninismo, como si con ello pudieran rectificar lo ocurrido la noche anterior. El levantamiento popular contra el sistema socialista de la RDA derribó de un plumazo la doctrina que estudiábamos y daba sentido a nuestras vidas.

De pronto, en medio de la desazón, un funcionario de la secretaría de la JHSWP llegó en un Volga con noticias frescas del Comité Central del SED. Se encaramó en una mesa y anunció a voz en cuello:

—Queridos compañeros extranjeros, lamento comunicarles que el año académico de la Escuela Juvenil Superior Wilhelm Pieck queda suspendido hasta nuevo aviso.

47

Carolina me sigue recibiendo en la mansarda. Por fortuna, ni sus colegas ni la dirección de la escuela objetan que yo aloje ahí. Es el año 1980.

Hacemos el amor en silencio, porque las paredes de tabiquería del segundo piso son delgadas. Los alemanes orientales, acostumbrados por la escasez de viviendas a subdividirlas con material ligero, deben ser los vecinos más silenciosos del mundo.

Es tanta la paz y quietud en la casona que ni siquiera escuchamos suspiros, pasos o ronquidos. Es como si todos estuviésemos muertos. El pasillo alfombrado se alarga vacío, nadie abre o cierra una puerta, y pareciera que solo Carolina, yo y el espíritu de Goebbels recorremos esos espacios.

No se habla sobre el criminal nazi en la JHSWP. Pocos conocen la historia de la casona. Y el hecho de que Goebbels haya sido dueño de la finca donde hoy se enseña marxismo-leninismo complica las cosas y plantea asociaciones políticas incómodas. La propiedad está bien ubicada con respecto a la capital. Queda en el campo, pero cerca de la metrópoli. Me imagino que a la caravana nazi le tomaba menos de media hora llegar a Berlín.

Una mañana de domingo, en que al parecer no hay nadie en la casona de Goebbels, donde alojamos, decidimos con Carolina explorar las habitaciones del primer piso. Ese era el reino del criminal nazi. Nosotros vivimos en una de las mansardas que ocuparon sus escoltas. Los accesos están clausurados y los vidrios del ventanal mayor, en la terraza, están siempre tan sucios que es imposible distinguir qué hay dentro.

Cerca del edificio que alberga el casino de la JHSWP hay una entrada a un búnker. Está a unos metros de la construcción. Se trata de una boca de mina, cavada en la tierra, revestida de bloques y hormigón, sellada con una puerta gruesa de madera que supongo que debe estar comunicado con la casona de Goebbels. Una gruesa puerta de madera de dos hojas impide el ingreso. Vamos a examinarla llevando una bolsa con herramientas y una linterna.

Logro forzar la oxidada chapa con un destornillador. Iluminamos el túnel con la linterna. Es de hormigón. Emana de él un vaho denso y frío. Lo cruzamos. Es largo. Al rato damos con otra puerta, una que cede con facilidad. Pasamos a una sala donde se apilan, probablemente desde hace decenios, rumas de leña y un montículo de carbón de hulla. Estamos en el subterráneo de la residencia. Llegamos a un espacio donde hay una caldera y un estanque oxidado. Más allá vemos un motor conectado a poleas y al piso superior.

Por fin damos con una escalera. Subimos y encontramos una puerta, que cede. Por los rayos de luz, que se filtran perpendicularmente, intuyo que estamos en la planta baja de la casona. Con Carolina nos miramos sorprendidos por la facilidad con que llegamos a este sitio. Sabemos que arriesgamos una pena severa si nos descubren. Pueden acusarnos de rendir culto a un santuario nacional-socialista.

—¿Seguimos? —pregunto a Carolina.

Gotea del cielo. La lluvia debe filtrarse por el techo de tejuelas de madera. Un murciélago me asusta con su aleteo frío.

—¿Qué más da? —pregunta ella.

La luz de la linterna pasea por unos muebles cubiertos de polvo que hay en un rincón de la sala. Divisamos una puerta entreabierta, y la cruzamos.

Ahora estamos en un salón con parquet y un ventanal a través del que divisamos la superficie del Bogensee resplandeciendo entre los pinos. Es el ventanal que tantas veces hemos visto de afuera.

Pasamos a otras habitaciones. Vemos mesas, sillas, catres, roperos, escritorios y un tocador de mujer con un gran espejo central. ¿Fue uno de esos el escritorio de Goebbels, y ese el tocador de sus amantes, o fueron estos los muebles de los oficiales rusos y sus mujeres, que pasaron a controlar la finca en abril de 1945? ¿O son los muebles de los primeros alemanes encargados de dirigir el centro de adoctrinamiento comunista?

Salimos de la casona teniendo cuidado de no dejar huellas. La finca de Bogensee vuelve a ocultar su verdadera historia.

Es curioso que la dirigencia de la RDA haya construido su ciudadela amurallada cerca de ahí, a orillas del lago Wandlitzsee, y que coincidieran así las preferencias de los líderes nazis con las de los comunistas.

Para llegar a Berlín, la caravana de Honecker debía cubrir a diario un trayecto semejante al que empleaba Goebbels. Cinco años más tarde, en 1985, cerca del cruce con la carretera que corre a Wandlitz, allí donde está la ciudadela amurallada del buró político del SED, darán muerte a un hombre.

Según testigos, el hombre en cuestión aguardó allí por horas. Incluso se imaginaron que era un escolta del Wachregiment Félix Dzerzhinsky, porque ese lugar era el paso obligado de la caravana de Honecker. Al rato aparecieron Volvos azules, furgones con tropas especiales, una ambulancia color crema y la vistosa limusina Citroën en la que viajaba el jerarca. El desconocido apuntó un revólver contra la limusina y, antes de accionar el gatillo, fue acribillado a balazos por los escoltas, como informaron los medios alemanes occidentales.

48

Antes de los bailes de cada miércoles y sábado en el casino de la escuela de Bogensee, se iniciaban los mítines de información política en las salas adyacentes al salón de la fiesta. En esas ocasiones nos poníamos serios: escuchábamos a la delegación de Mozambique hablar de su lucha por una sociedad justa bajo Samora Machel; o a la de Afganistán alabar la alianza indestructible entre Moscú y Kabul; o a los delegados del Frente Sandinista de Liberación Nacional y del Partido Socialista de Nicaragua narrar la toma del palacio de Managua de Anastasio Somoza.

El triunfo sandinista había tenido lugar hace poco. La delegación chilena sabía que compatriotas nuestros, formados en las Fuerzas Armadas Revolucionarias de Cuba, habían participado en la ofensiva final, especialmente en el arma de artillería, crucial para controlar Managua. Estábamos orgullosos de ello, aunque no debíamos mencionarlo.

Una noche, poco antes de la fiesta, la escuela organizó una reunión entre la delegación chilena y la de Camboya. Asistieron siete silenciosos camboyanos de mirada tímida, pero alerta e inteligente. Nos sentamos alrededor de una mesa.

Los chilenos presentamos nuestro discurso de siempre, que arrancó aplausos y generó solidaridad instantánea hacia nuestra causa: Allende y su sueño socialista, la conspiración burguesa e imperialista, las maquinaciones de la CIA, el golpe de Estado, la tortura y los asesinatos, los desaparecidos, el exilio. Denunciamos a través del traductor que Pinochet había asesinado a cerca de dos mil compatriotas.

—¿Cuántos? —pregunta el jefe de los estudiantes camboyanos a través del traductor.

—Dos mil —responde con voz trémula el compatriota que presentó el informe.

Lo que en delegaciones europeas generaba sacudidas de cabeza, estupor y consternación, no causa reacción alguna en nuestros camaradas de Camboya. Algo debía haber sido mal traducido, pensó el chileno que daba el discurso y repitió la cifra, cerca de dos mil, mientras ya comenzaba a escucharse a través de las paredes, aunque suave, la ronca voz de Amanda Lear anunciando el inicio del baile semanal.

Al rato descubrimos la causa de la indiferencia camboyana.

—Queridos camaradas chilenos —dice el líder de la delegación asiática con las manos entrelazadas sobre la mesa—: Lamentamos y condenamos los crímenes de la dictadura, y no nos cabe duda de que el pueblo obtendrá más pronto que tarde una victoria aleccionadora sobre las fuerzas reaccionarias.

—Gracias, gracias, camarada —exclama el chileno.

—Quiero informar a ustedes, queridos camaradas —continúa el asiático—, que el Jemer Rojo, liderado por Pol Pot, eliminó a dos millones de camboyanos.

—¿Cuántos? —pregunta alguien de la delegación chilena.

—Dos millones, queridos camaradas. En nombre del comunismo, las tropas del Jemer Rojo desterraron a toda la gente de las ciudades, exterminaron a los intelectuales acusándolos de burgueses, y condenaron a trabajos forzados a millones de compatriotas con el fin de proletarizarlos. Querían convertirlos en revolucionarios para que se dedicaran a construir el socialismo. Más de doscientos mil fueron fusilados en actos sumarios, sin juicio alguno. Ante nuestros ojos fueron degollados familiares y vecinos. Escapamos de los campos de exterminio comunista gracias al Ejército de Vietnam y nuestra resistencia.

Nuestra delegación enmudeció, pálida, consternada, desencajada. No se trataba de contar muertos, pero las imágenes de exterminio masivo que proyectaban las diapositivas de los camboyanos eran peores de lo que uno podía imaginar. Allí estaban las colinas de calaveras con un orificio en la frente, las salas repletas de esqueletos, los contenedores atestados de sandalias sin dueño y sombreros de paja que ya no cubrirán cabeza alguna.

—Los delegados hoy aquí presentes, yo incluido —continúa el camboyano mirando con ojos enrojecidos un punto imaginario que está por encima de nuestras cabezas—, perdimos a todos nuestros familiares bajo el régimen de Pol Pot. Somos los únicos sobrevivientes de manzanas enteras de nuestra capital.

Después del discurso y las espantosas diapositivas, los camboyanos nos invitaron con reverencias a brindar con una copa de vino de arroz por el futuro, la paz y la felicidad humana, y nos sonrieron y agradecieron el encuentro.

Nosotros guardamos en silencio nuestras guitarras, zampoñas, pitos y bombos, y nos retiramos cabizbajos de esa reunión con esta gente dulce y amable, pero resuelta, cuyos hombres vestían pantalón gris y camisa blanca, y cuyas mujeres llevaban una larga falda oscura y una blusa blanca abotonada hasta el cuello.

En el salón de actos contiguo, Amanda Lear cantaba ahora a toda voz.

49

A Berlín Este lo asocio hasta hoy con derruidas estaciones de trenes, locomotoras a carbón que pasan escupiendo nubes negras, muros desconchados, poderosos focos de luz sobre la franja de la muerte, calles adoquinadas en las que flota el olor a carbón de hulla y vehículos de fibra plástica que suenan como motonetas viejas.

Es injusto, sin embargo, relacionar a la capital de la RDA solo con eso. Sería presentar mi vida allí como un calvario, como un tormento infinito. Lo cierto es que ahí también gocé de bellas amistades y apasionados romances, de acogedoras reuniones tejidas con madejas de confianza mutua, que nos permitían platicar de muchas cosas, aunque siempre con el temor de que la Stasi pudiera estar escuchando.

También fueron años en que formé una discoteca de música clásica con la sólida oferta de Amiga, la casa discográfica de la RDA, en que asistí a conciertos y a teatros. Tenía tiempo para escuchar a Beethoven, Mahler o Sibelius, mientras escribía en el estudio de Carolina, y veía, a través del balcón recargado de floridos maceteros, el regimiento soviético que se alzaba más allá de la línea del tren que viajaba a Varsovia y Moscú.

Fueron años en que disfruté de los grandes novelistas del siglo XIX —Proust, Dostoievski, Gogol, Chéjov, Tolstói, Balzac y Zola—, y de gigantes del XX como Kafka, Thomas Mann y Faulkner, aunque poco o nada pude leer de autores censurados como Bulgákov, Solyenitzin, Semprún, Grass, Heym o Kundera. El siglo XIX vivía en los países socialistas a través del arte, la historia y la literatura. No así el siglo XX, no así la Europa Occidental o EE.UU. de la posguerra.

Fue igualmente una etapa de reflexión e incertidumbre compartida con amigos, en la que nos preguntábamos sobre el futuro del mundo, del socialismo, las relaciones entre la OTAN y el Pacto de Varsovia, y el sentido de la vida. En aquella sociedad cerrada y estratificada, en que no circulaban ni los libros ni las películas críticas al socialismo, surgía la necesidad de sentarse en torno a un buen vino búlgaro a platicar sobre lo que nos inquietaba. Había un tiempo de ocio que el socialismo regalaba a los intelectuales y que buscaban con ahínco los profesionales interesados en los asuntos políticos. Pocas veces he vuelto a disfrutar en Occidente de esos conciliábulos semiclandestinos, en los cuales, junto con comer y beber, nos deleitábamos especulando.

En esas reuniones me enteré de que los creyentes en la RDA no eran tan mal vistos como en Cuba. Sufrían, en todo caso, una discriminación laboral y en los estudios que era sistemática, silenciosa, pero no visceral como sucedía en la isla. En Cuba se los calificaba de «rémoras del pasado» y se suponía que gradualmente irían asumiendo la visión científica del mundo, el marxismo-leninismo. Lo mismo ocurría con los gays, considerados en la isla una aberración y expresión de inmoralidad contrarrevolucionaria, que debía ser enfrentada y reformada con terapias de trabajo intensivo.

No tuve la impresión de que a los gays en la RDA se los reprimiera con la misma saña que en Cuba. Ser un hombre revolucionario en la isla era ser en primer lugar heterosexual, cojonudo, intransigente, valeroso, macho y recio, lo que debía demostrarse con la voz gruesa, el vocabulario soez, gestos viriles y la conquista incesante de hembras. En la RDA, en cambio, no se divulgaba ni siquiera el adjetivo revolucionario como cualidad deseable, y la conducta «viril» no se exigía en los discursos públicos como esencia del comunista o revolucionario.

Algunos cristianos alemanes, conscientes de que eran discriminados al postular a las carreras universitarias y puestos de trabajo, buscaban alero en el partido CDU, que unía a los cristianos que apoyaban a la RDA. Mis amigos comentaban que el partido supuestamente cristiano fue fundado por el SED solo para atraer a ese tipo de creyentes. Inscribirse en él equivalía a confesar que uno no era ateo ni comunista, pero que reconocía el papel rector del SED en la sociedad, lo que estaba por lo demás establecido en la Constitución del país.

Allá, en la RDA, conocí a pocos cristianos. Muchos preferían simular que eran marxistas para no verse perjudicados socialmente. Años más tarde, la canciller federal de la Alemania reunificada, Angela Merkel, escribirá en sus memorias sobre la discriminación que sufrió en el totalitarismo de la RDA por ser creyente.

Para nosotros, alumnos de la escuela de Bogensee, esos abusos no eran tema. Por el contrario, en el Monasterio Rojo abrazábamos con entusiasmo la ideología de Marx y Lenin, motor y objetivo de nuestros estudios, la ciencia social por antonomasia, la teoría «todopoderosa», oleada y sacramentada por Moscú, la que estaba por sobre todo y todos, y nos conduciría a la victoria final.

50

En otra oportunidad, en Jena, alcancé a percibir de modo dramático la omnipresencia de la autocensura ideológica.

Estábamos en la casa de los padres de Carolina, una residencia amplia, con jardín y dos pisos, que el Estado había subdividido en dos departamentos. Era la hora del *Abendbrot* y habíamos pasado el día conversando, comiendo y bebiendo con los familiares de mi polola.

El parentesco y el alcohol instalaron por la tarde una complicidad que soltó la lengua a varios. En un momento apareció el tema de la imposición del comunismo por las tropas soviéticas en la parte oriental de Alemania, lo que ocurrió después de la derrota de Hitler. En la RDA el socialismo no era una «conquista» del pueblo, sino una imposición de las tropas soviéticas en la era de Stalin.

Para mí fue apasionante escuchar cómo las personas allí presentes recordaban la edificación del Estado comunista desde las ruinas materiales y humanas de la Segunda Guerra Mundial.

La opinión en el cuarto era unánime: después de la derrota de 1945, los alemanes habían pasado hambre, frío, abusos, miseria e incertidumbre. Alemania estaba en manos de los vencedores, carecía de líderes, instituciones y Estado, y eran millones los que no regresarían de los campos de batalla. Las mujeres eran violadas en masa por los soldados soviéticos y el ocupante no impartía justicia; por el contrario, se tomaba venganza por lo sufrido bajo las tropas de ocupación nazis.

—Yo volví en 1947 —comentó un anciano con dentadura postiza y aspecto demacrado—. Me tomaron prisionero en Stalingrado y en 1949 me transportaron con miles de compañeros a la RDA, y hasta 1956 me mantuvieron internado en un campo.

—¿Dónde? —pregunté.

La gente me miró con estupor, recién reparaban en que allí había un extranjero.

—Eso no es importante —repuso el anciano, y se echó una medida de *Vollkorn* entre los labios—. Un campo, simplemente.

Los demás siguieron conversando, pero de otros temas. El hechizo se había roto. Como yo era alumno de la JHSWP, intuían que poca comprensión podían esperar de mi parte al criticar el socialismo. Sabían que los chilenos eran leales a Honecker.

Algo no dicho los mantenía ahora guardando silencio alrededor de la mesa, bebiendo aguardiente y picando pepinos y arenques en esa asamblea melancólica que parecía arrancada de una película soviética. Comprendí que como latinoamericano jamás alcanzaría a imaginar lo que había sido la guerra y el duro proceso de transitar del nazismo al comunismo.

Me senté junto al ex prisionero de guerra y le pregunté en voz baja:

—¿Cómo fue estar en un campo de concentración en la propia patria?

—Oiga, amigo, no puedo hablar de ello.

—¿Lo desnazificaron los rusos?

—No puedo hablar de eso. ¿Me entiende? —repitió en tono agresivo—. Solo puedo decirle que «Iván*» me trató siempre bien. Firmé un documento al salir del campo, jurando que no hablaría sobre eso, y lo respetaré hasta la tumba.

Tenía la memoria intacta, aunque reprimida. Una memoria que podría aportar a una nueva memoria colectiva. Pero su temor

---

* Iván: modo de referirse a los rusos.

a que yo fuese informante de la Stasi lo obligaba a callar. Después me enteré que la Stasi velaba por mantener intacto ese silencio. El país no podía caer en actitudes «antisoviéticas» que desvirtuaran la historia.

Ese hombre desdentado me recordó el caso de un empleado de una empresa de Altahabana, en Cuba, amigo de una compatriota exiliada. En los años sesenta lo habían internado en una Unidad Militar de Apoyo a la Producción, UMAP, los campos de concentración para homosexuales que habilitó Raúl Castro con el fin de reeducarlos y convertirlos en revolucionarios heterosexuales. La transformación se hacía a través de un estricto régimen de trabajos forzados.

—Me pasé dos años allí —nos confesó una noche la víctima. Era un tipo flaco, de cabello liso y grasoso, anteojos de marcos gruesos, gestos afeminados. Habíamos bebido cerveza y de pronto se abrió en el apartamento la oportunidad de abordar su pasado. Corría el año 1977.

—¿Y cómo te internaron? —le pregunté.

—Me llegó una citación militar para presentarme en una plaza de El Vedado. Cuando llegué había buses y jeeps militares, y centenares de convocados. Nos embarcaron…

Lo vi titubear. ¿Compartiría sus recuerdos con extranjeros? Los extranjeros eran lo más peligroso en el socialismo. Especialmente «los serviles chilenos». Podían ser agentes del enemigo. Sin embargo empezó a recordar y narrar esos días. Terminó llorando sin consuelo, atormentado por las imágenes que despertaba su memoria, aterrado de que comentásemos su relato con otros y lo encarcelasen de nuevo. Como al prisionero de guerra de Jena, que al salir del campo lo obligaron a firmar un documento en que se comprometía a no mencionar su calvario.

Los años en la UMAP fueron efectivamente un calvario: extenuantes jornadas de trabajo debían convertirlo en «hombre» y revolucionario, en un ser útil para el socialismo y la patria. Lo alimentaban con raciones escuálidas, lo alojaron en barracas rudimentarias que se llovían y compartían con ratas, y le machacaron hasta el cansancio que ser maricón era ser contrarrevolucionario. Los abusos se toleraban desde la distancia, así como las violaciones nocturnas. Había allí homosexuales y heterosexuales afeminados, gente inocente y delincuentes rematados. Era, a la vez, un mensaje del poder al mundo de los artistas y las humanidades, donde abundaban «los pájaros», como denominaban los cubanos a los gays.

A ese internado en la UMAP lo discriminaron además por una razón adicional: era devoto de la Virgen de la Caridad del Cobre. Aquello era el extremo de la mariconería en la Revolución cubana: «pájaro» y creyente.

Algunos en Cuba comentaban en los años setenta que Fidel ignoraba esta realidad y que no se inmiscuía en esta persecución, y que quien ordenó la apertura de los campos, que administraban las FAR, era su hermano, el general Raúl Castro.

Más allá de si esto es cierto o falso, resulta evidente que, sin la autorización de los hermanos que detentan el poder desde 1959, en la isla era imposible construir campos de concentración para homosexuales.

51

Mientras me hospedo con mi mujer en los Brilliant Apartments del Berlín unificado, veo en internet un documental del cineasta chileno Mathias Meyer, que entrevista a compatriotas exiliados en la RDA. Uno que otro, a regañadientes, entre pretextos, admite ante la cámara que allí había algo que hacía ruido en términos democráticos. Hay quienes conceden hasta con aire frívolo que allá había una dictadura, pero la mayoría calla, relativiza o justifica el sistema, o afirma no haberse dado cuenta de que los germano-orientales sufrieran represión. Los peores son quienes se ocultaron para evitar referirse a la RDA.

Y muchos de esos chilenos —los mismos que se complican con las preguntas sobre la RDA— tuvieron la oportunidad de pasar la frontera por la estación de Friedrichstrasse y presenciar escenas que no creo que puedan olvidar.

Si uno tenía el privilegio de poder salir de Berlín Este a Berlín Oeste, debía ingresar primero a la Casa de las Lágrimas, galpón al cual solo accedían los extranjeros. Afuera se despedían los germano-orientales. En el interior estaban las casetas de control de pasaportes y las cámaras que grababan el movimiento de los viajeros. La Casa de las Lágrimas era controlada por los efectivos del Regimiento Guardafronteras Félix Dzerzhinsky.

Tras pasar por la caseta, donde enclaustraban al viajero entre la ventanilla del oficial de migración y un espejo a su espalda, se llegaba a los pasillos subterráneos de la Friedrichstrasse.

Allí había en rigor dos estaciones separadas por muros de ladrillo y placas metálicas herméticas. Una servía a los alemanes orientales para viajar dentro de la ciudad amurallada; la otra era la Friedrichstrasse a la que llegaban el metro, el tren o el S-Bahn de Berlín Oeste. Esa era el trampolín a la libertad.

Las estaciones berlinesas orientales previas y posteriores a la Friedrichstrasse se mantenían clausuradas desde la construcción del Muro, en 1961, y las vigilaba el Regimiento Dzerzhinsky. Lo inaudito era que sus efectivos estaban encerrados en jaulas para que ellos tampoco pudiesen abordar el metro occidental que pasaba ante sus narices. Eran carceleros encarcelados.

Una vez que se accedía al andén de los trenes que viajaban a Occidente, uno debía permanecer detrás de una línea amarilla trazada en el piso. Desde un puente, soldados armados impartían órdenes a través de altavoces: nadie puede traspasar la línea y subir al tren hasta que no se dé la autorización correspondiente.

Y entonces ocurría algo escalofriante para cualquier persona decente: aparecían efectivos del Dzerzhinsky, acompañados de ovejeros alemanes que recorrían el tren por debajo y su interior. Mientras los perros husmeaban por doquier en busca de seres humanos ocultos para fugarse, los militares, premunidos de herramientas y linternas, desmontaban cielos falsos, y examinaban los baños y bajo los asientos.

Todo aquello ocurría a vista y paciencia de los viajeros. Era un acto obsceno, que causaba vergüenza ajena por su prolijidad y significado. En su última estación, el socialismo confesaba públicamente que era una prisión formidable y perdía toda noción de vergüenza. Ningún chileno puede haber salido o entrado por Friedrichstrasse sin haber visto con el corazón encogido el deprimente espectáculo que brindaba el socialismo.

Si uno seguía respaldando el sistema después de haber presenciado aquello es porque estaba dispuesto a justificar cualquier cosa, hasta los crímenes más espantosos, con tal de imponer una dictadura a otros.

52

Ahora que vuelve a caer la nieve sobre el Berlín reunificado, en este invierno del 2012, recuerdo que en el invierno de 1980 la JHSWP llevó al curso internacional a pasar las fiestas de fin de año a la ciudad de Geyer, en los montes Metálicos.

Geyer era un bello pueblo de calles retorcidas e inclinadas, con antiguas casas de paredes gruesas, desde cuyas ventanas iluminadas nos miraban los cascanueces vestidos de recaudadores de impuestos. Llegar allí era como ingresar a un mundo irreal y detenido en el tiempo.

Una nieve limpia y algodonosa cubría los montes Metálicos, y la plaza de Geyer, con su fontana de piedra iluminada en el centro, lucía maravillosa. Nosotros, estudiantes internacionales de Bogensee, salimos de inmediato a pasear esa noche de diciembre.

Después de una agradable caminata entramos a un bar. Los clientes nos observaron con desconfianza, pero siguieron bebiendo cabizbajos y en silencio, confundidos tal vez por nuestro aspecto. El grupo lo integraban etíopes, nicaragüenses, mozambiqueños y afganos.

En el bar conversé con los etíopes, unos tipos esbeltos y alegres, de piel oscura y rasgos finos, y de una curiosidad intelectual permanente. Se suponía que eran comunistas, y lo eran de alguna manera, pues aspiraban a construir una sociedad socialista, algo problemático desde el punto de vista práctico y teórico, ya que para

Marx el socialismo surgía de las contradicciones entre burgueses y la clase obrera; el punto era que Etiopía no tenía clase obrera por la sencilla razón de que no había alcanzado el capitalismo. Pero, debido a la Guerra Fría, los etíopes planeaban construir el socialismo en la arena del desierto. Lo interesante era que discrepaban de lo que veían en la RDA.

Les parecía que allí las mujeres no eran de confiar, pues bebían alcohol y se iban a la cama sin estar casadas. Ellos mismos habían aprovechado esa circunstancia y las mujeres con las que se habían acostado terminaban por repugnarles. Además, les llamaba la atención que los germano-orientales no tuviesen fe en un ser superior universal y que la gente no reclamara por vivir entre muros. Si bien admiraban el desarrollo económico del país, sentían que los jóvenes de la FDJ no eran felices, y lo atribuían a su adicción a la bebida y la promiscuidad sexual. Los etíopes habían llegado de Addis Abeba en un vuelo sin escalas de la línea aérea germano-oriental Interflug, por lo que no conocían Occidente.

Estos jóvenes, sobrevivientes de hambrunas, sequías y guerras tribales del desierto, no estaban para grandes disquisiciones. No entendían mucho de filosofía marxista, cosa que no les preocupaba en absoluto, pues era inaplicable en Etiopía.

Incluso con las cervezas que tomé esa noche, no olvido que para los etíopes resultaba incomprensible que un pueblo aceptase vivir encerrado. Pese a su atraso, a sus guerras y a la distancia con respecto a Occidente, el Muro les parecía ofensivo.

—Ni los camellos soportan muchos días entre muros —me dijo su líder.

Aquello era dignidad. Una dignidad que venía de su cultura milenaria y que contrastaba con el modo en que los chilenos de izquierda, herederos de la tradición occidental de respeto a los derechos humanos, justificaban el Muro o simulaban no verlo.

—Es precisamente un muro como el de Berlín lo que nosotros necesitamos para defendernos de los ataques del imperialismo —terció Camilo Guerra, militante del Partido Socialista nicaragüense.

En opinión de los nicaragüenses, eruditos del marxismo-leninismo, uno de ellos miembro de la etnia indígena de Mosquitia, el otro citadino de boina y barba guevarista, toda revolución auténtica necesitaba un muro para separar aguas con el enemigo.

—¿Y Cuba? —preguntó un etíope—. Nunca ha necesitado muro...

—No tendrá muro de hormigón, pero sí de agua —repuso Camilo—. De otro modo no hubiese podido derrotar al imperialismo.

Los afganos, pese a que un intérprete les iba traduciendo, permanecían en silencio, como al margen de la conversación, pero la seguían atentos. Nos miraban impertérritos y lejanos, como los alemanes que bebían en el local.

Uno de ellos sacó de pronto la voz a través del intérprete:

—O tienen un muro de concreto o uno de agua o uno de montañas, como los amigos de Chile y nosotros.

Nadie supo cómo reaccionar ante esa frase. Los afganos discutieron un rato entre sí, sin elevar la voz ni mostrar ansiedad, y volvieron a parapetarse en el silencio.

Días más tarde, durante la cena de Año Nuevo en el hotel del FDGB de Geyer, uno de los afganos del bar se levantó de la mesa, se acercó parsimonioso al líder de la delegación y lo apuñaló tres veces en el cuello, invocando el nombre de Alá.

Luego arrojó el arma al suelo y volvió con la misma calma de antes a tomar asiento en su silla.

53

Los chilenos en la Escuela Wilhelm Pieck comenzamos a sospechar entonces que la política era un asunto demasiado serio.

Nuestro cuadro era inquietante:

Perdimos el poder político a sangre y fuego hace seis años, hay represión, muertos y un exilio masivo, pero nosotros —al menos los de mi generación y generaciones anteriores— creímos que la política era fundamentalmente un asunto de debates, elecciones y alternancia en el poder, pero no que podía llegar a desembocar en combates, bombardeos, ejecuciones o franjas de la muerte.

Es recién ahora, en la JHSWP, que sirvió en una era como refugio amoroso para un criminal de guerra y como centro de adoctrinamiento ideológico y de reclutamiento de espías, cuando nos damos cuenta de los trágicos desbordes que puede causar la política. Hasta 1973 creímos que la política era un elástico del que se puede tirar sin que jamás se corte.

Pero nos costaba admitirlo, pese a todo. Por eso continuamos redactando encendidos discursos de denuncia a Pinochet, recitando a Neruda, cantando «Venceremos» con quena y charango, recolectando dinero, envolviéndonos en ponchos y dejándonos barba de guerrilleros. La política la habíamos visto solamente desde una dimensión ética y estética.

Pero la política era de pronto otra cosa. Y la política revolucionaria, esa impaciencia por cambiar radicalmente las relaciones y estructuras de poder, era además un asunto muy delicado y riesgoso. No se trataba ya de marchar por las calles o de lanzar consignas ni de voluntarismos milagrosos ni de utopías rutilantes. También se trataba ahora de contar con ejército propio, revolucionario, y por ello algunos partidos comenzaron a prepararlo.

Nuestros líderes habían pecado en Chile de ingenuos, cínicos, bocones o provincianos, y la derrota se debía en gran parte a eso. No podía ser que no supiesen que hacer una revolución en el marco de la Guerra Fría era abrir una caja de Pandora para la cual nadie estaba preparado.

✳Los cubanos, en cambio, sí sabían qué era eso de expropiar fábricas y tierras, de exiliar a millones, racionar alimentos, fusilar a diestra y siniestra, sepultar la unidad nacional y desafiar al mismo tiempo a Estados Unidos. Ellos o, mejor dicho, Fidel Castro y sus acólitos, sí sabían lo que era conquistar el poder y conservarlo para siempre empleando todos los medios imaginables. El poder absoluto justifica todo para mantenerse. ✳

Y lo sabían los sandinistas nicaragüenses, que acababan de derrocar a Somoza. Y lo sabían los etíopes y los angoleños, que se aliaban con quien fuese necesario para dominar al país y liquidar a quienes se les opusieran. Y lo sabían los afganos con sus rostros impenetrables. Y también los camboyanos, que perdieron a millones de compatriotas bajo el régimen comunista de otro criminal, Pol Pot, al que habían terminado derrocando. Y lo sabían los alemanes orientales del SED que, apoyados en el Ejército soviético y la Stasi, encerraron a toda la población para construir su sociedad socialista.

Los únicos aficionados éramos los chilenos. Éramos asimismo los que más peroratas echábamos y más himnos de lucha y esperanza entonábamos.

216

Más allá de los manuales soviéticos, las tres leyes de la dialéctica y los principios del materialismo histórico, la JHSWP enseñaba que la lucha por el poder era ardua, espinuda y sangrienta, de desenlace incierto: uno podía terminar encarcelando o fusilando, o siendo encarcelado o fusilado.

La vida cotidiana en la RDA le enseñaba a uno además a leer entre líneas, a hallar lo esencial entre la hojarasca de lo dicho, a divisar la represión detrás de banderas rojas que ondeaban al viento e himnos que hablaban de un amanecer resplandeciente.

Así había que aprender en la JHSWP: viendo más allá de sus clases, detrás de las fiestas, orgías y visitas a cooperativas agrícolas y empresas estatales. Si querías ejercer el poder e instaurar un régimen revolucionario, debías estar dispuesto a todo, incluso a dividir a tu patria con un muro, disparar contra quien intentase dejarla, construir paredones y matar a la propia utopía. Esa era la *Realpolitik* que tenía lugar bajo la mesa servida con bellas palabras y que los dirigentes chilenos no habían considerado.

Me convencí entonces que la izquierda chilena había sido guiada por políticos aficionados e irresponsables, por marxistas de salón afectados de incontinencia verbal, por ideólogos capaces de convencer a un país de dar un salto al vacío, por líderes ineptos para desarrollar un proyecto viable y sustentable.

Era, en cierto modo, la reacción que cosechábamos de otras delegaciones revolucionarias en la JHSWP: ¿Y qué creían ustedes que es hacer una revolución? ¿Pensaban que no se arriesga nada? ¿Creían que era jugar a las bolitas? ¿Cuál suponían que es el precio a pagar si fracasa la instauración del socialismo? ¿Unas palmaditas en el hombro de parte de la burguesía y el imperialismo? ¡Pero si todo eso está en los libros de los clásicos!

54

Llego al estudio de los Brilliant Apartments, y mi mujer me espera con una noticia interesante.

Ha llamado Baltazar anunciando que cenaremos con la hija de Markus Wolf, el legendario jefe de espionaje de la RDA.

Su residencia se ubica a orillas del lago Wandlitz, cerca de la antigua ciudadela amurallada de la dirigencia comunista de la RDA, que ahora, casi veinticinco años después de la caída del Muro, devino asilo para ancianos y hotel. Tampoco está lejos de la antigua escuela del lago Bogensee, hoy un fantasmal complejo de edificios abandonados.

—Se cerró tras la caída del Muro. Fue ofrecida en varias licitaciones, pero nadie se interesó en adquirirla —me cuenta Baltazar cuando viajamos en su Škoda a los lagos Wandlitz y Bogensee—. En un comienzo una empresa intentó instalar una escuela de hostelería, pero resultaba demasiado onerosa su mantención.

Me entusiasma la idea de conocer a la hija de Markus Wolf. Con su padre departí en una exposición de pintura en Berlín Este. Andaba de civil y lo acompañaba una mujer guapa y elegante, de aspecto mediterráneo. Conversamos sobre Chile y celebró mi dominio del idioma alemán.

Markus Wolf hablaba ruso a la perfección, pero también inglés y francés. Se había formado entre dos culturas, la alemana y la rusa, en un hogar comunista, judío y exiliado. Se sabía que Wolf era un tipo culto y sensible, así como un espía despiadado que situaba con astucia a sus agentes en los niveles políticos superiores de Alemania Occidental.

Murió en el Berlín reunificado, odiado por algunos, admirado por otros. Arruinó carreras políticas, entre ellas la del canciller germano-federal Willy Brandt, cuyo jefe de gabinete, de apellido Guillaume, resultó ser un agente de Wolf.

Falleció después de haber asistido a congresos internacionales convocados por los maestros de espías de la Guerra Fría, donde se veían por primera vez, cara a cara, quienes habían luchado a través de interpósitas personas por el control del mundo. Wolf renunció a su trabajo presionado por Erich Mielke, el temido ministro del Interior de la RDA.

Su familia entera tenía una historia apasionante. Su padre, Friedrich Wolf, fue un dramaturgo que huyó a la URSS en la época de Hitler y educó a sus hijos en el Moscú de Stalin. Intelectual de peso en la futura RDA, tuvo la astucia y fortuna de sobrevivir al estalinismo, con todo lo que eso significaba. Millones de soviéticos fueron asesinados y centenares de comunistas exiliados corrieron igual suerte. ¿Vivió Friedrich Wolf en el hotel Lux, de Moscú, junto a gente como Herbert Wehner, Jorge Dimitrov, Antonio Gramsci, Imre Nagy, Wilhelm Pieck, Richard Sorge, Ernst Thälmann, Josip Broz Tito, Palmiro Togliatti y Clara Zetkin? Claro que sí. ¡Qué de historias se fusionaron en ese hotel donde el Kremlin concentró a los líderes comunistas europeos!

El otro hijo de Friedrich Wolf, Konrad, fue uno de los soldados del Ejército soviético que liberó a Alemania. Participó en la toma de Bernau, en 1945, ciudad que está a quince minutos de los lagos Wandlitz y Bogensee. Konrad se convirtió en uno de los cineastas más destacados de la RDA. Su film *Ich war neunzehn* es un clásico

imperdible sobre los últimos días de Hitler. Fue un intelectual so-
fisticado e influyente, para quien tuve el gusto de traducir. Murió
de cáncer en la RDA, de la cual fue un hombre de confianza.

Tanja, la hija de Markus Wolf, está casada con Bernd Trögel,
un ex espía germano-oriental encargado de infiltrar a Occidente.
Trögel jubiló con la defunción de la RDA y las botas puestas. Al
comienzo de la reunificación tuvo que escapar a Moscú. El mismo
día en que entró en vigencia la reunificación, varios policías toca-
ron a la puerta de su casa en Wandlitz para detenerlo.

Deseo hablar con los parientes de Wolf y conocer el sentimiento de los derrotados tras el derrumbe del Estado que contribuye-
ron a fundar y defender.

También quiero volver a la escuela de Bogensee. La última
vez que estuve allí fue en 1980, más de treinta años atrás, cuando
el socialismo, respaldado por la Unión Soviética, parecía sólido e
indestructible como la Plaza Roja.

—Y Baltazar está consiguiendo además permiso para entrar a
Bogensee —continúa mi mujer—. Dice que no es fácil, porque los
vigilantes están vinculados sentimentalmente con el sitio y odian
a los curiosos.

Invito a mi mujer a un café en la Oderberger Strasse.

Siento que mis recuerdos se confabulan para formar una amal-
gama: los cuadernos de apuntes entre 1979 y 1980; la posibilidad
de volver a entrar al complejo frente al lago; la reunión con una de
las familias comunistas más prominentes y simbólicas de la feneci-
da RDA. Tal como me lo anunció el poeta Padilla en relación con
Cuba: de la RDA tampoco me podré apartar.

55

Una tarde de 1980, después de tomarme un café en el Mitropa de la estación del S-Bahn de Bernau, y cuando ya me disponía a salir del local para dirigirme al estudio que la JHSWP le había arrendado a Carolina, alguien pronunció mi nombre a mi espalda.

No fue mi nombre real sino el de guerra, la chapa con la cual yo había operado en Bogensee.

—¿Le molesta si hablamos un momento?

Era Don Taylor, el enigmático personaje de impermeable que me había abordado tiempo atrás en las inmediaciones del Brandenburger Tor.

—Tengo que tomar el bus que sale en cinco minutos —me excusé.

—Y viene otro en dos horas y treinta y cinco minutos —hablaba en su correcto español con acento anglo—. ¿Le parece si conversamos en el S-Bahn? El próximo sale a las 18.11. Súbase al primer carro. Yo me acerco después.

—¿No será demasiado? —reclamé.

—Usted no se da cuenta del peligro que corre. Lo espero en el S-Bahn —precisó antes de abandonar el Mitropa.

No me quedó más que cambiar de programa. Planeaba pernoctar en el estudio de Carolina en la Strasse der Befreiung, desde donde ella viajaba ahora cada día a la escuela. La FDJ se lo había entregado sin que lo solicitara. Tal vez la escuela pretendía así alejarme de su recinto en la eventualidad que nuestra relación continuase cuando yo no fuera ya estudiante. Tenían razón. Un ex estudiante no podía seguir entrando y saliendo como Pedro por su casa en una institución que albergaba a estudiantes que viajaban clandestinamente a la RDA.

Salí del Mitropa acongojado, maté unos minutos en el quiosco de diarios de la estación, me cercioré de que nadie me seguía y abordé el primer carro del tren con destino a Berlín.

Cuando el S-Bahn cerró sus puertas y echó a traquetear, Don Taylor se sentó frente a mí, de espaldas a la dirección que llevábamos. Pienso que éramos los únicos pasajeros del vagón.

—Como le dije, conozco su historia, y sé a qué se dedicaba usted en La Habana y qué hizo en Bogensee —dijo Don en tono perentorio—. Lo que me interesa es advertirle que está en peligro.

—¿A qué se refiere?

—A su relación con Cuba.

Me incomodó su impertinencia.

—¿Quién diablos es usted?

—Ya se lo contaré, pero antes le diré lo que debo decirle.

Tenía dientes grandes y peinaba su cabellera canosa con el esmero de un senador de Estados Unidos. Unas bolsas oscuras bajo los ojos lo envejecían.

—A usted lo contactó un diplomático cubano —afirmó.

—¿Y cuál es el problema? —reclamé—. Yo viví en la isla.

—Lo quieren involucrar en asuntos sucios. Usando a un hijo que usted tiene con una cubana importante.

Me impresionó que Don supiera tanto de mi vida.

—¿Quién diablos es usted? —repetí.

Don miró hacia el fondo del vagón. Supongo que había alguien más allí. Ahora el tren disminuía la velocidad. Se detuvo en la estación de Buch, donde no subió nadie. Las puertas volvieron a cerrarse tras el timbrazo y el S-Bahn arrancó.

—Soy de la embajada estadounidense —dijo Don—. Deseo ayudarlo. Usted está en peligro. Lo van a involucrar en un operativo cubano que tiene a Chile por objetivo. Terminarán enviándolo a Chile, donde estarán esperándolo agentes de Pinochet.

—¿Cómo sabe todo eso?

—¿No le basta con saber que lo sé?

—¿Por qué los cubanos me harían algo así?

—Van a tenderle una mano para después dejarlo hundirse. ¿Tiene enemigos poderosos en Cuba?

La pregunta me dejó helado. No cabía duda de que Don Taylor era de la CIA. ¿Me quería ayudar? ¿Por qué? Pero ¿cómo sabía tanto sobre mis pasos en la isla y Berlín Este? ¿Quién lo informaba? ¿Y por qué el mensaje? ¿Qué pretendía que yo hiciera?

Una repentina inseguridad se me coló por las suelas, ascendió por mis piernas y puso a galopar mi corazón y me causó escalofríos.

—No podemos seguir conversando aquí —continuó Don—. Si no me cree, pase cualquier mediodía frente a mi embajada. En la ventana del cuarto piso que hace esquina, usted verá rosas en un gran florero.

—¿Ah, sí? —Aquello sonaba a broma.

—Cuando vea las rosas, busque un teléfono público y marque este número —me entregó un papelito—. Una hora después, esas rosas no estarán allí. Pero si vuelve a llamar y colgar, tendrán las flores de vuelta con el florero, una hora más tarde.

Aquello me pareció pueril. No solo eso, también riesgoso. ¿Qué ocurría? ¿Rosas, floreros, primero un espía cubano y ahora uno de la CIA? ¿Ese era el estilo de los espías de la Guerra Fría? A través de las novelas de Luis Rogelio Nogueras, John Le Carré y Konstantin Simonov me los había imaginado de otra forma.

Pero Don Taylor se bajó presuroso del S-Bahn, seguido por un hombre de impermeable azul, que se agitaba al viento.

Descendí en la estación siguiente y tomé el primer tren de vuelta a Bernau.

56

La relación con Carolina se ha ido consolidando sin que nos percatáramos de ello. Sus ojos verdes de mirada limpia, su voz suave que emana de una serenidad interior, su talento para mantener en perfecto orden su vida y el estudio de Bernau, me brindan un agradable refugio en medio del desarraigo.

Si yo encuentro esa paz en Carolina, a ella le ocurre todo lo contrario conmigo: soy el factor de inestabilidad en su vida, el mensajero que trae noticias inquietantes de un reino remoto, caótico y tortuoso, donde las cosas cambian de súbito. Para mí, Carolina representa la monotonía, el reposo eterno en un mundo atemporal, donde todo está dispuesto desde el nacimiento hasta la muerte.

Carolina olvidó rápido su vivienda de Bogensee, y se siente cómoda en el estudio de la Strasse der Befreiung, que es más amplio, claro y acogedor que la mansarda. El hecho de que disponga de *kitchenette*, baño y una pequeña bodega en el sótano representa un gran avance con respecto a las condiciones de la escuela. Con la generosidad del enamorado, Carolina me ha invitado a vivir con ella. Por esto, me muevo entre su estudio y mi cuarto en el internado de la Nöldnerplatz. Pero el estudio es un hogar, mi cuarto solo un paradero ocasional.

El lecho, los libros y un par de mudas es todo cuanto mantengo allí. Me he convertido en un beduino: sin vivienda, dueño solo de mis pasos por el sendero que pretendo desbrozar.

Tras cinco años de estudio y trabajo en Cuba, salí de la isla con lo puesto y una maleta de plástico. Parafraseando al Marx de *Das Kapital* puedo afirmar que la explotación en la isla es extrema: el salario apenas alcanza para reproducir la mano de obra. Nunca he andado tan ligero de equipaje. Cuando termine el año académico en la JHSWP, estaré de nuevo en la calle o de allegado en Bernau.

Jorge Arancibia, el amigo de la UJD que me ayudó a salir de la isla, busca ahora una solución transitoria para mí. Como solo cuento con un salvoconducto para ingresar a la RDA y mi pasaporte chileno está vencido, soy un náufrago detrás del Muro.

Dos cosas al menos están claras. La primera: no debo regresar a Cuba, alternativa riesgosa, entre otras razones, por la animadversión de Cienfuegos. La segunda: no puedo cruzar al capitalismo mientras no disponga de un pasaporte vigente. Y hay una tercera: no puedo regresar a Chile debido a mi paso por Cuba y la RDA. Supongo que soy un tipo marcado por la DINA/CNI.

He encallado en la RDA, a tiro de piedra de la libertad, y carezco de techo y documentos. Como en todos los países comunistas, el Estado asigna las viviendas, proceso que exige años de paciencia. No existe el mercado inmobiliario, donde los privados puedan ofrecer o buscar un techo, porque todas las propiedades pertenecen al Estado. Solo queda postular y sentarse a esperar.

Me complemento bien con el carácter ecuánime, reservado y conciliador de Carolina. Ella tiene sus cosas y su vida en orden. Le fascina, como a Madame Bovary, leer novelas románticas, y rara vez opina sobre política. Está consciente de que goza de una posición privilegiada al ser traductora de la JHSWP. En el mejor sentido de la palabra, es una persona de confianza del Gobierno y a mí me parece demasiado ingenua en términos políticos como para serlo.

—Tremenda responsabilidad relacionarse con extranjeros del mundo capitalista —comenta una tarde de lluvia—. Porque pueden ser agentes enemigos.

—¿Qué quieres decir con eso? —le pregunté.

—Que yo confío en ti, y la RDA en mí.

—Gracias por esa fe redentora —repliqué sarcástico.

Carolina sonrió divertida, tal vez sorprendida de haber dicho algo original.

—Ignoro si tienes un propósito desestabilizador contra la RDA —alegó tratando de imprimirle seriedad a la conversación—. Tal vez tu amor por mí es un simulacro y solo tratas de infiltrarnos.

—¿Infiltrarlos?

—Claro.

Su sospecha me recuerda la paranoia permanente de Margarita en Cuba. ¿O es que Carolina estaba al tanto de mis nexos con Don Taylor y el cónsul cubano?

—Lo digo en serio —insistió Carolina, y la liviandad con que yo abordo la conversación me lleva a recordar la incapacidad chilena para tomarse en serio la Guerra Fría.

Carolina disimula su incertidumbre con una sonrisa melancólica.

—¿Y quién te mete eso en la cabeza? —pregunté.

—Nadie. Lo pienso por mi cuenta. Después de todo, no te conozco —dijo con sinceridad—. El mundo está dividido entre capitalismo y socialismo, y yo trabajo para el socialismo.

—Lo sé.

—Tengo un padre que es dirigente del Bauernpartei, una hermana que es oficial de la Nationale Volksarmee*, dos hermanas en la Karl-Marx-Universität y yo pertenezco a Bogensee. Soy un objetivo interesante para el enemigo, ¿o no?

------

* Ejército Popular Nacional.

Lo ignoraba entonces, pero ahora que esa guerra terminó con el desplome del socialismo, me parece que Carolina algo de razón tenía. Su incertidumbre aún me conmueve y entristece, porque expresaba desconfianza en mí, aquella que el socialismo inoculaba contra quienes eran diferentes. Éramos una pareja separada por la desconfianza, tal como sucedió con Margarita, a quien sólo la investigación de «Barbarroja» Piñeiro libró de sus dudas iniciales.

Carolina desconfía de mí porque vengo de un país dirigido por un dictador de derecha. Me lo confiesa ruborizada. En la Guerra Fría no deja de tener razón. Cuando caiga el Muro y la gente acceda a los archivos de la Stasi, quedará en evidencia que en la RDA muchos informaban sobre sus cónyuges, padres, jefes, colegas, amigos y sobre sus pololos.

Algo de razón tiene Carolina. Pese a que me acoge en su estudio, yo no le he contado sobre mis nexos con el cónsul cubano ni el diplomático estadounidense. Ellos son parte de mis secretos. No los revelo, pues si Carolina los comentara con sus colegas, tarde o temprano llegaría la Stasi a golpear a nuestra puerta, arruinando nuestra apacible existencia.

Lo que perjudica a partir de ahora su carrera profesional es precisamente su romance conmigo. A los funcionarios de la RDA les está prohibido mantener una relación íntima con extranjeros, porque ella puede poner en riesgo la seguridad nacional.

El argumento es simple: un vínculo de ese tipo alberga la posibilidad de que un día el ciudadano solicite dejar la RDA para irse al capitalismo. Ese solo evento comienza a congelar el ascenso profesional del funcionario. Si me llevo la mano al pecho, tengo que admitir que cuando Chile recupere la democracia, Carolina puede aspirar a marcharse conmigo de la RDA, al menos por un tiempo.

Pero no es la primera vez que ella juega con fuego. Hasta hace poco ha sido novia de un estudiante de Egipto, país prioritario en la política exterior de la RDA. Egipto y Siria son, como me enteraré años después, plataformas predilectas para la labor de inteligencia que Markus Wolf y sus cuatro mil agentes impulsan en el mundo árabe.

No soy yo, por lo tanto, el primero ni el único que puede entorpecer sus perspectivas profesionales. Lo esperanzador estriba en que, pese al vínculo amoroso con un egipcio y ahora conmigo, ella no ha visto menoscabada su posición en la escuela.

—Un día te van a pasar la cuenta —le advierto.

—Así es el amor —dice ella tranquilamente, mientras remienda los puntos de una media—. Pero no me torcerán la mano con tanta facilidad.

Son placenteras las tardes en que regresamos de la JHSWP a Bernau en el viejo Ikarus atestado de profesores. Después de mudarnos de ropa, vamos a un restaurante cercano o bien asamos salchichas y bebemos vino búlgaro escuchando música en el balcón. Luego vemos las noticias. Las noticias de Occidente y también las de la RDA para saber de qué hablar y qué callar en el socialismo.

Cerramos el día tratando de conciliar el sueño mientras, no lejos de allí, en el regimiento soviético, los soldados entonan sus himnos del crepúsculo.

57

No todo era evidente en la Escuela Wilhelm Pieck. Recuerdo las conversaciones con un médico internista, de apellido Gallow, que era un tipo afable y risueño. Algo doblegado por los años, aún vive en las inmediaciones del pueblo de Wandlitz.

Solía mostrarse sarcástico ante el fracaso del socialismo. Tenía un sello aristocrático que le gustaba enfatizar. Para él, quienes vivíamos en el socialismo, él incluido, éramos unos pobres diablos, gente encerrada y completamente abandonada a su suerte por Dios y la historia.

—No sé qué busca usted entre esta masa tercermundista —me dijo un día, admirado de que alguien de un país remoto hablara alemán sin acento—. Usted sabe a qué me refiero. Usted no tiene nada que hacer entre afganos, angoleños, mongoles y sirios. Voy a suponer que lo hace de puro estrafalario.

El doctor Gallow reía con las manos en los bolsillos de su bata impecable, gozando del asombro que me causaban sus palabras. Supuse que si se atrevía a afirmar tales cosas informaba quizá a la Stasi sobre los alumnos en la JHSWP.

—Yo que usted —continuó el doctor, que habitaba una espaciosa casa en Wandlitz y era el alemán oriental más feliz que conocí— me voy mañana mismo de aquí. No sé qué hace entre estos, perdóneme la franqueza, bárbaros que viven de mis impuestos.

—Bueno, es gente muy interesante, que tiene mucha historia.

—No nos movamos a engaño, mi amigo. Usted estudió en un colegio alemán, sé que en Chile hay muchos alemanes, y entiende de qué estoy hablando. Esta escuela no es, permítame decírselo con todo respeto, una buena dirección para alguien con don de gente, como usted.

¿Nos estarían grabando? ¿O es que el doctor Gallow se sentía seguro en su consulta, y le gustaba provocar a diestra y siniestra? Recuerdo haber conocido a gente así en el socialismo, pero eran personas que estaban hartas del sistema y se jugaban el todo por el todo, incluso la cárcel, con tal de que los desterrasen por incorregibles.

—Aquí hay revolucionarios de todo el planeta con admirables trayectorias —insistí.

—¡Pero, por favor! —Extendió los brazos lanzando una mirada al cielo—. Seamos serios. ¿Qué va a aprender usted de unos libros del siglo pasado? Vamos, usted sabe que todo eso son payasadas que no valen ni el papel en que están impresas. El mundo no marcha hacia el siglo XIX, sino hacia una revolución científica y tecnológica que barrerá con toda esa filosofía socialista igualitaria que solo promueve y premia la mediocridad.

—El socialismo se pondrá a la vanguardia mundial del desarrollo científico y tecnológico —dije yo, aunque no sé por qué, pues ya no creía en eso.

—No me haga reír, por favor. La tecnología de punta del socialismo no la emplean en Occidente ni en los juguetes para niños. El socialismo está haciendo un papelón que solo empeorará. Cosa que no me sorprende si pensamos que el presidente de este país es un techador. ¡Imagínese, te-cha-dor! ¿Lo sabía?

—No, en verdad, no lo sabía.

—Y el segundo en la jerarquía es carpintero ¡Car-pin-te-ro! Techadores y carpinteros en la cima de nuestro Estado, mientras que al lado son doctores en Economía, Ingeniería o Derecho, graduados en las mejores universidades del mundo. Estamos perdidos, querido amigo.

El doctor se refería a Honecker, que en efecto era techador. El carpintero era, según recuerdo, Mielke, el siniestro ministro de la Seguridad del Estado. El socialismo idealizaba el conocimiento y organización de la clase obrera, porque, a juicio de Marx, ella se pondría en todos los países a la cabeza de la revolución mediante la dictadura del proletariado. El barbudo de Tréveris no podía imaginar en el siglo XIX la complejidad que alcanzaría la sociedad del conocimiento, desde luego.

—No estoy tan seguro de que sea una desventaja —reclamé buscando conceptos de mi bagaje marxista-leninista—. El socialismo impulsa el desarrollo de las fuerzas productivas gracias al carácter colectivo de su propiedad, mientras que el capitalismo, por las contradicciones entre obreros y burguesía, los frena.

Gallow hizo un gesto despectivo con una mano, me miró decepcionado y volvió a sonreír. Luego, apuntándome con el índice, dijo:

—Las respuestas que usted busca están en Occidente, mi amigo, no por estos lados. La estepa siberiana jamás ha enseñado nada valioso a Europa Occidental o a Estados Unidos. Al otro lado es donde están los países a los cuales usted debe ir a aprender en lugar de, discúlpeme, quedarse en sitios atrapados en los años treinta, como nuestra querida RDA.

¿Me quería involucrar en problemas para hacerme la vida más difícil? Pensé en el cónsul cubano, que no había vuelto a ver, en el tipo de la embajada de EE.UU., que había desaparecido en una estación del S-Bahn, y en mis clases de marxismo-leninismo, donde estudiábamos la revolución de 1848 y cómo los bolcheviques le habían doblado la mano a los mencheviques, pero donde no se hablaba de Stalin.

¿Qué se responde a un doctor Gallow? Es la eterna pregunta que uno se plantea en un país socialista. ¿Correspondía enfrentar ideológicamente al provocador, o más bien ignorarlo, o simplemente denunciarlo ante el SED, la FDJ o la Stasi?

—Bueno, doctor Gallow —dije tomando mi receta para el resfrío que me había llevado a su consulta—. Tengo que volver a clases.

—Entiendo, entiendo —desenfundó las manos de la bata sin dejar de sonreír—. Pero mientras ande por aquí perdiendo el tiempo en esos manuales que no sirven para nada, no se olvide de lo que decía Goethe, mi amigo: «*Grau ist jede Theorie*».*

---

* Gris es toda teoría.

58

Aunque comenzaban a aparecer los primeros síntomas de la crisis económica que terminaría por liquidar al sistema, era una época de cierto optimismo en el socialismo mundial. La década del setenta había sido incluso relativamente próspera: se esfumaba el recuerdo de la Primavera de Praga de 1968, algunos países africanos alcanzaban la independencia, la RDA impulsaba un programa que unía la política económica con la social, y la URSS proponía la paz para Europa, opacando las acusaciones de que violaba los derechos humanos.

Para la izquierda europea occidental, los temas prioritarios eran ahora la ecología, la reivindicación laboral y la oposición a la instalación de nuevos misiles en Europa por parte de la OTAN y el Pacto de Varsovia.

Pero lo que alentaba la percepción de que ambos sistemas sí competían por la hegemonía mundial —uno basado en la economía de mercado, la democracia parlamentaria y la libertad individual; el otro en la economía centralizada y el sistema de partido único— era que aún no se evidenciaba con arrolladora claridad la superioridad económica, social y democrática de Occidente. Sin embargo, el peso de la evidencia crecía a diario y resultaba abismante e incontrastable. Nada podía un Estado dirigido por burócratas ante la iniciativa de millones de privados libres. Nada podía el grisáceo monopartidismo ante el arcoíris del pluralismo, la libertad y el emprendimiento de los individuos en Occidente.

Algunos líderes del mundo socialista se percataban que la carrera económica contra el capitalismo estaba perdida. En los años en que yo me decepcionaba en La Habana del socialismo, un funcionario soviético llamado Mijail Gorbachov tomaba conciencia, durante una visita de trabajo a Occidente, que la suerte estaba echada por razones económicas.

Fue, si no me equivoco, antes de ser secretario general del Partido Comunista de la URSS. Mientras Gorbachov visitaba en Gran Bretaña granjas privadas, se dio cuenta de que los koljós soviéticos jamás alcanzarían la productividad ni el bienestar que exhibían sus competidores capitalistas. Y fue en Londres donde comprendió que las tecnologías que los ingenieros de la URSS le presentaban como avances estelares de la ciencia soviética, estaban incorporadas desde hacía mucho en los juguetes que vendían las tiendas londinenses. La computación, no el imperialismo, sería la sepulturera del socialismo.

Si Gorbachov y la gente de su entorno intuían que la carrera ya estaba corrida y no podrían responder a la guerra del espacio con la que amenazaba el presidente Ronald Reagan, nosotros, simple infantería desinformada en los países comunistas, ignorábamos la inviabilidad económica de la utopía, porque nada sabíamos de computación, y seguíamos aferrados a la apología de un sistema ideado en el siglo XIX para un mundo que ya no existía.

Era una utopía inviable. Pese a ser discípulos de Marx y Lenin, y adversarios de lo que considerábamos concepciones no científicas de la historia, no contábamos con la base económica imprescindible para sustentar el sistema, puesto que la economía estatal no funcionaba en ningún país comunista. Éramos solo verbo, sueños, himnos, banderas, revolucionarios refugiados, náufragos de un relato ideológico decimonónico, incapaces de entender la ilimitada vitalidad del emprendimiento privado y de un presente vertiginoso y fugaz.

El capitalismo, en cambio, sin articular discurso utópico alguno, superaba al socialismo en los hechos. Bastaba con ver en la televisión occidental los comerciales, los debates políticos y la diversidad cultural para darse cuenta del atraso, la uniformidad y la monotonía del socialismo, y lo que era peor, de cómo perdía terreno a diario en todo orden de cosas.

Mientras la derecha política del mundo se afincaba en el nivel de los hechos mensurables porque consideraba que allí su triunfo era inobjetable, la izquierda prefería remontar el vuelo e instalarse en los sueños y el discurso, dimensiones en las cuales no había cuentas que rendir.

Reticentes a aceptar la persistencia de los hechos, vivíamos inspirados en las quimeras del siglo XIX de Marx y de comienzos del XX de Lenin. Como cuadros políticos, no nos hacíamos cargo en la JHSWP de las realidades que nos eran adversas, sino de los horizontes utópicos, del porvenir, del futuro, que eran todo y nada a la vez.

En los textos de Bogensee, sin embargo, el mundo seguía dividido entonces entre el capitalismo salvaje y explotador, condenado al «basurero de la historia», por un lado, y el esperanzador socialismo emergente y aún no del todo maduro, por el otro.

No había, al parecer, espacio para matices ni medias tintas ni relativismos. Se era revolucionario o contrarrevolucionario. Se estaba con el progreso social o contra él. No había sitio para quienes pensaban diferente, como la burguesía reaccionaria, la pequeña burguesía o los oportunistas democratacristianos, liberales o socialdemócratas que le hacían el juego al imperialismo.

59

Me encontraba aún en la JHSWP cuando se iniciaron las protestas obreras en Gdansk, dirigidas por el sindicalista Lech Walesa, contra el régimen comunista polaco. Los medios de prensa del mundo entero informaban sobre lo que estaba ocurriendo en la República Popular de Polonia, pero los de la RDA ignoraban olímpicamente esos acontecimientos. Comenzaba el derrumbe del socialismo al otro lado de los ríos Oder y Neisse, y el SED seguía convencido de que aquello que no mencionaban sus medios no existía.

Todo esto alcanzó su primer clímax en 1981 con el golpe de Estado del general comunista Jaroslav Jaruzelski para frenar las huelgas obreras, prohibidas porque supuestamente las fábricas pertenecían al pueblo y nadie tenía derecho a paralizarlas y perjudicar el interés popular.

Como el régimen de la RDA sancionaba a quienes seguían los programas de radio o televisión occidentales, sus ciudadanos desarrollaron una existencia aún más esquizofrénica: en las empresas y la vida pública abordaban solo los temas sobre los cuales informaban los medios nacionales, pero en confianza comentaban las noticias difundidas por los medios de Occidente sobre Polonia.

¿Cómo lograban separar la información de uno y otro lado para no confundirse y no caer en desgracia? ¿Cómo lo hacían para no mezclar las visiones edulcoradas de la prensa comunista con la diversidad de opiniones de Occidente? ¿Cómo empleaban en un ambiente el lenguaje de los medios occidentales y en otro los clisés de la propaganda comunista? Lo aprendían desde la niñez, porque la represión estaba atenta a detectar a través de las palabras a quienes se informaban por medio del «enemigo de clase».

Lo cierto es que una noche, mientras numerosos estudiantes de la JHSWP regresábamos a Bogensee desde una cooperativa agrícola, sucedió lo que uno suponía iba a ocurrir en algún momento.

Un estudiante africano encendió en el bus la radio a baterías que había comprado en el aeropuerto de París antes de abordar su conexión a Berlín Este. Y en la radio, sintonizada en una emisora de Berlín Occidental, estaban hablando sobre la huelga de los astilleros en Polonia.

De pronto el Ikarus, atestado con revolucionarios del mundo, a los cuales se les enseñaba que la doctrina del marxismo-leninismo era «todopoderosa», se convirtió en un receptor de la información del mundo libre.

Al escuchar la voz del reportero germano-occidental desde Gdansk, algunos latinoamericanos solicitaron que alguien tradujera. No quedó más que hacerlo.

La huelga que dirigía Walesa era, desde luego, un balde de agua fría sobre la escuela y la moral revolucionaria. Expresaba el rechazo de los obreros polacos a la sociedad proyectada por Marx, Engels y Lenin, y todo lo que nos enseñaban en Bogensee.

—¿Qué significa eso, profesora? —preguntó el representante del Congo, angustiado por las noticias. Nuestra profesora de marxismo-leninismo, Helga Schultz, estaba nerviosa.

El bus corría por la autopista entre las tierras y casas de cooperativas campesinas. La profesora guardó silencio en un comienzo, y luego dijo:

—Compañeros, no conviene escuchar emisiones del enemigo. Transmiten mentiras para desestabilizar a los Estados socialistas y generar el «diversionismo ideológico». Eso solo confunde a los pueblos amantes de la paz y el socialismo, y tal vez a ustedes también, porque son mensajes subliminales muy sutiles.

—¡Pero es que hay una huelga de la clase obrera polaca contra el socialismo, profesora! —exclamó uno de la delegación de Venezuela—. ¿Es cierto?

El Ikarus seguía avanzando, ahora entre bosques. El motor ronroneaba parejo, la profesora estaba cabizbaja, los revolucionarios en silencio, y el traductor sintetizaba las frases del reportero del *Sender Freies Berlin*.

—Esto puede ser el comienzo del fin —advirtió el periodista, y luego agregó algo aún más inquietante—: La inestabilidad polaca puede desencadenar una invasión soviética y contagiar a los obreros de la RDA, la que mantiene censura sobre los sucesos que ocurren en Polonia.

—¿Es cierto todo eso, profesora? —preguntó una estudiante mexicana desde la última corrida de asientos.

La profesora iba sentada al frente, deseando, me imagino, que el viaje se acabara cuanto antes.

—¿Será cierto lo de la huelga? —resonó el vozarrón de un camarada de la Federación de Jóvenes Comunistas de Argentina.

El bus avanzaba con su interior a oscuras. De vez en cuando los focos de un vehículo que pasaba en dirección contraria iluminaban los compungidos rostros de los revolucionarios, mantenidos en vilo por la voz del periodista.

—Al parecer —dijo Helga con voz trémula, volviéndose ahora hacia la parte trasera del bus—, la contrarrevolución logró dividir a la clase obrera en Gdansk. Esto se debe a la influencia reaccionaria del catolicismo en Polonia, a la política antisoviética del Papa y a la conspiración de Walesa y su movimiento, Solidarność.

Sospeché que en esos días la profesora había estado comentando la huelga con camaradas del SED. Su repentina y estructurada explicación parecía estar en consonancia con un discurso que, supongo, entregaba internamente el partido a sus cuadros.

—Queridos alumnos, no quiero que se preocupen —dijo al rato Helga, tratando de sobreponerse al mal trato durante una canción de Udo Lindenberg—. El campo socialista, liderado por la Unión Soviética, está firme y unido, y el Ejército de Polonia defenderá el socialismo que los polacos construyen bajo la dirección del partido y en alianza con la clase obrera. De eso no hay ninguna duda.

60

Ignorábamos entonces que pocos años más tarde el socialismo su-
cumbiría no solo por las protestas de los obreros polacos, sino por
la de todos los pueblos del este europeo. Es decir, que mientras estudiábamos en Bogensee marxismo-leninismo, las bases de la dictadura del proletariado eran socavadas por el mismo proletariado.

Los cabezas de hormigón de la FDJ afirman que si prosperan
las huelgas y el general Jaruzelski no logra imponerse, el nazismo
volverá a Polonia y a la RDA. De pronto, los mismos que odian
al general Pinochet depositan todas sus esperanzas en el general
Jaruzelski. Aunque no es tan extraño, pues desde 1959 la izquierda
pone en Cuba todas sus cartas en un comandante en jefe y en un
general de Ejército. O sea, el rechazo a dictaduras militares depende del color que tengan.

Así que hay peligro de que la RDA caiga en poder de los nazis,
tal como en Cuba decían que la isla podía ser invadida por el imperialismo. Todo esto me lleva a pensar en Lila, una polola que tuve
en el Colegio Alemán. Sus padres alemanes llegaron a Chile en la
década del cincuenta, y en los setenta apenas hablaban español.

Tenían un fundo en la zona central donde criaban aves y cer-
dos. Llevaban una vida cómoda aunque algo ermitaña, apartados
del fárrago capitalino. Hermann, el padre, era un hombre hosco y
cascarrabias, que en los días fríos usaba chaqueta negra de cuero.

Andaba por los cincuenta y tantos años de edad. Hablo de 1971. Su mujer tenía el rostro largo y delgado y las cejas altas como la escultura de una virgen piadosa, y era amable y simpática conmigo.

Su esposo, en cambio, no me soportaba ni tampoco se interesaba en disimularlo. Pero Gudrun, la madre de Lila, se esforzaba para que yo pasara un día grato cuando visitaba a su hija. Esta fue mi polola por un año, y durante ese período su padre me trató con rudeza y desconfianza, haciéndome sentir que no me quería en casa. Debo admitir que la antipatía fue mutua.

Cuatro decenios después, cuando viví por un tiempo en Ciudad de México, me reuní en el bar del Hotel Camino Real con un ex compañero del colegio que residía en París y estaba de paso en el Distrito Federal. En el bar, donde bebimos mezcales de Oaxaca, me contó que él también había pololeado con Lila, y que habían estado a punto de casarse, pero su repentino traslado a Francia por razones laborales había complicado las cosas. A diferencia de mí, su vínculo con Hermann fue magnífico, lo que atribuí al hecho de que mi amigo, oriundo de Baviera, era alemán de padre y madre.

Mi amigo les perdió la pista a Lila y su familia hasta comienzos del año 2000, cuando, tras la muerte de Hermann, alguien descubrió que este había integrado la SS, al parecer, en el campo de concentración de Buchenwald, en el cerro Ettersberg, cerca de Weimar. Tras la guerra había escapado de Alemania a Argentina y allí había eludido a la justicia cambiando su identidad. A comienzos de los años cincuenta ingresó a Chile.

—Hay muchos rumores sobre su vida —me explicó mi ex compañero—. Unos dicen que no fue criminal. Otros, que colaboró en Buenos Aires con Estados Unidos para ubicar a nazis en Brasil y Paraguay, y que por eso le entregaron documentos con otra identidad.

—Colaboró con los nazis y los Aliados —comento yo.

—Muchos lo hicieron. Los Aliados buscaban a los grandes criminales que se ocultaron en América del Sur y necesitaban reforzar su inteligencia para enfrentar al nuevo enemigo, el comunismo. Nadie sabía más de Europa del Este que los nazis.

En ese momento entendí el trato hosco que Hermann me brindaba y su inquietud por el hecho de que su hija fuese novia de un izquierdista no ario. Supongo que debe haber consultado a su círculo de protección en Chile sobre mi persona y que este le sugirió que se armara de paciencia, pues el romance se acabaría con el fin del colegio. Y estaban en lo cierto.

Pese al tiempo transcurrido, no deja de repugnarme haber compartido la mesa con un posible criminal de la SS. Recuerdo esas escenas dominicales: los cuatro sentados ante el mantel floreado, Lila y yo por un lado, Hermann y su mujer por el otro; a mi izquierda, una ventana con gruesos marcos de encino y cortinas recogidas, que daba a un bosque y a un camino de gravilla; sobre la mesa estaba la jarra de porcelana con café entre un kuchen de manzana y otro de ciruela, preparados con esmero por las mujeres de la casa.

—¿Y qué opinas sobre lo que está pasando en Chile? —me preguntó un día Hermann. Siempre hablábamos en alemán.

Ha levantado la vista del mantel, porque solía comer ensimismado y ceñudo, y me clava sus ojos azules de párpados enormes. Sé que le teme al Gobierno de Allende, pues puede expropiarle sus tierras.

—Creo que habrá cambios radicales —respondí incómodo.

—Vamos derecho al comunismo —alegó de malhumor, y dejó congelada en el aire su mano de dedos cortos, que empuñaba un tenedor con un trozo de kuchen—. Aunque no creo que las Fuerzas Armadas lo acepten.

—*Aber, lieber Hermann, lass doch den Jungen mal in Ruhe. Er versteht nicht viel von Politik** —dijo la madre de Lila, preocupada de que se armara una discusión en la mesa.

—*Der Bursche versteht doch sehr wohl von Politik!*** —respondió Hermann, y dejó caer aparatosamente el tenedor; se limpió los labios con la servilleta y se puso de pie, empujando con ira la silla hacia atrás.

Se marchó murmurando algo ininteligible.

El living quedó en silencio. Nadie supo qué decir. Me pregunté si debía irme. Lila puso su mano sobre la mía en señal de que me calmara. A través de la ventana vi que Hermann salía en un rugiente y bien conservado Ford Coupé, de color negro, modelo 1938, acompañado de Siegfried, su hijo mayor, que solo me saludó el día de mi primera visita. Era un tipo fornido, rubio y calvo, que usaba chaqueta de cuero negra y botas de montar.

Mientras mi ex compañero de colegio me revelaba en Ciudad de México la verdadera identidad de Hermann, caí en la cuenta de que había conocido a dos personajes siniestros en mi vida: el padre de Lila y el fiscal cubano Cienfuegos, padre de Margarita.

Aunque uno era nazi y el otro comunista, sus vidas mostraban coincidencias singulares: ambos habían sido leales a una dictadura, sin importarles el costo en vidas humanas que esa fidelidad había demandado. Ambos terminaron siendo seres adustos y huraños, desconfiados, temerosos de que los alcanzara la mano de la justicia o la venganza. Ambos buscaron refugio en Chile. El soldado alemán en un fundo, el fiscal cubano en el barrio alto de Santiago. Y, como si las coincidencias no fuesen suficientes, ambos tuvieron una muerte pacífica y tranquila en la capital chilena, como si hubiesen sido carteros de un pueblecito noruego.

---

* Pero, querido Hermann, deja en paz al muchacho. Él no entiende mucho de política.

** ¡Este cabro entiende y mucho de política!

Hay algo más: ambos murieron de Alzheimer. Es decir, murieron habiendo olvidado el inmenso daño que ocasionaron en sus vidas a la humanidad.

61

Cada cierto tiempo vuelvo a recibir coletazos de la Segunda Guerra Mundial y la Guerra Fría, algo que ya pronosticó el poeta Heberto Padilla en La Habana. Fue a través de una amiga que accedí a otro capítulo de esa época en escenarios latinoamericanos.

En mi visita a la ciudad reunificada para escribir estas remembranzas, acuerdo un encuentro con Birgitt, una historiadora alemana que en 1980 era estudiante de la Humboldt-Universität. El contacto inicial con ella lo hice a través del escritor Carlos Cerda, quien suponía que la historiadora tenía información sobre alemanes que habían huido a Chile. Le di un llamado y acordamos el encuentro con el ánimo de recordar. Existe una suerte de complicidad eterna entre quienes vivieron en un país que desapareció.

Sentada en el café Sowohl als Auch, del barrio de Prenzlauerberg, Birgitt me cuenta la historia de Amely, la vecina alemana del barrio de mi infancia, en Valparaíso, cuya hija estudió en el Colegio Alemán y buscó asilo en la RDA tras el golpe de Estado de Pinochet. Me sorprende que ella sepa de esa mujer, y me explica que se enteró de la historia a través de exiliados chilenos.

Recuerdo a esa mujer: alta y de cabellera corta, encanecida por completo. Vivía con su hija en una casona de la avenida Alemania, cerca del paradero Dighero. Debe haber tenido cincuenta años en 1970. Llegó de Colonia a comienzos de los cuarenta y se empleó en una empresa alemana de seguros que quedaba en la calle Condell, frente a la joyería Casa Zeldis.

Según un compañero del colegio, Amely militó en el Partido Nazi en Valparaíso, influyente en la comunidad alemana de entonces. Uno de ellos, Heinrich, lo constató en los archivos de la agrupación, que permanecieron abandonados e ignorados por decenios en las bodegas del colegio.

Pues bien, ahora Birgitt afirma en Berlín Este que Amely fue en verdad una agente del Partido Comunista alemán y que por eso había dejado su patria, se infiltró entre los nazis de Valparaíso y fingió ser hitleriana. Informaba a sus camaradas en Moscú, convencida de que esos datos llegaban hasta al propio Stalin. Aquello indica que Amely integró la resistencia a Hitler y trabajó de correo clandestino. Al parecer, Chile, mencionado en *Mein Kampf* como parte del espacio vital alemán, despertó cierto interés en Moscú durante la Segunda Guerra Mundial. De acuerdo a Birgitt, el interés residía en la comunidad alemana del sur de Chile y el estrecho de Magallanes. La causa: necesidad alemana de avituallamiento para su flota de submarinos que se acercaban discretamente a las costas chilenas.

—¿Conoces los archivos del Partido Nazi que estuvieron almacenados en el Colegio Alemán de Valparaíso? —le pregunto.

—Ya no están —me dice—. Alguien se los llevó con las fotos de las reuniones con marinos alemanes, los calendarios, las medallas y los diplomas de la época.

Está en lo cierto. Heinrich me comentó algo parecido hace unos meses. Ya nadie sabe dónde se encuentran los documentos que vi en una visita que hice al establecimiento años atrás, donde —según rumores— también se ocultó Helmut Schäfer, prófugo de la justicia.

Como si todo esto fuera poco, Birgitt va más allá: desde la década de los cincuenta, Amely fue agente de la RDA en Chile y al parecer contribuyó a la detección de criminales nazis. Ahora, mientras tomamos el café en Berlín, me entero de que la casona de Amely sirvió además de escondite para perseguidos del régimen de Pinochet. Y Birgitt agrega algo sorprendente: el jefe inmediato de Amely en Chile puede haber sido Paul Ruschin, el espía de la Hauptverwaltung Ausland de la RDA, que dirigía Markus Wolf. El mismo Ruschin que me entregó el pasaje para salir de Chile en diciembre de 1973 y la garantía de que continuaría la universidad en la RDA.

Nadie de mi colegio, ni los alumnos ni los apoderados, imaginó, desde luego, que la distinguida Amely brindó en su casa asilo a supuestos terroristas.

Cuando Birgitt se marcha del café, me dirijo a una librería en la que venden una primera edición de un libro de Walter Benjamin sobre Moscú que busco desde hace mucho. El mundo está inundado de víctimas del nazismo y comunismo, me digo. Pienso en Amely y me vuelve a la memoria su figura esbelta y refinada, su cabellera plateada y su caminar reposado mientras paseaba a su perro por la avenida Alemania.

Recuerdo también a su hija, de quien nosotros, sus compañeros, comentábamos en voz baja que no tenía padre. Ahora me pregunto quién habrá sido su padre y si ella estuvo al tanto de la verdadera identidad de su madre.

Pienso también en la casona de tres pisos, con tejado francés y un cuidado jardín, que mira hacia la bahía de Valparaíso albergando historias. No puedo apartarla de la memoria mientras me aproximo a la librería berlinesa, porque aquella casa, pintada de amarillo, alegraba todas las mañanas mi caminata hacia el colegio.

62

El final de los estudios en el Monasterio Rojo se cumplió como se cumplen todos los plazos. En la primavera europea, durante los exámenes de cierre, se instalaron la tristeza y una melancolía anticipada en la escuela junto al lago Bogensee.

Fue el momento de las últimas caminatas de las parejas por el bosque, los efusivos abrazos de despedida en el bar y de la pasión desesperada en los dormitorios. Durante ese año de fraternal convivencia revolucionaria habían surgido amistades y amores que no podrían continuar, y algunas muchachas de la FDJ cruzaban orgullosas los jardines con una barriga incipiente y la incertidumbre marcada en el rostro.

Una de ellas era la preciosa Astrid, novia de un palestino, una diosa rubia y curvilínea, con aire a lo Pamela Anderson. Los palestinos, amables, elegantes y discretos, pero algo retraídos, volvían a un mundo peligroso: sus rostros llevaban la impronta de los mártires de su causa. Todos tenían a alguna alemana de novia y, algo sorprendente, las trataban como a mujeres no emancipadas, y ellas lo aceptaban sin chistar.

Nos despedíamos para siempre, y sabíamos que así sería. De hecho, en mi caso solo he tenido contacto —casual, por lo demás— con tres de los centenares miembros de esa promoción. Con uno de ellos, de la Juventud Socialista de Dinamarca, me crucé intercambiando apenas una sonrisa y un saludo durante una de las marchas masivas que condujo al derrumbe del régimen del SED. Ambos estábamos allí como reporteros occidentales. El hecho de que usásemos nombres de guerra y nos estuviera prohibido hablar de la vida personal, tornaba casi imposible volver a ubicar a los ex compañeros.

A menudo pienso en mis alegres camaradas de entonces. Creo que, a pesar de lo que se incubaba en Polonia, los jóvenes pensaban que volvían bien pertrechados a la patria en términos ideológicos, que retornaban en mejores condiciones para impulsar los cambios estructurales que permitirían avanzar hacia el socialismo. Regresaban a países peligrosos, es cierto, donde sus vidas correrían peligro —Angola, Afganistán, Líbano, Irán, Argentina, Colombia, Chile…—, pero compartían un optimismo que aún ignoro si era auténtico o simulado.

¿Cuántos habrán muerto a estas alturas por causas políticas y cuántos por enfermedades o accidentes? Me parecían buenos tipos: alegres, generosos, sacrificados, con la fe puesta en algo que a mi juicio carecía de destino, o que yo al menos ya no anhelaba para Chile. Eran idealistas que se enamoraban de una chica o un chico, que estudiaban, bebían, forjaban amistades y estudiaban.

¿Y qué será de las muchachas de entonces, de las preciosas y ardientes militantes de la FDJ, que no saldrían de la RDA sino hasta jubilar, es decir, cuarenta años más tarde, pero que —sin sospecharlo siquiera— lo harían en menos de diez años?

¿Qué será de Karen, la pecosa ayudante de cocina del casino; Cornelia, la secretaria de la FDJ de una fábrica de chocolates de Dresde; Beate, que amaba a su esposo pero que no quiso dejar pasar lo que estimaba la única oportunidad en su vida de acostarse con un etíope? ¿O de Hannelore, cuyos padres le prohibían relacionarse con extranjeros? ¿O de Ulrike, que hacía el amor en silencio absoluto? ¿Qué será de Helga, nuestra querida maestra de marxismo-leninismo, o de la profesora que colgaba retratos de

Marx y Lenin sobre la cabecera de su cama matrimonial y tenía espinillas en la espalda?

¿Qué será de esas atractivas muchachas que se especializaron en marxismo-leninismo en la inolvidable Escuela Wilhelm Pieck, adonde la FDJ las envió a cumplir una misión que transformaría para siempre sus vidas?

¿Habrán encontrado trabajo en la Alemania reunificada y capitalista con su currículum de destacadas funcionarias de la FDJ, organización de masas de afiliación obligatoria para los jóvenes de la RDA, así como era obligatoria para los niños la agrupación de pioneros Ernst Thälmann? Sé que de cuando en cuando se reúnen ex alumnos de todo el mundo en Berlín. En su mayoría son comunistas, viejos ya, sin otra utopía que aquella que perdieron.

Después de mi último día de clases en Bogensee, me instalé en el estudio de Carolina, en la Strasse der Befreiung, de Bernau, como lo señalé.

En el edificio de cinco pisos, que miraba a la carretera, la línea del tren y un regimiento soviético, vivían ancianos, nosotros y nuestra vecina, una empeñosa profesora de marxismo-leninismo de apellido Bukowski. Se había graduado en la Karl-Marx-Universität de Leipzig, y luego se había especializado en materialismo histórico en la Universidad Patricio Lumumba de Moscú.

A mí, por otro lado, me llegó la gran noticia de que podía permanecer en la RDA por un año más, cosa que me vino de perillas puesto que no podía regresar ni a Chile ni a Cuba; y tampoco disponía de visa para residir en Alemania Occidental. La prolongación de la residencia la tramitaron ante el Comité Central del SED mis amigos Jorge y Enrique, dirigentes de la UJD y el MAPU Obrero Campesino, respectivamente.

A través del escritor y ex dirigente comunista chileno Carlos Cerda logré conocer entonces al profesor Hans-Otto Dill, quien jugaría un rol clave mientras yo esperaba mi salida a Bonn. Dill era un distinguido profesor de literatura latinoamericana de la Humboldt-Universität, en Berlín Este, con el cual mantengo contacto hasta hoy.

Experto en América Latina, dueño de una formidable cultura marxista y literaria, pertenecía al SED, pero era tolerante frente a personas que, como yo, habían roto con la causa comunista. Tenía unos cuarenta años, acababa de divorciarse de su primera mujer y recién se había casado con Gerda, entonces estudiante, hoy destacada periodista y ensayista, una de las alemanas más bellas que he conocido.

Dill me recibió en su oficina del edificio central de la universidad, en la espléndida avenida Unter den Linden. Tras escuchar pacientemente mi experiencia en Chile y Cuba, y enterarse de que escribía cuentos, accedió de buena gana a que yo me incorporara en su grupo de aspirantes a doctores en Filosofía, que también integraba Carlos Cerda.

Su beneplácito fue clave para que la universidad me aceptara y la RDA me prorrogara la visa de estadía. Mi silenciosa espera en la RDA adquirió a partir de entonces un valor especial, pues me permitió aprender cosas nuevas y mantenerme como traductor e intérprete de la agencia estatal Intertext, que pagaba excelentes honorarios.

En esa época conocí a un escritor judío-alemán a quien también debo mucho: Eduard Klein. Llegué hasta su departamento en el barrio berlinés de Karlshorst, acompañando como traductor a un boliviano invitado por la Liga der Völkerfreundschaft* de la RDA, que terminó siendo un fiasco: fanático de los ovnis, afirmaba con pasmosa seriedad que Bolivia era la mayor plataforma mundial para los extraterrestres y anunciaba que escribiría un libro sobre América Latina, que aún no había comenzado pero para el cual ya tenía el título.

---

* Liga para la Amistad con los Pueblos.

Fue tal la incredulidad que le causó el boliviano a Klein, que me pidió que nos reuniéramos para comentar el asunto. Aproveché de hacerle llegar los cuentos que había escrito en La Habana y Bernau, y a las pocas semanas me envió una carta conceptuosa, anunciando que le sugeriría a la prestigiosa Aufbau Verlag su publicación.

«He leído sus cuentos y son de gran factura. Puedo asegurarle que los lectores de la RDA los disfrutarían mucho», decía su carta, cosa que me hizo saltar de alegría en la Strasse der Befreiung[*].

Agregaba que me pondría en contacto con el editor de literatura latinoamericana del Aufbau Verlag. No me cabe duda de que Klein se la jugó por los relatos, movido tal vez en parte por la generosa acogida que Chile le brindó como perseguido por los nazis, según me pude enterar después.

Tres años después, cuando yo trabajaba como corresponsal de prensa en la capital de Alemania Occidental, el libro vio las librerías en la RDA: *Un canguro en Bernau*, mi único volumen de cuentos, una bella edición con magníficas ilustraciones del distinguido artista mapuche Santos Chávez.

Klein tenía una historia apasionante: durante el nazismo escapó a Chile, donde lo trataron de forma solidaria y logró forjar amistades. Hoy supongo que tal vez se relacionó de alguna forma con los alemanes que integraron en Chile la resistencia antinazi. Como todos ya murieron, nunca podré acceder a la verdad. En los sesenta se trasladó a la RDA, que contaba desde el 13 de agosto de 1961 con el Muro. Fue un escritor reconocido por el régimen y también por legiones de niños y adolescentes que leían sus novelas de aventuras, en las cuales Chile aparecía como escenario privilegiado.

---

[*] Calle de la Liberación.

Su departamento estaba en una espaciosa casona, que había sido subdividida en cuatro después de la guerra. Lo ocupaba con su mujer, una prestigiosa manipuladora de marionetas y guionista de cuentos infantiles. Ambos eran ceremoniosos y circunspectos, hablaban en voz baja empleando un vocabulario exquisito, pero nunca rebuscado y ajeno a las consignas, y me parecieron inmensamente dichosos en su matrimonio y sus respectivas profesiones.

Klein murió años después de que yo emigrara a Bonn, donde me aguardaba una sacrificada «pega» como periodista. Hubiese deseado hablar con él sobre mis razones para marcharme, porque era un ser inteligente, mesurado y comprensivo, crítico del pensamiento esquemático de muchos funcionarios de la RDA. Estoy seguro de que me habría comprendido, porque él había buscado durante su exilio en varios países un sitio donde vivir.

En un viaje al Berlín reunificado me encontré con uno de sus libros. Ocurrió en el cautivante mercado que se instala los domingos en la antigua franja del Muro, en el Prenzlauerberg, al final de la Oderberger Strasse. En el mismo sitio donde durante la Guerra Fría corría la franja de la muerte, ahora la vida y las culturas palpitan alegres y diversas. Examinando libros bajo una carpa, hallé una novela de Klein, publicada por el Kinderbuchverlag de la RDA en 1980, año en que yo vivía en Bogensee y aún no lo conocía.

Me estremeció la casualidad: yo buscaba huellas de la extinta RDA y de pronto fue como si el escritor se hubiese aparecido para restablecer el diálogo conmigo. Creo que Klein me hizo entonces un guiño desde el más allá. Desde la muerte regresaba el escritor judío hasta el sitio donde la muerte había reinado durante la Guerra Fría. No estaba en este mundo, como tampoco lo estaban ya su editorial ni la RDA, pero él seguía allí de alguna manera, enviándome un mensaje desde su generosa calidez. La trama del libro de aventuras se ambientaba en las montañas de Chile, y la contraportada indicaba que Klein vivía en Berlín, donde lo visité, dedicado por entero —cosa envidiable— a la escritura.

Aparté el libro y salí a buscar a mi mujer, pues andaba sin dinero en efectivo. La encontré en un puesto que vendía lámparas *art nouveau*. Me dio un par de euros y regresé al puesto, pero no hallé el libro de Klein. Inspeccioné uno a uno los textos del lote, sin éxito, luego hice lo mismo en los lotes cercanos, con igual resultado. Mi frustración aumentó junto con mi impaciencia. Revisé todos los libros bajo la carpa, pero no lo encontré. No solo eso: no encontré ningún otro libro de Klein.

—Disculpe, ¿no tenía usted aquí un libro de Eduard Klein? —pregunté al librero.

Era turco y apenas hablaba alemán. Al parecer, su patrón compraba los libros por kilos y él no tenía noción de lo que vendía.

—*Klein? Du sagen Klein, Klein oder gross Buch?**

No hubo forma de que me entendiera. Creía que yo buscaba un libro pequeño —*klein*— y me indicó un rincón donde había libros para niños. Yo había examinado ese lote y sabía que el texto de Klein no se encontraba allí.

—*Du wollen klein Buch für Kinder?***

Solté un suspiro, le di las gracias, resignado, y volví a dejar la carpa y me mezclé con la marea de personas que buscaba ofertas.

El día que regrese a Berlín visitaré la tumba del escritor judío que contribuyó a que yo fuese publicado en la RDA, un país que ya no existe.

---

* ¿Chico? ¿Tú decir libro chico o grande?

** ¿Tú querer pequeño libro para niños?

63

La rutina en la Humboldt-Universität de Berlín Este era atractiva, relajada y variada, a diferencia de lo que ocurría con la masa estudiantil de pregrado.

El aspirante a doctor en la RDA disfrutaba de una condición privilegiada y gratuita: se dedicaba a investigar, leer y escribir. Vivía en el paraíso. El apacible ritmo de aquellos días —comparado con el que tuve que adoptar para alcanzar el MA y el PHD en Estados Unidos, donde junto con estudiar enseñaba para mantener a la familia— era un obsequio de ocio infinito con que el Estado socialista nos premiaba y exigía lealtad, desde luego.

Pese a que como aspirante a doctor dispuse de un cuarto en un internado de la Humboldt-Universität, próximo a la estación del S-Bahn de la Nöldnerplatz, continué pasando la mayor parte del tiempo en el estudio de Carolina, en Bernau.

En el barrio en torno a la Nöldnerplatz había calles adoquinadas, edificios de muros sin revoque y construcciones prefabricadas. Había también un establecimiento que llenaba de vida el sector: una panadería privada en una casa prácticamente en ruinas. Los panaderos eran un entusiasta matrimonio de emprendedores que cada mañana ofrecían el mejor pan blanco y centeno en muchas cuadras a la redonda.

Hasta ese sitio acudía yo indefectiblemente cuando despertaba en la Nöldnerplatz. Compraba *Schrippchen* calentitos y *Pfannkuchen*, y volvía al cuarto a preparar una taza de sucedáneo de café; así animaba la mañana con el desayuno y la lectura de textos. Disfrutaba esa soledad matinal contemplando los techos circundantes y el humo de las chimeneas que ensuciaban aún más el cielo siempre gris y encapotado de Berlín.

A pesar de la tranquilidad, nunca logré escribir una sola línea en el sosiego de ese cuarto. Todo lo que escribí en la RDA, que fue mucho, lo hice en el acogedor estudio de Carolina, empleando la Olivetti Lettera que me regaló mi padre cuando cumplí quince años, y que me ha seguido desde entonces por todos los países donde he vivido. Extraño: mi primer libro de cuentos lo escribí en un edificio de ancianos, que miraba hacia la línea del tren que corría a Varsovia y un regimiento soviético que almacenaba misiles SS-20.

Tuve suerte, además, de establecer una excelente relación con el profesor Dill, de modo que me uní al grupo de doctorandos que sesionaba semanalmente en su departamento. Discutíamos sobre autores censurados por la dogmática del PSUA mientras tomábamos té en tazas de porcelana china o vino francés en copas de cristal, acompañados de queso, *baguettes* y aceitunas.

Allí leímos y debatimos sobre Mijaíl Bajtín, Isaiah Berlin, Octavio Paz, Antonio Gramsci, Guillermo Cabrera Infante y Mario Vargas Llosa. Era un grupo antidogmático que celebraba discusiones sobre cultura y estética, en las cuales el estilo impositivo y declamatorio de la JHSWP servía de poco. Dill era un conocedor profundo de los textos de Marx, y solía citarlos de memoria y aplicarlos de manera convincente.

Disfrutábamos esas reuniones pletóricas de una libertad académica desconocida en la Humboldt-Universität. Y un detalle esencial: Dill excluía por completo a Lenin de su seminario. En su opinión, el ruso era un materialista ramplón que no estaba a la altura intelectual de Marx, y sus textos apenas servían para activistas principiantes del SED.

Años después, cuando el Muro ya no existía, y los germano-orientales viajaban por el mundo, Hans-Otto Dill y Gerda llegaron a mi casa en Viña del Mar. Se instalaron en el tercer piso, en una suite para amigos que colinda con mi estudio. Desde allí se tiene una panorámica soberbia de la bahía. Ambos recorrieron Valparaíso y quedaron cautivados por su decadencia y las antiguas mansiones de madera, y por el potencial turístico de la ciudad, todo ello en una época en que aún no se iniciaba ni la restauración de los cerros Alegre y Concepción.

Tras la reunificación, Dill se tornó más consciente de la contribución de la cultura alemana al mundo, y disfrutaba los viajes que antes solo podía hacer intelectualmente. Estaba jubilado, ya no militaba en el SED, y por primera vez en su vida era plenamente independiente. Había navegado del marxismo de la época de la RDA a un humanismo neomarxista, no dogmático, a ratos algo jacobino. Admiraba los procesos de mestizaje de América Latina y conservaba una simpatía particular por la Revolución cubana, a la que conocía desde sus inicios.

Pese a nuestras diferencias políticas, cultivamos hasta hoy la amistad en la distancia, y seguimos hablando de Von Humboldt, Martí, Baudelaire y Bajtín, y de un pasado que nos unió por iniciativa de Carlos Cerda.

Y en verdad, el novelista chileno jugó un rol particular en esto. Hablo de 1980. Él seguía militando en el Partido Comunista chileno a pesar de que era demasiado ducho en política internacional como para creer que el comunismo fuera a triunfar a nivel mundial. A su juicio, el socialismo representaba un empobrecimiento material, democrático y cultural de Occidente. En Berlín Este disfrutaba de un privilegio al que solo accedían escasos chilenos y dirigentes del SED: portaba pasaporte con visa de entrada y salida permanente de la RDA.

Nunca logré averiguar si aquel privilegio se lo debía al CHAF, la oficina de Pankow que administraba la vida de los chilenos en la RDA, o a la influencia del padre de su pareja, una preciosa alemana de aspecto latino. El padre de ella era el jefe máximo (*Präsident*) de la Volkspolizei de Berlín Este, un cargo de vital importancia para la seguridad del país.

En todo caso, Carlos contaba con el apoyo de alguien poderoso para disponer de un documento que le permitía cruzar el Muro cuando quisiera y, desde luego, eludía inteligentemente hablar del tema.

Pero si había llegado como comunista convencido a la RDA, marcado además por la experiencia del Gobierno de la Unidad Popular y el golpe, el hecho de vivir exiliado en Alemania del Este y poder cruzar a Berlín Oeste lo convencieron pronto de que su sistema ideal no brindaba las libertades ni el bienestar de Occidente, y de que el socialismo perdía jornada tras jornada la lucha frente al capitalismo.

Carlos estaba al tanto de mi desencanto del socialismo en Cuba, de mi renuncia en 1976 a la Jota y de mi amistad con el poeta disidente Heberto Padilla, y pese a ello me apadrinó ante Dill con generosidad y respeto. Era un comunista liberal, si es que cabe hablar de algo semejante.

Su novela *Morir en Berlín* expresaría años más tarde lo que vivimos en el socialismo real: el arbitrario control de los chilenos por parte del CHAF, una organización integrada por dirigentes de la Unidad Popular y visada por la Stasi, que decidía la vida de los compatriotas. Eran ellos quienes autorizaban o denegaban a los exiliados chilenos permisos para casarse o viajar al extranjero; y eran ellos quienes repartían las becas, las viviendas y los puestos de trabajo estatales. Todo eso tenía lugar en un CHAF donde reinaba un ambiente de secretismo y superioridad moral, pues sus prácticas contaban con el respaldo del SED.

A menudo solíamos preguntarnos con Carlos Cerda sobre la vida que habríamos tenido si gente como la que regía el CHAF hubiese dirigido el Chile socialista. Lo que en el fondo ventilábamos en nuestros paseos a pie o en su Volkswagen por Berlín Este era el temor que siente el intelectual frente al poder totalitario, cuya consecución era la meta de los partidos marxistas-leninistas, como bien lo enseñaba la escuela de Bogensee.

64

—¿A cuántos reclutarán este año? —preguntó Carolina una tarde que caminábamos hacia el Wasserturm* de Bernau en busca de un restaurante.

Corría el año 1982. El cielo gris anunciaba aguanieve. Carolina iba envuelta en su impermeable blanco y llevaba un cintillo que le ajustaba la melena.

—No entiendo a qué te refieres —dije, con el paraguas cerrado en la mano.

—A que cada año la Stasi recluta a un par de estudiantes internacionales de la escuela.

—Al menos a mí ninguno de la Stasi se me acercó mientras estudiaba en Bogensee.

—No seas tonto, nadie se interesaría por ti. No puedes volver a tu país.

Tenía razón. Si yo permanecía en la RDA no sería de interés para el trabajo de inteligencia exterior del SED. Y era bueno que así fuese porque me dejarían tranquilo, pensé, aunque me vinieron a la cabeza el cónsul cubano y el diplomático estadounidense.

Al día siguiente me atreví a hacer lo que Don Taylor me había sugerido hace un tiempo. Viajé a Berlín, llamé desde un teléfono público, a la hora indicada, a cierto número y corté. Lo hice tres veces.

---

* Torre de Agua.

La primera vez, desde una cabina en la Friedrichstrasse, donde —según leí después de la caída del Muro— todos los teléfonos estaban «pinchados» por ser la principal estación fronteriza con Occidente. Repetí la operación en otras cabinas que fui encontrando en el barrio cívico. Aquello, desde luego, no calzaba con la imagen del espionaje que me había formado a través de la lectura de novelas y películas.

Di después un paseo por la avenida Unter den Linden, me serví un café en el Ópera, y caminé hacia la embajada de Estados Unidos.

En su cuarto piso había en efecto un jarrón con rosas —ignoro si naturales o artificiales— que al cabo de unos minutos, y para mi asombro, unas manos sacaron de la ventana que daba a mi calle para colocarlo en la ventana adyacente, que daba a la otra calle, maniobra que pude seguir perfectamente, pues tenía lugar en una oficina con ventanas que hacía esquina.

Quedé pasmado. Caminé unas cuadras sin poder dar crédito a lo que había visto: la ventana en el cuarto piso, el jarrón con flores, las manos de alguien que se mantenía oculto detrás de las cortinas pero que trasladaba el florero a la ventana en la otra calle.

Llegué a la Friedrichstrasse, entré a un café, que seguramente también servía a la Stasi como punto de observación de turistas occidentales, y ordené un vodka para serenarme.

Como no había desayunado y era mediodía, el vodka me subió de inmediato a la cabeza. Interpreté con frivolidad e irresponsabilidad lo que acababa de presenciar. Al menos tenía ahora la confirmación de que Don Taylor trabajaba en la embajada. Lo más probable era que fuese de la CIA, lo que me puso los pelos de punta por el lío en que me estaba metiendo.

Si la RDA llegaba a acusarme de mantener contacto con la CIA, las cosas se pondrían color de hormiga. Me podrían acusar de servir a los intereses imperialistas, a Pinochet, o a la denominada «mafia de Miami». Era peligroso. En el mejor de los casos, la justicia de la RDA me condenaría como agente enemigo. Chile no me defendería. El asunto no era juego. Me entró pánico y me marché.

¿Cómo me había dejado embarcar en una aventura tan descabellada y peligrosa? ¿Eso era el espionaje de la Guerra Fría? ¿Movimientos de floreros? ¿Aproximaciones en plena calle de tipos misteriosos y algo patéticos? ¿Revelación a quemarropa de datos personales para que uno aceptara dialogar?

Recordé al cónsul cubano. Él también andaba en tareas semejantes. No había duda: lo que yo estaba experimentando eran los sondeos de servicios secretos interesados en reclutarme. Por algún motivo yo les resultaba atractivo. Así comenzaban seguramente. Luego uno caía en sus garras y ya no había forma de librarse. «*Once CIA agent always CIA agent,*»[*] se dice en películas de Hollywood. Pero si el cónsul buscaba lo mismo que Don, entonces desde la isla también vigilaban mis pasos y podían haber detectado mi contacto con el estadounidense.

—Has estado en el Chile de Allende y de Pinochet, en las casas de seguridad de la izquierda chilena, en círculos cercanos a Fidel Castro, en una escuela de adoctrinamiento ideológico, y vives ahora con una traductora comunista —me dijo tiempo después Carolina, mientras volvíamos a Bernau luego de asistir a un concierto de Mahler en Berlín Este—. Eres un objetivo ideal para cualquier servicio de inteligencia. Tienes veintiséis años y ya conoces algo del mundo.

Sus palabras, pronunciadas en la seguridad que nos proporcionaba un vagón vacío del S-Bahn, resonaron como el análisis del cónsul. ¿Sabía Carolina más de labores de inteligencia de lo que yo suponía? No debía asombrarme. En el socialismo todos sufrían de delirio de persecución y todos sabían algo de espionaje.

---

[*] Una vez agente de la CIA, agente de la CIA de por vida.

Cualquiera podía llegar a su conclusión. La interrogante que surgía era la siguiente: ¿estaba el cónsul cubano actuando por su cuenta o en coordinación con la Stasi? Cuba tenía a mi hijo, la RDA a mi novia. Según había leído, los servicios secretos chantajean para reclutar, y esto lo hacen empleando a familiares. Aún no entendía qué buscaba el cubano conmigo, ni cuál era la motivación de Don.

—¿Y qué hago si un día me ofrecen trabajo como agente? —pregunté a Carolina.

Ella sonrió con tristeza, dejó que cesara el timbrazo que anunciaba el cierre de las puertas del carro y manifestó:

—Yo rechazaría todo eso. Es peligroso. Uno sabe cómo comienza pero no cómo termina.

—¿Y se puede rechazar una oferta así?

—Si eres extranjero es más fácil, supongo.

—¿Y qué harías tú?

—Yo, si fuera extranjera, de un país occidental, me negaría. Pertenezco a este mundo, ¿no entiendes?

Llegamos a la estación de Bernau y descendimos entre obreros extenuados y varios borrachos.

Al final del andén, poco antes de llegar a la escalera que desciende hasta la calle, había tres soldados soviéticos en uniforme verde olivo que observaban a quienes bajaban del S-Bahn.

Uno de ellos se me acercó y me dijo algo en ruso. El oficial y el otro soldado guardaron distancia.

—*Ich verstehe nicht** —dije al ruso.

Él repitió la frase en su idioma.

—Quiere que le muestres tu carné de identidad —tradujo Carolina nerviosa, que entendía bien el ruso.

---

* Yo no entiendo.

—*Niet, niet* —intervino el oficial y me hizo señas para que continuara.

Abajo había un jeep descapotado con las siglas del Ejército soviético. El chofer, un tipo joven, aguardaba al volante con el motor en marcha.

Aquella noche, como de costumbre, nos fuimos caminando con Carolina por las oscuras calles de Bernau. Bordeamos la iglesia, el muro medieval de la ciudad y la valla de piedras del cementerio, y llegamos a la vivienda con la sensación de que alguien nos vigilaba.

65

En el país amurallado existían, al igual que en Cuba, al menos dos niveles de comunicación: uno público, en el cual todos participaban valiéndose de la terminología de la propaganda oficial; y otro privado, íntimo y auténtico, en el que, teniendo uno la relativa certeza de que estaba con gente de confianza, decía lo que pensaba, empleando un lenguaje que mezclaba conceptos de los medios de Alemania Oriental y Occidental.

Tuve la suerte de tener acceso a esa comunicación cercana con algunos alemanes que se convirtieron en grandes amigos. Entre ellos estaban Baltazar y Deborah Argus, desde luego. Él era un experimentado traductor de Intertext, la agencia estatal de traducciones de la RDA, y ella una excelente pintora abstracta, que solía afirmar que jamás pintaría a un obrero junto a un torno ni a un koljosiano sobre un tractor.

Los conocí, debería añadir, gracias al escritor Eduard Klein, quien recomendó mis cuentos al editor de Aufbau Verlag, quien a su vez se los pasó a Baltazar para que los tradujera. Y en una cena del congreso de la FDJ conocí, además, a otro experimentado traductor literario, Karl-Heinz Mansfeld. Nuestras conversaciones esa noche sobre la literatura de la RDA y América Latina, así como sobre la situación política en Chile —de la cual sabía todo al dedillo—, sirvieron de excelente sustento a nuestra incipiente amistad.

Baltazar y Deborah poseían una pequeña casa de un piso con un amplio terreno con árboles frutales en Blankenburg, en las afueras de Berlín, no lejos de Bernau, que era su refugio para leer, pintar, escuchar música clásica, cultivar flores y verduras, y también para cocinar con notable talento platos típicos de la cocina alemana.

Karl-Heinz, por su parte, vivía con su esposa y Thomas, el pequeño hijo, en un departamento de puntal alto en una casona de la Sadowa Strasse, que daba a un parque con robles viejos. Su esposa fallecería pronto de cáncer. Karl-Heinz era dueño de un velero, con el que navegamos varias veces por el lago Müggelsee.

Mis amigos eran grandes lectores de ficción, por lo que cultivaban la amistad con libreros expertos en conseguir la *Bückware* (aquellos productos escasos que los vendedores apartaban para clientes predilectos). Llevaban un excelente pasar, conocían las limitaciones del socialismo y estaban conscientes de la superioridad del capitalismo en términos económicos, tecnológicos y de libertad individual, pero estimaban que el campo socialista era perfectible y contribuía a que el mundo fuese un lugar más seguro y diverso.

A menudo me sorprendo añorando los días en que me invitaban a sus casas. Algunas veces llegaba yo temprano por la mañana a tomar desayuno, pero pasábamos de largo hasta el almuerzo y, luego, incluso al *Abendbrot*. Esos encuentros siempre fueron gratos y formativos para mí. Yo les llevaba noticias frescas de mi patria y de la vida de los chilenos en la RDA, y ellos me narraban las pulsiones profundas del alma alemana oriental, su tendencia a filosofar y examinar a fondo las cosas, su actitud que oscilaba entre la esperanza y la desesperanza, y que a menudo desembocaba en una resignación melancólica.

En ninguna otra parte he logrado encontrar un espacio en el cual confluyeran tantos factores que facilitaran la plática y la amistad: el desarraigo de mi exilio; la vida detrás de un muro que atormentaba nuestras almas; la conciencia de que el mundo, dividido en dos bloques, dormía sobre un barril de pólvora. Reflexionábamos con seriedad sobre el arte, la literatura y la política, mientras comíamos y bebíamos, y nos dejábamos envolver por la delicada música de Beethoven, Mahler o Sibelius.

A través de amigos como esos logré tomarle el pulso a la RDA profunda y sus ciudadanos. Eran seres cultos y alertas a quienes desde la niñez la propaganda oficial les había inculcado que tenían el privilegio de integrar una sociedad que era la vanguardia y el futuro de la humanidad, y a la que debían corresponder con fidelidad.

Al sumergirme en esas conversaciones fui notando también la lamentable ignorancia de mis compatriotas que no hablaban alemán. Me di cuenta de algo peor: sin dominarlo, jamás llegarían a entender las cuitas, las frustraciones o los sueños de los ciudadanos de la RDA.

¿Bajo qué circunstancias un germano-oriental iba a decirle a un chileno comunista o socialista que huía de Pinochet, y se abrazaba al Muro como única tabla de salvación, que no todo lo que brillaba era oro? ¿Cómo iba a confesarle que en realidad aspiraba a que la dictadura del SED le permitiera visitar Occidente o al menos disfrutar de los libros y las películas de esa parte del mundo?

La integración de muchos compatriotas a la Alemania del Este se dio principalmente en la dimensión de la propaganda política, esa que afirmaba que la RDA era el primer Estado de obreros y campesinos en territorio alemán y Cuba el faro de América Latina; esa que sostenía que aprender de la URSS era aprender a triunfar; que el futuro pertenecía por entero al socialismo; que la URSS y sus aliados eran garantes de la paz mundial; y los días del imperialismo estaban contados. La respuesta chilena tendía a ser igual de clisé: el pueblo resiste contra la dictadura de Pinochet bajo la dirección de los partidos obreros y se pliega a la resistencia nacional; y nunca el pueblo vivió mejor que bajo Allende.

Era una visión construida a punta de consignas y mitos. Y era, además, el discurso ideológico que divulgaban los medios de la RDA y que todos repetían hasta la saciedad en las reuniones del SED, la FDJ o el FDGB. Si algo tuvieron claro los regímenes comunistas es que en la sociedad jamás cesa la batalla de las ideas.

Sospecho que la ignorancia de muchos chilenos sobre el socialismo de la RDA se debió a que no dominaban el alemán, vivían recluidos en guetos y eran vistos por los germano-orientales como funcionales al régimen. No eran pocos los alemanes que temían que el chileno —en deuda con el Estado socialista— repitiera sin quererlo ante soplones lo que se comentaba en confianza sobre el régimen comunista.

66

En un régimen totalitario socialista no hay espacio público para la disidencia. Si uno se da a la tarea de buscar en los diarios de los partidos comunistas en el poder, no encontrará jamás ni una sola noticia, entrevista, reportaje, columna o línea crítica al régimen. Ni una sola. Eso da una medida de la asfixia social en la que se vivía y de la represión cotidiana que sufrían las personas.

El *Granma*, diario oficial del Partido Comunista cubano, jamás ha publicado una entrevista, columna o artículo en que se critique a Fidel Castro. Y esto ¡en cincuenta y cinco años de régimen! Por otra parte, las críticas a Honecker o el SED solo se publicaron en el *Neues Deutschland*, órgano oficial del SED, cuando ya el Muro había sido derribado y no le quedaban muchos meses de vida al *ancien régime* ni al partido.

Los ciudadanos de la RDA intuían el compromiso acrítico de los chilenos con el SED, lo adictos que nos tornaba la cuerda de la gratitud chilena. Los funcionarios chilenos del CHAF,[*] por su parte, no solo recibían departamentos amoblados, sino también el salario del partido y opciones de viajar. Esto los llevó a callar sobre la evidente ausencia de libertades en la RDA.

Examino recortes del *Neues Deutschland* de la época y veo las fotos de chilenos sonriendo felices en un nuevo departamento.

---

[*] Comité Chile Antifascista (CHAF), comité integrado por representantes de los partidos de la Unidad Popular y del estado germano-oriental.

Agradecen encantados al régimen la generosidad. «La RDA nos da lo que Chile nos niega», dice una señora ante la cámara de la *Aktuelle Kamera*.

Algo semejante ocurría con los chilenos en Cuba, que eran vistos de manera parecida por los cubanos. No se equivocaban los sabios ciudadanos del socialismo: todo lo que el Estado comunista daba y presentaba como beneficio natural del sistema, lo cobraba, eso sí en lealtad y respaldo político. Recibir algo del régimen y discrepar de él era una expresión de traición y pequeñez humana. Hasta el día de hoy el epíteto predilecto de los estalinistas para denostar a quienes vivieron en el socialismo y lo critican es el de «malagradecido». Encierra una visión canina del ser humano: te alimento y cobijo, me debes lealtad y obediencia.

Se trata de un argumento que funciona pero renguea: si el Estado comunista era propietario de las viviendas, los hospitales, las escuelas y las universidades, y controlaba todas las plazas de trabajo, los salarios, el seguro de salud y las jubilaciones, y uno lo criticaba, no podía ser sino un «malagradecido», desde luego. La razón: el Estado se lo había dado todo. El Estado en Cuba, la RDA u otros países socialistas era Mefistófeles; Fausto, por su parte, era el pobre ciudadano que por el mero hecho de haber nacido allí debía venderle su alma y no chistar.

Por eso, los países gobernados por los partidos comunistas siempre acusan de traidores a quienes los critican. Desde su lógica reduccionista, la disidencia y la deserción son inaceptables: puesto que el Estado invertía en cada ciudadano desde la cuna hasta la urna, este se debía, por lo tanto, a él. Constituía una ignominia que el individuo osara criticar al sistema o se marchase de él, porque el Estado se lo había dado todo.

Al igual que en Cuba, los chilenos en la RDA éramos vistos a menudo, como ya lo afirmé, como gente servil al poder comunista.

Desconocíamos la historia real de esos países surgidos de la ocupación soviética después de 1945 y aplaudíamos lo que la propaganda presentaba. La intuición germano-oriental probó ser correcta: hasta el día de hoy ningún partido chileno de izquierda ha condenado las circunstancias dictatoriales que imponía el SED en la RDA.

Tibias condenas, y todas a título personal, surgieron después de la desaparición del socialismo europeo. Hasta hoy se guarda sin embargo silencio institucional al respecto. Esa es la razón por la cual dirigentes de la izquierda chilena realizan peregrinajes para ver a Fidel o Raúl Castro en La Habana y son incapaces de emitir una crítica a su dictadura. E incluso el Partido Comunista chileno llega al descaro de celebrar el arribo al poder del nieto de Kim Il Sung, en Corea del Norte, una monarquía comunista sangrienta y brutal.

La indiferencia del exilio chileno frente a la violación sistemática de los derechos humanos en los países socialistas se debió a que su prioridad era conseguir solidaridad del comunismo mundial para la causa contra el régimen de Pinochet. Un apoyo crítico o condicionado de los partidos de izquierda chilenos al socialismo en el poder habría implicado —así opera el totalitarismo— el retiro del apoyo material, financiero y político que los partidos comunistas en el poder entregaban al exilio.

Indiferentes a las circunstancias políticas en que vivían los ciudadanos de la RDA, URSS, Bulgaria, Mongolia, Rumania, Corea del Norte o Cuba, lo único que importaba a los partidos de izquierda chilenos era conseguir respaldo del Este en la lucha contra la otra dictadura, la chilena. Esto constituye un dato irrebatible, vergonzoso y triste de nuestra historia, explicable, pero injustificable.

No se equivocaron los alemanes orientales ni los cubanos con nosotros: los chilenos exiliados, tan entusiastas en la apología del socialismo, nos fuimos de la utopía en cuanto pudimos. Hoy no quedan prácticamente exiliados chilenos en Cuba, casi todos los que viven allá son inversionistas. Los líderes progresistas chilenos que residían en la isla, la RDA u otros países socialistas se trasladaron con disimulo y pretextos a Ciudad de México o Caracas, a París, Frankfurt o Roma, a universidades estadounidenses o alemanas occidentales. Casi todos retrocedieron hacia el capitalismo aplaudiendo al socialismo. Avanzaron pasito a pasito hacia la retaguardia, hacia el capitalismo que habían pretendido destruir con la Unidad Popular, y que siguen criticando pero también disfrutando.

Nada más ajustado a este contexto que el poema sobre la construcción del socialismo de Heberto Padilla:

Un paso al frente, y
Dos atrás:
Pero siempre aplaudiendo.

Y no condeno a la izquierda por haber escogido esa opción, sino por el silencio que guardó y sigue guardando sobre las razones que la llevaron a preferir en su fuero interno la vida en el capitalismo frente al socialismo. En cierto sentido, los izquierdistas siguieron la estrategia de Pablo Neruda y otros intelectuales supuestamente progresistas de la Guerra Fría: mucho poema a Stalin o Fidel, pero nada mejor que vivir bajo la democracia parlamentaria y la prosperidad occidental; mucha canción a la nieve de Bucarest y las palmeras de La Habana, pero nada mejor que la *rive gauche* en París o la Via Veneto en Roma.

Decía antes que con Baltazar, Deborah y Karl-Heinz pude abordar los temas que angustiaban a los ciudadanos de la RDA y que estos no se atrevían a expresar abiertamente por miedo a la represión. Por eso, cuando la noche del 9 de noviembre de 1989 millones de alemanes orientales salieron a las calles para derribar el Muro y cruzar alborozados al otro lado, a mí eso no me sorprendió. Yo sabía que ese era un deseo generalizado, anclado en lo más profundo del alma germano-oriental.

El desplome del Muro y la desaparición de la RDA sí sorprendieron y deprimieron, en cambio, a los chilenos exiliados que se tragaron la edulcorada propaganda del *Neues Deutschland* y radio Berlín Internacional, según la cual los ciudadanos de la RDA eran felices allí y por ello aprobaban con 99 por ciento de los votos a todos los candidatos que postulaba ese cadáver político que era la Nationale Front.

Sorprendió y deprimió a los chilenos que, obnubilados por el nuevo departamento, la plata para estudios o el trabajo que la RDA les había otorgado, justificaban el encierro de alemanes entre muros y alambradas. Paradójicamente, para muchos chilenos los compatriotas que cruzamos el Muro antes de su desplome fuimos acusados de traidores, agentes de la CIA o mercenarios del capitalismo.

A partir de esa noche histórica del 9 de noviembre de 1989, algunos comenzaron a revisar parte de su dogmatismo. Otros, en cambio, tienen la impudicia de —hasta el día de hoy— acusar a los germano-orientales de traidores y malagradecidos por no reconocer lo que la RDA les brindó en forma gratuita durante cuatro decenios.

Me persigue una imagen tremenda: la noche del desplome del Muro veo, entre millones de germano-orientales que cruzan cantando alborozados a Occidente, a compatriotas de izquierda parados en medio de la marea humana con sus manos en alto tratando de detenerla, coreando vivas al SED, llamando a la gente a regresar al Estado socialista, acusándola con gritos destemplados de traidora.

67

Antes de la caída del Muro pude ver publicados mis relatos bajo el título de *Un canguro de Bernau* en el sello Aufbau Verlag. Y también salió publicada mi novela juvenil *La guerra de los duraznos* en el Kinderbuchverlag de la RDA.

Fue mi primera novela, y tiene un valor particular: es la primera obra chilena para jóvenes, y creo que la única, ambientada en la época de Pinochet. Narra la historia de un grupo de niños que encuentra a un hombre herido que les solicita ayuda. Los niños lo curan y salvan, y después se enteran por las noticias que para el régimen es un fugitivo peligroso. ¿Lo entregarán a la policía?

La obra ha sido publicada por editoriales de Alemania, Francia, Italia, América Latina y España y, pese a que apareció hace treinta años, sigue disfrutando de muchos lectores. Pero en los noventa ocurrió algo inaudito: apoderados de algunos colegios de Chile impidieron su lectura. La última prohibición tuvo lugar en un establecimiento escolar de la cota mil en el año 2000. Algunos padres consideraron sesgada su visión de país. No creo que otra novela juvenil haya sufrido esa suerte en Chile por razones políticas, en democracia.

Además de escribir, en la RDA me dedicaba, a comienzos de 1981, a mi tesis doctoral sobre la proyección del exilio en la novelística de José Donoso y a traducir para Intertext. Recibía a menudo lucrativos contratos para acompañar como traductor a invitados de España e Hispanoamérica. Era una labor apasionante, intensa y bien pagada, que me permitió viajar por Alemania del Este, conocer cómo el sistema se presentaba ante los extranjeros e interactuar con personalidades que de otra forma no hubiese conocido.

Traduje, entre otros, para Vilma Espín, la primera dama de Cuba; y Alejandro Gascón Toledo, el líder del izquierdista Partido Obrero Unificado de México, POUM; para un dirigente del Comité Olímpico de España, para destacados cineastas que iban al festival internacional de Cine de Leipzig, y para artistas, escritores y representantes de partidos, todos invitados por el SED.

Pero también hubo momentos espeluznantes. El más macabro ocurrió en el crematorio de Baumschulenweg, en Berlín Este, adonde llegué acompañando a los directivos del Cementerio Central de La Habana que venían con el encargo de comprar un horno similar para su país. Fue allí donde la Stasi se deshizo de las casi doscientas personas que murieron acribilladas mientras intentaban cruzar hacia Berlín Oeste, según quedó de manifiesto después del desplome del Muro de Berlín. Las autoridades quemaban los cuerpos de inmediato para evitar que los familiares viesen el impacto de las balas o las minas en sus seres queridos que habían intentado huir del socialismo.

La delegación cubana, integrada por tres personas, fue recibida en la oficina del director general. Era invierno y la alta chimenea del establecimiento escupía un humo gris, casi blanco. El director contó a grandes rasgos cómo se procesaban los cadáveres. Después nos invitó a pasar a una enorme construcción de hormigón y ladrillo a la vista, sin calefacción, donde esperaban los ataúdes, y se alzaban el horno y la chimenea.

Los pisos estaban repletos de cajones con las tapas abiertas que dejaban ver a los muertos. Debe haber sido un centenar. Hombres, mujeres, ancianos, niños, todos a la vista. Algunos cadáveres yacían en los cajones, otros fuera de ellos, unos sobre el piso, otros en las escaleras. Pese al frío, que estaba por debajo del punto de congelación, olía a carne descompuesta.

Esas imágenes me persiguen hasta hoy. Era como llegar a un campo de batalla donde había triunfado solo la muerte. Desde el subterráneo hasta el techo de la inmensa construcción se escuchaba el crepitar de las lenguas de fuego del horno. Subimos hasta el nivel donde se incineraban los cuerpos. La fila de ataúdes abiertos llegaba hasta allí.

—La combustión hace que al final queden solo cenizas —nos explicó el director general—. Ahora vamos a ver el resultado final.

Bajamos los peldaños metálicos entre cajones y cadáveres, y hallamos una pequeña compuerta por la cual caía la ceniza en una urna de plástico del porte de una lata grande de leche Nido. Un hombre esperó a que terminara de caer la lluvia de ceniza, le atornilló una tapa al envase y luego me lo arrojó a las manos. Lo cogí en el aire, asustado de que se me cayera y se desparramara su contenido por el piso.

—Eso es un ser humano —me dijo el director—. En eso terminamos todos.

68

Mi situación como traductor en la RDA era privilegiada, porque eran contados los latinoamericanos que hablaban alemán desde la infancia. En este sentido, Intertext premiaba con altos honorarios a quien había hecho su educación básica y media en un colegio alemán, privado y de una nación capitalista.

Durante los viajes nos trasladaban en coches oficiales y nos invitaban a los mejores restaurantes. A menudo nos alojábamos en los hoteles regionales del SED, que brindaban un servicio superior a los internacionales. Pero esos hoteles eran exclusivos para la dirigencia y sus invitados, no cualquiera podía hospedarse allí: algunos estaban reservados para empresas estatales o eran para extranjeros y se pagaban en divisas, a las cuales los germano-orientales no tenían acceso. Funcionaba un *apartheid* económico abusivo, irritante e indigno.

En la RDA yo no contaba con vivienda propia ni posibilidad de conseguirla sin el apoyo del CHAF, pero ganaba bien. Un considerable avance en comparación con la miseria que había sufrido en la isla, donde no disponía de techo ni libreta de abastecimiento, y lo que ganaba apenas alcanzaba para alimentarme en el mercado negro. Había además algo extenuante: en Cuba se perdía gran parte del día tratando de conseguir comida. Pensar sobre cosas desvinculadas de la supervivencia era un lujo.

En una semana como traductor ganaba en la RDA mucho más que un obrero especializado en un mes. Pero como las escasas viviendas las distribuía solo el Estado, en mi calidad de estudiante, y a pesar de mis ingresos, jamás accedería a un departamento. Decían que el CHAF ayudaba en esos casos, pero había que justificar la petición, y no se trataba de estar en condiciones de pagar el alquiler, que era de precio casi simbólico, sino de que el Estado lo situara a uno en los primeros lugares de las listas de espera, integradas por millares de personas.

El papel todo lo aguanta: el derecho a disponer de una vivienda digna estaba establecido en la Constitución y el alquiler nunca debía superar el 10 por ciento del salario de los inquilinos. Los gastos de calefacción, electricidad y gas eran fijos y subvencionados, cosa que el Estado respetaba escrupulosamente. El único pero consistía en que no había viviendas disponibles y el tiempo de espera fluctuaba entre los cinco y diez años. De modo que el derecho a una vivienda digna y los beneficios en relación con ella eran letra muerta.

Recuerdo que en la vivienda de Isabella la calefacción con el contaminante carbón de hulla no daba abasto para entibiar el departamento. Por ello, y como los gastos eran fijos, Isabella calentaba la cocina y el cuarto aledaño —este espacio donde ahora escribo estas memorias— manteniendo encendidas todas las hornillas. Como todos hacían lo mismo, alguien terminaba pagando esa cuenta alegre. Así, el Estado socialista se encaminaba derecho a la quiebra mediante medidas de tipo populista.

La gente solía esperar años a que el Gobierno le entregara un departamento moderno o de antes de la Segunda Guerra Mundial. El número de cuartos lo decidía el Estado y dependía del tamaño de la familia. No había mercado ni corredores de propiedades ni empresas privadas de la construcción. Por lo tanto, en mi condición de soltero podía aspirar a conseguir en varios años solo un estudio, que en el fondo ya tenía en el internado de la Nöldnerplatz, aunque con baño y cocina en el pasillo.

Si para adquirir un carro Trabant, Wartburg o Skoda el ciudadano corriente tenía que esperar de siete a doce años, alquilar un techo era aún más engorroso y lento en el socialismo. Lo tuve claro desde un inicio por mi «escuela» cubana. En la RDA estaba condenado a seguir ocupando ese cuartito de doce metros cuadrados, con baño y cocina en el pasillo del internado estudiantil. Pese a eso, disfruté mi independencia económica posibilitada por el hecho de que me pagaban bien el servicio profesional que yo ofrecía como traductor.

—Con todo lo que ganas ¿cómo te vas a ir de la RDA? —me preguntó un día el pintor Santos Chávez en la Alexanderplatz—. Al otro lado la vida es dura, aquí tienes todo gratis.

Mis dados ya estaban echados. Me quedaban pocas ganas de continuar detrás del Muro. El artista mapuche había vivido en el capitalismo, en Alemania Occidental o Francia, no recuerdo bien, y allí lo había pasado mal. Por fortuna, Eva, su esposa, que trabajaba en la oficina Chile Antifascista, le consiguió residencia en Berlín Este. Fue una suerte y un aporte a la cultura chilena: en la vivienda de Eva, Santos pudo expresar su creatividad y sentirse valorado y protegido, bien atendido y querido.

—La vida es dura allá —insistió Santos aprisionando mis brazos, mirándome con sus oscuros ojos húmedos por la tristeza y el tinto búlgaro que acababa de beber—. Vas a tener que trabajar mucho en Bonn y no podrás escribir como aquí.

—Trabajaré como periodista y seguiré escribiendo —afirmé.

Lo cierto es que el asunto no era para mí una cuestión de dinero ni de tiempo para escribir, sino de volver a vivir en un país libre donde pudiera leer lo que quisiera, ver las películas que se me antojaran, decir lo que pensaba, viajar cuando tuviese unos pesos ahorrados y contar con una vivienda que pagara con mi propio esfuerzo.

Estaba harto de depender de los favores del Estado, de que el régimen me sacara en cara cada día los beneficios del socialismo como si uno no trabajara, y de escuchar las terribles noticias que propagaba la RDA sobre la inseguridad laboral y el desempleo en Occidente. Pese a las deprimentes noticias sobre el capitalismo difundidas en el Este, los habitantes del socialismo —yo entre ellos— deseábamos irnos al capitalismo.

Me tenían harto también las vallas anunciando el cumplimiento de los planes de producción de las empresas estatales y celebrando los congresos del SED, la FDJ o lo que fuere. Cansado me tenían los monumentos a Marx, Engels y Lenin, la monótona pobreza de las librerías y la propaganda política que machacaba a diario el Gobierno. En numerosas ciudades, Leipzig entre ellas, el SED no había encontrado nada más original que instalar parlantes en las calles céntricas, por los cuales transmitían todo el día música y propaganda. Daba la impresión de vivir en una ciudad ocupada militarmente.

También me tenían hasta la tusa los obreros con casco y buzo azul que en los noticieros de televisión sonreían felices de la dicha de vivir en el socialismo, las banderas rojas que flameaban por doquier al viento; los jóvenes con la camisa azul de la FDJ que vitoreaban a Erich y Margot Honecker adonde ellos fueran, y el Muro de mierda que nos convertía a todos en prisioneros de una gran cárcel llamada RDA.

—Piénsalo de nuevo, querido amigo —me advirtió Santos con todo su cariño, y la bondad, ingenuidad y honestidad de que era capaz—. Al otro lado no te va a quedar tiempo para escribir ni leer. El capitalismo es implacable con los artistas.

Lo abracé, acerqué mi mejilla a la suya y me mantuve así bajo el cielo gris del Alexanderplatz, sin decir palabra, mientras la gente pasaba presurosa alrededor nuestro.

69

Escucho en la radio «Reflections of my life», de The Marmalade, y me transporto desde Berlín unificado a Arica, en Chile, en 1969. Faltan solo diez años para que yo ingrese a la escuela del lago Bogensee y veinte para que se desplome el mundo comunista. Entonces yo tenía dieciséis, era un ingenuo muchacho de provincia y me encontraba con mi curso del colegio alemán en el viaje de estudios. Habíamos alojado en algunos oasis del desierto de Atacama y visitado las ciudades de Antofagasta, Iquique, Tocopilla y Tacna.

Es nuestra última noche en esta ciudad antes de tomar el Caravelle de LAN Chile con destino a Santiago y reanudar la vida en Valparaíso. Se cierra con ello, y sin que yo lo imagine, la primera etapa de mi vida, la de la inocencia, la familia y el colegio, esa etapa previa a la de mi ingreso a circunstancias dictadas por la Guerra Fría, al mundo de Paul Ruschin, Manuel Piñeiro, Ulises Cienfuegos o Markus Wolf.

Algo indefinido en la noche tibia y eléctrica de Arica, quizá el espíritu de mi abuela francesa, que siempre me acompaña y consuela, intenta advertirme sobre lo que se me viene encima, pero soy demasiado joven y apasionado, idealista y terco como para escuchar el mensaje que llega envuelto en el frufrú de la oscuridad.

Tengo una polola. Se llama Jane Keenan. Es estadounidense, alumna de un *high school* de New Jersey, y está en Chile por un curso de intercambio. Paseamos esa noche por la costanera mientras el mar revienta embravecido y luego se recoge con un rumor profundo bajo el cielo estrellado. Nos llega de pronto una canción.

—¿Entiendes lo que dice? —me pregunta.

La luz resplandece en los faroles. Digo que sí, pero en realidad es solo ahora, ahora que camino con mi mujer por el Berlín reunificado evocando la Guerra Fría, que constato que entonces no entendí la letra.

—Es mi canción preferida —repite Jane, y me besa con dulzura y coloca su índice sobre mis labios para que escuche.

Viene de un parlante lejano. De un café o un circo o una fiesta, quizá.

Ahora sé que es una canción que habla de la nostalgia por el hogar en que uno creció, que expresa las melancólicas reflexiones de un joven sobre la vida. «Ya no puedes regresar de nuevo a casa, porque no existe excepto en las bolas de naftalina de tu memoria», diría el escritor Tom Wolfe. El joven de la canción piensa que el mundo es un mal lugar. Eso no lo he escuchado nunca en mi juventud. He escuchado que el mundo es muchas cosas, pero nunca que *is a bad place, a very bad place.*

Para mí, el mundo es entonces una promesa ilimitada, una gentil invitación a conocerlo, disfrutarlo y cambiarlo, es la vida, es el todo pletórico de posibilidades, goces y sorpresas, de lecciones y victorias, de caminos, senderos y luces, de amigos leales, de maestros inspiradores y de bellas muchachas con las cuales he de yacer. No, el mundo no es un *bad place*, como dice la canción que ensimisma a Jane.

Y hoy, en el Berlín que lleva ya casi un cuarto de siglo reunificado, cuando me acerco a los sesenta años de edad y algo del mundo creo haber entendido, pienso que «Reflections of my life» hablaba de algo demasiado profundo como para que yo pudiera entenderlo. Todos los seres humanos enfrentamos tiempos difíciles, y creo que —a pesar de que pensemos lo contrario— nunca estamos en realidad plenamente preparados para enfrentar la vida. El ser humano es siempre inmaduro para lo que le toca afrontar.

—Escucha bien esa vaporosa imprecisión —me susurra Jane con sus ojos de almendra bajo su frente tersa, y sus cejas finas y arqueadas—. En inglés *reflections* puede significar «reflejos visuales» o «reflexiones intelectuales». En esa ambigüedad está su fuerza.

Cuando nos detenemos a contemplar el oleaje, la voz del cantante presagia el fin de una etapa de mi país y mi persona. Atrás quedarán el Chile estable y moderado, y mi adolescencia protegida, ingenua e idealista. Dentro de un año asumirá el Gobierno de Allende, el país se polarizará, comenzará el desastre económico, se instalará la violencia y tomará el poder una junta militar. Y yo terminaré en los escenarios de la Guerra Fría. No estoy, desde luego, preparado para eso.

En menos de cuatro años mi vida dará un vuelco abrupto espantoso y radical. De los cerros, de mi casa y del colegio y de la oficina de la Pacific Steam Navigation Company, donde trabaja mi padre, voy a pasar a la Alexanderplatz, la Plaza de la Revolución y la Plaza Roja. ¿Cómo diablos llegué a todo eso si lo único que yo deseaba era un país mejor? A partir de ese momento, el mundo será también para mí un *bad place, a very bad place*.

70

Aquel día en que volví a escuchar «Reflections of my life» acababa de visitar en el Berlín reunificado las mazmorras de la SS y el Museo del Holocausto. Los testimonios de la dictadura nazi probaban que el mundo era un *very bad place*. Pero aquello no fue todo. También estuve ese día en el centro de detención de presos políticos de Hohenschönhausen, de la RDA, en la sede nacional de la Stasi, e incluso en la oficina del ex ministro del Interior germano-oriental Erich Mielke, donde me senté a su escritorio en que descansan sus teléfonos. Vi la maldad y el horror de uno y otro lado en un solo día.

Fue más de lo que podía tolerar. Esa noche no pude conciliar el sueño. Hubiese preferido no visitar todos esos lugares, pero me pareció crucial hacerlo para no olvidar los crímenes del totalitarismo. Lo trágico es que los crímenes pertenecen a un pasado que no es tan remoto ni está del todo sepultado. Por el contrario, palpita como amenaza y advertencia.

Ahora, desde el Berlín reunificado, en el momento en que corrijo este manuscrito, me pregunto cuándo, en qué momento y por qué circunstancias me convertí en comunista. Me pregunto por qué hice míos el rencor social que no estaba en mi ADN, la urgencia por obligar a Chile a imitar un modelo que yo no conocía, pero que cuando lo experimenté —en su versión caribeña y germánica— me defraudó y generó un rechazo visceral.

En poco tiempo dejé de ser el muchacho deportista y despreocupado, que se dejaba melena y vestía Wranglers, camisa floreada y zapatillas Adidas, que escuchaba a Creedence Clearwater Revival, tenía polola de New Jersey y conducía un Mini Cooper, y me convertí en militante de la Jota, con reuniones en salas frías, húmedas y mal iluminadas, y gente que no parecía aceptarme del todo. Sin saber bien por qué, me hice parte de quienes demandaban una revolución que habría terminado por liquidar, como ocurrió en Cuba y la RDA, a la pequeña burguesía.

Me puedo dar cuenta recién ahora de que un sistema como el castrista o como el germano-oriental, si hubiese tenido éxito en Chile, habría perjudicado a mi padre. Mi padre, el mismo que durante la Segunda Guerra Mundial participó en la lucha que el servicio de información de Estados Unidos libró en Valparaíso contra el nazismo. Cuando mi padre tenía apenas dieciséis años, se la jugó por quienes luchaban contra Hitler. Sabía que los sectores más influyentes de la sociedad porteña eran nazis en esa época, y que el Partido Nacional Socialista contaba con muchos militantes entre chilenos, inmigrantes y maestros del Colegio Alemán. Conservo la carta de reconocimiento que Estados Unidos entregó a mi padre por su silencioso aporte a la lucha contra el nazismo.

Posteriormente, en las décadas del cincuenta y sesenta, cuando Francia trataba de ahogar el movimiento independentista de Argelia, mi padre, lector y admirador de Albert Camus, renunció a su condición de francés, alegando que no podía identificarse con un país que ahogaba en sangre el sueño independentista de una colonia.

Su madre, mi abuela Genovieve, era una francesa de Normandía, cuyo padre, Auguste Brulé, llegó a fines del siglo XIX a Aui, Chiloé, seducido por la oferta del Gobierno chileno: un par de hectáreas de bosques impenetrables y una yunta de bueyes. Los Brulé, que constituían una familia numerosa y emprendedora, se instalaron allí y lograron sobrevivir a punta de esfuerzo y sacrificio. Lograron afincarse, adaptarse y prosperar produciendo verduras que salían a vender en botes a remo a los vapores que cruzaban el estrecho de Magallanes. Su ejemplo de perseverancia, sacrificio y emprendimiento individual me ha inspirado en las etapas más arduas de la vida.

Al parecer, las autoridades francesas consideraron durante bastante tiempo a mi padre un activista de armas tomar. Semanas antes de la visita de Charles de Gaulle a Chile, en 1964, llegaron agentes de la seguridad francesa a la casa de mi abuela, en Valparaíso, a indagar sobre las opiniones políticas de su hijo. Estaban preocupados por su posición antigaullista. Cuando lo contactaron, en un restaurante de Valparaíso, los señores de impermeable y sombrero de ala ancha se dieron cuenta de que, si bien era crítico a De Gaulle, mi padre no representaba un riesgo de seguridad para el mandatario galo.

Un régimen comunista también hubiese perjudicado a mi padre por ser masón. Mi padre fue masón hasta su muerte, durante más de medio siglo. Y como sabemos, en todos los regímenes comunistas los masones han sido perseguidos y discriminados por su filosofía tolerante e independiente, y por su tendencia a organizarse de forma discreta. En Cuba, los masones lo pasaban mal y no podía descartarse que estuviesen infiltrados por agentes de la seguridad del Estado. Un sistema totalitario precisa estar siempre al tanto de todo cuanto hacen y piensan sus ciudadanos.

También mi madre hubiese sufrido bajo un régimen socialista en Chile, porque ella era católica y conservadora, y temía a las dictaduras comunistas. Marx, Lenin, Fidel Castro y Satanás son lo mismo para ella. Mi abuelo, un cristiano que leía a Maritain y

Du Chardin, le había enseñado a desconfiar del comunismo. Mi ingreso a la Jota fue una suerte de puñalada en la espalda para ella. Y estos temores tenían fundamento: en la isla los católicos eran y son discriminados en todos los niveles de la sociedad. La educación pública y gratuita es de orientación atea y antirreligiosa. Incluso familiares católicos de mi ex mujer cubana sufrían la discriminación y marginación social.

De haber triunfado el socialismo en Chile, mis padres también habrían sufrido al tener que soportar las eternas e interminables colas del socialismo. Debido a la escasez crónica, en la isla había que hacer cola para los alimentos, la vestimenta, el calzado, los restaurantes, los libros, en fin. Y todo era de ínfima calidad y sin variedad alguna, y estaba racionado. De solo imaginarme a mis pobres padres, ancianos ya, haciendo cola por horas para recibir un sobrecito con chícharos o medio kilo de papas, se me encoge el corazón de angustia. La política es también el día a día.

Pero eso no era todo. Mis padres tampoco habrían podido seguir realizando sus viajes al extranjero, desde luego, una de las primeras prohibiciones que imponen los partidos comunistas cuando llegan al poder. Los viajes a Europa eran para ellos —bajo Allende, Pinochet y en democracia— una forma de disfrutar la vida y ponerse al tanto de lo que ocurría en el planeta.

No, nada de esto es campaña del terror ni anticomunismo, sino la simple lectura de la vida cotidiana que conocí en la isla y detrás del Muro. La conclusión es clara: no se trata ya de hacer sesudos análisis doctrinarios para rechazar el comunismo. Basta con imaginarse la vida que llevaría uno, la familia, los amigos o conocidos en un sistema semejante para darse cuenta de que aquella alternativa —dictatorial en lo político y fracasada en lo económico— merece el más absoluto repudio. Es evidente: no a las dictaduras de todo tipo.

¿De dónde surgió entonces mi opción a los dieciséis años de edad por el comunismo?, me pregunto hoy. Creo que ya hice mención a esto, relacionándolo con un *Zeitgeist* revolucionario e inspirador que contagió mi alma juvenil. Fue así como en pocos meses transité de Creedence Clearwater Revival a Quilapayún, pasé de la camisa floreada a la amaranto, de los mocasines blancos a los bototos de guerrillero, de los pitos de mariguana a los aguerridos, ramplones y flamígeros textos revolucionarios.

Pero nunca crucé por completo el puente ideológico hacia ese territorio. Me faltaba para ello lo que se denominaba la «cultura comunista», que intuí en mis camaradas del Pedagógico. La caracterizaba una atmósfera desesperanzada que se nutría de la pobreza y frustraciones sufridas en carne propia a lo largo de generaciones, de la conciencia de la propia marginalidad en un mundo donde siempre eran otros los triunfadores, de la convicción de que solo profundos cambios estructurales les brindarían oportunidades, del amargo complejo ante quienes estudiaban en colegios privados, disfrutaban de buenos ingresos o habitaban en mejores barrios, del deseo de construir un Estado redentor que permitiera prescindir de los empresarios.

Se trataba además de una cultura donde era inaceptable que alguien emprendiera algo innovador y productivo o que creara puestos de trabajo. Era una cultura que anhelaba construir un país donde la actividad económica estuviese en manos del Estado y todos fuesen empleados públicos. Era una cultura donde todos se veían como funcionarios estatales, jamás como personas independientes de la militancia política o de la tutela del patrón-Estado.

¿Cómo diablos había llegado a ser comunista si descendía, en parte, de bisabuelos que dejaron Francia para venir al extremo sur del planeta con el deseo de lograr con su propio esfuerzo una vida más próspera, y de un padre masón y socialdemócrata que era ejecutivo de una naviera británica, y había estudiado en un colegio donde se aprendía a leer primero en alemán y se estudiaba la historia alemana antes que la chilena?

Algo recuerdo con claridad: el día que visité, en 1974, los antiguos barrios exclusivos de La Habana, ya desiertos y deteriorados, porque la Revolución había exiliado a sus inquilinos, y la noche en que pasé de Berlín Oeste a Este en el S-Bahn, y comprobé con estupor que el socialismo requería muros, alambradas y campos minados para que sus ciudadanos no huyesen, sentí también que tambaleaba mi fe comunista.

Sospecho que en el proceso de pérdida de la fe, del rompimiento con el dogma y en mi ulterior conversión política influyó en forma poderosa mi educación en el Colegio Alemán, donde aprendí a admirar al renegado por antonomasia: Martín Lutero.

Quien para alumnos de colegios católicos fue un blasfemo que se apartó de la jerarquía y el ritual católico, dividió a los cristianos y causó la irreparable escisión de Occidente, emergió sin embargo gradualmente ante mí, en la voz de resonancias cálidas y ecuánimes del pastor Schmidt, como un hombre admirable que se atrevió a poner en tela de juicio las incongruencias y la corrupción del catolicismo del siglo XVI.

En lugar de cristalizarse en mi memoria infantil como una figura negativa, Lutero fue, desde un inicio, un héroe positivo para mí. Es más, resultó determinante en mi vida de agnóstico: aprendí que uno podía ser héroe siendo hereje, y que podía optar por la ruptura sin ser traidor. Sí, la vida de Lutero me enseñó que existía el derecho a renegar de lo que se ha creído y a buscar un sendero que lo haga a uno libre y virtuoso. La ruptura con una causa por desencanto era a veces no solo posible y justa, sino también necesaria.

Años más tarde, durante mi primera residencia en la RDA, se renovó mi admiración por el reformador cuando visité Wartburg, la fortaleza donde tradujo la Biblia al alemán y se le apareció el diablo. Estuve en su celda, en lo alto de una torre de piedra. Una de las paredes aún exhibe, algo deslavada, eso sí, la legendaria mancha de tinta. A Lutero se le apareció el diablo en esa celda y él le arrojó con ímpetu e ira, y también cierta dosis de temor, el tintero. El ángel más bello se le apareció para impedir que concluyese la traducción de la Biblia, una empresa que terminó por reformar a los europeos y el mundo.

En la región alrededor de Wittenberg, donde vivió el autor de las noventa y cinco tesis, aumentó mi admiración por él, pero no en el ámbito de la fe, sino en el de la acción política. Me impresionó que Lutero tuviese la osadía de rebelarse contra el dogma y la jerarquía establecida, y que convocase a la resistencia contra los seguidores del Papa, y luego moderase su discurso para contrarrestar la creciente influencia de Thomas Münzer, que lo amagaba con demandas más radicales.

Leyendo a Friedrich Engels sobre Lutero y Münzer, y tras visitar la campiña donde se libraron las guerras campesinas, me empapé de aquella época. Eso me llevó a la conclusión de que no hay que temer a la ruptura con los dogmas ni las jerarquías, sino solamente al acomodamiento por oportunismo a las ideas y estructuras en las cuales ya no se cree.

No me cabe duda de que la influencia del luteranismo en mi adolescencia contribuyó a que durante mi estadía en Cuba, sede del Vaticano marxista del Tercer Mundo y del Papa verde olivo, yo me atreviera a romper con el comunismo y emprendiera una etapa nueva, riesgosa y extenuante. A otros camaradas, que pensaban como yo acerca del socialismo, les atemorizaba este quiebre con la ideología. Adocenados, la ruptura era para ellos traición.

71

De modo fragmentario me llegaba información sobre chilenos que se atrevían a renunciar a la Jota, pero en países capitalistas europeos, no en los estados comunistas. No hay duda de que tomar esa decisión en el mundo libre no acarreaba los mismos riesgos ni las mismas consecuencias que hacerlo en Cuba, la RDA o la Unión Soviética, donde el renegado quedaba aislado y en la indefensión. Decepcionados del fracaso económico y político del socialismo real, y atraídos a la vez por el eurocomunismo que bullía en Italia, España y Francia, hubo varios miembros y dirigentes de la Jota que rompieron con la organización, pero de modo discreto y silencioso, sin valor ni ánimo para despertar controversia. Deseaban irse de la iglesia con la bendición del obispo.

¿Qué significaba renunciar a la juventud comunista en Canadá, Estados Unidos, Italia, Alemania Occidental o Francia? ¿Qué consecuencias acechaban en ese caso al converso? ¿Y quién se atrevía a hacerlo en la URSS, Cuba, Bulgaria o la RDA? ¿Y cuál era el precio que se pagaba en uno y otro sistema? Es evidente que en el socialismo resultaba aconsejable simular que uno no veía allí ni injusticias ni arbitrariedades, ni represión y menos la franja de la muerte. Claro que era preferible aplaudir y celebrar al socialismo, aunque estuviese cayéndose a pedazos. Había que aplaudirlo dando un paso adelante y dos atrás, como decía Padilla.

Alguien me comentó un día en la RDA sobre Alejandro Rojas, ex dirigente de la Jota, ex presidente de la combativa Federación de Estudiantes de Chile y diputado del partido hasta el golpe de Estado:

—El camarada «rompió con el pueblo chileno», se acomodó al capitalismo de Canadá, que es fruto de la explotación del Tercer Mundo y su alianza con EE.UU., y ahora se dedica, no a defender los derechos humanos que reprime la dictadura, sino a proteger los derechos de las plantas, los árboles y los animales.

El ecologismo —como el feminismo— era entonces «diversionismo ideológico», traición al partido, pura ideología burguesa.

Supongo que Rojas, afectado por el desenlace del Chile de 1973 e intuyendo lo que le esperaba en el exilio en una «república popular» del este europeo, que él conocía bien, optó por lo sano: exiliarse en la liberal y multicultural Canadá, donde abrazó la causa ecologista, cuando ella recién emergía como inquietud.

Volodia Teitelboim y otros dirigentes comunistas hicieron en verdad algo parecido: vivían en Moscú, Budapest, Berlín Este o La Habana, pero salían a «tomar aire» al magnífico capitalismo salvaje de París, Roma, Ciudad de México, Caracas o Madrid. Y no los censuro, porque yo, de haber podido escoger, habría optado por lo mismo. Fueron además, ya le dije, las opciones que prefirió el gran poeta y militante comunista Pablo Neruda: aclamar el socialismo, pero nada como vivir en México, Francia o Italia.

Otro caso que llegó a mis oídos detrás del Muro fue el de Fernando Flores, ex viceministro del presidente Allende e integrante del MAPU, que decidió radicarse en EE.UU., donde se dedicó a desarrollar ideas innovadoras en diversos ámbitos. Alcanzó considerable éxito en el gigante del Norte, algo imperdonable entre militantes de izquierda. De ministro bajo Allende a exitoso empresario en California, Flores mantiene hasta hoy su compromiso con Chile.

Un caso parecido fue el del médico Fernando Martínez, dirigente entonces del MAPU Obrero-Campesino y de la UJD en el exilio de Roma. Recuerdo que anunció que iba a perfeccionarse a EE.UU. durante un asado que celebramos en una casa en Roma. Yo había viajado durante dos días desde la RDA, en un tren de segunda, y vagaba deslumbrado por la prosperidad y la libertad que reinaban en Italia, y los debates que tenían lugar allí sobre estalinismo y eurocomunismo, algo imposible de escuchar detrás del Muro.

Esa noche, Martínez pidió silencio y anunció que se marchaba a Estados Unidos. Brindamos por su decisión y el éxito de su migración. Me azoró y desconcertó, sin embargo, su opción. ¿Cómo era posible que un dirigente en el exilio tuviese el derecho a marcharse al país imperialista que instigó y cofinanció el derrocamiento de Allende? ¡Algo estaba muy mal, desde luego, en Italia, un país donde había una desigualdad social desconocida en la RDA socialista!

Yo, en cambio, había tenido que solicitar autorización formal al CHAF y a la policía germano-oriental para hacer un pinche viaje a Roma, además de tener que justificar la razón por la cual deseaba viajar. Anónimos burócratas chilenos y alemanes debían extender un permiso, algo que tardó semanas y que fue aprobado solo porque la petición iba acompañada del respaldo de un partido político chileno. Martínez, sin embargo, se iba a vivir a Estados Unidos, y yo tenía que regresar en cuarenta y ocho horas a la deprimente RDA. ¿En qué mundo me había metido?

Ignoro qué me frustraba más, si tener que regresar a las desoladas calles de Bernau o comprobar que en el capitalismo los chilenos seguían siendo libres y felices, y viajando por el mundo con independencia de las cúpulas de los partidos políticos.

No solo eso: a ratos parecía que los militantes se habían olvidado de que en Chile gobernaba Pinochet. Además, tenían derecho a renunciar a sus partidos sin que eso les acarrease consecuencias en el trabajo, la universidad, su vida o su vivienda, sin que importara que los acusasen de traidores quienes seguían militando.

Esos chilenos en Italia eran libres con respecto al país que los había acogido y con respecto a los partidos en que militaban. Ningún trámite de la vida cotidiana dependía de una carta de los partidos chilenos, los que en el socialismo, sin embargo, eran el canal de comunicación exclusivo con el Gobierno.

También me enteré más adelante de que Ariel Dorfman, destacado escritor y profesor de literatura en la Universidad de Chile durante el Gobierno de Allende, que se exilió inicialmente en Holanda, hizo lo mismo que Martínez: partió en busca de mejores horizontes al centro mismo del imperio que derrocó a la Unidad Popular. ¡Yo también anhelaba vivir en una democracia!

Me parecía asombroso: los militantes de izquierda se iban a los países que les ofrecían las mejores perspectivas, fuese Estados Unidos, México o Austria. Daba lo mismo. Allí no había Ministerio de la Seguridad del Estado ni jerarquías de partidos chilenos que tuviesen derecho a interferir en su destino. Era el socialismo el que le confería poder a los partidos chilenos y sus dirigentes.

Por otra parte, la penosa vida que llevábamos detrás del Muro causaba asombro y compasión entre los chilenos que residían en Italia. Nos miraban con lástima y desazón, con ganas de ayudarnos de algún modo, pero sin poder hacerlo. Para ellos, estábamos metidos en un agujero negro que no existía para el mundo libre. Nuestros dramas eran simplemente tragedias personales de las cuales nadie podría librarnos.

Quienes vivíamos en los países socialistas habíamos encallado en un túnel del tiempo, porque el mundo seguía desarrollándose afuera a paso vertiginoso y nosotros ya no contábamos. Con el correr de los años, algunos de nuestros dirigentes del exilio, los más capaces y emprendedores, dejaron de lado la lucha política para dedicar su ímpetu, talento y creatividad a las artes, la ciencia, las profesiones liberales o el comercio.

No es casual que líderes de la izquierda radical de la década de 1970, como Pascal Allende, del MIR, u Óscar Guillermo Garretón, del MAPU, aprovechasen su talento personal para reciclarse y transformarse en ejecutivos de consorcios internacionales o exitosos empresarios. No los culpo ni critico; por el contrario, celebro que hayan encontrado su vocación, la que confundieron en una etapa con el llamado a construir un Estado de rasgos totalitarios. Hicieron lo que correspondía cuando el capitalismo volvió a necesitar sus servicios profesionales. Es complicado pero no imposible, sin embargo, explicar el tránsito de un líder revolucionario a un ejecutivo de consorcios o empresario privado, pero la libertad del individuo está por encima de todo.

Supongo que varios de los más talentosos líderes de la izquierda chilena eran, en el fondo, emprendedores en bruto que erraron el camino en un inicio. Quisieron hacer mediante el Estado lo que pudieron haber hecho —e hicieron después— a través de su propia iniciativa privada. En realidad, al final eran tan talentosos, innovadores y creativos como la gente de derecha que se dedicaba a los negocios. Lo que a lo mejor los diferenciaba era que unos buscaban la acción a través del empuje y el esfuerzo individual, mientras otros lo buscaban por medio de las empresas estatizadas por el Gobierno de Allende.

Lo que me pareció interesante en esos años fue comprobar que el *Zeitgeist* de una época no calza necesariamente con las necesidades objetivas de esa época. En Chile confiábamos en la alternativa socialista para superar el subdesarrollo, cuando en el mundo desarrollado esa alternativa dormitaba ya en los museos y textos de historia. El *Zeitgeist* de Chile, determinado en gran medida por las

296

expectativas sociales que lograron instalar los políticos, apuntaba al socialismo. El *Zeitgeist* de Corea del Sur, sin embargo, estaba hecho en esa coyuntura de otro material y lo inspiró otro tipo de políticos, y las cifras del último medio siglo de ambos países hablan por sí solas.

¿Pensaba yo entonces, tanto en La Habana como en mi segunda residencia en Berlín Este, entre 1979 y 1983, que la culpa era del *Zeitgeist* chileno de 1970? ¿No había sido este seducido por el socialismo, las estatizaciones y la reforma agraria; por la filosofía de la Cepal, que se equivocó medio a medio, como dejaron de manifiesto los países del sudeste asiático con su *Zeitgeist* propio?

En fin, se trataba de especulaciones que uno hacía detrás del Muro con amigos alemanes, usando los retazos de información que recibía. No daba para grandes teorías, pero sí para nutrir el quiebre con algo que a ojos vista no funcionaba en lo económico ni en lo político ni entusiasmaba a la ciudadanía.

Fuese como fuese, hasta el día de hoy sigo preguntándome qué me llevó en la adolescencia a militar en una organización comunista.

72

La escuela de Bogensee está ya inscrita en el pasado reciente, el curso de 1979 se ha dispersado por el mundo y yo asisto a los cursos del profesor Dill en la Humboldt-Universität. Con el ánimo de avanzar en mi tesis doctoral, que incorpora un capítulo sobre la visión de la Revolución en la literatura cubana, inicio la relectura de algunos escritores que residen en la isla y le pido a Carlos Cerda que me consiga en Berlín Oeste novelas de cubanos exiliados. Incluyo un texto esencial de los años sesenta que presagia con clarividencia lo que sucederá en Cuba en los decenios siguientes: *Memorias del subdesarrollo*, de Edmundo Desnoes. Novela, por cierto, imposible de encontrar en Cuba en esos años.

—Te los traigo sin problema. Puedo también pedir a préstamo novelas de exiliados cubanos del Instituto Iberoamericano —me dice Carlos—. Pero dime, ¿estás seguro de que deseas escribir sobre eso? La visión del exilio cubano no coincide con la de la RDA.

—¿Y qué más da? —alego. Bebemos un espresso en un café de la Karl-Marx-Allee—. Es una buena forma de comparar las visiones sobre la Revolución que aparecen en las novelas de unos y otros. Algo parecido podría investigar en relación con Chile sobre la Unidad Popular o la dictadura.

—Con Chile suena bien —comenta Carlos, acariciándose la barba—, pero en el caso de Cuba es diferente.

—¿Se molestaría Dill?

—Creo que encontrará interesante la tesis, pero le acarreará problemas. Figúrate, es darle tribuna a la contrarrevolución cubana en la Humboldt-Universität.

—¿Qué peligro corre Dill?

—¿No te das cuenta? Por favor, Cuba es un aliado de la RDA. El SED y el Partido Comunista cubano son partidos hermanos. El SED no va a aceptar que desde una de sus universidades se ataque a la Revolución.

Carlos está nervioso. Sus ojos vagan por la avenida. Sus dedos se enredan en su espesa barba. Nuestros espressos se enfrían. Interpreto su mirada: si yo no me doy cuenta de lo imprudente que suena mi tesis doctoral, entonces no entiendo nada del socialismo.

—¿No me conviene? —le pregunto.

—Pero de ninguna forma. La Revolución cubana es sagrada para el SED. Dill es un experto en ella, no se te vaya a ocurrir comenzar a criticarla. ¿No tienes acaso un buen trabajo en Intertext como traductor?

—Así es.

—Pues cuídalo. Cuando vivas en Chile o en un país occidental te puedes dar gustitos como esos. Pero aquí debes ser cauto.

—Okay, okay.

—¿Cómo se te ocurrió ese tema, hombre, por favor? —insistió molesto el novelista, sacudiendo la cabeza.

En forma ilusa consideraba yo entonces que la tolerancia que se respiraba en el grupo del profesor Dill era patrimonio de toda la universidad. Porque ¿quién podría sentirse amenazado, en un país del Pacto de Varsovia, por la tesis literaria de un joven estudiante chileno?

Pero Carlos conoce mejor que yo la RDA y nuestros límites personales. En verdad, corresponde que tome en consideración sus reparos y acepte que no es buena idea incorporar en mi tesis las críticas a la Revolución que solían manifestarse en las tertulias organizadas en su vivienda por Heberto Padilla, y a las que asistían César López, Pablo Armando Fernández y Miguel Barnet. Nos pasábamos tardes enteras allí, conversando a ratos por señas sobre Fidel Castro y otros dirigentes, temerosos siempre de que la seguridad del Estado hubiese instalado micrófonos en los departamentos vecinos.

Carlos tiene razón además por otro motivo: si me involucro en una tesis crítica a la Revolución cubana puedo poner en peligro mi trabajo en Intertext. Eso puede afectar a su vez mi objetivo de volver a Occidente, cuya premisa básica es conseguir la renovación de mi pasaporte.

Si no logro salir de la RDA de forma inteligente, como me sugirió Padilla en La Habana, quedaré entrampado en el socialismo y me convertiré en uno de aquellos compatriotas rehenes del Este, al cual preferirían celebrar desde la distancia.

73

La curiosidad es uno de los resortes más estimulantes del ser humano. Días después volví a llamar al teléfono que me había dado el diplomático estadounidense y pude contemplar de nuevo el curioso desplazamiento del florero. Azorado y nervioso, me fui en el U-Bahn hasta el Prenzlauer Berg y entré al Flair, un bar alternativo cerca de la estación de Schönhauser Allee. Pedí una cerveza y me senté a leer el *Neues Deutschland*.

Al rato apareció Don Taylor. Esta vez llevaba anteojos de cristales oscuros, gorra y una chaqueta de cuero plástico sobre un suéter negro de cuello tortuga. Con sus sandalias y calcetines parecía un obrero germano-oriental.

Ordenó un café.

—Un gusto —dijo despreocupado—. ¿Todo bien?

—Todo bien.

Algo me desconcertaba en su actitud. Si bien era un hombre de carne y hueso, tejía una atmósfera ficticia alrededor suyo, como si actuase en una obra de teatro no del todo ensayada. Me costaba entender que a un tipo hecho y derecho le pagasen por lo que hacía, que era fundamentalmente simular.

—Un gusto verte —me dijo—. Ya ves, puedes confiar en mí.

—¿Confiar?

—Claro que sí. Al menos sabes que no soy un impostor de la Stasi.

Era cierto, aunque de eso yo solo podría estar seguro después de cruzar el Muro para siempre. Sin disimular mi impaciencia, le pregunté qué quería de mí. Cuatro parroquianos escuchaban en la penumbra maloliente «Kristallnacht», de BAP.

—Me envió alguien que te conoce y que no quiere que te causen daño —me dijo.

—¿Quién?

—Un cubano.

—Quién.

—Uno de la DGI.

Aquello no podía ser cierto. ¿Cómo era posible que un diplomático de Estados Unidos me contara que tenía un topo en la DGI cubana?

—¿Quién de la DGI desea protegerme?

—Se menciona el milagro, pero no el santo. La persona sabe que los cubanos se te acercarán para presionarte. Te reclutarán ofreciéndote cultivar el vínculo con tu hijo.

¿De dónde sabía tanto Don y quién estaba detrás de todo eso? ¿La CIA, posibilidad que no me causaba sorpresa, o alguien de Bogensee? ¿O es que el cónsul cubano informaba a la CIA, o esta lo espiaba a él y por ello conocía sus pasos y por ende los míos? ¿O todo eso no era nada más que un diabólico juego de la Stasi, que se mantenía detrás de bastidores?

Tuve ganas de salir huyendo del Flair.

—Esto me parece una pésima broma —reclamé—. Saber algo de mi vida no le otorga a usted el derecho para chantajearme.

—¿Chantajearte? —Hizo chasquear la lengua—. Te estoy poniendo sobre aviso. No te estoy diciendo cree en mí, sino que escuches lo que dicen sobre ti. Los cubanos te están tendiendo una celada.

—¿Y por qué quiere usted salvarme?

—Porque hay alguien que está preocupado por ti.

—¿Estadounidense?

—Ya te dije. Cubano.

—Digo, ¿vive en Cuba?

—Quieres saber demasiado.

Unos jóvenes entraron y se detuvieron en la puerta, barrieron con la vista el local y trastabillaron hasta la barra. Ordenaron cerveza. Sentí que Don perdía la compostura.

—Esto no es serio —alegué—. Déjese de andar jugando al misterio. Sé perfectamente de dónde viene y qué pretende.

Don se puso de pie lentamente, como si le dolieran las rodillas, arrojó con displicencia un billete de veinte marcos sobre la mesa, y dijo:

—Veo que hoy no estás para hablar.

Y se marchó.

Me quedé helado. Ahora Die Pudhys cantaban «Alt wie ein Baum», mi canción predilecta de ese grupo. En ella dicen que añoran llegar a ser viejos como los árboles. Entonces ese anhelo me parecía poético pero muy distante como preocupación personal.

Esperé un rato sin saber qué hacer; finalmente salí del Flair con un sabor amargo en la boca y con la sensación de haber caído en una trampa.

74

En los años siguientes se extendieron las protestas obreras en Polonia, por lo que los medios de la RDA modificaron su estrategia: si antes omitían simplemente la información sobre las manifestaciones contra el socialismo, ahora presentaban al sindicato Solidarność, dirigido por Lech Walesa, como una organización sediciosa y contrarrevolucionaria.

Me impresionaba que los medios germano-orientales accedieran a mostrar a los enemigos del sistema polaco ocupando un espacio contestatario en la sociedad. En la RDA no existía espacio alguno para ningún individuo ni ninguna fuerza social opuesta al SED. Lo que nuestros medios no mencionan, no existe en la realidad, era el lema del partido en el poder.

Antes, cuando asistía a la escuela de Bogensee, las manifestaciones obreras tenían un considerable efecto en nuestras discusiones de estudiantes de marxismo-leninismo. Por decir lo menos, nos desconcertaban. ¿Era posible que los obreros de un Estado socialista se rebelaran contra su propio sistema? ¿Era posible que los obreros estuviesen incluso a favor de establecer una sociedad con medios de producción privados, una sociedad burguesa? Y si era así, ¿se proponían instaurar entonces un sistema abiertamente capitalista? ¿Significaba eso que Marx y Lenin habían fallado al afirmar que el socialismo superaba dialécticamente (*aufheben*) las contradicciones entre obreros y capitalistas?

¿Y qué impacto tenía ese desarrollo en nuestra concepción historicista y nuestra filosofía de la praxis? ¿No estaba acaso trazado el sendero de la historia desde la sociedad primitiva, pasando por la esclavitud, el feudalismo y el capitalismo para desembocar en el socialismo y el comunismo? ¿No hablábamos acaso de las leyes inexorables de la historia, que estaba de nuestra parte y que solo los marxistas podíamos descifrar?

Ahora, sin embargo, el tema polaco no se circunscribía a la dimensión teórica, a un tema idóneo para teóricos como Ponomariov o Suslov en la revista *Probleme des Sozialismus und des Friedens*, que se editaba en la Unión Soviética. No, el asunto no era ya meramente académico, sino que comprometía la sobrevivencia misma del sistema en Polonia y del resto del campo socialista. Gradualmente, esto olía al inicio del derrumbe del socialismo y el paso hacia una nueva época en la humanidad.

En aquellos días recibimos en una reunión del MAPU Obrero-Campesino, que tuvo lugar en Berlín Este, a un chileno y sus dos hijos exiliados en Varsovia. No vivían muchos chilenos en Polonia. Los muchachos estaban en la educación media, habían crecido allí y hablaban polaco desde niños. Carlos, el padre, trabajaba en una repartición pública menor. Una o dos veces por año cruzaba desde Varsovia a Berlín Este.

Solíamos escucharlo con atención porque traía información de primera mano sobre el país vecino, lo que con la huelga de Solidarność lo tornó, desde luego, un reportero más interesante. De la RDA le llamaba la atención la variedad de los productos de consumo, superiores a los del mercado polaco, y el hecho de que los alemanes orientales tolerasen el encierro. Para los polacos era comparativamente fácil pasar a Occidente.

Durante la sesión partidaria nos habló de lo que ocurría en Polonia, aunque en realidad no sabía mucho. Lo único que le quedaba claro era que nadie quería seguir con el socialismo, que la economía había fracasado y que solo la presencia militar soviética y las presiones de la RDA y Checoslovaquia mantenían en jaque a las fuerzas opositoras al régimen. Los hijos de Carlos manifestaban, por su parte, que sus compañeros de escuela ya no confiaban en ellos por ser exiliados de izquierda. En todo caso, la visión que nos traían de Varsovia sugería que se acercaba el fin de una era en la historia europea.

En la RDA, sin embargo, no había debates sobre el tema, pero los germano-orientales estaban al tanto de lo que ocurría en el país vecino gracias a las radioemisoras, los canales de televisión de Alemania Occidental y la información fragmentada de los medios de la RDA. No había duda de que en Polonia se estaba incubando una crisis insoluble en el marco de su atrasada economía, una huelga que tenía en jaque al Partido Comunista polaco, a la seguridad del Estado, a la policía, al Ejército y a todo el mercado común comunista.

Si los países comunistas estaban preparados para reprimir a la clase media y los intelectuales, lanzar una ofensiva contra la clase obrera era algo diferente: expresaba una contradicción con la esencia misma de la propaganda y los principios del sistema.

75

Por aquellos días llegó a Berlín Este Vilma Espín, presidenta de la Federación de Mujeres de Cuba, esposa del general Raúl Castro y jefa de quien había sido mi esposa en La Habana, Margarita Cienfuegos.

Nunca supe la razón, pero quizá debido a que yo conocía Cuba y tenía amistades en la isla, Intertext consideró que yo era la persona idónea para atenderla.

Estuve a punto de rechazar la oferta pues no deseaba reabrir mi capítulo cubano, pero se trataba de un acompañamiento que incluía honorarios generosos y parecía interesante pues me permitiría averiguar qué opinaban los jerarcas cubanos sobre Polonia.

Era una oportunidad que no se volvería a presentar. Jamás me habrían pedido traducir para Fidel o Raúl Castro, por ejemplo. Para casos sensibles, el SED contaba con traductores de absoluta confianza. Supongo que con Vilma Espín se hacía una excepción por cuanto «solo» se trataba de su asistencia a una sesión de la FEDIM, la Federación Democrática Internacional de Mujeres, con sede en Berlín Este.

La FEDIM era una de esas organizaciones comunistas internacionales de fachada como la Federación Mundial de Juventudes Democráticas, con sede en Budapest, presidida por el influyente líder comunista chileno Ernesto Ottone, o la Olade, Organización Latinoamericana de Estudiantes, con sede en La

Habana. Organizaciones de ese tipo aglutinaban a otras filocomunistas y a ingenuos o incautos, lo que a los países comunistas les permitía operar a nivel mundial bajo una apariencia diversa y democrática, aunque en realidad carecían de autoridad e independencia.

Me tocó, por lo tanto, acompañar a Espín durante algunos días a las sesiones del encuentro, a entrevistas con líderes femeninas de la RDA, como Inge Lange e Ilse Thiele, y a visitas a tiendas de Berlín Este.

Entonces conocí cómo organizaba la RDA el *shopping* de los máximos dirigentes de otros países comunistas. Imagino que estos brindaban a su vez a los de la RDA trato preferencial idéntico cuando los recibían como huéspedes. La mayor tienda de departamentos, Konsum, abrió un domingo por la mañana especialmente para que Espín pudiera comprar ropa sin contratiempos ni testigos.

La supertienda socialista de cinco pisos de departamentos tenía una entrada lateral para personalidades nacionales y extranjeras, las que accedían a salones especialmente acondicionados y provistos de oferta nacional seleccionada. Existía además la posibilidad de acceder a un intershop, tienda aledaña en que todo se pagaba en moneda occidental y en la que solo había productos del capitalismo.

La delegación cubana —integrada por Espín y cuatro mujeres más, dos de ellas escoltas que llevaban arma en sus bolsos— no pasó al Intershop, pero al día siguiente un funcionario de la embajada cubana en Berlín Este fue enviado al Berlín capitalista a comprar perfumes y lociones para Raúl Castro.

—El pobre tiene la piel muy sensible y solo hay una marca, una francesa, que no le causa alergia —me explicó Vilma mientras examinaba la lista del general antes de entregarla al funcionario, que tenía las trazas de ser un militar dedicado a la inteligencia.

Pero lo interesante era escuchar cómo interpretaba Cuba la crisis en Polonia.

—¿Qué está ocurriendo con el contrarrevolucionario de Walesa y por qué lo dejaron llegar tan lejos? —preguntó Vilma Espín a Inge Lange, integrante del Buró Político del SED, durante un desayuno en una casa de protocolo, en Pankow.

Lange le explicó lo que ya todos sabíamos por los medios occidentales: los obreros estaban descontentos.

—Pero ¿cómo no se dieron cuenta de que la contrarrevolución estaba infiltrando a la clase obrera? —insistió Vilma, molesta.

—Los camaradas de Polonia siempre han tenido problemas —continuó Lange—. El catolicismo es muy fuerte allá, incluso muchos militantes de la organización juvenil, que deberían ser marxistas-leninistas, llevan una cruz en el pecho, lo que no permitimos aquí.

—Nunca debieron haberlo dejado llegar tan lejos —reclamó Vilma—. Nosotros, en Cuba, seríamos derrotados en un abrir y cerrar de ojos si aceptáramos que la situación política llegara a ese extremo. El imperialismo nos invadiría y nadie del mundo socialista alcanzaría a ir en nuestra ayuda. Tendríamos que defendernos con nuestra gente y nuestras armas.

—Es que es gente joven la que aparece criticando al socialismo.

—Sean nuevos o antiguos, jóvenes o viejos, hay concesiones políticas que no se hacen sencillamente —advirtió Vilma, agria, acomodándose la cabellera rematada en un tomate—. Ustedes no tienen idea en qué puede terminar todo esto.

—Es el Papa —afirmó Lange, y pude advertir el asombro en el rostro de la cubana al escuchar sus palabras.

—¿Cómo que el Papa?

—Sí, el Papa Wojtila, ese reaccionario. Hay un plan secreto en marcha contra el socialismo, una alianza entre el Papa polaco, los sindicatos contrarrevolucionarios, la Iglesia y la OTAN. Hay hasta una novela de un estadounidense al respecto. ¿No la ha leído?

Me costaba traducir aquel diálogo en que se conjugaban las descabelladas respuestas de Inge Lange, que no parecía ser una de las cabezas más inteligentes de la RDA, y las preguntas a ratos francamente irreverentes de Espín.

—No puede ser que todo eso se publique en una novela y ustedes no se hayan dado cuenta de lo que se tramaba —reclamó la cubana airada—. No puede ser que un cubano novelista yanqui esté mejor informado que los servicios secretos del Pacto de Varsovia —agregó elevando la voz.

—Pues así es, querida Vilma.

—Y tampoco puede ser que el Papa ponga en jaque al socialismo. Eso se debe a que los camaradas polacos no hicieron el trabajo ideológico con la juventud ni la clase obrera.

—Si usted viaja a Polonia, verá que todos los jóvenes, incluso los que militan en la juventud, llevan un crucifijo colgando de una cadena —repitió Lange.

La cubana escuchó aquello atónita.

—¿Y ustedes qué hacen ante eso? —preguntó esta vez.

—Nosotros no hacemos nada. El problema deben resolverlo los camaradas polacos.

—¿Y qué hacen ellos?

—Tampoco hacen nada —dijo Lange con resignación—. En verdad, no hacen nada desde hace decenios. Los polacos son como los irlandeses, muy católicos.

—También los cubanos eran muy católicos, y mira, hoy tenemos una juventud atea y marxista, convencida de que el socialismo es superior al capitalismo y representa la gran conquista de nuestro pueblo. Antes de la Revolución, el edificio más importante en nuestros pueblos siempre era la iglesia, expresión de la ideología católica y reaccionaria, pero ahora es el cine, que difunde las ideas de la Revolución y el socialismo. El socialismo hay que defenderlo con las ideas, el corazón y el fusil.

—Pero en Europa no son así las cosas, *liebe* Vilma[*] —dijo la integrante del Buró Político del SED y soltó un suspiro como para darse tiempo para terminar la frase—. En Europa no se puede salir a defender el socialismo con las armas en la mano.

—Entonces, ya saben lo que les espera —repuso Vilma, sentida porque las palabras de su camarada habían resonado despectivas.

La conversación se volvió tensa. Mostraba una brecha insalvable entre el socialismo de Europa del Este, por un lado, y la Revolución cubana, por otro, y ponía de manifiesto que en Europa la coexistencia pacífica había dejado huellas y abierto espacios a los disidentes del sistema totalitario.

Cambiaron de tema, lo que me facilitó la traducción. El desayuno terminó pronto. Inge Lange se veía incómoda, Vilma Espín preocupada. La primera pensaba seguramente que la cubana se inmiscuía en los asuntos de la Europa socialista sin entender las reglas del juego europeo. La segunda creía tal vez que los europeos orientales no habían aprendido a defender el socialismo, que les faltaba leer a Marx, Lenin y en especial a Fidel Castro, y que por ello terminarían perdiéndolo todo.

Al final, creo que la historia le dio la razón a Vilma Espín. Ella estaba en lo correcto en lo relativo a qué debían hacer los comunistas polacos para conservar el poder. Ella sabía que solo la represión a lo Dzerzhinsky salvaría el socialismo. Al totalitarismo lo enferman los aires libertarios.

Ocho años más tarde, el SED sería rechazado por su pueblo y desaparecería sin pena ni gloria de la historia. Inge Lange terminaría en una modesta vivienda de Berlín y Vilma Espín moriría más tarde en medio del siempre agónico socialismo cubano.

———————

[*] Querida Vilma.

76

En otra oportunidad, Intertext me llamó para servir de intérprete del secretario general de un partido mexicano: Alejandro Gascón Toledo. Era el líder del POUM, Partido Obrero Unido de México, todo un caudillo, al mejor estilo latinoamericano. Venía invitado por la Nationale Front, la alianza integrada por los partidos políticos de la RDA, una fachada para maquillar al régimen de partido único.

Fui a buscarlo cerca de mediodía al aeropuerto de Berlín-Schönefeld junto al doctor Roth, un risueño y voluminoso funcionario de la Nationale Front.

Gascón venía con el encargado de Relaciones Internacionales del POUM, un hombre bajo y afable, que no dejaba de sonreír bajo ninguna circunstancia.

Al saludar a Gascón en el salón de visitas oficiales, me impresionaron de inmediato su calidez y sencillez humanas, sus grandes ojos negros atentos y escrutadores, sus bigotazos a lo Pancho Villa y su vozarrón bien modulado.

Estaba fascinado por haber puesto pie en el «primer Estado de obreros y campesinos en suelo alemán», y pretendía sellar —algo que manifestó en cuanto abordó el imponente Tatra negro con visillos en que lo fuimos a buscar— una alianza con el SED. Precisaba que este lo apoyara en la reestructuración de su partido con el fin de derrotar al gobernante PRI en las elecciones presidenciales, tomar el poder y convertir a México en un aliado del campo socialista europeo y Cuba, con lo que sorprendería a EE.UU. en su propio patio trasero. Así de sencillo.

El primer sorprendido con el golpe a la cátedra que planeaba Gascón fue el representante de la Nationale Front, desde luego. Imagino que al escuchar aquello se preguntó si no debía llamar de inmediato al Comité Central del SED o al Partido Comunista de la Unión Soviética para alertar sobre el ambicioso personaje que tenía entre manos. Lo inquietó también, algo que me confesaría más tarde, la posibilidad de que el audaz Gascón, de mirada flamígera y retórica florida, transmitiera a *Notimex* que estaba sentando las bases de una alianza para desestabilizar a Estados Unidos.

La RDA veía entonces a México como su principal socio comercial de América Latina y como una economía que era más sólida, promisoria y rentable que la cubana, a la que debía sostener y que apenas aportaba algo de azúcar y níquel, aunque sí mucho soldado que combatía en África empleando los camiones IFA, de fabricación germano-oriental. Por lo mismo, Berlín Este no podía permitirse estropear sus vínculos con México, país sobre el cual los medios de la RDA solo informaban en términos positivos.

Así que lo que comenzó a hervir en el mullido Tatra oficial intranquilizó en extremo al funcionario de la Nationale Front, pues podía liquidar su carrera. Y mientras el vehículo se abría paso por las calles de Berlín Este, Gascón daba muestras de un optimismo a prueba de balas y de una incontinencia verbal revolucionaria, y de estar urgido por desplegar su estrategia para patear los equilibrios del planeta.

Todo cuanto decía, por descabellado que sonase, lo condimentaba con refranes populares, un humor negro exquisito y las usuales exageraciones de América Latina. Sus incisivas preguntas eran,

313

por lo demás, difíciles de traducir porque encerraban siempre un doble sentido. A trechos, Gascón asumía el rol del ingenuo, luego el del analista profundo, y al final engalanaba sus planteamientos con un estilo sardónico y zalamero.

—Me interesa también visitar fábricas propiedad del pueblo y cooperativas agrícolas —precisó mientras nos acercábamos al hotel del partido, en la plazuela donde resplandece la estatua en bronce de Heinrich Zille—. Quiero demostrar con hechos y fotografías al pueblo mexicano que es posible construir una economía socialista, que el socialismo no es un sueño utópico inalcanzable.

—No se preocupe, señor secretario general, vamos a organizarle un programa a su medida para que conozca a los obreros y campesinos de la RDA —prometió el doctor Roth.

—Y también me gustaría visitar la Asamblea Popular para entregar, en una sesión plenaria, el fraternal saludo del pueblo mexicano al culto pueblo alemán que construye el socialismo.

—Vamos a organizarle un programa adecuado —reiteró el doctor Roth, esta vez con una sonrisa insegura.

—Y a mí y al compañero secretario de Relaciones Internacionales nos encantaría saborear la cerveza alemana socialista. Veremos si supera a la de Alemania Occidental. Y ¿sabe qué más, compañero Roth?

—Dígame, secretario general.

—Es crucial que podamos entrevistarnos con los principales camaradas del SED, y sobre todo con el secretario general, Erich Honecker.

—Me temo que eso último va a ser más difícil, señor secretario general —respondió el doctor Roth, haciendo aplomo de gentil firmeza—, porque el *Genosse* Honecker[*] tiene, como podrá imaginar, una agenda intensa. No olvide que es un líder de estatura mundial.

---

[*] Compañero Honecker.

—Entiendo, entiendo, pero recuerde, compañero Roth, que somos el único partido que hemos derrotado al PRI en elecciones regionales y que mañana podemos llegar al Gobierno del principal país latinoamericano, vecino de EE.UU., el enemigo por antonomasia del socialismo.

—Lo intentaremos, señor secretario general, lo intentaremos, pero le anticipo que no será fácil, porque la agenda del *Genosse* Honecker se organiza con mucha antelación.

—Imagínese, *Genosse* Roth. —Gascón no soltaba presa—: Usted me consigue hoy la cita con el *Genosse* Honecker y yo mañana me convierto en presidente de México por la gracia y sabiduría de mi querido y admirado pueblo. Yo, y de eso no tenga ni la más mínima duda, le pediría de inmediato al *Genosse* Honecker que me lo enviara como embajador extraordinario y plenipotenciario de la RDA a México. ¿Ha estado en México?

¿Hablaba en serio o bromeaba Alejandro Gascón Toledano? ¿Realmente podía convertirse en presidente de México y ofrecía a la RDA, por lo tanto, un pacto audaz pero plausible, que le cambiaría el rostro al mundo? ¿O era un charlatán que había bebido unas copas de tequila de más en el avión? ¿Era posible aquello o el mexicano era como aquel intelectual boliviano invitado por la Liga para la Amistad de los Pueblos de la RDA que terminó hablando de platillos voladores en su viaje a Berlín Este? ¿Y qué diría EE.UU. sobre los planes del mexicano? ¿Había que tomarlo en serio o era un pícaro, un caudillo, un político latinoamericano más, que buscaba figuración, notoriedad, codeo con líderes europeos y apoyo financiero?

El doctor Roth no lograba disimular su incomodidad, pero el plan de Gascón tampoco era desdeñable de buenas a primeras, algo que el mexicano sabía y disfrutaba. Nada era descartable a priori en la Guerra Fría. Si el doctor Roth lo pensaba bien, tendría que admitir que la RDA —al igual que la URSS, Cuba, Hungría o Rumania— entregaba considerables recursos al exilio chileno, pese a que los chilenos estaban más lejos de alcanzar el poder que el POUM. Porque una cosa era cierta: el POUM había hecho morder el polvo de la derrota al PRI en una región, y sus perspectivas, al menos las que esbozaba Gascón en esa coyuntura, resultaban apetitosas para una RDA que buscaba con afán aliados para mejorar su patética reputación internacional en materia de derechos humanos.

Esa noche cenamos en el hotel del partido con el doctor Roth, Gascón y su encargado de Relaciones Internacionales.

Gascón era un bebedor formidable y un analista astuto para esbozar escenarios sobre las relaciones entre México y Estados Unidos, las que él se proponía reformar de modo radical desde el palacio de Los Pinos.

Conversamos y bebimos hasta cerca de las cuatro de la mañana sobre esos asuntos. Desde su traje color perla y su doble papada a lo Franz Josef Strauss, el doctor Roth contemplaba al secretario general preguntándose probablemente si estaba ante un diamante auténtico, un bien montado simulacro o una simple estafa.

Durante esos días, el doctor Roth pareció no avanzar en lo referente a las visitas a Honecker y a la Asamblea Popular, que anhelaba Gascón. Un encuentro con el líder del SED hubiese arrojado al menos una foto que habrían publicado en portada los diarios de la RDA, confiriéndole a Gascón cierta autoridad en materia internacional.

No creí que Honecker le diera luz verde para una entrevista, y en la *Volkskammer* quedaría defraudado, pensé, pues no vería más que el sempiterno ritual de aprobación unánime, sin abstenciones ni votos en contra, de los proyectos de ley que presentaba el SED. En toda la historia de ese Parlamento, durante la época del Muro, nunca nadie votó en contra de los proyectos de ley que presentaba el Gobierno comunista, lo usual en ese mundo.

Como supuse, las visitas no se concretaron. Tampoco trasladamos a los mexicanos a ninguna cooperativa agrícola ni fábrica estatal, donde pudieran presenciar el fingido entusiasmo de quienes construían el socialismo. Solo los llevamos a unos museos de la ciudad y a ver la Puerta de Brandeburgo, a cuyo museo, de acceso restringido por hallarse en la zona limítrofe, tampoco ingresamos. Acudimos, en cambio, a un par de excelentes restaurantes que ofrecían la mejor cerveza del socialismo.

Al parecer, alguien en la cúspide de la jerarquía germano-oriental dio el campanazo de alerta: la RDA era demasiado frágil y su imagen internacional demasiado precaria como para financiar a un pequeño partido revolucionario que soñaba con cambiar el mundo.

77

Me agrada pasar los últimos minutos de la fría noche de fin de año con mi familia en el Midwest norteamericano, bajo un cielo limpio de fuegos artificiales. Es allí donde vivo ahora, y es desde allí que partí a Berlín reunificado a escribir estas páginas que hablan de un mundo que se desvaneció por decisión de sus pueblos. Esperamos en el jardín de la casa el cambio de folio sentados en unas sillas reclinables que nos permiten conversar sobre el año que termina mientras contemplamos la Vía Láctea, premunidos de una copa de champán y aperitivos que nos agenciamos. Hay algo especial en eso de apartarse de la gran fiesta mundial y examinar desde los márgenes los logros y fracasos personales del año.

Las doce de la noche. La explosión de algarabía y los destellos lejanos, acompañado del rumor de los fuegos artificiales de alguna ciudad, me recuerdan los bombardeos sobre el Berlín de 1945 en la magnífica serie soviética de televisión *Diecisiete instantes de una primavera*, que vi en La Habana. En ella, Berlín aparece siempre visto desde la distancia, reducido a siluetas y cortocircuitos en el cielo. Creo que esas tomas fueron imaginadas desde el lago Bogensee.

Pero en el refugio del Midwest, en esa pequeña ciudad estadounidense de cielo limpio, a medio camino entre el Atlántico y el Pacífico, permanezco a veces solo con mi mujer, resistiendo el frío, recostados en medio de la nieve, admirando las estrellas cosidas a la bóveda celestial. Nada ocurre allá arriba en relación con lo que abajo celebran miles de millones de seres humanos.

Siento que esa reunión íntima, de cara al universo, durante la conmemoración planetaria que eleva la vista solo hasta las cataratas de luces artificiales, nos devuelve a nuestra verdadera e insignificante dimensión. Al final, después de tantas vicisitudes, peligros, desplazamientos, sueños, decepciones y alegrías, retorno esa noche a lo básico: somos solo nosotros, nuestro amor, nuestra memoria y nuestras palabras.

Durante las noches de Año Nuevo en Occidente, ya sea en Alemania, Suecia, Estados Unidos, México o Chile, suelo acordarme de los años nuevos que pasé en la RDA, Cuba o la URSS. Y lo que me viene a la memoria es que, aunque me sintiese satisfecho por haber finalizado un cuento o haber disfrutado de la compañía de amigos, y tuviese reales motivos para estar alegre, nunca dejó de agobiarme sentir que el socialismo era un sistema artificial, ajeno a la naturaleza humana, y que por eso precisaba de una franja de la muerte. Aquello que permitía su existencia era el lado más tenebroso y frágil del sistema.

Orwell pintaba una sociedad dictatorial que se valía de la tecnología para controlar la intimidad de las personas. Por fortuna, el atraso tecnológico del socialismo impedía la cristalización completa de la distopía del escritor. Según se sabe, era tal el volumen de información acumulada sobre la ciudadanía, que los analistas de la Stasi fueron incapaces de llegar a procesarla en su totalidad.

La felicidad en la RDA, fugaz y transitoria como toda felicidad, tenía mucho del juego del luche o la rayuela: aunque uno debe alcanzar el cielo para ganar, también puede disfrutar del arte de escalar gradualmente hacia la meta, sin salir del juego. Los otros casilleros no eran el cielo, pero si uno lograba olvidar la existencia del cielo, podía aspirar a ser medianamente feliz donde vivía.

Tras el desplome de la RDA quedó al descubierto que, al tanto de este déficit, la Stasi ordenó espiar incluso la vida familiar de sus ciudadanos, aquello que se decía entre padres e hijos, o entre esposos o amantes, empleando a un hijo o un cónyuge como informantes, algo que dejó de manifiesto el bullado caso de la activista de derechos humanos Barbara Boley, y que representa de forma verosímil el extraordinario film *Das Leben der Anderen* (*La vida de los otros*).

Durante las celebraciones de Navidad, Año Nuevo, el Primero de Mayo, el Viernes Santo o la fundación del Estado germanooriental, el 7 de octubre, en la RDA se comía y bebía a destajo, y el Estado derrochaba multimillonarios recursos tratando de generar la sensación de bienestar y de consolidar la débil identidad «RDAriana» de sus ciudadanos. Pero, una vez evaporados los efectos del alcohol, las cenas y el trasnoche, los alemanes orientales volvían a darse cuenta con tristeza y frustración que vivían encerrados.

78

Las noticias sobre Polonia inquietaban no solo a los jerarcas de la RDA, sino también al exilio chileno. Muchos chilenos miraban con desazón lo que ocurría al otro lado de la frontera, porque no podían concebir que la clase obrera de un país comunista se rebelase contra el sistema que era supuestamente el sueño hecho realidad de los trabajadores.

—Pero ¿cómo? ¿Cómo se explica esto en Polonia? —exclamaba Juan Poblete, un sindicalista mayor, miembro del MAPU Obrero-Campesino, en las reuniones del partido y la UJD, que celebrábamos cada mes en Berlín.

Venía de una organización campesina del sur de Chile. Era quitado de bulla y ajeno a las disquisiciones teóricas que entonces estimulaban en Chile los ensayos de José Joaquín Brunner, Eugenio Tironi o Enrique Correa. Poblete vivía solo en una vivienda de Cottbus, ciudad apartada y olvidada por todos, hasta por las autoridades del SED, y nunca se quejaba de su existencia en la RDA.

Por el contrario, se sentía dichoso y agradecido de contar con comodidades a las que nunca habría accedido en Chile: departamento nuevo, calefacción, refrigerador, televisor y una jubilación digna en perspectiva. Recuerdo que, como era el único militante campesino en nuestro partido de pequeñoburgueses que afirmaba ser obrero y campesino, teníamos el encargo de cuidarlo como hueso de santo.

—¿Qué no entiende, compañero Poblete?

—No entiendo que la clase obrera esté contra el socialismo —afirmó desencantado—. Eso contradice la teoría. ¿Con qué cara me voy a presentar donde los compañeros de Tucapel o Cañete? Se van a burlar en mi cara. Miren a este que decía que el socialismo era el paraíso de los trabajadores. Resulta que ni los mismos trabajadores se tragan el sistema. Me van a decir que el socialismo y el capitalismo son la misma yerba, que los dos explotan a los pobres.

—Es normal, compañero Poblete, son las contradicciones sociales que se agudizan en la medida en que se accede a etapas superiores y más complejas de la construcción socialista —respondía algún dirigente—. Además, en Polonia se da una contradicción de primera magnitud entre la concepción científica del mundo y la religiosa, en particular la católica, que tiene rasgos reaccionarios. Se trata de fuerzas centrípetas y fuerzas centrífugas que se obstaculizan.

—¿Centri qué? —preguntaba Poblete engurruñado.

—Centrípetas o centrífugas, compañero.

—Con esa explicación quedamos en las mismas, pues —reclamó Poblete—. A mí me dan lo mismo las leyes de la dialéctica, la base o la superestructura, o si esas fuerzas son centri no sé cuánto o centri qué sé yo. Lo concreto es que los obreros en Polonia parece que están hasta la tusa de socialismo, y mire la paciencia de Matusalén que tenemos los trabajadores en el mundo, compañero.

El desánimo cundía en el exilio. Al mismo tiempo que el modelo económico de Pinochet se consolidaba en Chile, el socialismo iba debilitándose como si se empeñara en refutar a Marx y Lenin. ¿Qué íbamos a hacer? Las leyes de la historia no avanzaban hacia el socialismo. El panorama polaco se asemejaba peligrosamente a los últimos meses de Allende en el poder. Los enemigos del socialismo eran mayoría también en Polonia.

—¿Y qué opinión tiene el Ejército polaco sobre todo esto? —preguntó un día Juan Bertoni, un uruguayo que había vivido en el Chile de Allende—. Porque, no nos movamos a engaño, de la actitud del Ejército depende la sobrevivencia del socialismo en Polonia y el Pacto de Varsovia.

Estábamos en una reunión del partido y la juventud del MAPU-OC en la RDA analizando la política chilena y la coyuntura mundial. A decir verdad, aquello era una auténtica escuela política. Cuando se trataba de sesiones «nacionales», es decir, en las que participaban todos los militantes del partido y la UJD exiliados en la RDA, los encuentros de reflexión los amenizábamos con café, refrescos y sándwiches, y los interrumpíamos a mediodía para almorzar en alguna *Gaststätte* cercana.

Esas reuniones eran muy diferentes, desde luego, a las de base de la Jota, donde predominaban el carácter jerárquico y el análisis esquemático; en suma, el estilo autoritario al que me había acostumbrado en Cuba. Aquí, en cambio, existía diversidad de pareceres y tolerancia frente a la diferencia. Aquel ambiente respetuoso fue una lección para mí y me convenció de que la actitud liberal ante la vida no implicaba necesariamente anarquía.

En esas reuniones participaba también gente de formación diversa, hijos de la pequeña burguesía ilustrada, personas a menudo brillantes, versadas en política y con gran curiosidad intelectual, gente que aportaba desde sus experiencias particulares como ex alumnos de colegios o universidades, o bien desde la labor que habían desempeñado en los ministerios de Allende.

Como el Partido Comunista no impulsaba esa visión tolerante de la política y la cultura, y la derecha pinochetista tampoco creía en la política ni la cultura democrática, gente como la del MAPU-OC ofrecía una constelación intelectual estimulante. No me sorprende por eso que los miembros de ese minúsculo partido incidieran —y sigan incidiendo— de forma tan relevante en la transición democrática de Chile y la actualidad del país.

Recuerdo a la pasada, y de forma incompleta, a algunos militantes que aportaban a nuestras discusiones a través de ensayos o intervenciones orales: Eugenio Tironi, José Joaquín Brunner, Enrique Correa, José Miguel Insulza, Fernando Martínez, Germán Rojas, Juan Trímboli, en fin. Después a estas figuras les oprimió tal vez demasiado el corsé partidario y emigraron a otros partidos o a la independencia política y económica. Algo parecido me ocurrió a mí: se extinguió mi flexible militancia juvenil con la gradual extinción de la UJD.

Fue ese núcleo intelectual el primero en darse cuenta de que el régimen de Pinochet no constituía una dictadura latinoamericana más, ni un simple paréntesis en la vida institucional del país, sino una «revolución de signo inverso», que cambiaría de forma radical y permanente la existencia de los chilenos.

Cuando se produjo lo que temíamos, el golpe de Estado comunista del general Jaruzelski en Varsovia, la desazón, la confusión y el pánico cundieron. Si algunos rechazaban una dictadura militar para mantener el socialismo porque esa medida sepultaría para siempre la esperanza de construir un socialismo democrático, otros, aquí incluyo a la mayoría de los chilenos en la RDA, justificaron el golpe, alegando que era la única forma de salvar el socialismo a escala mundial.

Algunos, percatándose de las innegables similitudes entre la dictadura militar de Jaruzelski y la de Pinochet, afirmaban que como la intervención no era tan sangrienta como la chilena, podía ser justificada. En opinión de los *Betonköpfe**, la patriótica acción

---

* Los cabezas de hormigón.

del general Jaruzelski representaba la única forma de proteger la causa, la utopía y la principal fuerza revolucionaria del mundo, la comunidad de estados comunistas.

Otros, debilitados por la decepción y el desencanto, viendo cómo el socialismo se caía a pedazos ante las propias narices, especulamos que con ello se cruzaba un punto sin retorno, y que Jaruzelski ponía al desnudo la inviabilidad económica y política del socialismo.

79

A través de un mensajero de confianza un día me llegó una carta de Jorge Arancibia, el amigo de la UJD* que me ayudó a salir de Cuba, para que nos reuniéramos. Jorge había logrado una plaza de trabajo en una agencia de noticias de Bonn, entonces capital de Alemania Occidental. Es decir, había logrado sortear de forma legal el Muro y obtener una plaza en el capitalismo, recibiendo empero los usuales improperios de «traidor» de parte de compatriotas en la RDA, que tildaban su *dream job* en Alemania Occidental, financiado por la fundación socialdemócrata alemana Friedrich Ebert, de reclutamiento de la CIA.

Curiosamente, muchos izquierdistas chilenos pensaban —y siguen pensando— que la CIA estaba detrás de cada compatriota que emigraba desde el socialismo a Occidente. Estaban convencidos de que los servicios secretos de Occidente esperaban a un pobre exiliado o estudiante al otro lado del Muro con un maletín lleno de marcos occidentales, contratos y seguros. A ellos les tengo una pésima noticia: los chilenos que salimos del socialismo a Occidente no solo no fuimos recibidos por un James Bond con maletín, sino que nunca trabajamos más duro e intenso que en el mundo capitalista, porque allí, a diferencia del socialismo, nadie regala nada, había que ponerse las pilas y laburar.

---

* Unión de Jóvenes Democráticos.

Sobre el resentimiento de los compatriotas que seguían viviendo en el socialismo con respecto a los que se iban a Occidente, conviene mencionar ciertas cosas.

Muchos exiliados en la RDA, tanto los que vivían allí a gusto como los que anhelaban irse sin lograrlo, acusaban a los compatriotas que emigraban a Occidente de «vendidos» y «enceguecidos por las perspectivas de una vida fácil». La acusación, reiterada con escasa variación, contenía la curiosa admisión de que en Occidente se disfrutaba la vida, y que en el socialismo, en cambio, la existencia era triste, monótona y dura. Eso contradecía, desde luego, la propaganda de los estados comunistas, según la cual en el capitalismo reinaban el desempleo, la miseria y la explotación, y solo el socialismo brindaba felicidad.

Si la vida se disfrutaba supuestamente en el socialismo, es decir, detrás del Muro, y pese a ello tantos «traidores» se iban al capitalismo por sus ventajas, entonces ¿qué sentido tenía seguir sacrificándose a diario, construyendo encerrado el socialismo?

Para ser coherentes con el mensaje propagandístico de la RDA, los exiliados —en lugar de criticar el hecho de que compatriotas se «vendiesen» al capitalismo— debían compadecerse de ellos y mantenerles las puertas abiertas para cuando, hartos de la pobreza y la explotación, retornasen a la RDA y denunciaran allí su dolorosa experiencia al otro lado del Muro.

Pero nadie regresaba del capitalismo al socialismo.

Sucedía lo contrario: quienes vivían en el socialismo querían irse al capitalismo a como diese lugar.

Ni siquiera los chilenos más militantes volvían. Santos Chávez fue una excepción. Lo que ocurría con los «traidores» o «malagradecidos» era siempre lo mismo: al cabo de un tiempo llegaban al socialismo noticias de quienes se habían ido a Estocolmo, Viena, París o Roma: allá disfrutaban de un pasar incomparablemente superior y hasta se permitían el lujo de tener un auto e ir de vacaciones a Turquía o Grecia. Y, lo que era más ofensivo: cuando cruzaban el Muro para visitar a sus antiguos camaradas podían hospedarse en los mejores hoteles de la RDA, reservados para extranjeros con divisas. De golpe habían pasado de la segunda a la primera categoría de personas en el socialismo.

El reencuentro con antiguos vecinos alimentaba la envidia y el resentimiento, y endurecía las diatribas en contra de quien había abandonado la causa para «venderse» al enemigo. No podía ser que les fuese tan bien si estaban tan mal hace poco. Pero lo que en verdad nutría el resentimiento era la constatación, por parte de quienes se quedaban, de que habían escogido el lado perdedor de la historia, pues la vida más allá del Muro era infinitamente más próspera, libre y democrática que en la RDA. Tarde o temprano, esa gente llegaba a la triste conclusión de que el socialismo triunfaba solo en los manuales de la URSS y los noticiarios comunistas, pero no en la vida.

—Hay una posibilidad en la agencia de noticias de Bonn —me dijo Arancibia en el café de la Alexanderplatz donde decidimos juntarnos. Haciendo uso de su flamante libertad de desplazamiento, estaba en la RDA visitando a familiares. Se veía saludable y seguro, vestía a la moda y olía a perfume francés—. No es un trabajo de corresponsal, eso sí.

Escuché sus palabras saboreando el café, satisfecho porque al menos habíamos conseguido mesa sin cola, un privilegio en los establecimientos de la RDA.

—¿Y qué haría yo en esa agencia? —pregunté.

—Te contratarían, pero no como periodista —continuó Arancibia—, sino como encargado de cortar y enviar télex a los clientes. Hay que enviarlos por correo a mediodía.

—¿Qué es eso de cortar télex?

—Son los rollos de papel que traen las noticias. Los cortas con tijera o una regla, los separas por temas y los envías desde la oficina de correos, frente al Bundestag.

—¿Bundestag? ¿El Parlamento federal?

—Así es. Estamos en pleno barrio cívico de Bonn. Allí ves pasar a diputados, ministros y hasta al canciller Helmut Kohl.

—¿No será demasiado compleja la tarea? Digo, ¿no me confundiré y me despedirán y terminaré viviendo debajo de un puente?

Arancibia sonrió.

—Es lo más fácil del mundo —repuso con tono tranquilizador—. Cortas los télex, los metes en sobres y los llevas a la oficina de correos a mediodía. Listo.

—¿Y la paga?

—Poca, pero el contrato es solo por media jornada, de lunes a viernes.

—¿Y quién lo hace ahora?

—Un turco. Avisó al gerente que se va. Es tu oportunidad para saltar el Muro. Nosotros nos encargamos de conseguirte residencia como corresponsal.

—¿Y eso qué significa? —pregunté viendo que la oferta incluía varias tareas.

—Primero, que Alemania Occidental te da visa de corresponsal extranjero. Segundo, 1.500 marcos occidentales mensuales, que es poco para Occidente, pero una fortuna en el socialismo. Allá te alcanza para comer y arrendar un cuarto. Probablemente no vivirás mucho mejor que aquí en un inicio y tendrás que trabajar más, pero serás libre.

Pensé en mis años verde olivo en la isla, en los abusos y arbitrariedades que sufrí, recordé al poeta Padilla y su consejo de regresar con inteligencia a Occidente, y me dije que por fin la libertad me hacía guiños desde la otra esquina. Me resultaba increíble que fuese a ser libre de nuevo, libre de la limitación que imponían los tiburones del mar Caribe o los guardias del Muro, libre para leer lo que quisiera y decir lo que me viniera en gana, para conocer Occidente, para llegar incluso a Chile sin pedir permiso al CHAF o a la *Volkspolizei*. Sonaba tan bien que parecía imposible que fuese cierto. ¡Y además me pagaban!

—Tendrías que comprometerte, eso sí, a escribir uno o dos artículos diarios —agregó Arancibia tras sorber de su taza.

—Pero si no me pagarán como periodista.

—No, pero es para demostrar a las autoridades que eres en efecto corresponsal de prensa.

—Así que es cierto lo del capitalismo explotador.

Arancibia volvió a sonreír y vació la taza con una mueca de desaprobación. Llevaba una corbata de seda verde que contrastaba con su camisa azul. No se parecía en nada al Arancibia del socialismo, cuando vestía zapatos imitación cuero y camisa de popelina.

Nos quedamos callados. Por los ventanales se veía a gente que pasaba presurosa, a turistas polacos que se acercaban a la Weltuhr, el reloj mundial, y a policías que vigilaban el contacto entre occidentales y ciudadanos de la RDA, que estaba prohibido.

Solté un resoplido y al final dije:

—Así que trabajaría más que aquí, viviría en un cuartucho y cortaría télex, en lugar de ser aspirante a doctor en Filosofía de la Humboldt y traductor de Intertext.

—Así es —dijo Arancibia, acomodándose su cabellera con una mano—. Pero serías libre.

En concreto, la oferta implicaba renunciar a mi beca en la Humboldt-Universität y a mis sabrosos honorarios como traductor. En términos profesionales, pasaría de una posición de privilegio en la RDA a la de un pobre *Gastarbeiter*, un trabajador extranjero, en la Bundesrepublik.* En rigor, haría la labor que un turco ya no deseaba cumplir.

Eso era en términos profesionales y materiales, pero en lo emocional significaba algo mucho peor y dramático.

—¿Puedo llevarme a Carolina? —pregunté.

Arancibia conocía la RDA porque había vivido hasta hace poco en Zwickau con su señora e hijos, chilenos todos.

—Tendrías que casarte primero con ella —dijo serio—. De lo contrario no la dejarán salir. Puede que, aunque casados, no la dejen salir por ser quien es; o puede que la dejen salir precisamente por ser quien es. Tú sabes, Markus Wolf siempre trata de infiltrar a agentes en Alemania Occidental.

Casarse, pensé. La relación no estaba como para dar un paso de ese tipo, el único que permitiría a Carolina elevar una solicitud para emigrar de la RDA sin sufrir represalias. Salir y no poder volver nunca más. Ese era el trato que la RDA brindaba a sus ciudadanos «traidores». Pero para casarme con una ciudadana germano-oriental debía solicitar autorización a los compañeros chilenos del CHAF y luego, con la autorización del CHAF adjunta, un permiso al Estado de Alemania del Este.

Sé que esto suena raro a los oídos de alguien que vive en el mundo libre, pero en los países socialistas los ciudadanos debían pedir permiso al Estado para casarse con un extranjero, aunque fuese ciudadano de otro país socialista, y aunque el extranjero residiese legalmente en el país de la pareja.

—¿Cuánto tardan en dar el permiso para casarse? —pregunté.

—El CHAF varias semanas. La Stasi años. O puede que nunca responda. Pero recuerda que después de casado tendrías que solicitar una autorización para que tu mujer pueda salir contigo de la RDA. Eso también dura años, o tal vez una eternidad.

---

* República Federal.

—Y entretanto perdería el trabajo.

—No podría trabajar en ningún área que el Estado considere sensible para la seguridad nacional. Carolina no podría trabajar ni de cajera de supermercado, pues una cajera conoce la distribución de alimentos. Prepárate para lo peor y durante años.

El asunto se veía complicado desde el punto de vista humano y profesional. En el socialismo el individuo dependía del Estado hasta en sus decisiones más personales. Además, yo desconfiaba de los compatriotas del CHAF, que eran en primer lugar leales a la RDA y que no se atrevían a contradecir a la Stasi o al SED en ninguna materia. Ninguno de ellos se la jugaría por mí, y menos aún para que yo, un «traidor», se saliera con la suya y se fuera con una germano-oriental a la Alemania capitalista.

Pero tal vez el criterio decisivo dependía de otra cosa, no de mi ventajosa situación material en la RDA o de que fuese feliz con mi polola, sino del hecho de que la RDA y el socialismo en su conjunto se me habían vuelto asfixiantes. Toda dictadura termina ahogando a una persona de convicciones democráticas.

—¿Y cuándo se va el turco? —pregunté.

80

¿Qué hacer con Carolina? El asiento de tablas del S-Bahn que traquetea entre Berlín Este y Bernau se convirtió a menudo en un buen compañero. ¿Se marcharía conmigo a Occidente o preferiría quedarse detrás del Muro? ¿Se atrevería a dejar la RDA para vivir sola un par de kilómetros más al oeste, pero despojada de la posibilidad de volver a ver a sus familiares? Ellos no podrían visitarla hasta que jubilaran, y ella no podría reingresar al territorio de la RDA.

Esas eran las reglas básicas del socialismo: no tienes derecho a traicionar al Estado que se hace cargo de ti desde la cuna hasta la tumba. Soy un Estado generoso como pocos en la historia humana, pero a la vez intolerante y punitivo como el Yahvé del Antiguo Testamento, por lo que nunca abandones mi paraíso, ni de palabra ni de hecho ni de pensamiento. Lo que te doy me lo debes. Soy tu dueño. Y si logras dejar mi territorio —ya sea mediante triquiñuelas legales o una fuga descarada— no te permitiré el reingreso al paraíso, porque tengo ángeles armados con espadas ardientes vigilando su entrada.

El S-Bahn continúa su carrera por la campiña brandeburguesa salpicada de viejas casas con tejado liso mientras del radiocasete de un muchacho llega a todo volumen música de Led Zeppelin. Solo vamos él y yo en el carro, por lo que contemplar el paisaje entre el estrépito de guitarras eléctricas, percusión y el traqueteo del S-Bahn se vuelve algo irreal. El tren pareciera correr al frenético ritmo de la banda hasta que llega a Bernau, ciudad donde hay tropas soviéticas. Mientras yo sueño con cruzar el Muro para vivir en Occidente, Led Zeppelin llega hasta lo más profundo de Alemania del Este.

Pero no se trata solo de si Carolina, que a esa hora debe haber regresado al departamento desde la escuela, se atreverá o no a marcharse conmigo, sino de algo previo: ¿le otorgará la RDA el permiso para irse a Bonn? Porque sabemos que hay suicidas políticos dispuestos a todo, a admitir incluso ante las autoridades que no soportan el encierro y que, frustrados e impacientes, claman por un permiso *zur endgueltigen Ausreise aus der DDR.**

En rigor, se trata del certificado de tu defunción social, porque el solicitante y su núcleo familiar pierden los puestos de trabajo y estudio, y son enviados a realizar trabajos ocasionales y de monta menor, considerados sin riesgo para la seguridad nacional. Es el cruel *schikanieren*** con que el Estado comunista demuele por años a quien solicita visa para emigrar. No puedo imaginar lo que le ocurrirá a Carolina, que traduce feliz en Bogensee.

¿Cuántos años retendría, hostigaría y atormentaría la RDA a Carolina? ¿Tres, cinco, siete años? ¿Consideraría que ella constituía un factor de riesgo para la seguridad? En el caso de Cuba, quienes pasan como soldados rasos por las FAR quedan «anclados» en la isla hasta que el armamento y la estrategia defensiva pasen a una nueva etapa. Los médicos, por su parte, quedan encadenados de por vida en ambos países: trabajan en un área sensible y lo mismo ocurre con maestros, abogados, traductores, jefes de empresa o de distribuidoras de alimentos, en fin.

---

* La salida definitiva de la RDA.

** Hostigar, atormentar.

¿Sería Carolina capaz de soportar años en un trabajo indigno, confiando en que al final se abriría el Muro para ella? ¿Estaba dispuesta a eso? ¿Y la esperaría yo en Bonn o me quedaría a su lado aguardando a que la liberaran? ¿Cuánto tardaría eso? La respuesta no estaba garantizada, y la plaza de corta télex en Bonn, con visa para residir en Alemania Occidental, no me la reservarían mucho tiempo. Si Carolina llegaba a obtener el permiso para casarse conmigo, su condición de cónyuge no implicaba que lograría seguirme.

Yo no podía basar mis esperanzas en la buena voluntad de la RDA para que nos permitiera marcharnos juntos. Creer en la buena fe del Estado socialista era desconocer la esencia misma del totalitarismo. La RDA no aflojaba las garras con que retenía a sus ciudadanos. ¿Acaso una decisión humanitaria en ese sentido no sentaba un precedente delicado, no lanzaba a millones de alemanas el mensaje de que todo extranjero era una palanca ideal para cruzar el Muro y no regresar más?

Al imaginar cómo reaccionarían los chilenos del CHAF y los burócratas de la Stasi ante la petición matrimonial, y cómo respondería Carolina ante el chantaje estatal que la esperaba, olvidé que yo carecía de pasaporte. El mío estaba vencido y contenía una llamativa visa de una página de la República de Cuba, lo que complicaría su renovación en un consulado chileno. Y, lo más grave, en caso de ser renovado, acarreaba un riesgo nada menor: la CNI podía concluir que yo había estado en Cuba preparándome militarmente para derrocar a Pinochet.

La información que logré recolectar sobre el Consulado chileno en Berlín Oeste era desalentadora: su cónsul ponía dificultades para renovar o entregar pasaporte nuevo a quienes vivían en los países comunistas. Corría 1982 y ya la dictadura chilena sabía que el Partido Comunista se reservaba todas las formas de lucha —incluso la militar— para enfrentarla. La primera sospecha se dirigía contra quienes vivíamos detrás del Muro, en la isla o Libia: no importaba si estábamos dedicados al trabajo o el estudio, según la dictadura todos nos preparábamos para una insurrección.

Pero si llegaba a conseguir un pasaporte sin restricciones tendría la confirmación de que la policía política chilena ignoraba mi paso por la isla y la RDA, y un eventual viaje a Chile no revestiría riesgo alguno. Solo después me di cuenta de que también podía significar lo contrario: que la policía política, estando al tanto de mis vínculos con la dirigencia de la isla, interpretase mi renuncia a la Jota en La Habana como una maniobra para limpiar mi pasado y entrar a Chile con propósitos conspirativos.

Me interesaba en esos días regresar a Chile para ver en qué situación se encontraba mi país. Pero dar ese paso exigía tener claridad primero sobre ciertos temas. ¿Estaba yo libre de polvo y paja ante la policía política chilena? ¿Estaban en Santiago al tanto de mi paso por La Habana y Berlín Este, de mis vínculos en Cuba y la RDA, y de mi presencia en una casa de seguridad del Partido Comunista chileno? ¿Conocían mis nexos con Paul Ruschin, el espía estrella de Markus Wolf en Chile?

La oportunidad que ofrecía Jorge Arancibia abría una nueva etapa en mi vida y me permitía sopesar hasta la factibilidad de viajar a Chile. Pero un interrogante me paralizó de pronto: ¿cómo interpretar la aparición del cónsul cubano y de Don Taylor en todo esto?

IV
FRIEDRICHSTRASSE

81

Las informaciones siguientes me confirmaron lo que suponía: el Consulado de Berlín Oeste obstaculizaba el otorgamiento de pasaporte a quienes vivían en países comunistas. Su cónsul tenía ojo de lince para detectar a los chilenos que venían de detrás del Muro.

Tal vez podría conseguir un pasaporte con la L de «limitado», que permitía desplazarse por el mundo, pero no ingresar a Chile. Decidí entonces que, con el apoyo de los compañeros de la UJD y el MAPU-OC, viajaría a los Países Bajos. En el Consulado de Amsterdam había al parecer un cónsul honorario que se mostraba humano y flexible frente a los exiliados.

En rigor, la práctica de la dictadura chilena de derecha de negar a los compatriotas el ingreso al país era igual a la de las dictaduras comunistas: los cubanos y germano-orientales no solo necesitaban visa para salir de su país, sino también —algo inaudito— para regresar a él. Además, quienes «traicionaban» a Cuba o la RDA, criticándolas públicamente en Occidente o permaneciendo en forma definitiva en él, perdían el derecho a sus propiedades y a regresar. Los extremos no solo se tocaba, sino también que se asemejaban.

Los partidos del exilio chileno no reclamaban, desde luego, contra esta flagrante violación de los derechos humanos en los países socialistas en que residían. Ni siquiera reclamaban aquellos chilenos a los cuales la dictadura chilena les había denegado el pasaporte o les entregaba uno con la maldita L. Y el silencio continúa hasta hoy, casi un cuarto de siglo después de derrumbados los socialismos reales.

Para avanzar en mi plan de salir de la RDA, la UJD solicitó a la policía migratoria germano-oriental, vía los burócratas del CHAF, un permiso de salida a Berlín Oeste con pasaporte vencido. Para esto necesitaba una comprensión particular de parte de la *Volkspolizei* (Policía Popular).

Aquello era riesgoso, desde luego, puesto que yo podía ser interceptado en el cruce fronterizo por la policía del otro lado. En ese caso iniciarían una investigación para averiguar cómo había arribado a Occidente sin documentación y cuáles habían sido mis estaciones previas.

De inmediato les llamaría la atención que hubiese contado con apoyo de Cuba y la RDA para desplazarme sin documentos. Sospecharían de mí. Estábamos en plena Guerra Fría y yo parecería un agente comunista cumpliendo una labor non sancta por encargo de Cuba o la RDA. Más de alguna consulta viajaría a Santiago de Chile y tal vez algún funcionario chileno se interesaría en entrevistarme en la prisión berlinesa occidental.

Tenía, sin embargo, cartas que me favorecían: a diferencia del régimen comunista, Alemania Occidental rara vez controlaba el tránsito de pasajeros Este-Oeste, conformado en su mayoría por turistas que pasaban por el día al Berlín comunista y regresaban en U-Bahn o S-Bahn. El Muro era propiedad del comunismo y a Berlín Oeste le encantaba presentarse como lo que era: una ciudad libre, ábierta y democrática, que no reconocía esas fronteras como entre dos Estados.

Por lo tanto, si yo salía en el S-Bahn o el U-Bahn por la estación de Friedrichstrasse, al oeste, era poco probable que me controlaran en el lado occidental. En el instante en que abordara un metro atestado de pasajeros occidentales, me confundiría con ellos y yo sabría cómo escabullirme en una zona urbana. Pero todo eso presentaba sus riesgos, porque según las novelas de John Le Carré y Frederick Forsyth, por esas mismas estaciones solían transitar espías de ambos sistemas, lo que implicaba la presencia de brigadas volantes de civil chequeando eventuales desplazamientos sospechosos. Era importante no atraer la atención de esos agentes de contrainteligencia.

Crucé una mañana a Berlín Oeste por el paso fronterizo de la Friedrichstrasse con un salvoconducto de la RDA que solo me servía para atravesar el Muro. El resto de la operación era de mi exclusiva responsabilidad, es decir, una aventura personal. Llegué al otro lado nervioso y con una dirección en la memoria. Bajé del S-Bahn en la estación Bahnhof Am Zoo después de traspasar la franja de la muerte, abordé el U-Bahn y luego un bus de dos pisos, cerciorándome de que nadie me seguía.

Llegué por fin a un deprimente barrio de extranjeros que colindaba con Berlín Este.

En el cuarto piso de un edificio abandonado me aguardaba una pareja de chilenos que militaban en la UJD y estudiaban en la Freie Universität de Berlín. Ella era de origen italiano, él de ascendencia alemana. En su vivienda olía a humedad y a calefacción a carbón, y reinaba el silencio, acrecentado por la cercanía del Muro, que brillaba abajo como una gruesa serpiente en reposo. Allí pernoctaría.

Después de cenar cereales y granos con yogur en la vivienda de mis anfitriones, que eran alternativos y vegetarianos, salí a zamparme unas medidas de ron en un bar de mala muerte y a pasear a lo largo del Muro.

Necesitaba tomar conciencia del inmenso salto geográfico y político que estaba dando en aquel momento. Volví a la calle con el regusto dulzón que me dejó un Havana Club añejo que aún fabrica Cuba en las bodegas expropiadas a la familia Bacardí, y con un estremecimiento trepé a una de las plataformas de madera levantadas en Berlín Occidental para observar la franja de la muerte, que los comunistas preferían no mirar a los ojos.

Si algún átomo de esperanza en el socialismo almacenaba aún mi alma en esos días, si palpitaba aún en mí una célula de simpatía por el sistema que me había recibido con generosidad en la Friedrichstrasse y había terminado por defraudarme hasta la médula, eso quedó sepultado tras la escalofriante visión que se me ofreció aquella noche desde la plataforma.

Más allá del Muro de cresta redondeada para que nadie pudiera aferrarse a él, y de la franja de la muerte, vi rejas y alambradas, e incluso el campo minado, las defensas antitanques, las torres de vigilancia y dos perros policiales atados a cables. Detrás de esa cicatriz de indignidad humana, en las tinieblas, estaban las casas, las ventanas iluminadas, el parpadeo de los televisores, el desplazamiento de vehículos en la RDA.

Desde la plataforma quedaba claro que sus habitantes eran prisioneros de una cárcel inmensa. Sentí una opresión dolorosa en el pecho y la cabeza. Sentí vergüenza infinita, culpabilidad, arrepentimiento, ganas de pedir perdón a los alemanes orientales por ser víctimas de mis ideales políticos de adolescencia, y a los chilenos a los que, en la época de Allende, acusé de mentir cuando describían a la RDA como una prisión.

Fue esa noche que comprendí con claridad meridiana que el Muro, ese que resplandecía ante mis ojos y reptaba dividiendo una ciudad y a sus habitantes, era también un muro chileno. No porque nosotros, los chilenos, lo hubiésemos levantado a partir del infame 13 de agosto de 1961, sino porque al justificarlo con nuestro silencio, lo hacíamos nuestro. El silencio que se nutre de injusticias y abusos, pervierte y corrompe a su vez el alma de quien lo practica. Como chilenos y como partidos políticos de izquierda éramos cómplices pasivos de la crueldad berlinesa que clamaba esa noche su dolor al universo.

No habíamos levantado el Muro con nuestras manos morenas, pero éramos sus guardianes ideológicos ante el resto del mundo: vivíamos resguardados y protegidos por él, nos *aggiornamos* con él, lo toleramos hasta no verlo ni padecerlo, y sin embargo luchábamos al mismo tiempo para que nuestra patria, situada miles de kilómetros al sur, recuperara la democracia, la libertad y la dignidad. Pero estas eran solo para nosotros, mas no para quienes eran nuestros vecinos y padecían su ausencia en nuestra utopía devenida realidad. En el corazón de Europa nos parecía justo, o al menos nos era indiferente, que los diecisiete millones de personas que nos mantenían con sus impuestos, su trabajo y su sacrificio, viviesen encerradas en esa cárcel. Sentí que la luz de la luna amortiguó al menos el rubor de mis mejillas. No era solo un tema de libertad y democracia. También involucraba la economía. ¿Cómo llegamos a creer que un comité de burócratas del Estado y del partido comunista iba a tener éxito al determinar para cada plan quinquenal los modelos y colores de los zapatos de todo un país; la pantalla y el largo del cable de todas las lámparas de velador, o el color y el broche de los ajustadores de senos de las mujeres de toda una nación, y hasta el aroma de dos o tres perfumes para todos los jóvenes? ¿Por qué llegamos a idealizar al Estado y a preferirlo por sobre la infinita variedad y creatividad de millones de individuos emprendedores? ¡Qué idea tan restringida teníamos entonces del ser humano, sus preferencias y sus ansias de libertad!

Millones de alemanes jamás podrían llegar hasta donde yo estaba, me dije con el corazón en la mano. Ninguno podría posar sus pies en esa calle que pertenecía a la misma ciudad donde vivían y a la misma patria de la cual todos eran hijos. Sentí compasión por los germano-orientales y por todos mis amigos del otro lado. Pensé en Carolina y sentí lástima por ella y supe que su estudio de Bernau también formaba parte del millar de luciérnagas que refulgían detrás de la frontera. Una cosa tenía clara: nunca podría mirar el mundo desde esa plataforma tomado de la mano con Carolina.

Me deprimió la tétrica, bien iluminada y solitaria franja de la muerte. Era una visión trágica y repugnante, que no solo dejaba sin voz sino que exigía la condena enérgica y clara de cualquier persona dotada de un mínimo de sensibilidad y respeto por los derechos humanos. Por un lado había un Estado que encerraba a un pueblo entero para obligarlo a vivir en lo que definía como un ideal humano; por el otro, un Estado democrático y seguro de sí mismo, que instalaba esas plataformas y decía a los suyos y al mundo: suban, miren y escojan.

Regresé a la vivienda de mis nuevos amigos con el alma estremecida por la rabia, la tristeza y la impotencia.

Al día siguiente debía continuar viaje a Amsterdam.

82

Temprano en la mañana cogí el tren a Amsterdam.

Aquello seguía siendo una apuesta arriesgada. El salvoconducto extendido por la RDA me servía solo ante los soldados germanoorientales que controlaban el tren mientras viajaba por territorio de la RDA, entre el Muro de Berlín y la frontera alambrada con la otra Alemania. Llevaba, por lo tanto, salvoconducto, pasaporte chileno vencido y cerca de 500 marcos occidentales que la pareja chilena me prestó para mostrarlos en caso de que la inmigración occidental quisiese saber cómo iba a mantenerme.

En el tren solo tuvimos el acostumbrado e intimidante control de documentos de los guardafronteras del Regimiento Dzerzhinsky de la RDA, cuya gorra, de cintillo verde, llevaba la hoz y el martillo. Anotaban los datos de cada pasajero que viajaba entre Berlín Oeste y Alemania Occidental por el territorio de la RDA.

Tuve suerte. Me bajé en Helmstedt, la primera estación de Alemania Occidental, donde subían a veces los controladores de pasaportes occidentales, y cogí un tren que me internó por un ramal que se alejaba de la frontera; solo después volví a abordar un expreso con destino a Amsterdam. No subió la policía de inmigración en ese trayecto. Era improbable que lo hiciera ya tan lejos de la frontera.

En Amsterdam me aguardaba una periodista chilena exiliada, miembro de la UJD, que simpatizaba en cierta forma con la vía armada que proclamaba entonces el Partido Comunista, lo que —pensé— solo podía deberse a que no había vivido en el socialismo. Patricia residía en Amsterdam desde hacía años, hablaba bien el holandés y, sospecho, fue allí, en la próspera, democrática y multicultural Amsterdam, donde comenzó a admirar el fidelismo.

Siempre me agota discutir sobre el socialismo con quienes no han vivido en él o lo conocen de viajes turísticos o breves jornadas de trabajo de solidaridad revolucionaria. Es tarea poco menos que imposible hacer armonizar ambas visiones: la del turista político y la de quien sufrió en carne propia el socialismo. Una conclusión es evidente: solo quienes no lo han vivido se convierten en sus fervientes admiradores; los que lo han padecido, en cambio, terminan criticándolo o, en el caso de los incorregibles, sin muchas ganas de hablar claro sobre él.

Además, en el socialismo la persona pierde dos veces: la primera, al tener que participar en su construcción; la segunda, al tener que participar en su transición al capitalismo.

Patricia me llevó en bus hasta el estudio que ocupaba en una estrecha casa de escalera empinada. Al regresar a la ciudad, que fue mi puerta de ingreso a Europa en 1973, comprobé una vez más que había estado perdiendo el tiempo en el socialismo y que había desechado la oportunidad de conocer sociedades diversas, abiertas, vitales y tolerantes. Aquello constituía un déficit irremontable en bienestar, democracia y libertad, en exploraciones artísticas, intelectuales y humanas. La diferencia entre una sociedad triste y una dichosa y diversa se respiraba en el aire mismo. Me sentí, de nuevo, estafado por haber derrochado y malgastado mi juventud en el socialismo.

Recordé la tarde del 31 de diciembre de 1973 cuando, junto a un canal, me crucé con unos jóvenes holandeses que me saludaron al ver la bandera de Chile en mi parka. Yo venía desembarcando de mi vuelo desde Santiago, en mi primer día en Europa.

—¿Y cómo está Chile? —me preguntó uno en inglés. Nevaba y oscurecía. Eran tipos de melena y barba, alegres y despreocupados, de una congregación religiosa.

—Mal con Pinochet —repuse yo.

—¿Vas a radicarte en Amsterdam? Te invitamos desde ya a nuestra iglesia.

—Gracias, pero voy a la RDA —expliqué alborozado.

—¿A Berlín Este? ¿Detrás del Muro?

—Así es.

—Otra dictadura —comentó un muchacho sacudiendo la cabeza, antes de reanudar la marcha—. Mejor permanece en los Países Bajos.

Me quedé para siempre con la respuesta en la boca.

Patricia estaba separada de Pablo Marambio, un militante del Partido Comunista chileno que vivía en Bulgaria, pero que ahora andaba de visita en Occidente.

Vivía en Sofía. Lo que era peor que vivir en la RDA o Cuba. Supongo. Según algunos, era uno de los socialismos más deprimentes del mundo, junto al de Nicolae Ceaucescu y el de Kim Il Sung. Sí, el socialismo del estalinista Todor Zhivkov era un tormento. ¡Por favor! Todor Zhivkov.

Me tocó desayunar un día con Pablo.

—Compañero, vivo en un país donde los obreros y campesinos gobiernan, un país parecido en población y recursos naturales a Chile —me dijo con los ojos encendidos por una suerte de epifanía—. Pero, a diferencia del nuestro, sin pobreza ni diferencias sociales, un país donde reina la igualdad y los trabajadores son quienes mandan.

No me cupo duda: aunque llevaba unos Wrangler y zapatillas de tenis, y paseaba por el dorado mundo capitalista en chaqueta de cuero, el compañero era un «comecandela», como califican en Cuba a los fidelistas, un *Betonköpf*, como llamaban los germano-orientales a los dogmáticos. Amaba a Bulgaria y admiraba la sabiduría de Zhivkov, y consideraba que Chile, después de derrocar a Pinochet, debía imitar la vía búlgara de desarrollo para convertirse en un país socialista avanzado.

—Están todas las condiciones dadas, compañero —continuó Pablo Marambio—. Tenemos la misma geografía y producimos lo mismo: vinos, frutas, verduras, y además nosotros tenemos el cobre y el Pacífico. No hay razón para que seamos menos que Bulgaria. Bulgaria es el modelo. No Cuba ni Vietnam ni la RDA, compañero, sino Bulgaria.

Aquello me resultó chocante. Si tanto amaba el socialismo, ¿por qué andaba este predicador zhivkoviano en Holanda, un país capitalista? ¿Y qué perseguía al pronunciar esa proclama revolucionaria? ¿Es que Patricia le había dicho que yo había sido militante de la Jota y andaba explorando la forma de regresar a Occidente?

Se sabía que algunos compatriotas informaban al servicio secreto del país comunista donde residían. En especial se daba esto entre quienes disfrutaban de autorización múltiple y permanente para viajar a Occidente, que era el caso de Marambio. ¿Representaba algún peligro para mí el comecandela?

No me quedó más que decir lo que yo pensaba. Estaba harto de aguantarme la boca, y no iba a callarme ahora, en territorio occidental, donde había libertad y derecho a pensar como quisiese. Le dije que no hablara sandeces, que el futuro de Chile no podía basarse en el totalitarismo comunista, fracasado política y económicamente, sino en ejemplos occidentales exitosos que unían la iniciativa privada con la libertad y la democracia sin apellidos. Y no contento con esto, agregué:

—Y tú sabes de lo que estamos hablando, porque tanto tú como yo hemos vivido en el socialismo y conocemos los males que padece, y lo desgraciada que es la gente que vive en una dictadura de partido único.

Pablo Marambio se quedó lívido y boquiabierto. No se esperaba, desde luego, una andanada reaccionaria como la mía. Pero yo llevaba desde septiembre de 1973 sin poder decir lo que realmente pensaba. El admirador de Zhivkov bajó la cabeza y apretó la taza de café que sostenía entre las manos, anonadado por lo que yo escupía. Sacudió la cabeza varias veces sin levantar la vista. Creo que en ese instante llegó Patricia de la calle, pues había ido a buscar pan para el desayuno.

—¿Y eso fuiste a aprender a la escuela de la FDJ? —me preguntó Marambio.

Capté la molestia en los ojos de Patricia. Era evidente que ella le había comentado sobre mí, violando normas de seguridad de la UJD, pero qué iba a hacer. Mi estrategia para regresar a Chile la conocía ahora un estalinista y zhivkovista, alguien de la izquierda más dura imaginable.

—¿Están discutiendo de política? —preguntó Patricia con la bolsa de pan en las manos.

—Y nada menos que de la escuela de la FDJ —repuse yo, mosqueado.

—Pablo, ¿tú empezaste? —Patricia le clavó una mirada fiera.

Marambio sorbió un buche de la taza, como para ganar tiempo, se encogió de hombros y dijo:

—Esto queda entre nosotros. Aunque el compañerito sea un burgués que más temprano que tarde se nos pasará a las filas del enemigo, esto no sale de aquí. Yo soy una tumba.

—Si preferir Holanda a Bulgaria, o Alemania Occidental a la RDA, o Francia a Rumania es pasarse al enemigo, entonces feliz soy ya parte del enemigo —respondí—. Lo condenable es venir a disfrutar Occidente, algo que los búlgaros no pueden hacer, y celebrar al mismo tiempo el socialismo del dictador Zhivkov.

—Bulgaria no es lo que te imaginas —gritó Marambio fuera de sí—. En Bulgaria, las fábricas pertenecen a la clase obrera, las tierras a los campesinos, y hemos tenido un proceso de profundas transformaciones sociales, que causarían envidia en Occidente, si Occidente se informara sobre ellas e informara sobre ellas a su gente.

—¿Y tú andas en eso por acá? ¿Informando a los holandeses sobre las maravillas del régimen del camarada Zhivkov? —pregunté con sorna.

Marambio iba a responder cuando Patricia nos dijo que o cambiábamos de tema o nos íbamos juntos a la calle. No me quedó más que respetar su voluntad. Lo que más me enardecía de Marambio era que viajaba a menudo de Sofía a Amsterdam, donde solía permanecer cada vez entre uno o dos meses.

Aquella mañana, el admirador de Zhivkov se marchó del estudio decepcionado de mi «blandenguería» y de que los camaradas alemanes orientales hubiesen despilfarrado recursos conmigo. Yo quedé preocupado porque me estaba peleando con el ex esposo de Patricia sin saber qué tipo de vínculo persistía entre ambos. Tal vez esa noche debía alojar en otro sitio.

—No te preocupes —me dijo ella mientras viajábamos al centro—. No le hagas caso. Pablo habla de celoso. Supone que estamos ligando.

—Pero le contaste demasiado de mí.

—No temas. Es un fanfarrón, lo ha sido toda la vida.

—Se fue molesto. No sabía que era fanático de Zhivkov y Amsterdam. Vaya qué contradicción. ¿Por qué viene tanto? ¿Todavía hay algo entre ustedes?

—Olvídalo —insistió Patricia, posando una mano sobre mi brazo—. Vive en Sofía, donde trabaja en una editorial del Estado, pero también está registrado aquí como residente, bajo mi dirección, porque llegamos juntos a Holanda. Viene cada cierto tiempo para no perder la ayuda social. Aquí figura como desempleado.

83

Caminamos con Patricia por las calles céntricas de Amsterdam. Hacía frío. Pese a ello, la ciudad se veía colorida, alegre y bella. Entramos a una galería comercial donde me saco cuatro fotos carné en una cabina de desarrollo expreso.

—Ahora vas a comprar un carné mensual de transporte público bajo tu nombre —me indica Patricia entregándome las fotos—, y recolectaremos tíquets antiguos del papelero para sustentar tu historia.

En la oficina de transporte de la ciudad, un anciano me vende el pase mensual con foto, un documento de varias páginas, como la libreta de identidad de Cuba; le timbra la fecha y estampa su firma. Patricia ha recogido algunos tíquets. Después nos vamos.

—Le cambiaremos la fecha al carné y agregaremos timbres antiguos. No te preocupes, conozco a un libanés que entiende de esto.

Me quedo callado mientras Patricia guarda la libreta en una bolsa plástica que introduce en su cartera. Recuerdo el libro *Chacal*, de Frederick Forsyth, y siento que corro, como el Chacal, por rieles bien lubricados y usados por otros, y que una vez más mi vida comienza a transitar por un sendero de final incierto.

Después, Patricia me guía hasta la compañía de electricidad, donde le entregan un resumen de sus pagos del año, y posteriormente a dos diarios locales donde adquiero una suscripción de un mes, a mi nombre, con la dirección de mi compatriota.

Es la forma sencilla de ir creando la historia de un residente ficticio de Amsterdam. Patricia sabe por qué lo hace.

—Ahora vamos a la policía. Reportarás que te acaban de hurtar la billetera con el pasaporte en el McDonald's que está frente a la estación central —dice Patricia, e indica hacia un edificio detrás de unos árboles—. Pero antes iremos al McDonald's.

Entramos al restaurante de comida rápida y ordenamos un Big Mac con una Coca-Cola cada uno, y mi amiga me pide que memorice los detalles de este lugar para cuando haga la denuncia ante la policía y el cónsul honorario de Chile, un holandés de profundo sentimiento republicano.

Después de denunciar en la unidad policial que me robaron la billetera que dejé sobre la mesa del McDonald's mientras iba al mesón por una bolsita de kétchup, de lo que tomó cuidadosa nota un policía, volvemos con Patricia a su vivienda.

—Llama al consulado y pide una audiencia para obtener un nuevo pasaporte —me ordena antes de regresar al centro de la ciudad, porque debe acudir a una revista juvenil, donde es fotógrafa *part time*.

84

El cónsul honorario de Chile en Amsterdam intuía que muchos de los chilenos que aparecían en su oficina en busca de nuevo pasaporte, alegando haber extraviado el anterior, tenían algo que ocultar. Era un hombre de convicciones democráticas, pues había luchado contra la ocupación nazi, y supongo que por ello mostraba una actitud comprensiva y tolerante hacia los opositores a Pinochet que llegaban al consulado.

Me recibió en su oficina. Ignoro si siempre solía recibir a quienes iban a hacer ese trámite, pero me pareció que mi situación le llamaba la atención. Lo atribuí a la posibilidad de que alguien le hubiese advertido sobre mi persona. En ese caso, ojalá no le hubiesen mencionado mis años en Cuba.

Aquello no dejaba de tener sus aristas comprometedoras. Entonces era un secreto a voces que el Partido Comunista chileno había enviado a militantes a las FAR cubanas para que los adiestrasen y formasen el embrión de un futuro ejército revolucionario. Un chileno que venía de la isla podía ser de gran interés para la dictadura, porque algo debía saber al respecto.

La desprolijidad y discreción con que se llevó adelante esa empresa militar demostró que la izquierda chilena siguió siendo, en ese sentido, diletante y que, ni antes ni después del 11 de septiembre de 1973, logró tomarle el pulso a los riesgos que implicaba alterar los equilibrios de la Guerra Fría. Se cometieron en verdad errores de principiantes, de aquellos que hubiesen hecho enarcar las cejas a los militantes palestinos, colombianos, vascos o vietnamitas.

En lugar de ser una operación secreta, la formación de los militares fue un tema público: muchos chilenos que se formaban en las FAR salían y regresaban a sus viviendas vistiendo el uniforme verde olivo, con lo que el barrio entero se enteraba de lo que ocurría. Radio Bemba, el medio más rápido y masivo de comunicación entre los cubanos, se encargaba de hacer circular la noticia por todo el país y, seguro, hasta Miami.

Recuerdo que para los paranoicos cubanos, alertas desde la infancia ante una eventual presencia de la CIA en Cuba, la ostentación con el uniforme verde olivo en los barrios habaneros equivalía a anunciarle a la Casa Blanca lo que se preparaba. Incluso en la Universidad de La Habana se me acercaron cubanas preguntándome si podía llevarles cartas a sus novios chilenos que estaban en las FAR. La filtración también se dio por la parte cubana: después del descubrimiento del desembarco de armas por Carrizal Bajo, el funcionario cubano a cargo de la operación murió bajo extrañas circunstancias en La Habana. Se hablaba entonces de suicidio o ejecución por traición.

En fin, volvamos mejor a Amsterdam. Yo tenía buenas referencias sobre el cónsul honorario de Chile en esa ciudad, pero probablemente él estaba obligado a informar a Santiago sobre casos que le pareciesen sospechosos. Y seguro algunos de sus informes terminaban en un escritorio de la CNI. Para el cónsul, yo podía ser un oficial formado en las FAR, que estaba construyendo una leyenda para regresar sin problemas al país.

Traté de ponerme en los zapatos del cónsul honorario: si el chileno que precisaba pasaporte no había estudiado en las FAR, diría que no había estado en las FAR, desde luego. Pero también afirmaría lo mismo en caso de haberse formado en las FAR. Tenía que sospechar de mí de todos modos.

Además, era probable que alguien le hubiese mencionado mi paso por La Habana y mis nexos con la nomenclatura caribeña.

—Cuénteme cómo perdió su pasaporte —me dijo tras invitarme a tomar asiento ante su escritorio.

Su aspecto era el que yo me imaginaba de un cónsul honorario holandés: voluminoso, ojos azules y piel rosada, cabellera espesa y blanca, terno y corbata. Además, afable y con buen manejo del español.

Le conté de memoria la leyenda que había inventado y ensayado con Patricia. Escuchó atento, sin buscar mi mirada, como diciéndose este joven no puede ser tan ingenuo como para dejar la billetera en una mesa del McDonald's mientras va a la barra. Eso puede ocurrirle a una monjita holandesa en Chile, pero no a un chileno en Holanda.

—Una lástima —exclamó al término de mi relato, apilando los anuarios de economía chilena que había en su escritorio—. La próxima vez debe ser más cuidadoso.

—Lo seré, señor cónsul.

—¿Y de dónde es usted?

Le hablé de Valparaíso, de mi colegio y mis estudios de antropología y literatura, pero sin contarle que había dejado Chile después del golpe de Estado. Le dije que trabajaba en Berlín como traductor y estudiaba en la Freie Universität, y desde luego tampoco le hablé de Cuba.

—¿Y qué hace ahora en Amsterdam —preguntó, enlazando sus manos regordetas.

—Vine a visitar a mi polola. Me paso parte del año aquí.

—¿Holandesa? —preguntó sin pedirme documentos que ratificasen mi presencia temporal en la ciudad.

—Chilena.

Inclinó la cabeza a uno y otro lado.

—Y ese tono al hablar, ¿de dónde le viene?

Sonreí nervioso. Se me olvidaba que el acento habanero no me dejaba.

—Culpa de mi polola —respondí con pachorra—. Creció en Venezuela.

—Entiendo. ¿Conoce al cónsul chileno en Berlín? —preguntó con malicia.

—No suelo frecuentar los círculos diplomáticos, señor. Soy un estudiante pobre, vivo de traducciones que pagan tarde, mal y nunca.

—Así es la vida estudiantil —repuso dirigiéndole una mirada a mis zapatos pasados de moda de la RDA—. Si vive en Berlín, debiera ubicarlo. Digo, siempre es bueno mantener contacto con el consulado. Estamos para servir a los chilenos en el extranjero.

—Es verdad, pero no tengo cercanía con las autoridades chilenas, señor. Esto es una emergencia.

Me explicó que conocía Chile y que tenía amigos en Valparaíso, que era cónsul desde hacía varios decenios.

Sentí que intuía que mi historia era falsa.

Ahora, desde la mesa de la cocina del Brilliant Apartment, más de treinta años después de esa escena en el despacho del cónsul honorario en Amsterdam, a través de cuyo ventanal veía las plumas de las grúas del puerto, disfrutando de un latte aromático y escuchando a Chick Corea, recuerdo el momento preciso en que mi pasaporte chileno se convierte en un *non-document* en la Guerra Fría.

Fue en el aeropuerto de Berlín-Schönefeld. Día: 25 de julio de 1974. Es la tarde en que un Ilyushin 62-M, de Cubana de Aviación, me trasladará al aeropuerto internacional José Martí, de La

Habana, donde Margarita prepara la boda que celebraremos en la mansión del comandante Ulises Cienfuegos, en Miramar.

El Ilyushin 62-M carga aún equipaje en la loza, y su fuselaje recoge el último resplandor de la tarde, pero no tengo autorización para despachar la maleta, pues aún no llega mi visa cubana. Por alguna razón que desconozco, el Ministerio del Interior de La Habana tarda en emitirla.

Recuerdo con un estremecimiento las palabras finales del comandante Cienfuegos en el hotel Unter den Linden, de Berlín Este, antes de que se llevara a Margarita a la isla:

—A Cuba no entra quien quiere, sino quien puede, chileno. Si deseas casarte con mi hija, tu pedigrí político tiene que estar limpio. De lo contrario, Manuel «Barbarroja» Piñeiro no te dejará entrar.

¿Estará limpia la ficha sobre mi persona que tiene la seguridad cubana? ¿O habrá ya observaciones negativas de Tony López, y su exabrupto en mi cuarto, en Leipzig, fue solo un truco de Cienfuegos para dejarme fuera de Cuba y apartarme de su hija? Sigo esperando en Schönefeld mientras tiemblo de nerviosismo.

Un taxi Volga me ha llevado esa tarde veraniega desde la estación de trenes del Ostbahnhof al aeropuerto, y su chofer me felicita, no sin envidia, por irme a Cuba.

—*Die Karibik, Mann, das ist ja toll!** —exclama, alegre de saber que pronto sobrevolaré ese muro que él no podrá salvar sino dentro de treinta o treinta y cinco años más (le calculo unos treinta años de edad), y que mañana estaré nadando en aguas turquesas.

—*Die Karibik und Fidel*** —agrego yo, incluyendo la dimensión política, puesto que la RDA me ha decepcionado con su franja de la muerte, y porque confío en que en Cuba recuperaré mi fe revolucionaria.

A diferencia de lo ocurrido en Europa Oriental, donde el socialismo lo impuso a partir de 1945 el Ejército soviético bajo la

---

*¡El Caribe, hombre, eso sí que es genial!

** El Caribe y Fidel.

dirección de Stalin, pienso que en Cuba la Revolución disfruta de apoyo popular porque fue el pueblo quien la hizo. Además, cumplió apenas quince años y la conduce un hombre joven y vital, que inspira al pueblo cubano y latinoamericano.

Necesito creer de nuevo. Antes de conocer el socialismo, cuando vivía en Chile, no sabía, pero creía. Desde mi experiencia en la RDA sé, y por ello no creo. En Cuba, me digo, volveré a creer, volveré a ser un comunista como Dios manda.

—*Die Karibik, Fidel und die schönen Frauen** —me corrige el taxista, sin temer a subrayar su visión apolítica de las cosas.

Pero ya estoy en el aeropuerto de Berlín-Schönefeld, esperando con ansias mi pasaporte, que se ha llevado el cónsul de Cuba, para traerlo con mi anhelada visa volante, que me permitirá entrar a Cuba sin dejar rastro en el documento.

Aguardo impaciente entre los cubanos, soviéticos y germano-orientales que ya comienzan a embarcar en la nave que los lleva al cocodrilo verde, al «Faro de América», al «primer territorio libre de América».

Espero. Solo. Junto a mi maleta, y con un maletín de plástico que cuelga de mi hombro izquierdo.

Hasta que llega el cónsul corriendo, agitado, risueño, el nudo de la corbata fuera de lugar. Trae mi pasaporte en la mano, y exclama:

—¡Ya puedes ir a Cuba, chileno! ¡Aquí está la visa!

Hojeo con emoción mi pasaporte y, en efecto, allí está la autorización para ir al encuentro con Margarita.

Pero la visa no es «volante».

No.

Alguien la imprimió en tinta roja y ocupa una página completa del pasaporte.

---

* El Caribe, Fidel y las bellas mujeres.

85

Por fin ahora, en 1982, cuento con un pasaporte válido y sin mancha, después del que perdí en el aeropuerto de Berlín Este en 1974. Perdido en Berlín Este, recobrado en Amsterdam. Perdido en Berlín Este para llegar a La Habana, recobrado en Amsterdam para llegar a Bonn. Finalmente tengo la posibilidad de volver de modo inteligente al capitalismo, como me lo sugirió el poeta Heberto Padilla en Cuba.

El pasaporte chileno que recibí en el Registro Civil de Valparaíso, en diciembre de 1973, fue liquidado el 25 de julio de 1974 por la visa de página completa de la República de Cuba. El cónsul, quizá por impericia, desprolijidad o instrucción de Cienfuegos, me dejó marcado como ganado con el símbolo de su hacienda.

Regresaría entonces al mundo al que pertenezco, al mundo que yo —por ceguera ideológica— quise cambiar de raíz cuando no sabía nada de la vida, apenas conocía Valparaíso y otras ciudades chilenas, y mi información sobre los países comunistas se nutría de las apologéticas revistas de esos países y el diario *El Siglo*. Con diecisiete años poco sabía del mundo, y por eso necesitaba creer a pie juntillas, practicar una religión secular, creer en el socialismo. Ahora, con veintisiete, he visto mucho, demasiado quizá, y por eso ya no creo. A los diecisiete y a los veinte ignoraba, por cierto, lo que habían parido mis sueños: dictaduras de partido único con exilio, paredón, censura, odio y muros.

Y ahora por fin regresaba al mundo con el que me identificaba. ¿Qué tenía yo que ver con Berlín Este y La Habana, con Sofía, Varsovia o Bucarest, con Moscú, Ulán Bator o Pyongyang? ¿Es que lo mío no era acaso otro collar de ciudades, uno que formaban Buenos Aires y Ciudad de México, San Francisco y Nueva York, Roma, París y Lisboa? ¡Allí estaban mis referentes culturales y no detrás de la franja de la muerte!

Me causaba un gozo profundo la perspectiva de entrar a una librería y encontrar allí los libros de todos los autores del mundo, no solo los «tolerados» por el régimen junto a las obras sempiternas de Marx, Lenin, Castro, Brézhnev y Kim Il Sung. Me emocionaba detenerme ante un quiosco del que colgaban *Il Corriere della Sera, Die Zeit, The New York Times, Le Monde* y *La Vanguardia*, los diarios de las principales ciudades europeas y Estados Unidos, y no solo el monótono formato del *Neues Deutschland, Pravda* y *Granma.*

Me ponía eufórico la sola posibilidad de poder abordar un tren —con destino a Roma o París, a Dover o Zurich— y viajar sin solicitarle permiso ni a los burócratas chilenos del CHAF ni a la *Volkspolizei.* Imaginar que pronto dispondría de un cuarto propio, trabajaría en una agencia noticiosa y sería libre con todas las ventajas y desventajas que ello implica, me llenaba de vigor, alegría y optimismo.

De regresar a Chile, podría mirar de nuevo a los ojos a mis padres, quienes nada sabían de mis cuitas de Cuba y la RDA porque desde la distancia les enviaba mentiras piadosas para que no sufrieran. Porque ¿cómo me iban a ayudar desde la distancia? Se me habría caído la cara de vergüenza reconocer ante ellos que mi experiencia en el socialismo era un desastre y que necesitaba pasaporte, pasaje y dinero para volver a Occidente. Todo me lo habrían conseguido mis padres, desde luego, pero mi claudicación habría sido indigna, cobarde, vergonzosa. Yo me había metido en el atolladero comunista, y debía salir solo de él.

Paseé silbando encantado a lo largo de los canales, obedeciendo sus sinuosidades, esquivando a las bellas holandesas que pasaban raudas en bicicleta, contemplando los cafés y restaurantes llenos de gente despreocupada y feliz, ajena a la tristeza que imperaba al otro lado. Si en Occidente la última guerra había quedado en el pasado y su gente lucía soberana y segura de sí misma, en el socialismo la guerra seguía presente no solo en las ruinas, los baches y las fachadas descascaradas, sino también en la vestimenta opaca, la actitud melancólica y el demacrado rostro de sus ciudadanos.

Encontré una casilla telefónica, eché unas monedas al aparato y llamé a Jorge Arancibia, a Bonn.

—¡Lo tengo! —grité al auricular—. Me lo dieron por seis meses.

—Eres libre nuevamente —comentó Arancibia—. Felicitaciones.

—¿No será mejor que me quede de una vez en Occidente?

En medio del entusiasmo me había olvidado incluso de Carolina y mis amigos, de mis libros y prendas, así como del cuadro de René Portocarrero comprado en La Habana y de mi máquina de escribir Olivetti Lettera, que mi padre me regaló cuando cumplí quince años, y que cargo hasta hoy como instrumento de trabajo pasado a retiro.

—Tienes que volver al otro lado —respondió Arancibia—. El turco aún no confirma su ida y conviene que llegues a Alemania Occidental con visa de corresponsal de prensa.

—¿Y no me la pueden pedir ahora?

—El jefe dice que debemos pedirla cuando quede libre la plaza del turco. O si no, no hay cómo justificarla.

—¿Cuándo será eso?

—Depende del turco. Pero pronto.

—¿Qué es pronto? —pregunté. Una pareja se besaba en la orilla del canal.

—No te impacientes. Ya saliste de la isla y ahora estás a punto de cruzar el Muro para siempre. Ánimo, sé que es difícil regresar al túnel del tiempo cuando se han saboreado las ventajas de Occidente, pero debes respetar las leyes migratorias, de lo contrario puedes buscarte un lío a la hora de solicitar la visa como corresponsal.

Abordé esa noche el tren del amargo regreso a Berlín Este. No disponía de dinero occidental propio ni podía correr el riesgo de que me detuvieran en Holanda.

No me quedó más que volver a cruzar el Muro.

86

Carolina me observa desde el fondo del estudio cuando abro la puerta. Por su mirada, que de pronto se apaga y se vuelve triste, intuyo que ha detectado el fulgor indisimulable y al mismo tiempo nostálgico de la mía. Mis ojos no pueden ocultarlo. Ella sabe por qué fui a Amsterdam y que, ya con pasaporte, soy un hombre libre e independiente para definir mi destino.

Intuye que se aproxima el fin de mi tiempo en el estudio de Bernau, donde cuelgan grabados de Santos Chávez y René Portocarrero, y hemos tratado de ser felices; ese estudio que queda entre la línea del tren a Varsovia y la parada del Ikarus que la lleva a diario a la escuela de Bogensee. Carolina percibe que el beduino continuará su marcha por la diáspora, que ahora va al otro lado del Muro, a un mundo que está irremediablemente fuera de su alcance.

Nada de esto constituye novedad para ella. Sus padres, hermanas, familiares y amigas se lo advirtieron hace mucho: nada más ingrato que el amor de un extranjero de un país capitalista que cruza el Muro, se radica en Occidente y nunca más regresa. Debiste haberlo sabido, querida hija, te lo advertimos, amada hermana, los seres libres son diferentes a nosotros, no viven atados a fronteras ni a autorizaciones de partidos.

¿Me habrá sido infiel?, me pregunto ahora que cierro a mis espaldas la puerta del estudio, y lo pienso como si el acariciar esa posibilidad, cuando se aproxima mi partida definitiva, fuese relevante. ¿Habrá tenido Carolina alguna aventura que no me confesó como yo no confesé las mías? A la Wilhelm Pieck llegan apuestos jóvenes de todo el mundo, revolucionarios de labia fácil y conducta resuelta, que se presentan como la voz de sus pueblos y entornan los ojos al pronunciar las palabras pueblo y revolución, y alzan el puño anunciando su disposición a morir por la causa proletaria.

Muchas de las jóvenes alemanas, que nunca han atravesado el Muro, quedan hechizadas de solo escuchar a los revolucionarios que mañana conquistarán el mundo, que ingresarán por la puerta ancha a la historia y que —con barba y melena, y mirada de mártir— parecen un Cristo dispuesto a inmolarse por un mundo mejor para todos.

Ojalá Carolina me haya sido infiel, pienso mientras termino de cerrar la puerta y poso con lentitud mi mochila en el suelo. Ojalá se haya sentido atraída por otro hombre en algún momento, al menos por uno que aún estudie y le ofrezca una alternativa más apasionada y responsable que la mía, una opción que la incorpore e implique continuar viviendo en la RDA; de lo contrario sufrirá tratando de conseguir visa para sortear el Muro. Ojalá ya no crea en mí ni me ame como al inicio, me digo mientras atravieso el estudio con los brazos extendidos, y la abrazo y la beso en la mejilla.

—Podríamos ser tan felices en la RDA —solloza, sin apartarse de mí.

—Tengo que irme —replico yo, oprimiéndola contra mi pecho.

—Podríamos ser tan felices aquí. Tengo un excelente trabajo, tú ganas una fortuna como intérprete, te publicarán tus libros y pronto serás doctor en Filosofía. Estoy segura de que la FDJ me asignará un departamento si nos casamos. ¿Qué más quieres?

—Carolina, yo necesito volver a Occidente.

—Y tener hijos, trabajar —continúa ella, sin soltar mis brazos, hablándome al oído—. Pero ahora arrojas todo por la borda. No logro entenderte. ¿Es que ya no me amas?

Tomo asiento en el sofá-cama que desplegamos cada noche. Me angustia su lógica, que se sustenta en el amor. Ella me sigue amando. Yo no sé si aún la amo. ¿Qué le ocurre al amor cuando una obsesión lo triza? Es probable que mi relación secreta con Isabella, la periodista del *Junge Welt* que vivió en la Oderbergstrasse de la RDA, facilite mi ruptura. Pero como Carolina probablemente me ha sido fiel mientras he planificado mi regreso a la libertad, sufrirá más que yo con la repentina separación que se perfila.

—No puedes entenderme —respondo.

Ella se sienta a mi lado. El sofá cruje. El sol comienza a caer, inundando el estudio de un melancólico tono ocre.

—Tienes que poder explicarte —dice Carolina.

Es su alma alemana la que me exige lógica. Es Kant quien lo demanda, ese Kant que los alemanes llevan en la sangre. Yo, a lo más, podría responderle con la pasión romántica de un Schiller. Pero Carolina no está hoy para poesía.

—¿Te vas en busca de qué al otro lado? —pregunta con ojos deslavados, que conjugan decepción y alarma—. ¿No eras un revolucionario que estaba contra Pinochet? ¿Y ahora te vendes al revanchismo germano-federal, que odia a la RDA?

—No me vendo. Nadie me paga. Tengo que escoger.

—¿Escoger entre qué?

—Entre la libertad y…

—¿Entre la libertad y mi persona? ¿Es que te has vuelto loco? ¿Entre la libertad y mi amor? ¿Entre la libertad y el cumplimiento de tus promesas de amor, de casarnos, tener hijos, formar una familia? ¿Vas a dejar todo lo que es real y concreto por un vago deseo de marcharte a una quimera?

No respondo. Solo asiento con la cabeza, mirando la mesa de centro donde reposa un plato de arcilla negra de Quinchamalí.

—¿Me dejarás a mí y dejarás todo lo que has alcanzado en la RDA por esa ilusión de irte a la libertad? Estás enfermo. Millones sueñan con alcanzar lo que tú ya tienes aquí.

—Aunque sea así, lo dejaré. Comenzaré de nuevo —murmuro—. Al otro lado.

—Eres un cobarde —dice, y rompe en sollozos, untando las lágrimas en un pañuelo que ha salido de no sé dónde.

—No soy un cobarde, y no te permito que me llames así.

—Eres un cobarde —repite y se pone de pie y se pasea por la sala—. Y te lo repito con todas las letras: co-bar-de.

—No lo soy.

—Lo eres. Y además me engañaste. Me hablaste de hijos y familia, de tener un futuro común.

—Lo siento, Carolina.

—¿Es que ya no me amas? —me clava sus bellos ojos verdes, ahora implorantes—. Dímelo.

—Te sigo amando.

—¿Y entonces?

Sé lo que tengo que decir. Se me ha enroscado por mucho tiempo como una víbora en el alma, pero no me atrevo a pronunciarlo, pues es demasiado hiriente y doloroso, demasiado terrible y ofensivo para decírselo a alguien.

—¿Me sigues amando o no?

—Te sigo amando, Carolina.

—¿Y entonces? —Se aferra a su pañuelo como a una esperanza—. ¿Es que ya no quieres tener un hijo conmigo?

—No puedo tener un hijo prisionero —exclamo—. Lo siento, Carolina, pero no puedo.

—¿Qué estás diciendo? —El dolor cede ahora terreno a la sorpresa y la irritación en ella. Frunce el ceño, sacude la desconsolada cabeza y estruja el pañuelo—. Te juro que no entiendo.

—La verdad es que no tendría corazón para explicarle a un niño, que yo traje al mundo, que va a vivir en una cárcel hasta que cumpla sesenta y cinco años.

Sé que es terrible y doloroso lo que mencioné, pero es lo que siento. No sería capaz sencillamente de echar al mundo a un hijo detrás del Muro.

—Pero ¿te das cuenta de lo que dices?

—Vengo de otra cultura y temperamento, Carolina. Mi gente nunca construiría un muro para encerrarse a sí misma.

Ahora soy yo quien llora. Lloro porque es cruel e inhumano lo que le he dicho a Carolina. Es cruel hacia su familia, hacia ese hijo que nunca vendrá y hacia ella. Siento que Carolina se retuerce en una hoguera de furia, decepción y tristeza, demolida por mis palabras. Ella sabe que es cierto lo que acabo de plantear. No puede negarlo. Lo sabe tan bien como yo y todos los germano-orientales.

—Entonces, ¿no podrías ser padre de un hijo con una persona como yo? ¿De alguien que te ama? —pregunta incrédula, llorosa—. ¿No quieres tener un hijo esclavo con una mujer esclava?

—Te suplico que no lo digas de forma tan brutal.

—Tú me lo has dado a entender

Me falta el aire. Tiemblo. La cabeza me da vueltas. Destruí esa relación de años con un par de palabras que jamás debí haber pronunciado.

—¿Es así o no? —grita ella, fuera de sí.

—Escucha, Carolina —continúo con voz pausada—: Lo que pasa es que no tendría coraje para mirar a los ojos a ese hijo el día en que tenga que explicarle que no puede cruzar el Muro, y su padre sí. Me fallaría la fuerza para decirle que yo merezco ver el resto del mundo y él no, y que es justo que el sistema en el cual vive así lo imponga. ¿Cómo arrullas por la noche a un niño al que le haces eso, Carolina?

Ella vuelve a sentarse, ahora frente a mí, con las piernas juntas y los brazos apoyados en las rodillas, el pañuelo hecho un nudo entre las manos, la barbilla trémula, cabizbaja.

Yo bajo la vista. Y entonces escucho que Carolina me pregunta algo desgarrador:

—¿Te quedarías conmigo si te juro que no seré madre detrás del Muro?

87

Al final todos buscábamos la felicidad. Si nos hubieran observado a través de un microscopio, nos habrían visto como esos microbios que patalean, luchan y se zafan de otros para acercarse a una gota de líquido. Unos creían que la felicidad estaba más allá de la gota, otros que era preferible ignorar lo que ocurría ahí e intentar ser feliz donde se estaba. Entonces, bajo el cielo del Caribe, el máximo líder machacaba a diario con los deberes hacia la Revolución, la lealtad con el pueblo y el compromiso con las masas, nos hablaba sin cejar de sacrificios, obediencia y entrega a la nación revolucionaria, pero nunca se refería a algo tan natural como el deseo de libertad y felicidad individual.

Lo señalan Jorge Semprún y Octavio Paz: el comunismo te ofrece el futuro a cambio de que le entregues el presente. Dame hoy tu vida, tus sueños y tus esfuerzos, porque mañana vivirás en la luminosa recompensa que estamos preparando en estos decenios para ti. No deja de sorprender que sean precisamente los materialistas, que creen que solo se vive una vez, los que te convocan a sacrificar el presente para disfrutar una vida situada en un horizonte distante e impreciso: el comunismo. Como la realidad del socialismo es deprimente, sus ideólogos, basados en textos de Marx, recuerdan a la población que solo en la etapa superior del socialismo, el comunismo, se alcanzará la felicidad humana. En el interminable intertanto hay que aceptar el sacrificio, la escasez, la ausencia de libertades y derechos.

¿Cuántas veces durante mis años en la destruida y desabastecida La Habana escuché las palabras «futuro luminoso» de los labios del máximo líder? ¿Cuánto tiempo precioso de mi juventud desperdicié creyendo y escuchando esas mentiras que se repetían por megáfonos, radio y televisión, en el *Granma* y los diarios murales de las fábricas, los ministerios y la universidad? ¿Qué beneficio me trajo haber navegado por cinco años en una nave que ha piloteado cinco decenios un megalómano enloquecido? Tal vez solo dos cosas: haberme desilusionado del fidelismo y el comunismo, y haberme convertido en un demócrata liberal, tolerante, flexible e inclusivo.

Consulto mi computadora en el estudio de la Oderberger Strasse, aquí en el Berlín reunificado, y me encuentro con las fotos de la espléndida Habana de los cincuenta, de antes de la Revolución, y con un joven Fidel Castro, en los sesenta, anunciándole a un mar de gente en la Plaza de la Revolución el grandioso futuro que le espera a la isla, el restablecimiento de la libertad y democracia después de siete años de dictadura de Batista. Muchos creyeron en eso y sacrificaron la vida por esa causa. Ahora la isla está destruida y en peores condiciones sociales que nunca. Castro se rebeló contra una dictadura de siete años para instalar una de más de medio siglo.

Así ocurrió también con el hitlerismo, el mussolinismo, el estalinismo o el kimilsunismo. Cuando veo fotos o documentales de la época en que millares aplauden y celebran a esos dictadores, pierdo la fe en el género humano. Debemos olvidarnos que el ser humano es racional, dice el escritor Luis Rivano. Como lo demostró el Holocausto, somos capaces de cualquier cosa, el mal está en nosotros siempre en ciernes. Hobbes tenía razón al desconfiar de los seres humanos.

Cuando releo los discursos de Castro, Honecker o Brézhnev, compruebo que lo que más abunda en esos textos son los conceptos «futuro comunista» y «el pueblo». ¡Por favor! Cuántos crímenes y abusos se cometen en nombre del futuro y del pueblo, dos entelequias que sirven para legitimar todo. En la isla y detrás del Muro, el partido subordina al individuo a una masa, que se expresa solo a través del líder. Así los individuos quedan atados mediante compromisos y juramentos, y posponen la felicidad y la libertad hacia un futuro remoto.

Es Gorbachov, a quien tuve el honor de conocer hace pocos años en un almuerzo en Ciudad de México, quien sostuvo que glasnost y perestroika debían tener lugar en el hoy y el ahora, en el presente, y nos recordó que el ser humano vive, ama y sueña en el hoy, no en el mañana, por esplendoroso que este parezca. El comunismo no resiste mirarse en el espejo ni por un instante. Requiere telescopios o catalejos para mostrarnos el futuro, porque el futuro no lo condena. Lo condenan, en cambio, el pasado y el presente. Gorbachov liquida al comunismo con dos exigencias básicas: mirarse en el espejo y hablar del presente. Nunca estreché con más emoción y entusiasmo la mano de un político que al saludar a Gorbachov.

Escribo estas líneas en Berlín con la emoción de percibir aún el rumor de la historia reciente. Pero ¿qué escribo? ¿Es esto un libro de memorias o una novela? Las memorias, se supone, se ajustan a aquello que ha ocurrido, buscan debajo de las capas de polvo la identidad entre el pasado y la descripción de este, entre lo que viví y lo que cuento. La novela, en cambio, es libre, especula, imagina, describe hechos y no tiene compromiso alguno con la reproducción fidedigna de lo que fue, aunque alberga una verdad profunda en su seno.

Por ello, estas páginas son una novela de mi memoria imprecisa, una obra que emerge de la «memoginación», esa fusión entre la realidad y la ficción que solo tolera y ampara la mala memoria. La memoria es como esos espejos que han perdido el azogue, o esas fotos en sepia, deslavadas, mutiladas e incompletas, que nos muestran el difuminado beso entre lo que ocurrió y lo que parece que ocurrió.

No hay otra forma de rescatar el pasado. No sirven ni la versión oficial de la historia, porque es unilateral, ni la historia que narran todos sus actores al unísono, pues su infinitud la triza y fragmenta. Solo queda hacer esto que me he propuesto ahora: narrar cuanto sucedió o recuerdo que sucedió, consciente de las limitaciones de mi memoria y subjetividad, y del riesgo de que estas cosas se olviden. Más que un memorialista, soy aquí un juglar medieval que carga con su mermada memoria hasta la plaza del mercado para compartirla con otros, que también irán confundiendo y olvidando lo que yo les diga.

88

Me llama a Berlín reunificado un canal de la televisión chilena para que diga qué opino sobre Erich Honecker, que murió hoy justo hace veinte años en Chile. La historia de Chile, la RDA y Cuba me persiguen. ¿Qué puedo decir? Fue generoso con los chilenos —entre otros, conmigo— que escaparon de la dictadura de Pinochet y buscaron refugio en la suya. Brindó afectuosa acogida a miles de compatriotas y mantuvo encerrado a todo su pueblo hasta el desplome de la RDA.

Honecker intentó ofrecer más bienes de consumo a los germanoorientales, pero su esfuerzo fracasó, porque el comunismo jamás derrotará al capitalismo en productividad, eficiencia, libertad ni bienestar. Honecker nunca creyó que el comunismo tenía sus días contados. Impartió al Ejército Nacional Popular, NVA por su sigla en alemán, la orden de disparar contra quienes protestaban en 1989, pero Gorbachov le advirtió que las tropas soviéticas no saldrían de sus regimientos para apoyarlo. La decisión de Moscú trajo el fin de la RDA, que funcionó solo gracias a un Muro que mantuvo encerradas a diecisiete millones de personas entre 1961 y 1989; a la Stasi, que espiaba y disciplinaba a sus habitantes; y a los soldados de la NVA y del Pacto de Varsovia, que impondrían su bota si los alemanes se rebelaban.

¿Qué decir sobre un dictador que intentó emplear las tropas contra millones de germano-orientales que marchaban pacíficamente en las calles? Al igual que en Chile para el golpe de Estado de 1973, la RDA trasladó a sus soldados, alejándolos de sus regimientos que estaban cerca de sus residencias. Necesitaba que sus soldados no trepidaran en disparar contra el pueblo. ¿Qué decir de un político que desoyó los consejos de Gorbachov y que prohibió la circulación de revistas soviéticas porque le resultaban críticas? Gorbachov lo dijo con sabiduría y sagacidad: el que llega atrasado, pierde el tren de la historia.

Honecker, que afirmó patéticamente en esos días que dentro de cien años aún habría Muro, no se dio cuenta durante la celebración del cuadragésimo aniversario de la fundación de la RDA, el 7 de octubre de 1989, que a su Estado le quedaban apenas semanas de existencia.

Pienso de Honecker lo mismo que de Pinochet, Stalin o Hitler, de Somoza o Castro, de Mussolini o Ceaucescu: son dictadores, y todo dictador debe ser juzgado en democracia con las garantías que este sistema ofrece a sus ciudadanos.

¿Cómo me libero de la persistencia de esos recuerdos de la Guerra Fría? Tal vez, escribiendo sobre esos años. No es algo que me cause placer ni tampoco solo dolor, porque, como ya dije, en el socialismo uno también podía, a ratos, ser feliz. Además, en la vida, uno no es feliz ni desdichado todo el tiempo. En la cárcel también se dan inolvidables momentos de alegría, y como lo muestran la película *La vida es bella* o la novela *Desnudo entre lobos*, de Bruno Apitz, hasta en los campos de concentración hubo momentos de felicidad y esperanza.

No fue fácil romper con las ideas comunistas en que creí entre los diecisiete y los veintitrés años de vida. No es fácil romper con un dogma que contiene las respuestas correctas a todas tus interrogantes. No es que un día te levantes con ideas nuevas y puedas descolgarte de las antiguas como Tarzán de sus lianas. Se trata de un proceso lento, arduo, doloroso, con noches de insomnio, inseguridad y soledad. Solo de forma lenta y dubitativa la nueva visión florece dentro de ti, se va nutriendo de los hechos que te torturaban porque te iban soplando al oído que estabas equivocado, y de la historia, que no se desarrolla en forma ascendente, como sostenían los manuales soviéticos.

Si como comunista encontrabas todo explicado, clasificado y digerido, y tus líderes te indicaban desde cómo debía funcionar tu país hasta con qué tipo de muchacha debías pololear y casarte, ahora caes en el vacío, solo, desorientado e inseguro. Perdiste el insectario, donde todo estaba fijado con alfileres, y entraste al mundo real, donde todo palpita, se mueve y transforma. Nadie te dicta ya qué pensar, nadie te baja documentos para que los uses como anteojos para ver la realidad, nadie te dice cómo interpretar el mundo, nadie te orienta ni brinda compañía.

Continuar siendo comunista en el comunismo era, desde luego, lo más fácil, así que criticar a alguien que rompe con el comunismo en un país comunista es, por decir lo menos, injusto. Allá el Estado se hace cargo de tu persona desde la cuna hasta la tumba, te da educación y trabajo, vivienda y salud, jubilación y asilo de ancianos, y hasta te entierra. El Estado se ocupa de ti y siempre te entrega (o no te entrega) lo que considera que debes recibir. No tienes derecho a pataleo. El partido y la clase obrera no se equivocan. Eres lo que el Estado te da, y a él —al partido— le debes obediencia ciega.

Recuerdo al «Estado socialista» que yo tanto idealizaba. Al final, estaba integrado por simples funcionarios, gente anónima, a menudo mediocre, extenuada y sin imaginación, que te veía como un número, como un tipo molesto que llegaba a interrumpir su colación, como un sujeto con fecha de vencimiento pero expectativas ilimitadas. Con el Estado socialista no había diálogo. Él era expresión de la clase obrera en el poder y tú no eras más que un elemento, un sujeto, un individuo que debía respetar la autoridad del Estado que decía estar atareado construyendo el comunismo, pero que en realidad estaba siempre concentrado en evitar la quiebra de sus empresas.

En el capitalismo, en cambio, donde reinan la competencia y la inseguridad, nadie te regala nada, y si tienes las cosas es porque te has sacrificado por conseguirlas. Puedes perder el empleo en cualquier momento, y debes meditar para tomar decisiones porque puedes hundirte y nadie te irá a buscar cuando estés debajo del puente. El comunismo es la sociedad planificada y ordenada; el capitalismo, la incertidumbre y el reino de los cambios. Pero ¿por qué entonces se levanta un muro para que la gente no escape del comunismo al capitalismo, y no al revés?

Al final, en el socialismo realmente existente surgía siempre la pregunta irreductible e implacable: ¿por qué los seres humanos desean escapar del reino donde todos son iguales y disfrutan de seguridad, para irse al capitalismo, donde priman la diferencia y la incertidumbre? Había solo dos respuestas: o el ser humano o el comunismo estaban equivocados. Sobre eso hablaba a menudo con mis amigos traductores de Blankenburg y la Sadowa Strasse.

Regreso al cuarto piso del Brilliant Apartments con otro latte en la mano y pienso en el antiguo líder de la RDA.

Honecker. Ya derramé unas palabras sobre él. Repito lo que dijo un alemán oriental después de su muerte: espero que esté descansando, quiero olvidarlo, le hizo demasiado daño a muchos, le amargó la vida a millones. Son palabras que me recuerdan las del poeta Ángel Cuadra, quien después de tres lustros en la cárcel política cubana, no abrigaba resentimientos contra nadie. Ahora me acuerdo de que Honecker era un techador, que solo hablaba alemán, que jamás estudió economía, historia ni filosofía. Era un obrero limitado intelectual y culturalmente, pobre de lenguaje, incapaz de improvisar más de tres frases seguidas, al que le costaba entender el mercado mundial y las relaciones internacionales.

Me cuenta una conocida, que vivió en la ciudadela de Wandlitz, donde detrás de muros y alambradas residía el Buró Político del SED, que Honecker regresaba a diario del trabajo alrededor de las siete de la tarde. Le gustaba ser el último en abandonar las oficinas de Gobierno. El Citroën lo dejaba en la puerta de su casa de dos pisos, y él atravesaba el jardín por un sendero de pastelones de hormigón cargando un maletín de cuero con la cabeza gacha, sin saludar a los vecinos ni a los niños que jugaban.

—¿Qué crees que llevaba en el maletín? —me preguntó la mujer, que lo conoció desde niña.

—No sé, documentos, libros, diarios.

—Casetes. ¡Llevaba casetes de películas occidentales! ¡Casi todas pornográficas o de acción y violencia! Mierda pura. Se pasaba viendo películas sin hablar con nadie ni salir al jardín en los días de sol.

Nunca creí que aquello fuera cierto hasta que leí la entrevista a su mayordomo, que está disponible en internet. Allí, el antiguo sirviente dijo que su jefe prefería ver películas de «fuerte contenido sexual».

—¿Y cómo sabes qué llevaba en el maletín? —pregunto a mi amiga.

—Todos lo sabíamos. Mandaba a tipos de la Stasi a buscar casetes a Berlín Oeste. Y además, cuando lo defenestraron, encontraron sus casetes inmundos.

Le digo que no puedo creerlo, y ella me responde:

—¿Para qué voy a mentir? Él está muerto, igual que mis padres. No hay nada que yo pueda remediar con esta afirmación que no sirve ni de venganza. Era tan burda la vida que llevaba ese hombre que hoy nadie puede creerlo.

¿Qué opino de Honecker? Fue un techador que ascendió al poder gracias a su lealtad a José Stalin y Walter Ulbricht, a quien destituyó en 1971. Acogió a miles de chilenos, a mí entre ellos, y mantuvo encerrado a su pueblo hasta que este derribó pacíficamente el Muro. Los que vivimos en la RDA sabíamos que aquello no podría durar eternamente. Ignoro dónde está hoy, ignoro si está sufriendo o descansando. Ojalá esté recordando. Para un dictador defenestrado, recordar es el peor castigo.

89

Una noche de invierno, cuando viajaba en el S-Bahn desde Berlín Oriental hacia Bernau, un viejo borracho usó el concepto que el Gobierno del SED no quería ver mencionado en ninguna parte. Era tarde.

El viejo pronunció la palabra *Mauer.* Llevaba un abrigo sucio y descosido, y un maletín abierto por cuya boca se asomaban los cuellos de seis botellas de cerveza. El alcoholismo fue uno de los mayores problemas de la RDA. La falta de perspectivas, la represión y el encierro ciudadano empujaban a muchos a la cerveza, el Schnaps y el vodka.

En cuanto el viejo vio subir al uniformado del Regimiento Félix Dzerzhinsky, a cargo, entre otras cosas, del resguardo de la frontera, se puso de pie, se acercó a él y le gritó en la cara, ante el estupor de los pasajeros:

—*Nieder mit der Mauer!**

La palabra *Mauer* no existía en el lenguaje oficial de la RDA, pero tampoco en la literatura ni en el cine, ni en las noticias ni en las conversaciones públicas. Emplearla implicaba recibir una sanción pues era, por definición, un concepto del enemigo de clase. Para referirse al Muro, algo que rara vez ocurría, el concepto a utilizar era «valla de protección antifascista». Cuesta imaginar a

---

* ¡Abajo el Muro!

un Estado que durante toda su existencia se negó a mencionar la palabra que se refiere al principal instrumento que permitió su existencia. Otra palabra inexistente en la vida pública de la RDA era «oposición».

—*Nieder mit der Mauer!* —volvió a gritar el viejo y se sentó frente al soldado—. *Mörder! Mörder! Mörder!*[*]

Consternados, los pasajeros no pudimos creer lo que ocurría. Sabíamos qué pasaría a continuación: el soldado del cuerpo de élite pediría refuerzos en alguna estación y el pobre anciano terminaría sus días en la prisión política de Hohenschönhausen. En la RDA nadie se atrevía a tocar a un uniformado ni con el pétalo de una rosa, y menos a un efectivo del Wachregiment Félix Dzerzhinsky, responsable también de la seguridad de la dirigencia.

Sentí miedo. No quería observar aquello que supuse tendría lugar en el carro, que cerró sus puertas y reanudó su marcha hacia el Este en medio de la noche brandenburguesa. Yo había visto en Chile el desplazamiento de agentes de la DINA en carros sin patente por Viña del Mar, y aún recordaba el temor y el silencio que dejaban flotando a su paso.

En La Habana vi a la policía civil llevarse detenido a un tipo, tal vez desequilibrado mental, que de pronto comenzó a gritar en una calle de El Vedado. Afirmaba que la salud y la educación gratuitas eran una estafa en Cuba, pues todos las pagábamos a través de los salarios de miseria que recibíamos.

En cosa de minutos llegó un Lada del cual descendieron hombres de civil que arrastraron al infortunado al interior del vehículo. Nadie se movió ni dijo algo en toda la calle. Nos quedamos simplemente mudos, contemplando aquello. Me pareció que hasta los pájaros en los techos guardaron silencio en ese instante. El Lada se

---

[*] ¡Asesino! ¡Asesino! ¡Asesino!

alejó veloz y la calle pareció volver de pronto a la rutina, aunque ya nada era igual.

Pero el soldado alemán, tal vez demasiado joven y extenuado por el turno del día, y a la vez sorprendido por el inesperado embate del anciano, y considerando que los pasajeros del carro se limitaban a observar la escena en silencio, como si aquello fuese un sueño, una pesadilla de la cual se anhela despertar, optó por permanecer inmóvil y callado, simulando auscultar la noche a través de la ventanilla que, como si se hubiese confabulado en su contra, le devolvía su imagen y la del borracho que lo insultaba.

—¡Abajo el Muro! *Mörder*! —repetía el viejo lleno de ira y resentimiento.

Yo iba de pie, a pasos de ellos, mientras el tren traqueteaba y se bamboleaba frenético, como poniendo una diabólica música de fondo a la escena. Recuerdo los ojos verdes muy abiertos del soldado, sus mejillas rosadas y afeitadas, casi de adolescente, su gorra inclinada sobre el lado izquierdo del rostro, el cinturón negro que ajustaba el uniforme verde a su cuerpo esbelto, la hoz y el martillo plateados brillando en la cima de la gorra.

El viejo se sentó ahora frente a él, enfurecido, envalentonado por el alcohol que había bebido en demasía. El maletín con las botellas de cerveza descansaba sobre sus rodillas. Gritó de nuevo acercando su rostro al del soldado, repitiéndole que era un asesino. Recuerdo la mirada acobardada del joven, su temor a que pudiese estallar un altercado grave en el carro. Imagino que se preguntaba si no había llegado la hora de responderle al borracho. Pero el viejo era demasiado viejo para entramparse en una discusión con él, y estaba demasiado borracho como para propinarle un empujón o un puntapié.

Lo dramático de la escena radicaba en que la palabra *Mörder* que pronunciaba el viejo aludía a una realidad ratificada por las cerca de doscientas personas acribilladas mientras trataban de cruzar el Muro para llegar a la libertad. Y eso era algo que sabían los pasajeros del carro, y lo sabía yo como extranjero y, lo más delicado, lo sabía el soldado.

Probablemente, hasta ese instante no había tenido que disparar su AK-47 contra compatriota alguno en la franja de la muerte, pero por el solo hecho de integrar un regimiento especializado en reprimir, estaba siempre dispuesto a hacerlo contra quien pretendiera escapar del socialismo. Esa condición lo convertía en un asesino potencial. El viejo no dejaba de tener razón.

Miré al viejo, que no le quitaba los ojos de encima al guarda fronteras, que a su vez miraba hacia afuera como si el viejo no hablase con él sino con otra persona, y supuse que el viejo había sido encarcelado alguna vez por intentar la *Republikflucht*, la fuga de la República. Pero el odio que advertí en sus ojos y su voz trémula, me llevaron a concluir que no gritaba por sí mismo, sino por alguien querido, tal vez un hijo o un nieto, que quedó tendido para siempre entre el Muro y las alambradas de púas de la franja de la muerte.

Al guardafrontera no le quedó más que descender en una estación y dejar el carro en poder del viejo, que siguió bebiendo, ya tranquilo, dueño del espacio, sin que nadie le dirigiese una palabra de aliento o censura por su conducta.

Creo que la escena del S-Bahn fue premonitoria y reveló lo que se estaba incubando bajo la superficie de la RDA, y que el pueblo alemán expresaría en forma pacífica y masiva contra el régimen comunista el 9 de noviembre de 1989.

90

Recuerdo una semana que pasé con Carolina en la isla de Rügen, en el Báltico alemán. Nos hospedamos en un hotel de la dirigencia de la FDJ, privilegio que a mi amiga le correspondía por trabajar en la escuela de Bogensee. El hotel era una casona restaurada que quedaba en el centro de la ciudad. Teníamos una habitación luminosa, de ventanas con marcos blancos, decorada con muebles de comienzos de siglo, en un establecimiento que parecía congelado en los años cincuenta como el hotel sindical de Erkner.

La isla era el paraíso turístico de la RDA, que desde luego administraba el régimen, propietario a la vez de todos los establecimientos hoteleros. La actividad económica de la isla giraba en torno a los visitantes nacionales, pero dependía también de un ferry que llegaba a diario de Suecia.

Desde la orilla, la gente contemplaba al ferry cuando zarpaba por las tardes a Escandinavia, un viaje corto que ellos no podían emprender.

Se trataba de una ruta internacional particular: la mayoría de los escandinavos viajaba de ida y vuelta a Rügen exclusivamente con el propósito de beber alcohol sin impuestos. Por eso, lo que más abundaba en el ferry eran los borrachos, los que durante la travesía bebían hasta perder el conocimiento. Lo que para los germano-orientales era una pesadilla a lo largo de su existencia —vivir detrás del Muro— para los escandinavos era un impreciso recuerdo de un sistema que creían haber visto fugazmente entre los efluvios del alcohol. Se comentaba que esa era además la ruta predilecta de los países comunistas para infiltrar a sus agentes en Occidente.

Fue en Estocolmo, por cierto, donde por primera vez un servicio secreto occidental logró fotografiar a Markus Wolf. Hasta ese momento, Wolf era para Occidente solo un nombre y una descripción aproximada. No tenían fotos de él y por eso le llamaban «el hombre sin rostro». En esa oportunidad, el espía cruzó a Suecia en el ferry de incógnito, empleando un pasaporte diplomático de la RDA bajo una identidad falsa.

La revista germano-occidental *Der Spiegel* dio a conocer la primicia. En las fotos tomadas en el Gamla Stan, el barrio histórico de Estocolmo, Wolf aparecía con pantalón de vestir, camisa de cuello abierto y sombrero, distendido y sonriente, con aspecto de turista acaudalado. Lo acompañaban su esposa y varios escoltas. Años después, circularon rumores de que fue Erich Mielke, el jefe de la Stasi, quien filtró la información a un periodista occidental para exponer a Wolf y liquidar su carrera.

Carolina y yo estábamos felices. Aquel viaje a la isla equivalía a conseguir en Occidente una estadía subvencionada en algún balneario exclusivo del Mediterráneo.

Fue durante un paseo matutino, cuando buscaba donde tomar café y escribir un relato que no me dejaba tranquilo, que me encontré con el cónsul de Cuba en Berlín.

—Mira qué casualidad, chileno, donde venimos a vernos —exclamó extendiendo los brazos.

Allí estábamos, frente a frente, en una esquina cualquiera de la ciudad.

—Nunca nada es casual en relación con el espionaje cubano —me advirtió un día en Cuba Heberto Padilla—. Lo preparan todo con antelación y calculan hasta los más mínimos detalles. Lo único que funciona aquí es el G2, mi amigo. Lo único racional y kantiano en todo el Caribe es el aparato de seguridad del Estado de Cuba, y por ello es imbatible.

—¿Y qué tú haces por acá, chileno?

Le expliqué. El cónsul iba a Suecia a reunirse con el consejero cultural de la embajada en Estocolmo.

Creo que en esa época, Cienfuegos se desempeñaba allí de embajador. Temí que estuviese cerrando de nuevo su mano de hierro alrededor de mi cuello. Mi paranoia seguía en aumento, incluso a orillas del Báltico, lejos del Caribe.

—Ya que estamos aquí, me gustaría decirte algo, chileno.

—Tú dirás, cónsul.

—Quería comentarte que cuentas con nuestra embajada para lo que necesites. Nosotros no nos olvidamos de que tienes un hijo cubano y lazos familiares en la isla.

—Gracias. Te lo agradezco.

—Cualquier cosa, chileno, cuenta con nosotros y, si podemos, te ayudamos. —Posó una mano sobre mi hombro en gesto afectuoso.

—Gracias, cónsul, gracias.

—¿Y qué piensas hacer?

—Bueno, terminé hace dos años la escuela de Bogensee.

—¿Te refieres a la escuela formadora de cuadros de la FDJ?

—Así es.

—Se tira y se lee mucho allá, y también se come mucha mierda, chileno. Pero de la vida misma no se aprende nada. —Apartó su mano de mi hombro.

—¿Tú crees? En todo caso, fue un aporte a mi formación política.

—Mira, chileno, la cultura libresca, aunque sea de Marx o Lenin, no sirve de nada, menos en América Latina —dijo el cónsul masajeándose la nariz—. A ustedes lo que les hace falta es un Fidel, chico, un Fidel y un par de líderes con los cojones y los hierros bien puestos. Sin cojones y sin hierros no se logra nada en este mundo. Lo demás es paja.

No quise discutir con él. Los funcionarios cubanos son como un frontón de pelota vasca. No les interesa el diálogo político, menos el debate. El totalitarismo se desarrolla y consolida ignorando la sensibilidad del que piensa diferente. Fidel llamaba en los discursos de esos días a ser radicalmente intransigentes, a construir una isla de eterna intransigencia revolucionaria.

—Algunas cosas que aprendí en la Bogensee me servirán en Chile algún día, cónsul.

Se miró la corbata, luego las manos, en uno de cuyos dedos brillaba un anillo de oro con piedra fina, y me dijo:

—Coño, entonces te va a servir en el próximo milenio, porque, como van las cosas en Chile, imagino que para el 2500 van a volver a hablar de socialismo.

—Estuviste en Chile, pero no entiendes nada de Chile, cónsul. Chile es diferente a Cuba.

—Puede ser, no te agites, chileno. Solo son reflexiones de tu amigo cubano.

—Gracias, cónsul.

—No discutiré contigo, porque los chilenos son bacanes para la teoría. En la práctica son otra cosa. Pero no vayas a hacer tal de volver al Chile de Pinochet. Te van a partir la vida por haber estado en Cuba. A ti lo que te conviene en esta etapa es cruzar el Muro y vivir por un tiempo en Occidente, chico.

91

Una mañana, tras terminar de escribir en el estudio de Carolina un relato que integraría el volumen de cuentos *Un canguro en Bernau*, bajé a pie los cuatro pisos del edificio de jubilados y, como de costumbre, extraje del buzón la correspondencia del día.

Yo acostumbraba a recibir parte de mi correspondencia allí y la otra en mi casilla del internado universitario de la Nöldnerplatz.

Se trataba, por lo general, de cartas y tarjetas que me enviaban mis padres y mi hermana, que vivía en Londres, así como amigos de la diáspora y de cubanos que habían logrado emigrar a España o Estados Unidos.

Hallé esta vez un sobre de la *Volkspolizei* que incluía una citación lacónica e inquietante: debía presentarme ese jueves, a las nueve de la mañana, en el cuartel policial de Bernau. ¿La razón?: «*Zur Klaerung eines Sachverhalts*».*

Sentí que la citación no presagiaba nada bueno.

El edificio de la policía popular del distrito de Bernau formaba esquina entre edificios de fachadas desconchadas. Lo ubicaba porque desde un inicio me llamaron la atención sus muros de ladrillo a la vista, semejantes a los del edificio de correos. Tenía una sala de atención alta y oscura, a la que se accedía empujando una bien aceitada puerta giratoria. También llamó mi atención en ese momento una

---

* Para aclaración de un asunto.

construcción prefabricada de tres pisos, protegida por una reja de dos metros de altura y cámaras, con ventanas cuyas cortinas grises estaban siempre echadas.

—A esa construcción no hay que sacarle fotos —me advierte Carolina una mañana de llovizna en que vamos a recorrer la muralla medieval de Bernau y la torre del verdugo.

—¿Quién vive ahí?

—Es la sede de la Stasi.

—No tiene letrero.

—Mi amor, ninguno de sus edificios lo tiene.

—¿Y cómo sabes que es de la Stasi?

—La gente lo sabe, simplemente.

—¿Lo sabe por el espíritu santo?

Carolina me dio un beso en la mejilla mientras caminábamos por la vereda opuesta al edificio. Las ventanas de un extremo tenían barrotes. Debían de ser salas de interrogatorio y detención. Como la Securitate en Rumanía, el KGB en la URSS o el G2 en Cuba, la Stasi no se ocupaba de la criminalidad ordinaria, sino de los adversarios al régimen.

Voy entendiendo mejor la sabiduría de Carolina en ciertas materias: la cautela, la discreción, la tendencia a otear primero cómo está el ambiente entre las personas antes de decir algo, a escuchar más que a manifestar su posición a priori.

Ese estilo o estrategia florece naturalmente en quien ha crecido en una dictadura. Y Carolina, con sus ojos intensamente verdes, su voz suave y gestos delicados, bebe de la sabiduría de sus padres, que crecieron en el estalinismo, y de sus abuelos, que lo hicieron bajo el hitlerismo. Ella ha sobrevivido hasta la fecha los totalitarismos del siglo XX, porque ella y su estirpe han sabido acomodarse y mimetizarse.

También atrajo mi curiosidad la destartalada casona de la Haus der Deutsch-Sowjetischen Freundschaft, la Casa de la

Amistad Germano-Soviética, que existe por decreto en todas las ciudades. La de Bernau quedaba frente a una laguna para patos y unas viviendas de muros desconchados y con impactos de bala de la Segunda Guerra Mundial.

El hecho de que la institución oficial estuviera presente en cada ciudad de la RDA indicaba que había sido impuesta por los soviéticos tras ocupar la zona oriental de la Alemania hitleriana.

—Uno escoge a sus amigos, no a sus hermanos —me dijo Carolina el día en que le pregunté por el papel de esa institución—. La Unión Soviética y el resto de los países socialistas son nuestros hermanos. La casa aspira a ser un punto de encuentro con el gran hermano soviético, pero ya ves en qué terminó.

Ahí estaba la casa: muros descascarados, jardín marchito, puertas que chirriaban, ventanas sucias, decadencia. Nada unía en verdad a los alemanes orientales con los soviéticos. Nada. Ni los letreros rojos, adosados a las fábricas de propiedad del pueblo, que afirmaban: «*Von der Sowjetunion lernern, heisst siegen lernen*»,[*] ni las enormes esculturas de Lenin o Yuri Gagarin.

No recuerdo haber conocido a ninguna alemana oriental casada con soviético, pero sí a cubanos casados con espectaculares rusas, ucranianas o bálticas.

Para los ciudadanos de la RDA, los soviéticos seguían siendo tropas de ocupación. Habían derrotado a Hitler y ocupado Alemania, pero habían cometido asimismo terribles abusos contra los alemanes: pillaje y saqueo, desmontaje de la industria germano-oriental sobreviviente de la guerra, y la violación masiva de mujeres, hecho que la historia optó por silenciar. Además, la Unión Soviética se había embolsicado territorios en el este de Europa, había dividido a Alemania en dos y mantenía a los ciudadanos de la RDA en el atraso y el aislamiento con respecto a Europa Occidental.

---

[*] Aprender de la Unión Soviética significa aprender a triunfar.

Una noche fui con Carolina a una fiesta en la Casa de la Amistad Germano-Soviética. Lo hicimos por curiosidad. Subimos la escalinata nevada y entramos al primer piso de tablas, excesivamente calefaccionado, donde colgaban de un paragüero los abrigos de los oficiales soviéticos. Olía allí a sudor y carne asada, y una banda tocaba música bailable. Solo vimos a uno que otro alemán, mayor, con la insignia del SED en la solapa, y a un par de alemanas maduras que chapurreaban el ruso. No había jóvenes.

Fueron amables los soviéticos, aunque no nos entendimos. Nos ofrecieron un tazón de sustanciosa *soljanka* y platos con carnes, masas, salsas y vodka. Los soldados rasos no tocaban el alcohol, solo los instrumentos. Los oficiales, en cambio, brindaron con nosotros: «*Zum Wohle der ewigen Freundschaft zwischen der DDR und der Sowjetunion!*».[*]

—Interesante haber venido —comentó Carolina mientras regresábamos por las calles nevadas a la Strasse der Befreiung—. Ya viste que casi no había alemanes.

—Seguro fue la primera vez que un chileno entró a esa casa de la institución —dije—. ¿Por qué los alemanes no quieren a los soviéticos? ¿No los salvaron de Hitler?

—Una guerra tiene muchas respuestas. Además, a los soldados soviéticos les está vetado entrar a restaurantes, cafés, tiendas y hoteles de la RDA. Por eso no pueden cultivar amistades en la RDA. Es un apartheid perfecto.

Recuerdo que una noche de invierno tres soldados soviéticos me pidieron que les comprara algo en el supermercado de Bernau. Me mostraron dinero de la RDA, conseguido seguramente en operaciones turbias, pues no tenían derecho a poseerlo.

---

[*] ¡Por la amistad eterna entre la RDA y la Unión Soviética!

Comenzaba a nevar. Yo andaba comprando salchichas para el *Abendbrot* con Carolina. Los soldados iban de shapka, abrigo verde olivo y botas negras, y ninguno tenía más de veinte años.

—*Kaufen, Kaufen, bitte Kaufen!** —me dijo uno, de rostro mongol, en mal alemán, mostrándome monedas y un billete de diez marcos de la RDA.

—*Was brauchen Sie?*** —pregunté.

A juzgar por sus rostros, eran oriundos de alguna remota república del Asia soviética.

—*Salami. Salame. Ungarn**** —respondió uno con entusiasmo.

—*OK, ich werde Salami fuer Sie kaufen***** —respondí amable.

—*Und Brot. Schwarzbrot. Gross.****** —El soldado sacó más monedas del abrigo.

Ahora sonreía.

Tomé los marcos y entré al supermercado. Volví al rato con el encargo y el vuelto.

—*Für du, für du****** —me dijo el soldado, negándose a recibir el dinero.

Otro soldado extrajo un cortapluma de su abrigo y cortó el pan y el salame en cuatro partes iguales. Se guardaron las raciones en los bolsillos, sonriendo felices como niños, se despidieron y se esfumaron en la noche.

---

* ¡Comprar, comprar, por favor, comprar!

** ¿Qué necesita?

*** Salame, salame, Hungría.

**** OK, compraré salame para ustedes.

***** Y pan. Pan centeno. Grande.

****** Para tú, para tú.

92

Pero yo estaba relatando mi caminata hacia la *Volkspolizei*, obedeciendo a la citación «*Zur Klaerung eines Sachverhalts*», cuando me perdí en divagaciones sobre los edificios institucionales de Bernau.

Crucé la ciudad a pie, como solía hacerlo siempre, y llegué a la casona de ladrillos rojos. «*An' just when you think it's all over, it's only begun*», dice una canción de Willie Nelson que yo no conocía entonces, pero que escuché decenios más tarde, en el Midwest de Estados Unidos. De alguna forma fue esa la sensación que me embargó ese día cuando tomé conciencia clara de lo que estaba ocurriendo.

Un policía examinó en la entrada mi carné de identidad y la citación, y me ordenó pasar a la sala de espera en el segundo piso. Subí los peldaños entre paredes con fotos de paisajes de la RDA sacadas de calendarios. Afuera había nieve sucia en las veredas.

Un altoparlante no tardó en indicarme que cruzara una puerta. Accedí a una sala de ventanas con venecianas que impedían ver hacia la calle. Había tres mujeres de uniforme sentadas a una mesa. Me ubiqué ante la de mayor rango, que estaba en el centro. Las tres llevaban el pelo corto y lucían pálidas como si nunca hubiesen tomado sol.

—¿Usted sabe por qué lo citamos? —me preguntó la oficial sentada a mi derecha.

—No, oficial.

—¿No se lo imagina?

—Sinceramente no, oficial.

Hizo un mohín de fastidio.

—¿Qué hace usted en la Strasse der Befreiung? —preguntó la que estaba a mi izquierda.

La del centro se limitaba a escrutarme. Era fuerte, de espaldas anchas y manos grandes, que mantenía enlazadas, sin dar muestras de impaciencia.

—Vivo allí.

—¿Dónde?

Le di el número del departamento.

—¿Con quién? —continuó preguntando la oficial.

Les di el nombre de Carolina, asombrado de que no lo tuvieran.

—¿Por qué recibe usted cartas y tarjetas postales en esa dirección?

—Porque es el estudio de mi novia.

—Usted no tiene derecho a vivir allí.

—¿Cómo que no? Es el estudio de mi novia.

—Usted debe vivir en Berlín Hauptstadt der DDR* —intervino la oficial superior—. Bernau está fuera de los límites de la capital de la RDA.

—Pero sí tengo residencia para vivir en la RDA. Puedo recorrer todo el país, y de hecho lo recorro.

—Usted solo tiene autorización para estudiar en la Humboldt-Universität y vivir en Berlín Hauptstadt der DDR. De ahora en adelante no queremos verlo más poniendo un pie en Bernau. Al venir, usted viola las leyes de la RDA, lo que se castiga con cárcel.

—No lo sabía —repuse perplejo.

---

* Berlín capital de la RDA.

394

—Pues ahora lo sabe. Hoy mismo va usted a ir al estudio de la señorita Braun a hacer su maleta, y se mudará al internado de la Nöldnerplatz.

Me quedé mudo mientras las oficiales medían mi reacción. El sol entraba decidido a través de los velos de la ventana, inundando la sala de algo que me atrevo a definir como esperanza.

—Por favor, señora oficial, soy un exiliado chileno, tengo mis escasas pertenencias en el estudio de Carolina. Planeamos casarnos.

—Ustedes no se van a casar nunca —afirmó la policía de mayor graduación—. Usted nunca va a recibir permiso para casarse con una ciudadana de la RDA.

—¿Por qué no? —reaccioné estupefacto.

—Usted vino a estudiar a la Humboldt Universität y debe vivir donde le corresponde, no donde le plazca. Además, tampoco vino a la RDA a casarse con una ciudadana.

No podía dar crédito a lo que estaba escuchando de esa dogmática para quien, a juzgar por lo que decía, el amor debía tener un origen planeado.

—Disculpe, oficial, cumpliré lo que usted ordene, aunque es duro para mí.

—Dígame otra cosa.

—Sí, oficial.

—¿Por qué recibe usted tarjetas del *kapitalistisches Ausland?**

—Pues porque mis padres y hermana viven en países capitalistas.

—¿Dónde?

—En Chile mis padres, en Gran Bretaña mi hermana.

—¿Son pinochetistas?

—No, para nada.

—Pues envían tarjetas muy bonitas de Chile y otros países capitalistas. Incluso de Sudáfrica, muy bella la última postal. Pero,

---

* países capitalistas.

como usted sabe, allí reina el apartheid —afirmó sacando una postal de una carpeta.

La alzó para que la viera.

Era de Ciudad del Cabo. La ciudad se veía preciosa junto al mar, bajo el cielo limpio. Me la pasó.

No me la habían enviado mis padres sino alguien que hasta 1975 había estudiado filosofía en la Universidad Católica de Valparaíso. Mi padre le había conseguido trabajo en un crucero escandinavo que navegaba por el mundo. Orlando había militado en el ultraizquierdista MIR bajo Allende, y ahora recorría puertos de Europa, África y Asia, y de vez en cuando me enviaba tarjetas postales que ilustraban su itinerario.

—Esa postal es de un amigo filósofo que navega como proletario del mar —dije, tratando de sonar divertido.

—¿Amigo filósofo? —La oficial de mayor graduación pareció sorprendida—. ¿Dónde estudió? ¿También en la Escuela Juvenil Wilhelm Pieck?

—No, oficial, en la Universidad Católica de Chile.

Me dedicaron unas miradas gélidas.

—Pues a partir de ahora usted no puede seguir recibiendo correspondencia en el departamento de la señora Braun porque usted no puede vivir allí —continuó la jefa—. Y las tarjetas que le envíen al internado deben venir en sobres. No me gusta nada que esas fotos en colores lo esperen colgando en la vitrina del portero. Son propaganda capitalista a favor del apartheid ante los ojos de nuestros estudiantes.

—De acuerdo, oficial. Lo transmitiré.

—Y ya sabe: olvídese de casarse con una ciudadana de la RDA. Mejor vuélvase a su país. No quiero verlo nunca más en Bernau. Puede retirarse.

93

Ahora que escribo estas líneas en el edificio de la Oderberger Strasse y me preparo para narrar mi nuevo cruce del Muro, esta vez el definitivo, el de Este a Oeste, el que tiene a Bonn como destino, pienso en las personas que sufrían los rigores del socialismo mientras yo en algunos momentos lo disfrutaba.

Me refiero a las víctimas del sistema que durante mi adolescencia fue mi utopía. A aquellos que, mientras yo estudiaba y trabajaba, o paseaba con Margarita en un escarabajo Volkswagen por La Habana o disfrutaba un fin de semana en Varadero, estaban encarcelados por pensar diferente. Pienso en las personas que, mientras yo asistía a la Humboldt-Universität, viajaba de intérprete por la RDA o salía a cenar con Carolina en Bernau, recibían la escalofriante visita de la Stasi que los trasladaba en una buseta Barkas sin ventanas a un centro de detención política.

Pienso, por ejemplo, en el respetado y afectuoso poeta cubano Ángel Cuadra, a quien conocí en la Feria Internacional del Libro de Miami, en 1996.

En Cuba nunca lo leí ni escuché de él. Nadie lo publicaba en la isla, ni lo enseñaban ni mencionaban en la universidad. Bueno, en verdad, nadie enseñaba a ningún poeta crítico al régimen. Nadie enseñaba a José Lezama Lima, Heberto Padilla, César López, Virgilio Piñera o Belkis Cuza Malé, que vivían marginados e ignorados por la Uneac, la Unión de Escritores y Artistas de Cuba, brazo poético del Partido Comunista cubano.

Cuadra había llegado un par de años antes a Miami, como miles de exiliados. Paseábamos por la calle Ocho, de la pequeña Habana, cuando decidimos hacer una pausa con un cafecito y un pastel de guayaba en El Versalles. Tras darle algunos datos sobre mi vida en la isla, información que Cuadra precisaba para organizar mi presentación en la Feria del Libro, le pregunté por sus últimos años en Cuba.

De alguna manera su respuesta me transportó al encuentro que, mucho tiempo antes, tuvimos los chilenos en Bogensee con la delegación camboyana.

—Desde 1967 a 1983 lo pasé en la cárcel —me dijo Ángel Cuadra con voz ecuánime, sin aspavientos, tan tranquilo como si hubiese dicho que entonces residía en La Habana Vieja—. Me tuvieron en la Fortaleza primero, después en otras prisiones. Me echaron quince años por escribir poemas críticos y tratar de organizar una protesta estudiantil.

No supe qué decir.

¿Qué podía expresarle ahora, acodado en la barra de El Versalles, saboreando el café y el pastelito de guayaba en el aire caliente y húmedo de Miami? Yo residí entre 1974 y 1979 en La Habana, lo que implica que pasé a menudo frente a lo que fue su prisión, abrazado tal vez a una muchacha mientras caminábamos al cine o a una posada, o crucé una calle cercana contando chistes con amigos o ideando otro cuento. Mientras yo disfrutaba mi utopía comunista, el poeta la experimentaba en cuerpo y alma como tormento.

—¿Y por qué te fuiste a Cuba, pudiendo haberte ido a Alemania Occidental o Italia? —me preguntó Cuadra, dando por zanjado su relato sobre sus años como preso político.

—Porque Cuba era mi utopía, mi sueño para Chile.

Al decirlo me sentí estúpido, cruel y avergonzado, allí, en la calle Ocho, tantos decenios después. A pesar de que en mi país gobernaba un dictador, yo había tenido al menos la oportunidad de irme. Es terrible abandonar tu país por razones políticas, pero es peor que te encarcelen durante decenios por esas razones. El exilio, por arduo y sufrido que sea, te ofrece más alternativas que un calabozo. ¿Qué podía decirle ahora a Ángel Cuadra, que se libró de morir en las cárceles castristas gracias a la solidaridad del exilio cubano?

¿Podía decirle que lamentaba que mi sueño político devenido realidad le hubiese causado tanto sufrimiento y hubiese arruinado parte de su vida? ¿De qué podrían servirle mis disculpas a esas alturas, cuando la juventud ya se le fue en las mazmorras castristas, como lo sugieren la curvatura de su espalda y el cansancio de sus ojos tristes?

¿Cómo hilvanar mis palabras para que el poeta entienda que me arrepiento y avergüenzo sincera y profundamente del apoyo que entregué entonces a la dictadura castrista, y cómo logro que me perdone? Porque mientras yo estudiaba, bebía, celebraba y «tiraba» en La Habana, él languidecía a tiro de piedra, encerrado, torturado, vejado, sufriendo la brutal represión que la Jota y el partido respaldaban con su silencio y entusiasmo revolucionario y oportunista.

¿Cuántas veces pasé frente a esos centros de detención de la policía política cubana sin preocuparme por quienes padecían allí? ¿Indiferencia juvenil, egoísmo de exiliado, narcisismo extremo? ¿Cómo se supera la amarga sensación de culpabilidad por haber sido cómplice pasivo de un régimen totalitario? ¿Cómo actúas ante una persona que fue torturada por el régimen que apoyaste, cuando de pronto te tiende su mano amable y no te hace reproches?

Pienso en todo eso y me viene a la memoria una bella canción de Silvio Rodríguez, «Pequeña serenata diurna», que encarna en cierta forma mi sentimiento:

Soy feliz,
soy un hombre feliz
y quiero que me perdonen
por este día
los muertos de mi felicidad.

Ya no recuerdo qué disculpa farfullé ante este preso político de mi felicidad, solo sé que estaba arrepentido, avergonzado, sonrojado, decepcionado de mí mismo. Sí recuerdo su respuesta:

—No tienes por qué sentirte culpable, amigo. Eras muy joven para ser responsable. Muchos me confiesan ahora en Miami que coreaban en la Plaza de la Revolución: «Comandante en jefe: ordene lo que sea, cuando sea y para lo que sea», y hoy están arrepentidos de eso. Lo más importante, querido amigo, es que no guardo resentimiento hacia ellos. Eso me permitió sobrevivir y volver a ser un hombre feliz.

Sí, me acuerdo de esa consigna de los fanáticos dispuestos a ver correr la sangre si el líder máximo lo ordenaba. La escuché al cierre de discursos cargados de ira y rencor, y también la leí en diarios murales de oficinas, fábricas y escuelas. Eran los años más duros del castrismo, pues Cuba se había integrado al mercado común comunista, y su líder se sentía más firme y seguro con las subvenciones económicas y militares de la Unión Soviética.

En rigor, era una frase tomada de los nazis en el apogeo de Hitler, cuando en lugar de comandante en jefe se gritaba «*mein Führer*». Era parte del himno nazi «*Von Finnland bis zum Schwarzen*

Meer: Führer befiehl, wir folgen Dir».[*] Hay más coincidencias amargas: Fidel Castro, que se interesó por Mussolini en su juventud, sacó su famosa frase «Dentro de la Revolución, todo; contra la Revolución, nada» de una que encantaba al dictador italiano: «Todo en el Estado, nada contra el Estado, nada fuera del Estado».

Me pongo a buscar con ansiedad el nombre de Ángel Cuadra en Google, aquí, en el estudio de los Brilliant Apartments. Busco y encuentro varios artículos sobre él. ¡Está vivo! Compruebo con alegría que el corajudo poeta cubano disidente y defensor de la poesía gay sigue dedicado en Miami a la literatura. Es un consuelo. Me alegra saber que la vida le ha deparado muchos años más porque yo, como militante comunista en los setenta, soy también responsable por los años de vida que el comunismo le arrebató en sus prisiones.

Quien sí está sepultado en el exilio estadounidense es el distinguido poeta y amigo Heberto Padilla, protagonista de *Nuestros años verde olivo*. Fue perseguido, encarcelado y luego retenido en Cuba. Solo pudo salir de la isla con su esposa Belkis y su hijo Ernesto gracias a gestiones realizadas por Ted Kennedy y Adolfo Suárez ante el régimen de La Habana. Desgraciadamente, Gabriel García Márquez nunca intervino en su favor ante su amigo Fidel Castro. Eso me lo contó Heberto.

El poeta murió en el exilio, extrañando su verde patria, ansiando volver a caminar por sus calles liberadas como tantos chilenos exiliados murieron soñando con regresar a vivir entre los Andes y el Pacífico.

Los mismos chilenos que denunciaban que Pinochet negaba a sus poetas y artistas el ingreso al país para despedirse de familiares

---

[*] Desde Finlandia hasta el mar Negro: Führer, ordena, nosotros te seguimos.

con enfermedades terminales, o para morir al menos en la patria, jamás dijeron nada con respecto a Heberto Padilla y tantos artistas y ciudadanos cubanos que han muerto sin acudir al funeral de sus seres queridos o sin poder dar el último suspiro bajo el cielo de la patria.

Heberto murió en Alabama, enseñando literatura en un *college*, viviendo en un pequeño departamento con muchos libros, ventilador y recuerdos. Enseñaba poesía y cultura de Cuba, isla a la que jamás pudo regresar. La dictadura castrista y el exilio le rompieron el corazón. Falleció un lunes. El viernes anterior habíamos acordado al teléfono que me visitaría en Iowa City en la primavera.

Poco tiempo después, los funcionarios encargados de la censura en Cuba aprobaron la publicación de algunos poemas de Heberto en revistas electrónicas de la dictadura. Fue una cínica medida orientada al extranjero, porque Cuba tiene el más bajo número de computadores por persona del continente. Con ella, los burócratas querían dar la impresión de que el poeta muerto en el exilio era publicado en la isla. El estalinismo caribeño lo sabe: solo se celebra al poeta muerto, porque ese ya no da sorpresas.

Conocí a cubanos que estuvieron presos por razones políticas. Pero todos fueron acusados en cambio de delitos ordinarios. Es una estrategia diabólica: quien publica un poema crítico no es condenado por eso, sino por ofender los símbolos patrios. Quien organiza un grupo disidente es acusado de crear condiciones para fomentar la invasión imperialista de la patria. Quien cuenta un chiste sobre Fidel Castro es condenado por ridiculizar a los mártires de la Revolución. La acusación en los tribunales controlados por el Partido Comunista siempre maquilla y desvirtúa la realidad.

Antes de la llegada de la policía política, el disidente que se atreve a manifestarse públicamente contra el Gobierno recibe la visita de una turba de indignados vecinos que se organizan de «forma espontánea» para insultarlo y golpearlo.

Algo parecido, pero más discreto, sin violencia pública, ocurría en la RDA, donde la Stasi contaba en cada distrito con prisiones paralelas e independientes del Ministerio del Interior. Además, la policía política tenía una academia en Potsdam, donde formaba y dotaba del título de abogado a los cuadros superiores. De esta forma, una persona podía ser investigada, detenida, juzgada y condenada en el ámbito exclusivo de la Stasi, y su condena tenía lugar en prisiones exclusivas de esa institución. Las más famosas y temidas eran las de Bautzen, Cottbus y Berlin-Hohenschönhausen.

Solo después de la caída del Muro encontré a alemanes orientales que confesaban haber sido detenidos por la Stasi. Mientras vivían en la RDA no hablaban al respecto. No se atrevían. Callaban por miedo a que los discriminaran, aunque ya hubiesen cumplido la pena. Guardaban silencio porque antes de ser liberados tenían que firmar la declaración en que testificaban haber sido tratados de forma correcta en prisión y se comprometían a no hablar con nadie sobre su estadía. Violar aquel compromiso acarreaba nuevos juicios y cárcel.

Aquel año, el poeta Ángel Cuadra organizó de forma amable y generosa la presentación de mi nueva novela en la Feria Internacional del Libro de Miami ante un público integrado en su gran mayoría por exiliados cubanos.

94

Noche en Berlín Este. Estoy a punto de irme a Alemania Occidental.

Me visita para mi sorpresa un ex ministro del presidente Salvador Allende para conversar sobre Chile y la RDA. Su alemán es deficiente. Tiene más de cincuenta años, lleva un lustro en la RDA e intuye que jamás dominará el idioma como para explorar las profundidades del alma germano-oriental.

En un momento de la conversación, ya en la calle, cuando se está despidiendo, me pregunta, apoyado en la autoridad que le confiere su paso por el gabinete de un hombre devenido mito:

—Dime una cosa, ¿qué porcentaje de los alemanes crees tú que apoya el socialismo?

Es la pregunta honesta, pero políticamente incorrecta en la RDA, de un hombre que se rumorea que a estas alturas planea ingresar al PC chileno. En rigor, esa pregunta está fuera de lugar. Todas las elecciones de la RDA demuestran algo claro: el 98,7 por ciento de los electores aprueba a los candidatos del Gobierno al Parlamento, y Honecker casi concita el ciento por ciento de apoyo. En realidad, desde la fundación de la RDA los candidatos oficialistas han obtenido alrededor del 99 por ciento de los votos.

Eso según los medios comunistas, desde luego. La reprimida y atemorizada oposición sostiene ante la prensa extranjera que, aunque las elecciones están manipuladas, en ellas se registra un alto porcentaje de sufragios contrario al régimen. Sin embargo, no lo puede probar ya que no está autorizada para asistir al conteo de votos.

¿De dónde surge la pregunta que el chileno me plantea en la vereda de la Strasse der Befreiung? ¿De su desconfianza hacia los medios oficiales y las elecciones, o de un interés por averiguar cuál es mi postura frente al socialismo? Porque si está por ingresar al Partido Comunista chileno no puede estar dudando del supuesto apabullante apoyo popular del régimen de la RDA. Huele a otra cosa. Desconfío, pero trato de reprimir mi desconfianza porque ella corroe todas las relaciones humanas en el socialismo.

—¿La verdad de la milanesa? —le pregunto.

—La verdad —me dice el ex ministro mientras aspira profundamente el humo de su cigarrillo y sus grandes ojos café brillan en la oscuridad.

—Creo que tal vez un 30 por ciento de la gente está con el sistema —le digo.

—No, no, no. Imposible —alega, y se acaricia su barba de chivo—. Yo creo que los medios occidentales deben ejercer influencia en no más de 20 o 30 por ciento de los alemanes orientales, en los incautos que desean vivir en el capitalismo, pero el resto, la gran mayoría, está con el socialismo. Es que la gente vive muy bien acá: hay estabilidad y trabajo.

Me desconcierta la ingenuidad y la dureza del personaje. ¿Por qué me pregunta si ya parece tener una respuesta? Vive desde 1974 en la RDA. No puede estar tan ajeno respecto a su realidad política. Entonces digo algo de manera muy directa, pero no por provocarlo, sino porque me parece que es lo más cercano al modo en que, supongo, debe de pensar un chileno común y corriente:

—Si no existiese el Muro, la gente escaparía en tropel y el país se desangraría. Basta con que escape la mitad de los médicos o choferes de buses para que esto colapse.

Lo dije así de claro, y lo traigo a colación no porque quiera presentarme hoy, cuando ya ni existe la RDA, como pitonisa, sino porque era la percepción de muchos alemanes orientales. Polonia bullía, la economía tambaleaba, aumentaban las fugas. El panorama no pintaba bien.

Es por eso que la RDA murió en pocas horas en noviembre de 1989. Sus dirigentes sabían que sin Muro el modelo era inviable, que entre socialismo y capitalismo la gente prefería el capitalismo con toda su incertidumbre, desigualdad y libertad.

El ex ministro me mira, por tanto, decepcionado.

—¿Pero tú crees realmente que no volverían? —pregunta con la voz trémula y luego expulsa una bocanada de humo y mira hacia el cielo salpicado de estrellas pálidas.

—No es necesario que escapen todos para que esto se derrumbe —digo, y pienso que es imposible que el político ignore la realidad del país donde vive, lo que piensan sus habitantes. No puede ser que la ideología y el desconocimiento del idioma alemán le impidan ver la realidad, palpar lo que germina debajo del maquillaje que los medios y la propaganda oficial aplican sobre la triste vida cotidiana del socialismo.

—Creo que te equivocas —me dice mientras enciende otro cigarrillo.

—No creo —respondo yo—. Dime una cosa: ¿no tratarías tú de huir si no te dejaran salir nunca más de aquí?

El ex ministro esboza una sonrisa agria, estrecha mi mano con frialdad y se aleja, con el cigarrillo entre los labios, hacia su Wartburg que lo espera en las penumbras.

95

Paso frente al muro de entrada de la Humboldt-Universität, donde está inscrita la tesis de Marx sobre Feuerbach: «*Die Philosophen haben die Welt nur verschieden interpretiert; es kommt aber darauf an, sie zu verändern*».* Luego salgo al jardín y, al llegar a la avenida Unter den Linden, veo que Paul Ruschin me espera en un Moskvich con el motor andando.

Me pregunta si tengo tiempo para conversar. Me dice que está de paso por la RDA y desea saber cómo van mis asuntos. No ha envejecido un ápice, aunque luce más delgado y bronceado. Lleva saco oscuro y pantalón marengo. Nos dirigimos en su carro hacia la Frankfurter Allee y entramos a un café cerca de la estación del metro Magdalenenstrasse, frente al cuartel central de la Stasi.

—Me han informado que te vas —me dice el espía una vez que nos han servido el pedido. Toma un té acompañado de kuchen de manzana, yo un espresso con kuchen de ciruela.

Me pregunto quién se lo habrá dicho. Debe estar molesto. Al final, en Chile él había apostado por mí, supongo. Se había jugado por mí, pensando que yo le serviría de algún modo, y había gastado recursos de la RDA en mi viaje y mis estudios, y ahora me iba. Eso no podía dejarlo indiferente.

---

* Los filósofos no han hecho hasta ahora más que interpretar la realidad; de lo que se trata es de transformarla.

—Así es —le digo—. Tengo que volver a Chile.

—Entiendo. Supe que lo tuyo con Silvia Hagen murió hace tiempo —comenta mientras parte con el tenedor un trozo del kuchen—. Supe también que viviste en Cuba y que aquí asististe a la escuela juvenil de Bogensee. ¿Adónde vas ahora?

Al verlo a través de los visillos del ventanal, el gigantesco edificio de la Stasi me pareció más grande e imponente que nunca.

—Pretendo ir a Bonn, a trabajar como corresponsal extranjero —le dije—. Mi plan es pasar allí unos años y regresar en forma definitiva a Chile. Las cosas no salieron como imaginé, y creo que el proceso en Chile va para largo. No deseo quedarme fuera muchos años más.

—Entiendo. ¿Tienes alguna dificultad?

Le expliqué que todo marchaba en orden, que esperaba que me dejasen salir para Bonn en cuanto yo tuviera que hacerlo, y le conté sobre mi visita a la policía de Bernau y la prohibición que ahora tenía de ir a ver a mi novia.

—No te preocupes, eso lo veo yo. Gente estúpida hay por doquier. ¿Y esa muchacha se va contigo? —sentí que apuntaba a lo que en realidad debía interesarle, el destino de una ciudadana de la RDA.

—No estamos casados. Ella tiene un muy buen trabajo en la escuela junto al lago y no puede vivir lejos de su familia.

—Entiendo. Tal vez la separación es lo mejor para ambos —dijo serio, sorbiendo después su té—. Si ella se siente bien aquí, y tú no tienes nada que ofrecerle, lo mejor es que no experimenten. El amor es importante, pero hay muchos amores en la vida. No rompas vidas ajenas, menos si no sabes si has de ser leal por mucho tiempo.

Creí entender el mensaje. Solo me pregunté por qué el espía había ido a esperarme a la universidad cuando yo estaba por cerrar mi tienda en la RDA. ¿Quién lo informaba sobre mi persona?

—¿Algún otro problema?

—Uno medio kafkiano —le dije, y le expliqué mis extraños encuentros con el cónsul cubano y el diplomático estadounidense. Le dije que ambos me incomodaban, que lo que me ponían en perspectiva no me gustaba para nada, que yo quería volver a mi patria y no tener nada que ver con la Guerra Fría ni con los servicios de inteligencia de nadie.

—Hay gente que sirve para eso y hay gente que no sirve para eso —dijo Ruschin tranquilo, como si hablásemos de inscribirse en un curso de paracaidismo—. Obviamente, ambos personajes quieren algo de ti. ¿No te interesa averiguar qué desean? Puede ser interesante.

—¿Para quién?

—En primer lugar, para ti y, en segundo lugar, para mí. Soy franco —dijo mirándome a los ojos con una sonrisa sardónica.

—No, Paul, yo cumplí mi papel en Chile bajo las circunstancias de la dictadura y me alegra haber ayudado a que gente se salvara de la persecución, pero no tengo interés en el tema.

Ruschin sonrió magnánimo. Apartó el plato de kuchen, que había comido a medias, y sorbió de la taza como para ganar tiempo.

—Entiendo —dijo al rato—. Agua que no has de beber, déjala correr. Hoy por ti, mañana por mí. Si vuelven a aparecer los diplomáticos en tu vida, diles algo sencillo: que los llamarás cuando tengas tiempo. ¿Algún otro problema?

—En verdad, no.

—Bien. Es hora de volver —dijo mirando su Omega—. En la vida lo importante es dar los pasos que uno estima necesario dar. Ni uno más, ni uno menos. La vida en lo esencial es un asunto de cálculo y mesura.

Pidió la cuenta, pagó y salimos a la Frankfurter Allee. Delante nuestro brillaban todas las ventanas del monumental edificio de la Stasi.

—Creo que lo que más te conviene es caminar hasta la estación del S-Bahn y tomar la combinación a Bernau. Ve con confianza. Haz lo que debes hacer. Suerte en el resto de tu vida.

Me estrechó la mano con algo de efusión y luego se fue caminando con las manos en los bolsillos hacia el Moskvich. Yo me dirigí a la estación del tren urbano. Nunca más lo vi.

96

Ha llegado el día.

Nuestros amigos Baltazar y Deborah nos llevarán en su Škoda a visitar lo que queda de la escuela junto al lago Bogensee y a cenar a la casa de la hija de Markus Wolf, a orillas del lago Wandlitz. Han pasado más de veinte años desde que sucumbió el Muro y más de treinta desde que crucé por última vez frente a la caseta que vigilaba el sendero de acceso a la Jugendhochschule Wilhelm Pieck.

Desolación y abandono es lo que encuentro ahora en la finca de arquitectura estaliniana. Allí está la vasta explanada central, donde crecen salvajes la yerba, la maleza, los arbustos y los árboles. Nada queda ya de los otrora bien cuidados jardines, los bellos rosedales y los almácigos en que se daban los tulipanes. La vegetación se engulló las bancas de madera y las esculturas del realismo socialista.

Los cuatro edificios de tres pisos cada uno que enmarcan la explanada también están abandonados: muros desconchados lloran por una mano de pintura, las canaletas caídas parecen muletas quebradas, entre ventanas abiertas y vidrios rotos se agitan cortinas desteñidas. No hay nadie. Nadie recorre esta escuela donde antes bullía la vida de centenares de jóvenes revolucionarios de la RDA y el mundo.

Recorro los edificios buscando marcas que pueda interpretar como mensajes de un pasado del cual fui partícipe. Asciendo, con mi mujer y mis amigos, hacia el edificio principal situado en lo alto de una colina: tiene un frontis gris agrietado, pero aún conserva la perfecta simetría de sus líneas, reforzada por la distribución de ventanas y puertas idénticas, que remata en su centro una balaustrada.

Allí están las salas de clases del curso internacional, el gran salón de actos, donde hablé como presidente del curso internacional del año 1979, y la biblioteca, que tenía una sección de acceso restringido a disposición de los maestros. Allí había textos censurados en la RDA: documentos de los partidos eurocomunistas o de organizaciones socialdemócratas o cristianodemócratas de Alemania Occidental. Carolina me los conseguía de vez en cuando.

Pero después fui a la Haus II, al cuarto del segundo piso donde viví con los compañeros de la juventud socialista y la UJD de Chile. El pasillo es más largo y angosto de lo que recordaba, y las puertas están clausuradas. El cuidador de la escuela me sigue con cierta desconfianza. Lleva uniforme con gorrita, y cojea. Más que mirar los edificios, me observa a mí y me pregunta a qué se debe mi interés por la ex escuela superior de la FDJ. Se lo explico y parece que eso ablanda su corazón y lo vuelve locuaz.

—Vienen de vez en cuando ex alumnos de todo el mundo —me cuenta mientras caminamos seguidos por mi mujer, Baltazar y Deborah—. Algunos son viejos. Todos lo pasaron bien aquí. Deben haber sido buenos chicos. Lástima que estaban equivocados.

Entramos al edificio que alberga el casino, la sala de baile y los salones de actos políticos. Escombros en el piso, lámparas y vidrios quebrados, manchas de humedad en las paredes, goteras en el cielo, el parquet sobre el que bailamos al ritmo de Amanda Lear y Demis Roussos está desnivelado, cuarteado y reseco. Es un clisé, pero debo decirlo: mi época se fue para siempre. No hay forma de hacerla regresar. De regalo nos dejó el fracaso.

—Cada cinco años se reúnen aquí ex alumnos de todo el mundo —me repite el cuidador, mostrando cierto entusiasmo. Tal vez trabajó en este sitio en la época de la RDA, y guarda cariño por el lugar y lo que representó. En los setenta bien pudo militar en la FDJ o el SED—. En el papel que le di aparece la dirección electrónica. Tal vez le interese asistir a un próximo encuentro.

Subo al escenario donde se instalaba el disk jockey durante las fiestas de los miércoles y sábados, y contemplo la sala de baile vacía, que domina desde lo alto una gigantesca lámpara de lágrimas de cristal, traída de la Unión Soviética. ¿Reunirse para compartir recuerdos y encontrar a antiguos compañeros? Me gustaría. ¿Seguirán siendo comunistas? ¿De qué sirve? ¿Derramarán lágrimas por una escuela que ya no existe y por un sistema que fue barrido de la faz de Europa por el pueblo que decía encarnar? ¿Pensarán que la derrota estratégica fue resultado de la ingratitud y la tontera de pueblos inmaduros?

—Es hora de ir a cenar con la hija de Wolf —me anuncia mi mujer.

Le agradezco al cuidador la información que me proporcionó y le entrego cinco euros de propina. Me invita a su oficina, que está en el primer piso del ala, allí donde antiguamente alojaban los militantes de la FDJ.

La oficina, un cuarto grande, ocupa un antiguo dormitorio de alumnas. Ahora se apilan allí cajas, muebles y archivos, y huele a humedad. Las cortinas están echadas y la escuálida luz la aporta una lámpara colocada sobre una mesa.

—Apunte su nombre y forma de ubicarlo, por favor —me dice el cuidador mientras abre una libreta de tapas negras—. ¿Cómo sabe si alguien desea contactarlo un día?

97

Tanja y Bernd Trögel nos reciben en su casa junto al lago Wandlitz. Cenamos afuera porque esa noche de verano la temperatura
está agradable. Nos acompañan Baltazar y Deborah, y dos silenciosos amigos de los dueños de casa.

Tanja es la hija del legendario Markus Wolf. Su marido, Bernd,
es un coronel retirado que fue jefe del IV Directorio de la Stasi.
Tenía la misión de infiltrar la dirección nacional y las direcciones
estaduales de la Oficina para la Defensa de la Constitución (*Verfassungsschutz*) de Alemania Occidental, la contrainteligencia vecina.

Bernd es un tipo de unos sesenta años, bien conservado, de
cara ancha, cabellera plateada y gruesas cejas negras. Está alegre
de recibirnos. Tanja me parece tímida, pero amable, dulce, como
alguien sorprendido por los bruscos virajes de la historia.

—Lo recibimos hoy con varios símbolos —anuncia el ex espía
mientras Tanja se acerca con una bandeja bien surtida—: Tenemos vino tinto de Chile, tu patria que encontró refugio en la RDA
en una época difícil; vodka ruso, porque fuimos formados por la
gran cultura de Rusia; pescado de Vietnam, porque los compañeros de ese país representan la resistencia heroica; Havana Club,
porque viviste en La Habana; y pan centeno y queso de Alemania
Oriental, porque de 1949 a 1989 hicimos aquí realidad la utopía
de la clase obrera.

—Vamos a brindar por todos esos países —dijo Tanja mientras nos servía.

Nunca pensé que, veinte años después de la caída del Muro de Berlín, yo iba a cenar con la hija de Markus Wolf y el hombre encargado de infiltrar al Gobierno de Alemania Occidental. Me pregunto si este oficial de la Stasi, que se queja de que recibe solo la mitad de la jubilación de un teniente coronel germano-occidental, es espiado por la seguridad. ¿Lo vigilarán, interceptarán su teléfono o correspondencia, o el Gobierno de Berlín perdió ya todo interés en él, y lo considera un artefacto prehistórico?

Siento que el vodka quema mi garganta y mis entrañas, y luego me sube a la cabeza haciéndome ver súbitamente las cosas de otra manera. Bebo otro vodka, pruebo pan negro con queso, pepinos escabechados, arenque ahumado y trozos de jamón y repito el vodka. Recuerdo mis años, los buenos y los malos, en el socialismo. Me siento afortunado. A diferencia de millones de compatriotas, he sido testigo privilegiado de la historia y estoy aún vivo para contarla.

Siento ahora que la historia es una gran puta maquillada y disfrazada a la que le fascina confundir a las personas: me ha traído a esta mesa bien servida, donde comparto con este hombre que encarna a un Estado que me hizo sufrir, me reprimió, amenazó y pudo haberme descuajeringado para siempre la vida.

—¿Cómo vivió usted el día de la reunificación alemana? —le pregunto al ex espía.

—Ya sé adónde quiere ir usted, pero antes déjeme decirle que me casé con mi mujer por las limitaciones que imponía el socialismo. Así como lo escucha. No era fácil para mí, como miembro de la comunidad de la inteligencia de la RDA, encontrar pareja, porque ella debía pertenecer a mi clase. Y para Tanja tampoco resultaba fácil casarse con alguien que no perteneciese a su esfera.

Fue por eso que nos casamos —afirma—. Markus Wolf, mi futuro suegro y jefe entonces, nos lo ordenó.

Ríen Tanja y Bernd, y con ellos ríe todo el mundo en la mesa. Ignoro si el teniente coronel, que es un tipo inteligente, despierto y sarcástico, y con un sentido del humor agudo, me está gastando una broma, o si lo que me dice sobre su matrimonio es cierto. Al escucharlo recuerdo a Carolina, que se desvaneció hace mucho de mi historia por culpa de gente como Trögel.

—El día de la unidad alemana aparecieron ante esta puerta —el teniente coronel indica hacia la puerta de su casa— una docena de miembros del Verfassungsschutz (Oficina para la Defensa de la Constitución) para detenerme por traición a la patria. Pero yo ya estaba en Moscú, donde los amigos.

Se refiere al KGB. Sonríe para sí. Luego bebe otra medida de su vodka y se queda pensativo un rato. Sobre la superficie tranquila del lago se refleja la luna llena, y en las orillas parpadean las luces de las casas.

—¿Por traición a la patria querían juzgarlo? —le pregunto.

—Hasta usted, como extranjero, se da cuenta de que eso es absurdo. No podían juzgarme como traidor, porque yo serví al país del cual era ciudadano, y ese país, hoy inexistente, fue la RDA, no Alemania Occidental.

Así que acusado de traidor, me digo, y recuerdo que esa era la palabra predilecta del comunismo para ensuciar el prestigio de quien pensaba diferente. A mis ojos, este teniente coronel, que sirvió al Estado que restringió mis libertades y las de Carolina, tiene en este caso razón: él no traicionó a Alemania Occidental, solo luchó contra ella con las armas del espionaje, en representación de un Estado que Alemania Occidental reconocía como soberano.

Bebemos en silencio. Nadie habla en la mesa. El espía es un hombre libre, su defensa logró que le confirieran una amnistía y una pensión en su calidad de ex oficial de la Stasi. Me pregunto qué pena hubiese impuesto la RDA a sus antiguos adversarios si el resultado final de la Guerra Fría hubiese sido otro. Supongo que no habría sido tan generosa.

Tanja nos invita a disfrutar ahora de una auténtica soljanka, sopa que no probaba desde mis años en la RDA, a comienzos de los ochenta, que acompañamos con el Cabernet Sauvignon chileno. Luego el espía me cuenta que le ofrecieron dinero para delatar a sus antiguos agentes de la Guerra Fría. A Alemania Occidental y Estados Unidos les obsesiona reconstruir la historia completa y limpiar de topos sus servicios de inteligencia.

—Jamás traicionaré —afirma alzando la voz, golpeando con la mano sobre la mesa desplegada bajo el cielo estrellado—. A esta casa han llegado tipos de la CIA con maletines repletos de billetes, pero yo no estoy a la venta.

Habla de otros altos oficiales del espionaje germano-oriental que se vendieron y viven muy bien en la actualidad. Son ex compañeros de armas. Afirma que no logran conciliar el sueño. La noche se crispa. Bebemos. Siento que en el teniente coronel vuelve a aflorar el resentimiento.

Tras la sustanciosa soljanka preparada por la hija de Markus Wolf, que me recuerda los almuerzos en el casino Kalinin de la Karl-Marx-Universität de Leipzig, pasamos a servirnos el pescado de Vietnam, preparado al horno. Huele delicioso y, acompañado de una salsa de tomates con ajo, sabe parecido a una corvina. Puedo imaginar perfectamente a los hombres de la CIA aguardando a Trögel con un maletín en la sombra de los árboles que crecen frente a la casa. La información del teniente coronel vale oro.

—¿Usted cree que aún lo siguen? —pregunto.

—No tengo nada que esconder, y es posible que los vecinos —indica hacia la casa de al lado, que se alza a unos diez metros de distancia junto a la cerca de madera— escuchen a veces más de la cuenta. Cuando tuve cosas que esconder, no pudieron conmigo. ¿A usted le inquieta que lo graben cenando con un viejo espía de la RDA, y se sepa en Estados Unidos? Me imagino que usted es hoy leal a Estados Unidos.

Le digo que no me importa, que allá la justicia no podría castigarme por conversar con quien desee y que, además, él está libre de polvo y paja ante la justicia alemana.

Ahora que apunto esto en la Oderberger Strasse, aprovecho de revisar la web y busco el nombre de Bernd Trögel en Google. Ahí lo encuentro. Hay solo unas notas referentes a su misión de infiltrar el Verfassungsschutz, así como dos o tres fotos de él. En la más reciente, en blanco y negro, del diario de Wandlitz, aparece en un acto con el Rotary Club del distrito, entregando bicicletas a inmigrantes. Veo que el ex espía forma parte de la bella Wandlitz como cualquier otro jubilado alemán occidental.

Aprovecho de googlear el nombre de la Jugendhochschule Wilhelm Pieck y encuentro a un grupo que mantiene vivas la memoria y las tradiciones de la escuela y la FDJ. Quienes organizan esto son refractarios a la historia y conservan el discurso de la RDA de 1989: la amenaza fascista, la solidaridad internacional, los logros del socialismo y la lucha por la paz en Europa. Ni una referencia al Muro ni a las cárceles de detenidos políticos como Hohenschönhausen. Son los viejos comunistas que celebran las bondades sociales de su sistema como los nazis la construcción de carreteras bajo Hitler. Ambos silencian sus horrores.

Pero ahora estamos en la casa del teniente coronel Bernd Trögel, cenando frente al lago Wandlitz, recordando una época que compartimos, pero durante la cual no tuvimos ocasión de encontrarnos. Me pregunto por qué habrá estado dispuesto a recibirme precisamente a mí, a alguien que dejó su país en 1983 para partir a Alemania Occidental y que, tras conocer el socialismo real, devino crítico del comunismo y liberal. ¿Azar, curiosidad, sugerencia de alguien que no conozco? Me quedaré con esa duda.

—Quiero agregar algo más, estimado amigo chileno —señala el espía.

—Usted dirá —respondo yo.

Estamos bebiendo el ron cubano de bajativo.

—Usted me preguntó qué se siente al pertenecer al bando de los perdedores en la historia. Pues bien: es difícil y doloroso. Yo dediqué mi vida, mis energías, esfuerzos y sueños a la construcción de la RDA. Pertenezco al bando derrotado, pero no tuve dónde escoger. Crecí en un país que fue completamente destruido y que, a consecuencia de la guerra, quedó en manos de la Unión Soviética. La tarea de los jóvenes que allí crecimos era construir una sociedad justa y solidaria, la sociedad socialista, y yo me dediqué a eso. Mi tarea fue proteger al Estado socialista, que representaba el futuro de la humanidad.

—Nosotros creímos en eso porque así nos educaron —añade Tanja.

—Y no es fácil echar por la borda todo aquello en que se creyó a lo largo de la vida —dice el teniente coronel—. Dedicamos nuestras existencias a construir lo que nos enseñaron que había que construir. Pertenezco al bando de los perdedores de la historia, es cierto, pero me dediqué a mi trabajo de forma tan profesional como mis colegas de Occidente a la suya. ¿Por qué he de ser castigado? ¿Por el hecho de que pertenezco a los derrotados? Eso no tiene nada que ver con justicia, mi amigo.

Bebemos en silencio, pensativos. Es tarde. Llegó la hora de volver a la Oderberger Strasse.

—¿Y cómo están los compañeros chilenos que se refugiaron en la RDA durante la dictadura de Pinochet? —pregunta Trögel, ya en la puerta de su propiedad.

—Muchos están en el poder —respondo—. Son o han sido ministros, embajadores o asesores de empresas importantes.

—A nuestra generación la marcó el derrocamiento de Allende y la dictadura de Pinochet —dice Tanja—. Para nosotros fue importante y formativo solidarizar con los chilenos que huyeron del fascismo.

—Nos alegró que los chilenos recuperaran la democracia en 1989 —agrega el teniente coronel—, pero no pudimos celebrarlo porque en esos meses sucumbía nuestro Estado. Extraña sincronía. Me alegra que estén bien.

—Al menos, mejor que ustedes —digo.

—Aquí no podía irnos de otra forma —comenta Tanja con mirada triste—. Mi padre descubrió que Erich Mielke, el jefe de la Stasi, había instalado micrófonos en nuestra casa desde hace mucho. ¿Se lo puede imaginar?

—¿Por eso renunció como jefe de la HVA? —pregunto.

—Renunció porque creía que la RDA necesitaba urgentemente cambios profundos que el Buró Político jamás realizaría.

—Así fue. Los *Betonköpfe* se enfrentaron incluso a Gorbachov —agrega Trögel.

—No había forma de que lo nuestro terminara bien —continúa Tanja, sacudiendo la cabeza—. Mire usted a Honecker. ¿Qué podíamos esperar de él? Cuando regresaba por las tardes a la ciudadela, cruzaba apurado y cabizbajo hacia su casa, cargando un maletín, para encerrarse a ver televisión occidental hasta el otro día.

Nos despedimos pasada la medianoche. Han transcurrido varias horas desde que llegamos, y he perdido la noción de cuánto he bebido. Estos alemanes nos han atendido con la generosidad y afabilidad con que solo los rusos saben atender a sus huéspedes. Nunca imaginé que una noche me sentaría a cenar y conversar con uno de los mayores espías de la RDA frente al lago Wandlitz, y que hablaríamos con calma y franqueza sobre un capítulo clausurado ya definitivamente en nuestras vidas.

98

En una visita sorpresiva a Berlín Este, Jorge Arancibia me trajo la nueva: el turco cortador de télex había renunciado por fin. Yo debía presentarme cuanto antes en la agencia de noticias de Bonn, que se encargaría de tramitar mi visado como corresponsal extranjero ante las autoridades germano-occidentales.

—¿Estás seguro de que esto va por buen camino? —le pregunté—. Si renuncio a todo aquí y ustedes no me sacan, habré dado un salto al vacío.

—Siempre existe la posibilidad de que las cosas fallen —respondió Arancibia.

Nos habíamos citado en el café de la estación del metro Magdalenenstrasse, frente a la mole de trece pisos de la Stasi, donde me había despedido de Paul Ruschin. Arancibia visitaba a amigos de la RDA por unos días.

—¿Cómo que puede que esto falle? —reclamé.

—La seguridad alemana occidental podría tener reparos.

—¿Reparos? No he sido condenado por nada ni he infringido leyes del otro lado.

—No olvides que la situación de quien llega del Este a Occidente siempre es precaria —aclaró Arancibia tras pedir dos cafés—. Al Verfassungsschutz, en Bonn, podría no gustarle tu paso por Cuba y la RDA. Recuerda que venimos del frío y podemos ser espías.

—Coño, pero no me digas que en Occidente también andan con la misma paranoia. Yo creía que esto ocurría solo en los países comunistas.

—No olvides que Markus Wolf infiltra al Estado germano-occidental mediante los «Romeos» que envía a Bonn. Tú podrías ser uno de ellos.

—¿Te has vuelto loco?

—Sé que no es así, pero calzas justo en esa categoría: pasaste por la RDA, hablas alemán, llegas soltero y sin familia.

No había pensado en eso. Y era cierto. Hacía pocos años, el descubrimiento de un espía de la RDA en el gabinete del canciller federal Willy Brandt, de apellido Guillaume, había acabado con el político. ¿Y qué decir de los casos de secretarias de parlamentarios y ministros occidentales seducidas por los galanes de Wolf?

—Siempre es un riesgo —reiteró Arancibia—. Te pueden negar el visado por sospecha. Y seamos francos: para la inteligencia occidental, nuestras trayectorias tienen que resultar sospechosas. Pero ¿de qué otro modo puedes regresar a Occidente?

Pasé noches sin poder conciliar el sueño. Algunos días me levantaba decidido a marcharme al precio que fuere; otros, a permanecer por siempre en la RDA. Me sentía como un árbol que va a ser trasplantado de un sitio a otro, y teme morir en el intento. A veces me imaginaba una vida nueva, independiente y libre como corresponsal en la ciudad de Beethoven, y otras veces me asustaba la inseguridad laboral que implicaba el capitalismo, y creía que me convenía más permanecer en la RDA, junto a Carolina, en ese estudio de Bernau, traduciendo para Intertext, avanzando en mi doctorado, enseñando literatura en una universidad de la RDA, quedándome junto a mis amigos alemanes.

A veces, durante la noche, cuando intentaba dormir en el estudio de la Strasse der Befreiung, en medio de la oscuridad y la somnolencia, sorprendía a Carolina con los ojos fijos en la ventana por la cual entraba la luminosidad de las torres de vigilancia del regimiento soviético.

Entonces nos abrazábamos y besábamos sin palabras, y hacíamos el amor con desesperación, imaginando que del acto emergería una razón poderosa para cancelar mi partida. El amanecer era, sin embargo, un calvario: nada había cambiado. El Muro seguía allí, la opción de irme a trabajar a Occidente también, y el plazo se acortaba.

A las seis de la mañana, Carolina se levantaba, preparaba su desayuno, cerraba la puerta del estudio con suavidad, y al rato me llegaba a través del aire matinal el rumor del Ikarus que iba a Bogensee. En la cama me quedaba yo solo, arrullado por el silencio de las paredes del estudio, imaginándome que así sería allí el silencio cuando me hubiese ido para siempre.

En otras ocasiones alojaba en mi cuarto del internado estudiantil, donde la soledad me ayudaba a analizar mis planes con una calma a veces solo interrumpida por la visita de Isabella. No sé cómo se enteraba de mi presencia; tal vez Héctor, el mozambiqueño, se lo anunciaba, pero el hecho es que llegaba con una sonrisa y trayendo un par de *Pfannkuchen*,* como ignorando mi próxima partida. Para ella, el camino era más fácil: regresaría, me dijo, a ser una mujer fiel, dedicada al hijo, al esposo y al trabajo.

A mí, sin embargo, la perspectiva del traslado me asfixiaba. Me quedaba entonces en el internado con Isabella, sin mucho deseo ni gran entusiasmo, tratando más bien de difuminar la presencia de Carolina en mi memoria. Quería ahogar desde ya el dolor que iba a despertar en mí su recuerdo cuando yo viviese al otro lado.

---

* Pasteles «berlines».

—Es una lástima que te vayas a Occidente —me dijo un día Isabella. Ella había aprovechado la pausa laboral de mediodía para estar conmigo—. Podríamos haberlo intentado juntos. Tal vez hubiese funcionado. No eres mal amante.

—Siempre tendrás amantes, Isabella. Es tu forma de ser feliz.

—Y la tuya parece que es andar de un lado a otro: Chile, RDA, Cuba, RDA, Alemania Occidental —dijo apartándose la cabellera del rostro—. Seguro que Bonn no será tu última estación. ¿Y sabes una cosa?

—¿Qué cosa?

—Creo que lo que buscas no está en el otro sistema ni en otra ciudad, sino en ti mismo, en tu cabeza. —Tocó mi sien con un índice.

La vi por última vez en su departamento de la Oderberger Strasse, es decir aquí, en este piso del edificio. No pudimos hablar mucho. Estaba ya todo dicho y todo hecho. Besé a Isabella en los párpados y bajé corriendo los peldaños de roble de la escalera. Llegué a la calle con la vista nublada por las lágrimas, el corazón desbocado y las mejillas ardiendo. Nunca más vi ni supe nada de Isabella.

Tal vez ella tenía razón. No he dejado de desplazarme de un lugar a otro, como un nómade. Después de Bonn vino Chile, luego Suecia, Estados Unidos, México, Chile, y nuevamente un regreso a Estados Unidos. Quien deja por mucho tiempo su patria, ya nunca más encuentra sosiego.

Pero estamos en 1982: he renunciado a la Humboldt-Universität explicándole a mi *Doktorvater** Hans-Otto Dill que me marcho a Bonn para borrar las huellas de mi paso por el comunismo y regresar a Chile. Sigo el sendero de Carlos Cerda.

—Yo, en su caso, haría lo mismo —me dijo el profesor en un pasillo de la universidad. Había afecto genuino en su voz y en sus

---

* Guía del doctorando.

ojos celestes, siempre atentos entre su espesa barba blanca a lo Karl Marx y su frente despejada. Me estrechó la mano—. Bueno, le deseo éxito. Haga lo que haga en el capitalismo, no deje de escribir.

Gracias al apoyo de mi organización juvenil, y a la oficina en el barrio diplomático de Pankow que decidía sobre el destino de los chilenos, el Ministerio del Interior de la RDA aprobó mi salida del país en pocas semanas.

Hice entonces la maleta.

99

Ya no había obstáculos burocráticos. El Muro estaba abierto para mí. Solo para mí. Sentí que mi corazón se desgarraba y me hacía dudar. Por las mañanas salía a trotar con la idea de fortalecerme anímicamente para iniciar la nueva vida al otro lado del Muro.

Dejaba la monotonía, la protección estatal y la aletargada estabilidad de la RDA para cruzar a la inseguridad laboral, la competencia y la libertad de Alemania Occidental. Por ello, a ratos se apoderaba de mí una incertidumbre espantosa. Me preguntaba si sería capaz de sobrevivir en el capitalismo. La sombra del naufragio y del fracaso rondaba sin dejarme tranquilo. Y era entendible: la propaganda socialista crea a gente temerosa de afrontar al mercado y ser independiente, a gente que necesita las muletas del Estado para actuar en la vida.

En rigor, nunca había vivido en el capitalismo como sujeto independiente, porque en Chile me habían mantenido mis padres. Según la propaganda comunista, que escuchaba a diario desde 1974, en el capitalismo reinaban la discriminación, la inseguridad, el desempleo, la desigualdad, la falta de vivienda y la miseria, y yo pensaba que eso me esperaba en Bonn.

El cambio que se avecinaba sería formidable, mucho más que el mero desplazamiento a Occidente dentro de una cultura y un mismo idioma. Era el paso del mundo jerarquizado y congelado del socialismo, al mundo abierto, libre, vital y sorprendente del capitalismo. En el socialismo de Cuba y la RDA, los burócratas lo decidían todo, pensaban por uno, nunca había que tomar decisiones, y yo había terminado por acostumbrarme a ello. En la sociedad capitalista, en cambio, las decisiones las tendría que tomar yo mismo y a diario; ahí me convertiría en un auténtico sujeto, en una persona legitimada, en alguien que podía triunfar o fracasar. Ya no estaría el Estado para tutelarme y acogerme paternalmente.

Como la separación inminente con Carolina se tornó insoportablemente dolorosa, tomamos la decisión de casarnos. No era un paso que hubiésemos madurado con calma, pero nos permitía al menos mantenernos unidos y enfrentar juntos la siguiente etapa. Después veríamos. Además, considerábamos que casarse era en todo caso una decisión que solo nos incumbía a nosotros, no al Estado de la RDA ni al SED ni a la Stasi.

En medio de esa tensión solicité, a través de una carta formal, permiso al CHAF para casarme con Carolina. Nunca imaginé que un día me iba a encontrar redactando una carta a políticos chilenos pidiéndoles autorización para casarme con una mujer. ¿Habrá sabido Allende que así eran las cosas en el socialismo?, me pregunté. Sé que esto suena increíble e inverosímil a los oídos de un ciudadano de país libre, pero así era y es en el socialismo. Por fortuna, y gracias al apoyo decidido de la UJD, el CHAF a través de Sergio Insunza, su presidente, dio luz verde a mi solicitud de matrimonio al cabo de unas semanas.

Con el certificado timbrado y firmado, Carolina corrió a presentar nuestra solicitud de casamiento ante el distrito de la ciudad de Jena y no nos quedó más que esperar la respuesta. Una cosa estaba fuera de duda y la sabíamos los chilenos: el asunto —la posibilidad de casamiento entre dos personas supuestamente libres— estaba ahora por completo en las manos de la Stasi.

Crucé definitivamente la frontera interalemana hacia Bonn a comienzos de 1983, llevando una maleta con ropa, algunas fotografías y un par de libros. Tenía treinta años. Estaba cerrando un ciclo de casi una década de vida en el decepcionante socialismo real. Carolina esperaría en la RDA el permiso para casarnos. En cuanto ella lo recibiera, yo volvería a Berlín Este.

100

Pasó el tiempo. Carolina apenas soportaba el nerviosismo y la incertidumbre: no recibía respuesta del distrito de Jena sobre la petición e ignoraba qué impacto tendría el trámite en su trabajo en la Bogensee. Yo, por mi parte, trabajaba en el Tulpenfeld, el verde barrio de la prensa nacional y extranjera de Bonn, la capital alemana occidental. Mi labor era sencilla e intensa. Ya había alquilado un pequeño departamento en la Hausdorffstrasse. Y la vida en Bonn era, desde luego, infinitamente más grata, próspera, libre e interesante que en el monótono Berlín Este. Por primera vez en muchos años había vuelto a vivir en un país donde podía decir, leer y escribir lo que se me antojara.

Carolina aguardaba el permiso de la Stasi en el estudio de la Strasse der Befreiung, en el provinciano Bernau, y yo en un barrio cercano al centro del cosmopolita y colorido Bonn.

Dos meses más tarde, ante la falta de respuesta de las autoridades germano-orientales, regresé a Berlín Occidental para cruzar a Berlín Este con el fin de reunirme con Carolina y averiguar qué ocurría. Nada de lo que precisábamos hablar podíamos abordarlo por vía telefónica.

Carolina no tenía teléfono y solo podría recibir llamados míos en la Escuela Superior Juvenil Wilhelm Pieck lo que estaba penado por provenir de Occidente; o bien, en casa de amigos, que no se atreverían, y con justa razón, a entrar en contacto con el país del «enemigo de clase». Además, sabíamos que había oídos atentos al otro lado del Muro. Eran los oídos de la Stasi. Hablar con Occidente arrastraba consecuencias delicadas porque los teléfonos estaban intervenidos y todo podía emplearse ante un tribunal como traición al «Estado de obreros y campesinos».

Era pasada la medianoche en la Friedrichstrasse cuando descendí del metro. Me acerqué a la caseta de migración, tal como lo hice en 1974, cuando llegué por primera vez desde Chile, y extendí mi pasaporte al oficial, que lo examinó en su cubilete. Fue una espera eterna en ese ambiente gélido y militarizado, sin que el soldado me dirigiera la palabra.

Por otra parte, me reconfortaba la perspectiva de reunirme dentro de unos minutos con Carolina para definir qué haríamos. Pensé que tal vez el escritor Eduard Klein pudiera ayudarnos a acelerar el trámite en Jena. ¿O tal vez Paul Ruschin? Pero ¿por qué no se me había ocurrido antes? ¿Qué tal si le pedía ayuda a él? Yo le había tendido una vez la mano en Chile, ayudándole en su labor clandestina. Ahora tal vez él podría intervenir para que Carolina saliera de la RDA. ¿Por qué no? ¿No era de la Stasi?

Vi que el oficial cogía un teléfono para comunicar algo que no entendí. Luego me ordenó que esperara frente a él.

Esperé. Estaba extenuado. Me sentí inseguro. Recordé que yo había llegado a ese mismo punto hace casi una década. El oficial, un joven de rostro pálido y alargado, me miraba ahora serio a través del cristal. No decía nada.

Al rato, alguien pronunció mi nombre a mi espalda. Pensé de inmediato en el funcionario del Ministerio de Relaciones Exteriores germano-oriental que me había dado la bienvenida en esa estación de la Friedrichstrasse en 1974. Me di la vuelta.

Ante mí había un espigado oficial del Regimiento Félix Dzerzhinsky, la unidad encargada de la vigilancia de la frontera y de la seguridad de los jerarcas de la RDA. Botas negras bruñidas, largo abrigo verde olivo, gorra tocada en lo alto por la hoz y el martillo.

—*Sie werden aufgerufen, sofort das Territorium der DDR zu verlassen. Folgen Sie mir!*[*]

No me quedó más que obedecerlo. Me expulsaban del territorio de la RDA. El oficial caminaba delante de mí llevando mi pasaporte entre sus manos enguantadas. Los tacones de sus botas arrancaban intimidantes ecos de los muros revestidos de cerámicas. Alguien me había jugado chueco en el CHAF, el SED o la Stasi, y ni Paul Ruschin podría venir ya en mi ayuda. Llegamos al andén del metro occidental.

Lo demás lo recuerdo como si fuera una secuencia de una película en cámara lenta: el tren amarillo que pasa bajo Berlín Este se detiene en la Friedrichstrasse, abre las portezuelas y el oficial del Wachregiment Félix Dzerzhinsky me ordena que lo aborde.

Subo al carro, donde huele a detergentes y perfumes occidentales, y la gente viste con colores vivos y prendas modernas. Todos me miran. Son pasajeros occidentales. Nadie dice nada, pero todos intuyen que algo ocurre. Seguro han visto antes escenas parecidas. Todos le temen a ese guardia porque en esa estación estamos en sus manos: es territorio germano-oriental.

El parlante del carro anuncia la partida del tren y desde el andén el oficial me devuelve el pasaporte justo antes de que las puertas se cierren. Recuerdo su mirada fría e indolente. Yo no puedo ahora poner mis pies en el territorio de la RDA y él no puede poner los suyos en el metro que conduce a la libertad. A ambos nos monitorean en esos instantes las cámaras del Regimiento Dzerzhinsky.

Las puertas cierran con un golpe seco y el tren echa a andar.

Siento que es la última vez que he de regresar a la RDA.

---

[*] Lo insto a dejar de inmediato el territorio de RDA. ¡Sígame!

101

Semanas más tarde recibí en Bonn un sobre en papel amarillento, escrito a máquina, de la alcaldía de Jena, República Democrática Alemana. Mi corazón latió con fuerza. Lo abrí con dedos torpes, impacientes. Se refería a la solicitud para contraer matrimonio. Me encontré ante un texto breve, demasiado papel para el par de frases escritas con máquina de escribir.

Betr.: Hochzeitsantrag*

Text: Der Hochzeitsantrag zwischen… und … wird hierbei abgelehnt.**

¡Fue rechazada! Está liquidada la posibilidad de que Carolina pueda salir de la RDA. Y yo no puedo ingresar a territorio de la RDA. La Stasi ha emitido su veredicto. Debí haberlo sabido y previsto, no hacerme vanas ilusiones. La Stasi no perdona.

Es el bofetón de la despedida final del socialismo. Si abrigaba yo aún entonces una última esperanza de que el sistema fuese mínimamente respetuoso de los derechos individuales, ahí la perdí por completo. La respuesta la portaba ese sobre. ¿No había ingresado años atrás a la Jota en Chile, convencido de que el socialismo era más democrático y humano que el sistema que imperaba en mi país? ¿No creía yo que en Chile existía una democracia meramente for-

---

* Ref.: Solicitud matrimonial.

** Texto: La solicitud de matrimonio entre … y … se rechaza mediante este documento.

mal y que el socialismo era, en cambio, una democracia auténtica, real y social? Pues, en ese instante, tenía el privilegio de saborear la democracia socialista de primera mano.

Pensé en Carolina y la llamé por teléfono a la escuela junto al lago, pero la telefonista no pudo ubicarla. Corté, decepcionado, anonadado por aquella carta. ¿Quién la había escrito? Seguro que un funcionario mediocre e insensible, que integraba, como millones de otros seres, el idealizado Estado comunista de la RDA.

Años después, tras la presentación de una novela que hice en el Instituto Cervantes del Berlín reunificado, un exiliado chileno de la extinta RDA se me acercó para decirme que la petición para rechazar mi ingreso a la RDA fue planteada por un compatriota que trabajó en el gobierno del presidente Allende. La razón: yo era un traidor e intentaba reclutar a un miembro de la FDJ para intereses occidentales. Un chileno y un alemán se confabularon para asestarnos la puñalada desde su cobarde anonimato estatal.

Nunca más vi a Carolina, la bella y delicada muchacha de Turingia que conocí en el Monasterio Rojo, a orillas del lago Bogensee; la joven de voz cálida, ojos verdes y espléndida cabellera negra con quien planeamos vivir en Occidente.

Nunca más la vi.

Supe que años más tarde se casó con un diplomático europeo acreditado en Berlín Este. Me dicen que vive actualmente en París.

En noviembre del mismo año en que viajé al Berlín reunificado para escribir estas páginas en los Brilliant Apartments, llegaron a mi casa de Estados Unidos copias de las actas de la Stasi sobre mi persona. Las enviaba el Bundesbeautraftragter für die Unterlagen des Staatssicherheitsdienstes der ehemaligen

Deutschen Democratischen Republik,* institución encargada de conservar los archivos rescatados de la seguridad del Estado germano-oriental, a la cual los había solicitado poco después de la desaparición de la RDA.

En un comienzo no quise revisar esas actas por temor a encontrarme con verdades difíciles de digerir a estas alturas de la vida. Fue mi mujer quien las examinó y me las entregó: aparecen allí un par de conocidos que informaron a la Stasi sobre mi persona.

Entre ellos se encuentra un informante con el seudónimo de «Libertad», que entrega detalles sobre mi vida en el Colegio Alemán, la Universidad de Chile y del hogar de mis padres. Dice, entre otras cosas, que tengo ambiciones literarias y que milito en la Jota de Chile. Me describe como «un elemento al parecer confiable políticamente», pese a mi educación privada y mi «extracción social pequeñoburguesa».

Hay también una referencia que remite a otro informe. Es una página con algunos retazos sobre mi persona. Menciona etapas de mi vida en Cuba y la RDA, en la escuela de cuadros frente al lago Bogensee, la Humboldt-Universität y la UJD. También entrega datos sobre mis vínculos postales con mis padres en Chile y mi hermana en Inglaterra.

La información no es favorable ni desfavorable para mí. Es más bien en tono neutro, precisa y escueta, fría, con varios puntos aparte. Aún no logro dilucidar si el informante me apreciaba o no. Se trata, sin lugar a dudas, de alguien objetivo y experimentado, pero que no redacta con placer lo que describe.

Su chapa oficial como «IM» (*Informeller Mitarbeiter*: colaborador informal) preferiría olvidarla porque constituye un golpe inesperado para mi persona: «*d. Verlobte*» (la prometida).

---

* Oficina Federal para los Archivos del Servicio de Seguridad del Estado de la ex República Democrática Alemana.

Quiero pensar que no se trata de quien parece ser. No puedo creer que una vez más la realidad supere la ficción. Desconfiar a estas alturas de esa persona sería atribuirle la victoria final al socialismo que, como toda dictadura totalitaria, es capaz de sembrar la sospecha entre familiares, amigos y amantes, y de plantar cizaña incluso alrededor de personas ya fallecidas.

No renuncio en todo caso a la idea de viajar un día a París para conversar con la muchacha que fue novia mía detrás de aquel Muro que no pudimos cruzar juntos.

Pero eso es ya capítulo de otra historia...

BERLÍN-CIUDAD DE MÉXICO-IOWA CITY-OLMUÉ
11 de septiembre de 2014

ÍNDICE

Detrás del muro, de Roberto Ampuero
se terminó de imprimir en mayo de 2015
en los talleres de Litográfica Ingramex, S.A. de C.V.
Centeno 162-1, Col. Granjas Esmeralda,
C.P. 09810, México, D.F.